KB058062

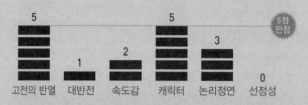

《프랜차이즈 저택 사건》 성분 함량표

고전의 반열	대반전	속도감	캐릭터	논리정연	선정성
5	1	2	5	3	0

5점 만점

함량표 항목 설명(각 항목 5점 만점)	
고전의 반열	역사적 의의와 수상 경력
대반전	독자 기만 점수
속도감	스피디한 전개
캐릭터	매력적인 캐릭터
논리정연	논리적인 해결
선정성	사건의 잔인함

검은숲 함량표 모음 http://blog.naver.com/sigongbook/140134080161

프랜차이즈 저택 사건

프랜차이즈
저택 사건

조세핀 테이 지음

권영주 옮김

제1장

어느 봄날 오후 4시, 로버트 블레어는 이제 그만 퇴근할까 생각 중이었다.

사무실 퇴근 시간은 물론 5시다. 그러나 블레어·헤이워드·베넷 법률사무소의 단 하나뿐인 블레어는 자기가 퇴근하고 싶을 때 퇴근한다. 그리고 유언 및 양도, 투자가 주된 업무 내용인 그를 저물녘 다되어 찾는 사람은 좀처럼 없다. 게다가 3시 45분에 우편물 발송이 끝나는 밀퍼드에서는 4시 한참 전부터 축 늘어진 분위기가 감돌기 시작한다.

심지어 전화가 올 가능성도 없었다. 골프 친구들은 지금쯤 14번과 16번 홀 사이 어디쯤에 있을 테고, 그를 저녁에 초대할 사람도 없을 것이다. 밀퍼드에서는 아직까지 직접 쓴 초대장을 우편으로 보내기 때문이다. 린 아주머니가 전화를 걸고, 오는 길에 신선한 생선을 찾

5

아오라고 하지도 않을 것이다. 오늘은 2주에 한 번 그녀가 영화를 보러 오후에 외출하는 날이다. 아마 영화가 시작된 지 아직 이십 분밖에 안 됐을 것이다.

그래서 그는 작은 읍내의 나른한 봄날 오후에, 뉘엿뉘엿 저물어가는 태양이 책상(할아버지가 파리에서 가져와 가족을 경악케 한 황동 상감 마호가니 책상이다) 위에 비추는 마지막 햇빛 조각을 바라보며 집에 갈까 생각하고 있었다. 빛 조각 안에는 그의 차 쟁반이 있었다. 채색된 양철 쟁반과 머그잔이 아니라는 점이 지극히 블레어·헤이워드·베넷 법률사무소다웠다. 근무일이면 하루도 빠짐없이 정각 3시 50분에, 터프 양이 얼룩 하나 없이 새하얀 깔개를 깐 칠기 쟁반에 파란 무늬가 그려진 자기 찻잔과 비스킷 두 쪽을 담은 같은 무늬 접시를 얹어 들고 들어온다. 월, 수, 금요일에는 버터 비스킷이고 화, 목, 토요일에는 다이제스티브다.

멍하니 바라보다 보니 그 쟁반이 블레어·헤어워드·베넷 법률사무소의 연속성을 나타낸다는 생각이 들었다. 찻잔은 그가 철이 들기도 전부터 있었다. 쟁반은 그가 아주 어렸을 때 집에서 요리사가 빵집에서 배달한 빵을 들여오는 데 쓰던 것을, 당시 아직 젊던 어머니가 구해내 파란 무늬 찻잔을 나르는 데 쓰려고 사무실로 가져왔다. 깔개는 그로부터 수년 후, 터프 양의 등장과 더불어 출현했다. 터프 양은 전시 상황의 산물이었다. 밀퍼드의 점잖은 법률사무소 책상에 앉은 여자는 그녀가 처음이었다. 미혼이고 촌스럽고 키 크고 깡마른 데다 고지식한 터프 양의 존재는 혁명이나 다름없었다. 그러나 사무소는 그 혁명을 거의 눈썹 하나 까딱 않고 넘겼다. 그로부터 거의 사반세기가 지난 지금, 깡마르고 머리가 희끗희끗하고 위엄이 넘치는 터프 양은 도무지 과거에 센세이션을 불러일으켰던 존재처럼 보이지 않았다. 실제로 오랜 세월 이어져온 일과를 그녀가 어지럽힌 것이라곤 쟁반 깔개를 도입한 것뿐이었다. 터프 양의 집에서 접시를 쟁반에 바로 놓는 일은 있을 수 없었다. 실은 케이크를 접시 위에 바로 놓는 일도 있을 수 없었다. 반드시 깔개나 냅킨이 그 사이에 있어야 했다. 그렇기에 터프 양은 그런 야만적인 습관이 영 마뜩찮았다. 더욱이 그녀는 쟁반의 옻칠된 문양이 정신 사납고 식욕을 떨어뜨리며 '망측하다'고 생각했다. 그래서 어느 날 그녀는 집에서 깔개를 가져왔다. 음식을 담기에 적합하게, 무늬가 없고 점잖은 하얀색 깔개였다. 칠기 쟁반을 좋아했던 로버트의 아버지는 깨끗한 하얀색 깔개를 보고 젊은 터프 양이 사무소를 생각하는 마음에 감동을 받았다. 덕분에 깔개는 살아남아 서류 보관함과 놋쇠 현판, 그리고 헤슬타인 씨가 해마다 걸리는 감기 못지않게 사무소의 일부로 자리 잡았다.

비스킷이 있었던 파란 접시에 시선이 머물렀을 때, 로버트의 가슴에 또다시 기묘한 감각이 되살아났다. 다이제스티브 두 쪽이 원인은 아니었다. 적어도 물리적으로는 그랬다. 그보다 판에 박힌 비스킷, 목요일에는 어김없이 다이제스티브일 것이고 월요일에는 버터 비스킷일 것이라는 평온무사한 확실성 때문이었다. 대략 작년까지만 해도 그는 평온무사함에도, 확실성에도 아무 불만이 없었다. 이 삶, 그가 성장한 이곳에서 보내는 이 고요하고 안온한 삶 외에 다른 삶을 원치 않았다. 그것은 지금도 마찬가지였다. 그러나 요새 들어 기묘하고 낯선 생각이 예기치 않은 순간에 그의 마음을 스친 적이 한두 번 있었다. 그것을 대략 말로 표현하자면 '이게 네가 누리게 될 전부다.'라 할 수 있었다. 그 생각이 들면 한순간 가슴이 옥죄어들었다. 거의 공황 반응이나 다름없었다. 열 살 때 치과에 가야 한다는 것을 기억하고 심장이 쭈그러들었던 때나 마찬가지로.

로버트는 그 때문에 짜증이 나고 또 당혹했다. 그는 자기가 행복하고 재수 좋은 사람일 뿐 아니라 다 큰 성인이라고 생각하고 있었다. 어째서 이 생소한 생각이 어느 날 갑자기 불쑥 나타나 갈비뼈 밑이 죄어드는 그 불쾌한 느낌을 야기해야 하는가? 남자에게 필요하다고 여겨지는 것 중에 자기 삶에 없는 게 대체 무엇이란 말인가?

아내?

하지만 원한다면 그는 얼마든지 결혼할 수 있었다. 적어도 그의 생각으로는 그랬다. 그 지역에는 짝 없는 여자들이 수두룩할 뿐더러, 하나같이 그를 싫어하는 눈치는 아니었다.

헌신적인 어머니?

하지만 어머니가 있었다 한들 린 아주머니 이상으로 헌신적인 애정을 그에게 쏟아줄 수 있었을까? 친애하는 린 아주머니는 그를 거의 맹목적으로 사랑하는데.

부?

지금까지 그가 원하는 것을 못 산 적이 있었던가? 그게 부유한 게 아니면 대체 무엇이란 말인가?

자극적인 삶?

하지만 그는 자극을 원해본 적이 없었다. 하루 사냥을 나가거나 골프장 16번 홀에서 타이를 이루었을 때 얻는 자극 정도면 충분했다.

그럼 무엇이란 말인가?

'이게 네가 누리게 될 전부다.'라는 생각이 드는 이유가 무엇인가?

어쩌면……. 비스킷이 있던 파란 접시를 물끄러미 바라보며 그는 생각했다. 내일은 분명 멋진 일이 있으리라는 유년기적인 자세가, 그것이 실현 가능한 동안에는 잠재의식 속에 끈질기게 버티고 있다. 그러다가 나이 마흔이 넘고 그것이 이루어질 가망이 없게 된 다음에야 비로소 의식 속으로 파고드는 게 아닐까. 관심을 끌고 싶어 울어대는 잃어버린 어린 시절의 한 단편인 셈이다.

아닌 게 아니라 로버트 블레어는 죽을 때까지 지금 이대로 살기를 진심으로 바랐다. 어려서 학교 다닐 때부터 그는 자기가 이 사무소에 들어와 언젠가 아버지 뒤를 이으리라는 것을 알고 있었다. 그렇기에 그는 인생을 살아갈 자리가 이미 마련되어 있지 않은 동급생들을 측은하게 여기곤 했다. 그들에게는 친구와 추억으로 가득한 밀퍼드가 없을 뿐더러, 그들은 블레어·헤이워드·베넷 법률사무소가 제공하는 것 같은 영국적 연속성에 끼지도 못한다.

현재 사무소에 헤이워드는 없다. 1843년 이래로 단 한 번도 없었다. 하지만 베넷 쪽에서는 현재 새파란 젊은이 하나가 뒷방을 차지하고 있다. 말 그대로 차지하고 있을 뿐이다. 뭔가 일을 하고 있을 리는 없기 때문이다. 인생에서 네빌의 주된 관심사는 하도 독창적이고 참신해서 자기 말고는 아무도 이해하지 못하는 시를 쓰는 것이다. 로버트는 시는 탐탁지 않게 여겼으나 태만은 묵과했다. 자기가 그 방을 차지했던 시절에 가죽 안락의자에 매시 숏을 날리는 연습을 하며 시간을 보냈던 것을 그는 아직 잊지 못했다.

햇빛이 쟁반을 스르르 벗어난 것을 보고 로버트는 집에 가기로 마음먹었다. 지금 가면 햇살이 동쪽 인도(人道)를 떠나기 전에 마을 번화가인 하이 가(街)를 걸어 집으로 갈 수 있을 것이다. 그는 아직도 밀퍼드의 번화가를 걷는 것을 즐겼다. 밀퍼드가 무슨 명소라 그런 것은 아니었다. 트렌트 강 이남으로 비슷한 곳이 아마 백 군데는 있을 섯이다. 그러나 밀퍼드는 지난 삼백 년간 영국에서 맥을 이어온 삶의 좋은 면을 꾸밈없이 자연스럽게 보여주는 전형 같은 곳이었다. 블레어·헤이워드·베넷 법률사무소는 인도와 맞붙은 오래된 주택에 들어 있는데, 찰스 2세 치세 말년에 지어진 이 건물에서 시작해서 조지 왕 시대의 벽돌 주택, 엘리자베스 여왕 시대의 회반죽 바른 목조 건물, 빅토리아 여왕 시대의 석조 건물, 섭정 시대의 스투코를 거쳐, 느릅나무들 뒤에 선 에드워드 7세 시대의 빌라들에 이르기까지, 하이 가는 완만한 경사를 이루며 남쪽으로 이어진다. 장미색과 흰색과 갈색 사이에 이따금 검은 유리가 나타나, 과하게 차려입고 파티에 참석한 벼락부자처럼 시침 뚝 떼고 버티고 있곤 했다. 그러나 다른 건물들의 점잖음이 그것들을 적당히 가려주었다. 심지어 체인점조차 밀퍼드는 봐주었다. 아닌 게 아니라 거리 남쪽 끝에서는 진홍색과 금색으로 장식된 미국계 잡화점이 희망 찬 약속을 떠들어대어, 그 맞은편 엘리자베스 여왕 시대의 유물에서 여동생이 굽는 빵과 앤 불린이라는 이름의 도움을 받아 찻집을 운영하는 트루러브 양의 심기를 나날이 불편하게 했다. 그러나 웨스트민스터 은행은 고리대금업 시대 이래로 찾아보기 힘들어진 겸손함을 발휘해 대리석을 쓰지 않고 위버스 홀을 개조했다. 대형 약국인 솔스는 위즈덤 저택을 인수하면서 놀란 표정

같은 높다란 건물 정면을 그대로 두었다.

잘 전지된 라임 나무들이 인도를 따라 늘어선 세련되고 활기찬 이 거리를 로버트 블레어는 사랑했다.

일어나려고 발을 모으는데 전화벨이 울렸다. 다른 곳에서는 전화벨이란 바깥 사무실에서 울리는 것이다. 그래서 아랫것이 전화를 받아서는 용건을 묻고 '잠깐만 기다려주시면 연결해 드리겠다.'고 한 다음에야 비로소 원하는 사람과 통화를 할 수 있다. 그러나 밀퍼드에서는 다르다. 밀퍼드에서는 그런 것을 용납하지 않는다. 밀퍼드에서는 존 스미스와 통화를 하고 싶을 경우 존 스미스가 직접 전화를 받을 것을 기대한다. 그렇기에 그 봄날 오후, 블레어·헤이워드·베넷 법률사무소에 울린 전화벨은 로버트의 황동 마호가니 책상 위의 전화기에서 울린 것이었다.

훗날 로버트는 전화가 일 분만 더 늦게 왔더라면 어떻게 됐을지 생각하곤 했다. 일 분만, 아무 짝에도 못 쓸 육십 초만 더 늦었으면 그는 홀에 걸려 있던 코트를 내리고서는 건너편 방에 고개를 들이밀고 헤슬타인 씨에게 퇴근한다고 알렸을 것이다. 그리고 흐릿한 오후 햇살 속으로 나가 거리를 걷기 시작했을 것이다. 전화벨이 울리면 헤슬타인 씨가 받아 여자에게 그가 나갔다고 알렸을 테고, 여자는 전화를 끊은 다음 다른 곳에 걸어봤을 것이다. 그리고 이후에 벌어진 일은 그에게 그저 학술적인 관심사로 그쳤을 것이다.

그러나 전화벨이 때맞춰 울렸다. 로버트는 손을 뻗어 수화기를 들었다.

"블레어 씨인가요?"

여자 목소리였다. 평소에는 자신에 찬 콘트랄토일 듯한데 지금은 숨이 차거나 다급하게 들렸다.

"아, 통화가 돼서 다행이에요. 벌써 퇴근하셨을까 봐 걱정했거든요. 블레어 씨는 아마 절 모르실 거예요. 샤프라고 해요, 매리언 샤프. 프랜차이즈에서 어머니랑 같이 살죠. 아시죠? 라버러 가도에 있는 집 말이에요."

"네, 압니다."

블레어가 대답했다. 그는 매리언 샤프를 본 적이 있었다. 뿐만 아니라 밀퍼드와 인근 지역의 모든 사람을 알았다. 매리언 샤프는 마흔 전후의 키가 크고 깡마른 여자인데, 흡사 집시처럼 가무잡잡한 외모를 강조하는 선명한 색채의 실크 스카프를 즐겨 두르곤 했다. 다 찌그러진 고물차에 머리가 하얗게 센 어머니를 태우고 오전 중에 장을 보러 나왔다. 뒷좌석에 꼿꼿이 앉은 그녀의 어머니는 가냘프고 생뚱맞고 말없이 항의하는 듯 보였다. 샤프 부인은 옆에서 보면 화가 휘슬러의 어머니 같은데, 정면으로 고개를 돌려 옅은 색의 또랑또랑하고 싸늘한 갈매기 같은 눈이 보이면 흡사 무녀 같은 인상을 주었다. 사람 불편하게 만드는 노인네였다.

여자가 말을 이었다.

"블레어 씨는 절 모르시겠지만 전 밀퍼드에서 당신을 본 적이 있는데, 친절한 분처럼 보였거든요. 그리고 전 지금 변호사가 필요하고요. 그것도 지금 당장 필요해요. 그런데 우리가 아는 유일한 변호사는 런던에 있지 뭐예요. 제 말은 그러니까, 런던에 있는 사무소란 뜻이에요. 게다가 사실 우리 변호사도 아니고요. 그냥 유산이랑 같이 물려받았을 뿐이죠. 그런데 저한테 지금 문제가 생겨서 법적인 도움이 필요하거든요. 그래서 블레어 씨가 생각났는데 어쩌면 당신이…….”

“혹시 차 문제라면…….”

블레어는 입을 열었다. 밀퍼드에서 ‘문제’라 하면 비적출자 부양 명령 아니면 교통법 위반, 둘 중 하나다. 매리언 샤프가 연관된 문제라면 아마도 후자일 테지만 어느 쪽이건 차이는 없다. 블레어·헤이워드·베넷 법률사무소는 어차피 관심이 없기 때문이다. 거리 반대쪽 끄트머리에 있는 똑똑한 젊은 친구 칼리에게 그녀를 넘기자. 소송이라면 사족을 못 쓰는 칼리는 악마조차도 지옥에서 보석으로 풀려나게 할 수 있으리라는 말을 듣곤 했다(“보석?” 어느 날 밤 로즈 앤 크라운 주점에서 누군가 말했다. “그 정도가 아니지. 심지어 악마한테 감사의 뜻으로 1기니를 주자는 서명도 우리한테 다 받아낼걸.”).

“차 문제라면…….”

“차라고요?”

마치 현재 있는 세계에서 차라는 게 무엇인지 기억이 나지 않는다는 양 그녀가 멍하니 말했다.

“아, 차요. 아뇨. 오, 아니에요, 그런 게 아니에요. 훨씬 심각한 일이에요. 스코틀랜드 야드라고요.”

“스코틀랜드 야드라고요!”

성실한 지방 변호사이자 신사인 로버트 블레어에게 스코틀랜드 야드, 즉, 런던 경찰청은 쿠빌라이 칸의 상도(上都)나 할리우드, 스카이다이빙 못지않게 이국적인 존재였다. 선량한 시민으로서 그는 지역

13

경찰과 양호한 관계를 맺고 있었는데 그와 범죄와의 접점은 거기서 그쳤다. 이곳 경위와 같이 골프를 칠 때가 그나마 스코틀랜드 야드에 가장 가까이 근접하는 경우였다. 매우 안정된 게임을 하는 괜찮은 친구인데 '19번 홀'(골프 게임 후에 가는 선술집이나 바 - 옮긴이)에 이르면 이따금 업무와 관련된 이야기를 슬쩍 흘리곤 했다.

"혹시 제가 누굴 죽였다고 생각하신다면 그런 건 아니에요."

매리언 샤프는 황급히 덧붙였다.

"중요한 건 그게 아닙니다. 누굴 죽였다는 혐의를 받고 있는 겁니까?"

그녀가 무슨 혐의를 받고 있건 간에 이것은 명백히 칼리의 일이다. 칼리에게 떠넘겨야겠다.

"아뇨, 살인 같은 게 아니에요. 제가 누굴 납치했대요. 아니, 유괴했다나 그래요. 전화로는 설명을 못 하겠어요. 어쨌든 지금 당장 누가 필요하니까……."

"당신이 필요하신 건 제가 아닌 것 같습니다. 전 형법에 관해 아는 게 전혀 없으니까요. 저희 사무소에선 그런 사건을 다루지 못합니다. 당신에게 필요한 사람은……."

"전 형법 전문 변호사를 원하는 게 아니에요. 제가 원하는 건 친구라고요. 제 편에 서서 제가 부당한 처사를 당하진 않는지 봐줄 사람요. 제 말은, 원치 않으면 대답을 안 해도 되는 질문을 가르쳐준다든지 할 사람 말이에요. 그런 일엔 형법에 관한 전문 지식이 필요 없지 않나요?"

"그건 그렇습니다만, 경찰 관련 사건에 경험이 많은 사무소가 당신에게 더 도움이 될 것 같은데요. 이를테면……."

"그 말은 그러니까, 블레어 씨 구미에 안 맞는 일이란 말씀이시군요?"

로버트는 허겁지겁 말했다.

"물론 그런 건 아닙니다. 그저 정말로 저희보다 더 적합한……."

그녀가 로버트의 말을 가로막았다.

"지금 제 기분이 어떤지 아세요? 전 지금 강둑으로 기어오르질 못해 빠져 죽기 일보직전인데 당신은 절 구해주는 대신 반대편 강둑이 훨씬 더 쉬울 거라고 가르쳐주는 꼴이라고요."

한순간 침묵이 흘렀다.

"그건 아니죠. 전 당신에게 물에 빠진 사람을 끌어내는 전문가를 소개할 수 있습니다. 제가 장담하건대, 저 같은 아마추어보다 훨씬 나을 겁니다. 이 근방에선 벤저민 칼리만큼 형사 재판의 변호를 잘 아는 사람이 없으니……."

"뭐라고요! 그 줄무늬 양복을 입은 끔찍한 사람 말이에요?"

그녀의 낮은 목소리가 높아지면서 갈라졌다. 또다시 잠깐 침묵이 흘렀다.

그녀가 이윽고 원래의 목소리를 되찾고 말했다.

"죄송합니다. 실없는 소리를 했네요. 하지만 제가 당신한테 전화를 한 건 당신이 똑똑할 거라고 생각해서가 아니었어요."('아, 예, 그러십니까.' 로버트는 속으로 생각했다.) 그보다 제가 곤경에 처했고 저랑 동류인 사람의 조언을 원했기 때문이에요. 당신은 제 동류처럼 보였거든요. 블레어 씨, 제발 와주세요. 전 지금 당장 당신이 필요해요. 지금 집에 스코틀랜드 야드에서 나온 사람들이 와 있어요. 봐서 관여되고 싶지 않은 일 같으면 나중에라도 얼마든지 딴 사람한테 넘기시면 되잖아요? 그리고 어쩌면 관여될 일이 아예 없을지도 모르고요. 그냥 여기 와서 한 시간 동안 '제 권익을 돌봐주건' 뭐건 해주시면 아무 일 없이 끝날지도 몰라요. 분명히 무슨 착오가 있는 걸 테니까요. 그것도 안 되시겠어요?"

대체로 가능하리라는 생각이 들었다. 로버트 블레어는 합리적인 청원을 거절하기에는 사람이 너무 선량했을 뿐더러, 그녀는 일이 까다로워질 경우 그가 빠져나갈 구멍을 마련해주었다. 더욱이 다시 생각해보니 그녀를 벤 칼리에게 떠넘기고 싶지 않았다. 줄무늬 양복에 관한 실언은 그렇다 치고, 그녀의 말에도 일리가 있다는 생각이 들었다. 만약 무슨 일을 저질러놓고 책임을 면하고 싶다면, 아닌 게 아니라 칼리는 하늘이 내린 선물일 것이다. 그러나 하지도 않은 짓 때문에 곤경에 처해 어리둥절한 상황이라면, 어쩌면 칼리의 밀어붙이는 성격은 지금 당장 그리 도움이 못 될지도 모른다.

그렇기는 해도 수화기를 내려놓으며 그는 자기가 좀 더 범접하기 어려운 이미지가 아닌 것을 아쉽게 생각했다. 칼뱅이건 칼리반이건 상관없었다. 낯선 여자들이 곤경에 처했을 때 자기에게 매달리지만 않는 한.

신 거리에 있는 차고로 차를 가지러 가면서 그는 생각했다. '납치'가 가져다주는 문제는 대체 어떤 것인가? 영국 법률에 그런 범죄가 있기는 하던가? 그녀가 납치할 만한 사람은 대체 누구란 말인가? 어린애? 상속받을 유산이 있는 아이? 라버러 가도에 있는 큰 집에도 불

16

구하고 그들은 돈에 매우 쪼들린다는 인상이 있었다. 아니면 그들 생각에 본래의 보호자에게 '학대'를 받고 있는 어린애? 그것은 있을 법했다. 샤프 부인은 광신도처럼 생겼으려니와, 매리언 샤프는 화형 말뚝이 여전히 유행이기만 했다면 그녀에게 딱 맞는 소도구일 것처럼 보였다. 그래, 역시 십중팔구 분별없는 박애 행위였을 것이다. '부모, 보호자 등으로부터 취할 목적'으로 억류한 것이다. 《해리스 앤 월셔》 (영국의 형법 서적 - 옮긴이)를 좀 더 기억할 수 있으면 좋겠는데. 징역형을 받게 될 중죄인지, 아니면 그냥 경범죄인지 바로 생각나지 않았다. '납치 구금'은 1798년 12월, 러소즈의 지주가 그레턴 가의 저택에서 열린 무도회에서 클라레를 마시고 곤드레만드레 취해 젊은 그레턴 양을 말안장에 싣고 홍수를 뚫고 사라졌을 때 이래로, 블레어·헤이워드·베넷 법률사무소의 업무 기록 파일을 더럽힌 적이 없었다. 그때는 물론 지주의 의도에 의심할 여지가 없었다.

뭐, 좋다. 스코틀랜드 야드의 개입으로 그들도 놀랐을 테니 이제 분명 차근차근 설명하면 알아들을 것이다. 실은 그도 다소 놀랐다. 경찰청 본청에서 나설 정도로 중요한 아이인가?

모퉁이를 돌아 신 거리로 들어서자 여느 때처럼 전쟁이 벌어지고 있었으나 그는 끼어들지 않았다(어원 연구자들은 '신(Sin)'이 '샌드(sand)'에서 변형된 말이라 하지만 밀퍼드 주민들은 물론 진상을 안다. 읍내 뒤편 목초지에 공영주택이 들어서기 전까지 그 길은 하이 숲으로 들어가는 으슥한 오솔길과 바로 이어져 있었다). 그곳에서는 좁은 골목을 사이에 두고 마방(馬房)과 읍내에 새로 생긴 정비소 겸 차고가 서로 으르렁대고 있었다. 차고 때문에 말들이 겁을 먹고(마방의 주장에 따르면), 마방으로 배달되는 밀짚과 꿀, 그 밖의 잡동사니 때문에 1년 365일 내내 골목이 막혔다(정비소의 주장에 따르면). 게다가 정비소를 운영하는 것은 REME(영국 전기 및 기계 기술병과 – 옮긴이) 출신인 빌 브러프와 통신대 출신인 스탠리 피터스였다. 용기병 연대 출신인 매트 엘리스 영감에게 그들은 기병대를 멸망으로 몰아넣은 세대요, 문명 사회를 모독하는 존재였다.

사냥철인 겨울이면 로버트는 기병대 측 주장을 듣고 지낸다. 그 나머지 기간에는 차를 세차하거나 기름을 치거나 기름을 넣거나 차고에서 빼내는 동안 통신대 측 주장을 들어야 한다. 오늘은 문서 비훼(誹毀)와 구두 비훼가 어떻게 다르며 인격 모욕죄는 정확히 무엇인지 알고 싶어 했다. '너트와 도토리도 구별할 줄 모르면서 쇳덩어리를 고친답시고 만지작거리는 인간'이란 말은 과연 인격 모욕죄에 해당되는가?

"모르겠는데, 스탠. 생각 좀 해봐야 알겠어."

로버트는 시동을 걸며 황급히 말했다.

그는 오후 승마 연습을 나갔던 늙은 말 세 마리가 뚱뚱한 아이 둘과 말구종을 태우고 지쳐 돌아오는 것을 기다렸다가("그거 보시라니까요." 스탠리가 뒤에서 말했다), 차를 몰고 하이 가로 나섰다.

하이 가 남쪽 끝에서 상점들은 점차 인도에 현관 계단이 바짝 붙은 집들로 대체되기 시작했다. 이윽고 집들이 한 발짝 뒤로 물러나고 현관이 기둥으로 장식되더니 정원 딸린 빌라들이 나타났다. 그러다가 느닷없이 탁 트인 들판이 나왔다.

산울타리를 두른 밭만 끝없이 펼쳐지고 집은 몇 채 없는 이곳은 비

18

옥하기는 해도 쓸쓸한 곳이다. 수 킬로미터를 가도록 다른 사람을 만나지 못할 때도 있다. 밭은 밭으로 이어지고 지평선은 지평선으로 사라지며 한없이 똑같은 패턴을 반복한다. 장미 전쟁 시대 그대로 한적하고 자신만만한 모습이다. 시대를 드러내는 것은 오로지 전신주뿐이다.

그 지평선 너머에 라버러가 있었다. 자전거와 총기, 압정, 카우언스 크랜베리 소스, 다닥다닥 붙은 지저분한 붉은색 벽돌집에서 사는 수많은 인간들로 대표되는 라버러는, 주기적으로 격세 유전처럼 수풀과 흙을 갈망해 경계를 침범하곤 했다. 그러나 밀퍼드에는 수풀과 흙에 좋은 경관과 찻집이 빠져서는 안 되는 족속들의 관심을 끌 만한 것이 아무것도 없었다. 따라서 라버러 사람들이 휴가를 떠날 때는 하나같이 산이나 바다를 향해 서쪽으로 갔다. 덕분에 북쪽과 동쪽의 광대한 들판은 에드워드 4세 치세에 그랬듯이 한적하고 평온하고 쓰레기도 없었다. '따분한' 곳이었던 덕에 살아난 셈이다.

라버러 가도를 따라 3킬로미터쯤 간 곳에 '프랜차이즈'라는 이름으로 알려진 집이 있었다. 공중전화 박스 못지않게 눈에 띄지 않게 길가에 동그마니 있다. 섭정 시대 말기에 누가 프랜차이즈라는 이름이 붙은 들판을 사들여서는 그 한복판에 납작하고 하얀 집을 짓고 높다랗고 든든한 벽돌 담장을 둘렀다. 그리고 도로를 향한 담장 정면 한가운데에 담장과 같은 높이로, 양옆으로 열리는 거대한 대문을 달았다. 농촌과는 아무 연관이 없는 집이었다. 집 뒤에 곳간이나 농기구 창고가 있지도 않았고, 심지어 들판으로 나가는 쪽문조차 없었다. 시대와 발맞춰 집 뒤에 마구간을 짓기는 했어도 담장 안에 있었다. 그 집은 길가에 떨어진 어린애 장난감만큼이나 주위와 동떨어지고 고립된 존재였다. 로버트의 기억으로는 늘 노인 혼자 살았던 것 같았다. 어쩌면 전부 동일 인물이었을지도 모르지만, 프랜차이즈에 사는 사람들은 항상 라버러 쪽에 위치한 햄 그린에서 장을 봤기 때문에 밀퍼드에서는 볼 일이 없었다. 그러다 매리언 샤프 모녀가 밀퍼드의 아침 장보기에 참가하기 시작했다. 노인이 죽은 뒤 그들이 프랜차이즈를 물려받았다는 듯했다.

여기 온 지 얼마나 됐더라? 삼 년? 사 년?

그들이 밀퍼드 사회에 끼지 못한 것은 특별한 일도 아니었다. 겨우 이십오 년 전에 바닷바람보다는 육지의 공기가 류머티즘에 좋으리라 생각해서 하이 가 끄트머리의 느티나무 빌라 중 마지막 하나 남은 집을 산 워런 부인도 여태 '웨이머스에서 온 부인'이었다(참고로, 웨이머스가 아니라 스워니지였다).

더욱이 샤프 모녀 스스로 그런 사교적 관계를 원하지 않았는지도 몰랐다. 그들은 묘하게 타인을 필요로 하지 않는 듯한 분위기가 있었다. 로버트는 골프장에서 보스윅 의사와 (아마도 의사의 초대로)골프를 치는 딸 쪽을 한두 번 본 적이 있었다. 그녀는 홉사 남자처럼 장타를 날리고, 가느다란 갈색 손목을 프로 골퍼처럼 썼다. 로버트가 그녀에 대해 아는 것이라곤 그게 다였다.

높다란 철문 앞에 차를 세우는데 다른 차 두 대가 이미 와 있는 것이 보였다. 앞쪽 차는 한 번 흘끗 보기만 해도 정체를 바로 알 수 있었다. 무난하고 잘 관리되고 점잖은 차다. 경찰이 예의 바른 인상을 주고 튀지 않으려 애쓰는 나라가 세상에 여기 말고 또 있을까. 로버트는 차에서 내리며 그런 생각을 했다.

더 먼 쪽 차는 헬럼 것이었다. 안정된 골프를 치는 이곳 경위다.

경찰차에는 세 사람이 있었다. 운전자가 있고, 뒷좌석에 중년 여자, 그리고 어린애인지 십 대인지 모를 소녀가 앉아 있었다. 운전자는 경찰의 그 온화하고 무관심하고 빈틈없는 눈초리로 그를 보더니 금세 시선을 돌렸다. 뒷좌석에 앉은 두 사람 얼굴은 보이지 않았다.

높다란 철문은 닫혀 있었다. 그러고 보면 그 문이 열려 있는 것을 본 기억이 없었다. 로버트는 노골적으로 호기심에 차 육중한 문을 밀었다. 원래는 창살로 장식되어 있던 대문은 사생활을 보호하고 싶은 빅토리아 시대식 정서에 의해 철판으로 가려졌고, 담장도 워낙 높아 내부가 전혀 보이지 않았다. 그 때문에 멀리서 본 지붕과 굴뚝 말고는 프랜차이즈 저택을 본 적이 없었다.

맨 처음 느낀 것은 실망이었다. 영락한 느낌이 역력하기는 했어도 그 때문은 아니었고, 단지 하도 추한 탓이었다. 우아한 시대의 우아함을 나눠 받기에는 너무 늦게 지어졌거나, 아니면 건축업자에게 건축가의 안목이 부족했던 모양이다. 그 시대의 양식을 쓰기는 썼으나, 그는 명백히 그것을 소화하지 못했다. 모든 게 어딘지 조금씩 이상했다. 창문은 한 15센티미터 사이즈가 맞지 않는 데다, 마찬가지로 한 15센티미터 어긋난 위치에 놓였다. 현관은 폭이 이상하고, 현관 계단은 높이가 이상했다. 그런 것이 모두 합쳐져 섭정 시대의 순하고 만족한 인상 대신 사나운 시선을 자아냈다. 적대감 어리고 따져 묻는 듯한 시선이었다. 무뚝뚝한 현관을 향해 안마당을 가로지르던 로버트는 그 집이 무엇을 상기시키는지 깨달았다. 낯선 사람의 출현으로 자다 말고 깨서는 몸을 일으킨 채 덤벼들 것인지, 그냥 짖기만 할 것인지 고민하는 개다. 여기서 무얼 하느냐고 따지는 듯한 표정이 똑같았다.

초인종을 울리기도 전에 문이 열렸다. 하녀가 아니라 매리언 샤프가 직접 열었다. 그녀가 손을 내밀었다.

"오시는 걸 봤거든요. 오후에 어머니가 누워 계시기 때문에 벨소리가 나면 좀 그래서요. 어머니가 일어나 나오시기 전에 이 일을 끝낼 수 있으면 좋겠어요. 어머니는 아예 모르고 넘어가시게요. 와주셔서 감사합니다. 뭐라 감사의 말씀을 드려야 할지 모르겠어요."

로버트는 뭐라 중얼거렸다. 짙은 갈색인 줄 알았던 그녀의 눈 색깔은 실제로는 회색이 도는 담갈색이었다. 그녀의 안내로 홀에 들어서서 캐비닛에 모자를 내려놓다 보니 바닥에 깔린 러그가 다 해졌다.

"법의 집행자는 이 안에 있어요."

그녀는 문을 열고 응접실로 그를 안내하며 말했다. 상황을 파악하기 위해 잠시 동안 그녀와 단둘이 이야기를 하고 싶었지만, 그 말을 꺼내기에는 이미 늦고 말았다. 이것이 명백히 그녀가 원하는 방식인 듯했다.

구슬 세공 의자에 핼럼이 어색한 얼굴로 야트막히 앉아 있었다. 그리고 창가에는 스코틀랜드 야드 사람이 매우 근사한 헤플화이트 양식의 의자에 편안하게 앉아 있었다. 홀쭉한 체격에 아직 젊은 축에 속하는 남자는 마름질이 잘된 양복을 입고 있었다.

두 사람이 일어섰다. 핼럼과 로버트는 고개를 끄덕여 인사했다.

"핼럼 경위님을 아시는군요? 이쪽은 본청에서 나오신 그랜트 경위님이세요."

매리언 샤프가 말했다.

'본청'이라는 말이 마음에 걸렸다. 예전에 이미 경찰과 무슨 일이 있었나, 아니면 그저 '스코틀랜드 야드'의 다소 선정적인 어감이 싫었을 뿐인가.

그랜트는 로버트와 악수를 나누며 말했다.

"와주셔서 기쁩니다, 블레어 씨. 샤프 양만이 아니라 저 자신을 위해서도 말이죠."

"그게 무슨 뜻입니까?"

"샤프 양이 도움을 받을 수 있는 상황이 아니면 일을 진행시키기 좀 껄끄러워서 말입니다. 법적 도움까진 못 줘도 힘이 돼줄 수 있는 사람이 있으면 좋죠. 법적 도움을 줄 수 있으면 그야 더 좋고요."

"그렇군요. 그래서 샤프 양은 무슨 혐의를 받는 겁니까?"

"아뇨, 혐의랄 것까지는……."

그랜트가 입을 열었으나 매리언이 그의 말허리를 잘랐다.

"제가 누굴 유괴해서 구타했대요."

"구타했다고요?"

로버트는 깜짝 놀랐다.

"네."

그녀는 엄청난 사태를 오히려 즐기는 듯한 말투였다.

"그 애를 흠씬 두들겨 팼다나요."

"그 애?"

"여자애예요. 지금 문밖에 서 있는 차에 타고 있어요."

23

"처음부터 이야기를 들어보는 게 좋겠습니다."

로버트는 통상적인 것에 매달리는 심정으로 말했다.

"제가 설명하는 게 나을지도 모르겠군요."

그랜트가 온화하게 말했다.

"그러세요. 어차피 당신 쪽 이야기니까요."

그랜트는 그녀의 빈정거림을 알아차렸을까. 자신의 가장 좋은 의자 중 하나에 런던 경찰청 사람이 앉아 있는데도 그를 비꼴 수 있는 냉정함과 침착함도 조금 뜻밖이었다. 전화로는 조금도 냉정하고 침착한 것 같지 않았는데. 그때는 궁지에 몰리고 필사적인 인상이었다. 곁에 자기 편이 있어서 마음이 든든해졌을지도 모른다. 아니면 단지 기운을 되찾았거나.

그랜트가 경찰다운 간명한 어조로 이야기를 시작했다.

"부활절 직전에 에일즈베리 인근에서 후견인과 함께 사는 엘리자베스 케인이란 여학생이 라버러 교외의 메인즈힐에 사는 결혼한 고모네 집에 지내러 갔습니다. 학생은 버스를 타고 갔습니다. 런던과 라버러를 연결하는 버스는 에일즈베리를 통과하는 데다, 또 라버러에 도착하기 전에 메인즈힐도 통과하거든요. 기차를 타면 라버러까지 갔다가 다시 나와야 하는데, 버스로는 메인즈힐에서 내려 고모 집까지 삼 분만 걸어가면 되는 거죠. 일주일 뒤, 학생에게서 후견인…… 윈 씨 부부라는 사람들입니다만, 윈 씨 부부에게 자기는 아주 즐겁게 지내고 있으며 더 있다 가겠다는 엽서가 왔습니다. 그 사람들은 이걸 3주 뒤 방학이 끝날 때까지 있겠다는 말로 받아들였고요. 그런데 학교로 돌아갈 날이 돼도 학생이 나타나질 않자, 윈 씨 부부는 학교 가기 싫어서 그러는 줄로만 알고 고모에게 편지를 보내 학생을 돌려보내라고 했습니다. 학생의 고모는 가장 가까운 전화박스나 전신국으로 달려가는 대신 편지로, 조카가 이미 2주 전에 에일즈베리로 돌아갔다고 알렸고요. 편지가 오가는 데 또 일주일 가까이 걸린 탓에, 학생의 후견인이 경찰을 찾아갔을 때는 실종된 지 이미 4주가 지난 뒤였습니다. 경찰에선 통상적인 조치를 모두 취했습니다만, 수사가 본격화되기도 전에 학생이 나타난 겁니다. 어느 날 밤늦게 원피스에 신발만 신고 에일즈베리 근방의 집으로 걸어들어 왔더랍니다. 녹초가 돼서 말이죠."

"그 여학생은 몇 살입니까?"

로버트는 물었다.

"열다섯 살입니다. 이제 곧 열여섯 살이죠."

그랜트는 질문이 더 있는지 잠시 기다렸다가 말을 이었다(상대를 동등하게 대하는 태도에 로버트는 감탄했다. 대문 앞에 그렇게 겸손하게 서 있던 차에 어울리는 태도였다).

"학생은 차로 '납치'를 당했다고 했지만, 이틀간 아무도 그 학생에게서 그 이상 알아내지 못했습니다. 의식이 오락가락했거든요. 사십팔 시간 후에 회복된 뒤에야 그 사람들은 학생에게서 사정을 들을 수 있었습니다."

"그 사람들이라뇨?"

"윈 가 사람들 말입니다. 물론 경찰도 학생을 만나고 싶어 했지만, 학생이 경찰이란 말만 들어도 히스테리를 부리는 바람에 간접적으로 이야기를 들을 수밖에 없었어요. 학생의 말로는, 메인즈힐 교차로에서 집으로 타고 갈 버스를 기다리는데 두 여자가 탄 차가 와서 서더랍니다. 운전석에 앉은 좀 더 젊은 쪽 여자가 버스를 기다리느냐고 묻고 자기들이 태워다주겠다고 했다는군요."

"그 학생은 혼자였습니까?"

"네."

"왜 아무도 배웅을 나오지 않은 거죠?"

"고모부는 일하는 중이었고, 고모는 대모가 되어주기 위해 세례식에 가고 없었다고 합니다."

그는 또다시 말을 멈추고 로버트에게 또 다른 질문을 할 시간을 주었다.

"학생이 런던 가는 버스를 기다린다고 했더니, 두 여자는 그 버스가 이미 지나갔다고 했습니다. 버스 시간에 아주 빠듯하게 온 데다차고 있던 손목시계도 별로 정확한 편이 아니었기 때문에 학생은 그말을 믿었습니다. 그렇지 않아도 차가 와서 서기 전부터 혹시 버스를놓친 게 아닐까 걱정이 들던 참이었어요. 그때는 벌써 4시가 다 된 데다, 비가 오기 시작했고 날도 저물어가는 중이었습니다. 두 여자는아주 딱해하면서 삼십 분 뒤에 런던으로 가는 다른 버스를 탈 수 있는 곳으로 태워다주겠다고 했습니다. 지명을 말했는데 어딘지 알아듣지는 못했고요. 학생은 고맙게 제안을 받아들이고는 뒷좌석의 나이가 더 많은 쪽 여자 옆에 올라탔습니다."

여느 때처럼 뒷좌석에 꼿꼿한 자세로 매섭게 앉은 샤프 부인의 이미지가 뇌리에 떠올랐다. 로버트는 매리언을 흘긋 보았지만 그녀의표정은 침착했다. 그녀는 이미 한 번 들은 이야기인 것이다.

"빗물에 창이 흐렸고 또 나이 든 여자에게 자기 이야기를 하느라 학생은 가는 방향을 잘 확인하지 않았습니다. 비로소 주위를 살폈을 때는 날이 이미 꽤 어두워진 다음이었죠. 상당히 멀리 온 것 같았고요. 학생은 자기를 데려다주느라 이렇게 멀리 돌아가게 해서 미안하다고 했습니다. 그랬더니 젊은 여자가 처음으로 입을 열고는, 돌아서 가는 게 전혀 아니라면서, 들어와 따뜻한 차 한 잔 마시고 가도 시간이 넉넉하다, 그 뒤에 버스를 탈 교차로까지 데려다주겠다고 했습니다. 학생은 확신이 없었지만, 젊은 여자가 따뜻한 실내에서 요기도 할 수 있는데 비를 맞으며 이십 분을 기다릴 필요가 있느냐고 했어요. 학생도 그 말에 수긍했죠. 이윽고 젊은 여자가 내리더니 큰 대문으로 보이는 걸 열고는 차를 집 앞에 갖다 댔습니다. 어두워서 집은 잘 보이지 않았습니다. 두 여자는 학생을 커다란 부엌으로 데려가서……."

"부엌이라고요?"

로버트가 되뇌었다.

"그렇습니다. 나이 많은 여자가 커피를 레인지에 얹어 데우고, 젊은 여자는 샌드위치를 만들었습니다. '뚜껑 없는 샌드위치'라 하더군요."

"오픈 샌드위치군요."

"네. 커피를 마시고 샌드위치를 먹는 동안, 젊은 여자가 현재 자기 집에 하녀가 없는데 잠깐만 하녀로 일해줄 수 없겠느냐는 말을 꺼냈습니다. 학생은 싫다고 했고요. 두 여자는 설득하려 들었지만, 학생은 자기는 그런 직업에 관심이 없다고 완강하게 거절했습니다. 그런

데 이야기를 하는 중에 눈앞이 어질어질해진 겁니다. 최소한 자기들 집에 있으면 얼마나 멋진 방을 갖게 될지 위층으로 올라와서 보기라도 하란 말을 들었을 때는 정신이 몽롱해서 그 제안을 따를 수밖에 없었습니다. 첫 번째 계단엔 카펫이 깔려 있었고, 두 번째 계단을 올라갈 땐 발밑에 '뭔가 딱딱한 것'이 느껴졌다는 데서 기억이 끊겼습니다. 정신이 들었을 때는 환한 대낮이었고, 학생은 아무것도 없는 작은 다락방에서 바퀴 달린 간이침대에 누워 있었습니다. 슬립만 입고 있고 나머지 옷가지는 보이지 않았어요. 문은 잠겨 있고 작은 원형 창문은 열리지 않았습니다. 어쨌든⋯⋯."

"원형 창문이라고요!"

로버트는 불편한 기분으로 말했다.

대답한 사람은 매리언이었다.

"그래요, 지붕에 난 원형 창문이에요."

그녀가 의미심장한 어조로 말했다.

작은 원형 창문의 위치가 참으로 어색하다는 게 바로 몇 분 전에 그가 현관으로 걸어오면서 한 마지막 생각이었으므로, 로버트는 뭐라 말하면 좋을지 알 수 없었다. 그랜트는 또다시 예의바르게 기다렸다가 말을 이었다.

"이윽고 젊은 여자가 포리지 한 사발을 들고 나타났습니다. 학생은 식사를 거부하고는 옷을 돌려주고 자기를 풀어줄 것을 요구했습니다. 그랬더니 여자는 배가 고프면 먹을 거라면서 포리지를 두고 나갔습니다. 저녁때가 되자 여자가 쟁반에 차와 갓 구운 케이크를 들고 올라와선, 하녀 일을 한번 해보지 그러느냐고 설득하려 했습니다. 학생은 이번에도 거절했고요. 학생의 말로는, 며칠 동안 두 여자가 번 갈아서 이렇게 얼렀다가 을렀다가 했다는군요. 그러다 학생은 작은 원형 창문을 깨고 지붕으로 나가서 지나가는 사람이나 이 집을 찾아 온 상인에게 도움을 청하자는 생각을 했습니다. 지붕엔 난간이 있어 위험하지 않으니까요. 안타깝게도 도구라곤 의자 하나밖에 없었습니다. 그나마도 겨우 유리밖에 못 깼는데 젊은 여자가 격노해 나타나선, 의자를 빼앗아 그걸로 학생을 마구 때렸습니다. 그러고는 의자를 들고 방에서 나가기에 학생은 다 끝난 줄 알았습니다. 그런데 여자가 금세 개 채찍 같은 걸 들고 돌아오더니 학생이 정신을 잃을 때까지 때렸습니다. 다음 날, 나이 든 여자 쪽이 침대 시트 등을 한 아름 안고 나타나선 일을 안 하려면 최소한 바느질이라도 하라고 했습니다. 바느질을 안 하면 식사도 없다고요. 학생은 몸이 너무 뻐근해서 바느질을 할 수 없었던 탓에 식사를 못 했어요. 그다음 날, 바느질을 안 하면 또 맞을 줄 알라고 하기에 시트 몇 장을 기우고 저녁으로 스 튜를 얻어먹었습니다. 얼마 동안 이런 식으로 계속됐지만, 바느질이 잘 안 됐거나 충분치 않으면 구타를 당하거나 끼니를 걸러야 했습니다. 그런데 어느 날 저녁에 나이 든 여자가 여느 때처럼 스튜를 갖고 오더니 문을 잠그지 않고 나갔습니다. 학생은 함정일지도 모른다고 생각해서 기다리다가 마침내 조심조심 계단참으로 나갔습니다. 귀를 기울여봐도 아무 소리도 안 들리기에 카펫이 깔리지 않은 계단을 뛰 어 내려갔습니다. 그리고 한 계단 더 내려가 첫 번째 계단참에 이르 니, 부엌에서 두 여자의 말소리가 들려왔습니다. 학생은 마지막 계단 을 살금살금 내려가 현관문으로 달려갔습니다. 문은 잠겨 있지 않았어요. 그래서 그냥 그대로 뛰쳐나갔습니다."

"슬립만 입고 말입니까?"

로버트는 물었다.

"깜박하고 말씀을 못 드렸군요. 슬립을 가져가고 원피스를 돌려주더랍니다. 다락방은 난방이 안 됐기 때문에 슬립만 입고 지냈으면 아마 죽었을 겁니다."

"다락방에 있었다는 말이 맞는다면 말이죠."

로버트는 말했다.

"그래요, 말씀대로 다락방에 있었다는 말이 맞는다면 말입니다."

경위는 침착하게 동의하고는 기다리지 않고 말을 곧바로 이었다.

"그 뒤로는 학생이 기억을 거의 못 합니다. 어둠 속에서 한참을 걸었다고 합니다. 간선도로 같았지만, 차가 한 대도 지나가지 않았고 지나가는 사람도 아무도 없었습니다. 얼마 지나서 어느 큰길에서 한 트럭 운전사가 전조등 불빛에 비친 학생을 발견하고 태워주었습니다. 지친 나머지 바로 잠이 든 학생이 깨어나 보니 트럭 운전사가 자기를 길가에 세워놓는 중이었어요. 운전사는 학생이 꼭 속이 다 빠진 톱밥 인형 같더라며 웃었습니다. 아직 밤인 듯했습니다. 운전사는 여기가 학생이 내려달라고 했던 데라 하고는 떠났습니다. 학생은 얼마 있다가 자기가 있는 길모퉁이를 알아봤습니다. 집에서 3킬로미터쯤 떨어진 곳이었어요. 시계가 11시를 쳤습니다. 자정 직전에 학생은 집에 이르렀습니다."

제2장

잠시 침묵이 흘렀다.

"그 학생이 지금 이 댁 대문 밖의 차에 탄 소녀란 말씀이군요?"

로버트가 말했다.

"네."

"그 학생을 이리로 데려온 데는 이유가 있었겠죠?"

"그렇습니다. 학생이 충분히 회복된 다음, 가족들이 설득해서 경찰에 이야기하게 했어요. 속기로 받아적었다가 타자기로 정서한 진술서를 학생이 읽어보고 서명했습니다. 그 진술서에 경찰에 큰 도움이 된 부분이 두 군데 있었습니다. 이게 그와 관련된 진술입니다.

'얼마쯤 갔을 때 전광판에 밀퍼드라고 적힌 버스가 지나갔어요. 아뇨, 전 밀퍼드가 어디 있는지 몰라요. 아뇨, 한 번도 가본 적 없어요.'

이게 그 하나고, 또 하나는 이겁니다.

'다락방 창문으로 가운데에 커다란 철문이 달린 높다란 벽돌 담장이 보였어요. 담 너머엔 도로가 있었고요. 전신주가 보였거든요. 아뇨, 차는 못 봤어요. 담장이 너무 높아서요. 가끔 트럭에 실린 화물 꼭대기가 보였을 뿐이에요. 대문 안쪽에 철판을 댔기 때문에 창살 사이로 밖을 내다볼 순 없었어요. 대문 안으로 들어오면 차도가 직선으로 잠깐 이어지다가 둘로 갈라져 원을 그리면서 현관 앞까지 가요. 아뇨, 정원은 아니고 그냥 풀밭이었어요. 네, 잔디밭요. 아뇨, 관목은 기억 안 나요. 그냥 풀이랑 길밖에 모르겠어요.'"

그랜트는 작은 수첩을 덮었다.

"철저한 조사 결과, 우리가 알기로 라버러와 밀퍼드 사이에 학생의 묘사에 들어맞는 집은 프랜차이즈밖에 없습니다. 게다가 모든 세부 사항도 일치하거든요. 학생은 오늘 담장과 대문을 보고 여기가 틀림없다고 했습니다만, 물론 아직 대문 안을 보진 못했습니다. 우선은 샤프 양에게 상황을 설명하고 학생과 대면할 의사가 있는지 확인해야 했거든요. 이에 대해 샤프 양은 법적 대리인이 동석해야 한다고 했습니다. 합당한 생각이죠."

"이제 제가 왜 그렇게 급히 도움을 필요로 했는지 아시겠죠? 이보다 더 악몽 같은 헛소리가 있겠느냐고요."

매리언 샤프가 로버트를 돌아보며 말했다.

"아닌 게 아니라 사실과 부조리가 참으로 기묘하게 뒤섞인 이야기로군요."

로버트가 말했다.

"요새 집안일을 거들어줄 사람을 구하기 힘든 건 저도 압니다만, 강제로 감금하는 걸로 하인을 구할 수 있으리라고 생각할 사람이 과연 있을까요? 때리고 굶기는 건 더 말할 것도 없고 말입니다."

"정상적인 사람이라면 물론 그렇겠죠."

그랜트는 로버트의 눈을 똑바로 보며 말했다. 그럼으로써 매리언 샤프로 시선이 향하는 것을 막으려 하는 듯 보였다.

"하지만 제가 장담합니다만, 경찰에 들어와 처음 12개월간 그보다 더 믿기 힘든 일을 많이 만났거든요. 인간이 할 수 있는 행동의 터무니없음으로 말하자면 한계가 없습니다."

"동감입니다. 하지만 그건 그 학생의 행동에 대해서도 할 수 있는 말 아닐까요? 따지고 보면 터무니없는 건 그 학생이 먼저이니까요. 그 학생이 실종된 기간이……?"

로버트는 말을 멈추었다.

"한 달입니다."

그랜트가 대답했다.

"한 달간 실종됐다는데, 그 기간 중에 프랜차이즈에 사시는 분들이 평소와 다른 행동을 했다는 증거는 전혀 없죠. 문제의 날에 샤프 양이 알리바이를 제공할 수도 있지 않을까요?"

"그게 그렇지가 않아요. 경위님 말씀으론 3월 28일이라는데, 그 뒤로 벌써 한참 지난 데다 우리는 생활에 변화가 거의 없거든요. 3월 28일에 뭘 했는지 기억해내기는 불가능할 거예요. 누가 기억하고 있을 가능성도 없고요."

매리언 샤프가 말했다.

"하녀는 어떻습니까? 하인들은 집에서 그날그날 무슨 일이 있었는지 기억하는 재주가 비상한데요."

로버트는 말했다.

"우리 집엔 하녀가 없어요. 하녀가 오래 붙어 있으려 들질 않더라고요. 프랜차이즈는 너무 외딴 곳에 있어서 말이죠."

분위기가 어색해지려 하기에 로버트가 황급히 나섰다.

"이 학생…… 그리고 보니 아직 이름을 못 들었군요."

"엘리자베스 케인입니다. 베티 케인이라고 불리죠."

"아, 맞습니다. 아까 말씀하셨죠. 죄송합니다. 이 학생에 관해 좀 알 수 있을까요? 경찰에선 물론 그 학생의 이야기를 그렇게 대폭 받아들이기 전에 충분히 그 애를 조사하셨을 테죠? 예컨대 어째서 부모가 아니라 후견인입니까?"

"그 학생은 전쟁고아입니다. 어렸을 때 에일즈베리로 소개(疏開)됐죠. 형제가 없기 때문에 혼자, 네 살 위인 아들이 있는 윈 씨 부부에게 보내졌습니다. 약 열두 달 뒤에 부모가 동시에 목숨을 잃자, 늘 딸을 갖고 싶어 한 데다 그 애를 예뻐했던 윈 씨 부부는 기꺼이 자기들이 맡아 키우겠다고 나섰습니다. 그 학생은 윈 씨 부부를 부모처럼 여긴답니다. 친부모를 거의 기억 못 하거든요."

"그렇군요. 이력은 어떻습니까?"

"훌륭합니다. 다들 입을 모아 아주 얌전한 소녀라고 하는군요. 성적은 좋은 편이지만 아주 뛰어나지는 않고요. 학교에서나 다른 데서나 한 번도 말썽을 일으킨 적이 없습니다. 전 담임 선생님이 '겉과 속이 똑같다.'란 표현을 쓰더군요."

"행방불명이 됐다가 집에 돌아왔을 때, 그 애의 주장처럼 구타당했다는 걸 입증할 증거는 있었습니까?"

"오, 그럼요. 그건 확실합니다. 이튿날 아침 일찍 학생을 진찰한 윈가의 주치의가 광범위하게 구타당했더라고 진술했습니다. 실제로 훨씬 뒤에 우리 경찰에 진술을 할 때도 멍이 일부 남아 있었습니다."

"간질 병력은 없습니까?"

"네. 우리도 수사 초기에 그 가능성을 고려했습니다. 윈 씨 부부가 아주 분별 있는 사람들이란 걸 말씀드리고 싶군요. 매우 큰 충격을 받기는 했지만 과도하게 수선을 피우지도, 학생이 호기심이나 연민의 대상이 되게 내버려두지도 않았답니다. 이번 일에 아주 훌륭하게 대처하고 있습니다."

"그럼 저도 똑같이 훌륭하고 초연하게 대처하면 되겠군요."

매리언 샤프가 말했다.

"제 입장을 이해하시시겠습니까, 샤프 양? 그 학생은 자기가 갇혀 있었다는 집을 묘사했을 뿐 아니라, 그 집에 사는 두 사람도 묘사했습니다. 그것도 아주 정확히 말입니다. '깡마르고 머리가 폭신하고 하얗게 셌으며 모자를 쓰지 않았고 검은 옷을 입은 나이 지긋한 여자, 키가 크고 말랐고 집시처럼 가무잡잡하며 모자를 쓰지 않았고 목에 선명한 색깔의 실크 스카프를 두른 훨씬 젊은 여자'라는군요."

"그래요, 그걸 어떻게 설명하면 좋을지 전 모르겠지만, 아무튼 경위님 입장은 이해해요. 그럼 이제 그 애를 들어오게 하는 게 좋겠군요. 다만 그 전에……."

문이 소리 없이 열리더니 샤프 부인이 문간에 나타났다. 베개에 눌

35

려 얼굴 주위의 짤막한 흰머리가 뻗치는 바람에 한층 더 무녀처럼 보였다.

샤프 부인은 등 뒤로 문을 닫더니 악의와 호기심이 어린 눈초리로 방 안에 있는 사람들을 둘러보았다.

"하! 처음 보는 남자가 셋씩이나 있군!"

그녀가 흡사 암탉처럼 걸걸한 소리를 내질렀다.

세 남자가 일어서자 매리언이 말했다.

"소개할게요, 어머니. 이분은 블레어·헤이워드·베닛 법률사무소의 블레어 씨예요. 하이 가 꼭대기의 그 멋진 집에 있는 사무소 아시죠?"

머리를 숙여 인사하는 로버트를 노부인은 갈매기 같은 눈으로 빤히 쳐다보았다.

"정원 좀 다시 갈아엎어요."

그녀가 말했다.

맞는 말이기는 했으나 인사로 기대했던 말은 아니었다.

그랜트에게 한 인사말은 더욱 유별났다는 사실이 그나마 그의 마음을 달래주었다. 그녀는 봄날 오후에 자기 집 응접실에 스코틀랜드 야드 사람이 와 있는데도 감명을 받거나 불안해하기는커녕 냉담한 목소리로 이렇게 말했을 뿐이었다.

"그 의자에 앉지 말아요. 그러긴 너무 체중이 나가지 않나요."

딸이 이 지역 경위를 소개했을 때는 흘깃 시선을 던지더니 머리를 살짝 움직인 게 전부였다. 그 이상 고려할 가치가 없다고 판단한 것이 역력했다. 핼럼의 표정으로 보건대, 그는 여기에 이상하게 충격을 받은 듯했다.

그랜트가 묻는 듯한 시선으로 매리언 샤프를 보았다.

"어머니, 경위님께선 우리가 지금 대문 밖 차에서 기다리는 여자애를 만나길 원하세요. 에일즈베리 근처에 있는 집에서 실종됐다가 한 달 만에 성치 않은 상태로 돌아왔는데, 자기를 하인으로 쓰려는 사람들한테 붙들려 있었다고 했대요. 거절했더니 감금해놓곤 때리고 굶겼다고요. 그 애가 그 집이랑 사람들을 상세히 묘사했는데, 어머니랑 제가 그 묘사에 감탄스러울 정도로 딱 들어맞지 뭐예요. 우리 집도 그렇고요. 그래서 경찰에서는 그 애가 원형 창문이 있는 우리 집 다락방에 갇혀 있었다고 생각하나 봐요."

"그것 참 흥미롭구나. 우리가 뭐로 그 애를 때렸다니?"

노부인이 천천히 제정 시대 양식의 소파에 앉으며 말했다.

"개 채찍이래요."

"우리 집에 개 채찍이 있던가?"

"목을 묶는 끈은 있을걸요. 필요하면 채찍으로 쓸 수도 있을 테죠. 어쨌든 요는 우리더러 그 애랑 대면하란 거예요. 그 애를 감금했다는 사람들이 우리가 맞는지 보게요."

"거부하시겠습니까, 샤프 부인?"

그랜트가 물었다.

"천만에요, 경위님. 어서 만나고 싶어 안달이 날 지경이군요. 낮잠을 자러 갈 때는 평범하고 따분한 늙은이였는데 일어나 보니까 포악한 괴물일지도 모르더라 하는 일이 날이면 날마다 있진 않거든요."

"그럼 제가 가서……"

핼럼이 일어나려 했으나 그랜트는 고개를 내저었다. 여자애가 대문 내부를 처음 볼 때 그 자리에 있으려는 게 틀림없다.

경위가 나간 뒤, 매리언 샤프는 어머니에게 로버트가 온 이유를 설명했다.

"갑자기 부탁을 드렸는데 이렇게 빨리 와주시다니 정말 친절한 분이시죠."

그녀가 덧붙이자, 또다시 그 또렷하고 색이 옅은 눈이 그를 주시했다. 로버트의 생각에, 샤프 부인은 요일을 막론하고 아침 식사와 점심 식사 사이에 일곱 명은 너끈히 두들겨팰 수 있을 듯했다.

"안 됐군요, 블레어 씨."

샤프 부인이 조금도 그렇게 생각하지 않는 목소리로 말했다.

"어째서죠, 샤프 부인?"

"브로드무어는 댁의 전문하곤 좀 어긋나지 않나요?"

"브로드무어라고요!"

"미치광이 범법자들 말이에요."

"아주 흥미롭고 자극적인데요."

로버트는 그녀의 말에 주눅 들기를 거부하며 말했다.

여기에 그녀가 한순간 반응을 보였다. 미소가 그림자처럼 스치고 지나간 것이다. 로버트는 별안간 샤프 부인이 자기에게 호감을 품었다는 묘한 느낌을 받았다. 그러나 혹여 그것이 사실이라 해도 그녀는 그것을 말로 인정하지 않았다. 그녀의 냉담한 목소리가 까칠하게 말했다.

"그래요, 밀퍼드엔 오락거리가 많지도 않고 있어 봤자 너무 순

할 테죠. 딸아이는 구타페르카 쪼가리를 쫓아 골프장을 돌아다니지만……."

"이젠 구타페르카가 아니에요, 어머니."

딸이 끼어들었다.

"하지만 내 나이엔 그런 오락거리조차 없군요. 그래서 하는 수 없이 잡초에 제초제를 쏟아붓곤 해요. 벼룩을 물에 빠뜨려 죽이는 것만큼이나 합법적인 가학 행위죠. 댁도 벼룩을 물에 빠뜨려 죽이나요, 블레어 씨?"

"아뇨, 전 눌러 죽입니다. 제 여동생은 비누를 들고 쫓아다니곤 했죠."

"비누라뇨?"

샤프 부인이 호기심을 보였다.

"물렁한 쪽으로 때리면 벼룩이 들러붙었던 것 같습니다."

"그것 참 흥미롭기도 하지. 처음 들어보는 기술인데요. 나도 다음에 한번 해봐야겠군요."

옆에서는 매리언이 무시당한 경위에게 마음을 써주고 있었다.

"경위님은 골프를 참 잘 치세요."

매리언이 말했다.

로버트는 꿈이 거의 끝나갈 때, 이제 좀 있으면 각성이 모퉁이를 돌아 나타나려 할 때 같은 느낌이 들었다. 이 부조리한 상황도 문제될 것 없다, 이제 곧 현실 세계로 돌아갈 테니까 하는 느낌이다.

이는 잘못된 생각이었다. 현실 세계가 그랜트 경위를 따라 응접실 문으로 들어왔기 때문이다. 그랜트는 관계자 전원의 표정을 확인할 수 있게 먼저 들어와서는 문을 잡고 여경과 소녀를 들여보냈다.

매리언은 이제부터 닥칠 일을 좀 더 잘 맞이하려는 듯 천천히 일어섰다. 그러나 그녀의 어머니는 흡사 손님을 접견하는 사람처럼 소파에 앉아 있었다. 허리는 어린 소녀처럼 꼿꼿이 세우고, 손은 차분히 무릎 위에 올려놓았다. 헝클어진 머리조차도 그녀가 이 상황을 지배한다는 인상을 없애지 못했다.

소녀는 교복 코트를 입고 어린애 신발처럼 굽이 낮고 못생긴 교복 구두를 신고 있었다. 그 탓에 로버트가 예상했던 것보다 더 어려 보였다. 키는 그리 큰 편이 아니었고 예쁜 얼굴은 분명 아니었다. 그런데도, 뭐라고 하면 좋을까, 마음을 끄는 면이 있었다. 눈은 짙은 파란색에, 미간이 넓고, 흔히 하트 모양이라 불리는 얼굴형이었다. 머리는 회갈색이기는 해도 이마 선을 따라 예쁘게 났다. 광대뼈 밑이 가히 예술적으로 살짝 팬 것이 얼굴에 매력을 더하고 보는 사람의 마음에 연민을 자아냈다. 아랫입술은 통통한데 입은 너무 작았다. 귀 또한 너무 작을뿐더러 머리에 너무 바싹 붙어 있었다.

어쨌든 평범한 소녀였다. 이열 종대로 쭉 세워놓으면 눈에 띌 아이도, 선정적인 사건의 주인공이 될 타입도 못 된다. 옷을 다르게 입으면 어떻게 보일까.

소녀의 시선은 먼저 노부인 쪽을 향하더니 이어서 매리언에게 옮겨갔다. 그 시선에는 놀라움도, 승리감도 없었으려니와 심지어 관심조차 별로 없었다.

"네, 이 사람들 맞아요."

소녀가 말했다.

"틀림없니?"

그랜트가 이렇게 묻고는 덧붙였다.

"학생도 알다시피 이건 아주 중대한 죄목이거든."

"틀림없어요. 어떻게 틀릴 수 있겠어요?"

"이 두 분이 학생을 감금하고, 옷을 빼앗고, 시트를 깁게 강요하고, 채찍으로 때린 여자들이 맞는다고?"

"거짓말도 참 잘하는 애군요."

샤프 부인이 흡사 '참 비슷하게 생겼군요.'라고 하는 듯한 어조로 말했다.

"네, 이 사람들이에요."

"우리가 부엌에서 너한테 커피를 줬다고 했다지?"

매리언이 말했다.

"그래요."

"부엌을 묘사해볼래?"

"별로 관심 있게 보질 않았어요. 아주 큰 부엌이었어요. 아마 바닥이 돌로 돼 있었을걸요. 종이 한 줄로 쭉 걸려 있었고요."

"레인지는 어떤 거였지?"

"레인지는 못 봤지만, 나이 많은 여자가 커피를 데운 냄비는 연푸른색에 짙은 파랑으로 테두리를 두른 법랑 냄비였어요. 밑 둘레에 흠집이 많이 났고요."

"그런 냄비가 없는 부엌이 영국에 과연 있을지 모르겠군요. 우리 집 부엌엔 세 개 있어요."

매리언이 말했다.

"저 애, 처녀인가요?"

샤프 부인이 말했다. '그거 샤넬인가요?' 하고 묻는 사람처럼 별 관심은 없는 어조였다.

아연한 침묵이 흘렀다. 헬럼은 경악한 표정이었고, 소녀는 얼굴이 화끈 달아올랐다. 로버트의 무의식적인 확신과는 달리 딸은 '어머니!' 하고 항의하지 않았다. 그녀의 침묵은 암묵적인 찬성일까, 아니면 샤프 부인과 평생을 함께 살아오면서 어지간한 일에는 충격을 받지 않게 된 걸까.

그랜드는 냉랭하게 사건과 무관한 일이라고 대꾸했다.

"그렇게 생각해요? 만약 내가 한 달 동안 실종됐으면 우리 어머니는 맨 먼저 그걸 알고 싶어 했을걸요. 아무튼 그래서 저 애가 우리가 맞는다고 했으니 이제 어쩔 거죠? 우리를 체포할 건가요?"

노부인이 말했다.

"저런, 아닙니다. 현 시점에선 아직 그 단계가 아닙니다. 케인 양을 부엌과 다락으로 안내해서 부엌과 다락에 대한 묘사가 옳은지 확인하고 싶습니다. 만약 옳다면 사건을 상부에 보고할 겁니다. 그러면 상부에서 어떤 조처를 취할지 결정할 겁니다."

"그래요. 참 신중하군요."

그녀는 천천히 일어섰다.

"괜찮다면 난 이만 실례하고 댁들이 방해한 휴식으로 돌아갈까 해요."

"케인 양이 현장을 둘러볼 때 그 자리에 계시지 않아도 되겠습니까? 무슨 증언을 하는지……."

그랜트가 그답지 않게 놀라 불쑥 말했다.

"아, 아뇨, 됐어요."

그녀는 얼굴을 살짝 찌푸리며 검은 옷자락을 바로잡고는 짜증스럽게 말했다.

"눈에 보이지도 않는 원자는 발명해내면서, 구겨지지 않는 옷감은 왜 아직 발명을 못 하는 거죠? 내 장담하건대, 케인 양은 우리 집 다락을 알아볼 거예요. 오히려 그러지 못하면 그게 더 불가사의한 일이죠."

그녀는 문 쪽으로 다가갔다. 자연히 소녀 쪽으로 접근한 셈이 되었다. 처음으로 소녀의 눈에 표정다운 표정이 떠오르고 얼굴 근육이 움찔 움직였다. 여경이 그녀를 보호하듯 앞으로 한 발짝 나섰다. 샤프 부인은 아랑곳하지 않고 느긋이 나아가 소녀에게서 30센티미터쯤 떨어진 곳에 멈춰 서더니 소녀와 마주 보았다. 그녀가 너끈히 오 초간 소녀의 얼굴을 흥미롭게 뜯어보는 동안 침묵이 흘렀다.

그녀가 마침내 입을 열었다.

"때리고 맞은 관계에 있는 것치고 우리가 서로를 모른다는 게 참 유감이군요. 이번 일이 끝나기 전에 내가 케인 양을 더욱 잘 알게 되면 좋겠어요."

그러더니 그녀는 로버트에게 몸을 돌리고 고개를 숙였다.

"안녕히 가세요, 블레어 씨. 우리가 앞으로도 당신에게 자극을 줄 수 있길 바라겠어요."

그녀는 나머지 사람들을 무시한 채, 핼럼이 열어준 문으로 나갔다.

그녀가 나가고 나니 방 안에 맥 빠진 공기가 역력했다. 로버트는 본의 아니게 그녀에게 경탄하지 않을 수 없었다. 몹쓸 일을 당한 여주인공에게서 주위의 관심을 가로채기는 결코 쉬운 일이 아니다.

"케인 양이 문제의 장소를 보는 데 이의는 없으십니까, 샤프 양?"

그랜트가 말했다.

"물론이에요. 하지만 그 전에, 아까 경위님이 케인 양을 데리고 들어오기 전에 하려던 말을 하고 싶군요. 케인 양이 듣는 데서 말하게 돼서 잘됐어요. 이런 말이에요. 전 이 애를 본 적이 한 번도 없습니다. 차에 태운 적도 없고요. 저나 저희 어머니나 이 애를 이 집으로 데리고 온 적이 없고, 여기에 붙들어놓지도 않았어요. 그 점을 명백히 해두고 싶습니다."

"알겠습니다, 샤프 양. 학생의 이야기를 전면적으로 부인하시는군요?"

"처음부터 끝까지 전면적으로 부인합니다. 그럼 이제 부엌으로 가시죠."

제3장

핼럼과 여경은 응접실에서 기다리기로 하고, 로버트와 매리언 샤프, 그랜트, 소녀는 집을 둘러보기 시작했다. 그들은 먼저 부엌을 확인했다. 계단을 올라가 2층 계단참에 다다랐을 때 로버트가 말했다.

"케인 양은 두 번째 계단에 '뭔가 딱딱한 것'이 깔려 있었다고 했는데, 첫 번째 계단과 똑같은 카펫이 이어지는데요."

"커브까지만 그래요. '보이는' 곳만요. 코너를 돌면 거친 덮개랍니다. 빅토리아 시대의 절약 방법이죠. 요새는 가난하면 덜 비싼 카펫을 사서 전부 그걸로 깔지만, 당시는 아직 이웃 사람들의 시선이 중요했거든요. 그래서 보이는 데는 사치스럽게 꾸몄던 거죠."

매리언이 말했다.

세 번째 계단에 대해서도 소녀의 증언은 실제와 일치했다. 다락으로 이어지는 짤막한 계단에는 아무것도 깔려 있지 않았다.

문제의 다락은 천장이 낮고 네모난 작은 방이었다. 바깥의 슬레이트 지붕에 맞춰 삼면의 천장이 가파르게 경사졌고, 방 안을 밝혀주는 것은 정면에 난 원형 창문으로 드는 빛이 전부였다. 창문 밑에서 낮은 하얀색 난간까지 얼마 안 되는 거리를 슬레이트 지붕이 경사를 이루며 이어졌다. 창유리 넉 장 중에 하나가 별 모양으로 크게 깨졌다. 치음부터 열고 닫게 만든 창문이 아니었다.

다락방에는 가구가 한 점도 없었다. 창고로 쓰기에 이렇게 편리하고 드나들기 쉬운 곳을 그냥 비워두다니 부자연스럽지 않나.

"우리가 처음 이 집에 왔을 땐 여기에 자질구레한 물건들이 있었어요. 하지만 살면서 일을 거들어줄 사람이 없으리란 걸 알았을 때 처분했답니다."

매리언이 흡사 로버트의 의문에 답하듯 말했다.

그랜트는 묻는 듯한 표정으로 소녀를 돌아보았다. 소녀는 창문과 멀리 떨어진 쪽 구석을 가리켰다.

"침대는 저쪽 구석에 있었어요. 그 옆에 나무 서랍장이 있었고요. 문 뒤 이쪽 구석엔 빈 여행 가방 세 개가 있었어요. 슈트케이스 둘에 뚜껑이 평평한 궤 하나요. 의자도 하나 있었지만, 제가 창문을 깨려고 한 뒤에 여자가 가져갔어요."

소녀는 흡사 매리언이 그 자리에 없는 양 덤덤하게 그녀를 일컬어 말했다.

"저게 제가 유리창을 깨려고 한 자국이에요."

로버트가 보기에는 몇 주 전보다 훨씬 오래 전에 깨진 유리창 같았지만, 어쨌든 깨진 자국이 있다는 것은 부인할 수 없었다.

그랜트는 방을 가로질러 몸을 굽히고 아무것도 깔려 있지 않은 맨바닥을 조사했다. 그러나 자세히 살펴볼 것도 없었다. 로버트가 서 있는 문 옆에서도 침대가 있던 자리에 바퀴 자국이 있는 것이 보였다.

"거기 침대가 있었어요. 우리가 없애버린 물건들 중 하나죠."

매리언이 말했다.

"어떻게 하셨습니까?"

"글쎄요. 아, 스테이플즈 농장의 소 먹이는 일꾼 아내한테 줬어요. 그 집 큰아들이 형제들이랑 같은 방을 쓰기엔 너무 컸다고 헛간 다락을 내줬거든요. 우리는 유제품을 스테이플즈 농장에서 갖다 먹어요. 여기선 안 보이지만, 오르막길 너머로 들판을 네 개만 건너면 나온답니다."

"안 쓰는 궤는 어디 두십니까, 샤프 양? 헛방이 따로 있습니까?"

여기에 이르러 매리언은 처음으로 주저했다.

"뚜껑이 평평하고 큼직한 궤짝이 있긴 하지만 어머니가 잡동사니를 넣어두는 데 쓰세요. 프랜차이즈를 물려받았을 때 어머니가 쓰시는 침실에 아주 값나가는 장롱이 있었는데, 그걸 팔고 그 대신 그 궤짝을 쓰는 거예요. 무늬 있는 무명천 커버를 씌워서요. 제 슈트케이스는 2층 계단참에 있는 벽장에 보관해요."

"케인 양, 슈트케이스가 어떻게 생겼는지 기억납니까?"

"네, 그럼요. 하나는 귀퉁이에 그 캡 같은 걸 씌운 갈색 가죽 가방이었고, 또 하나는 미국풍의 줄무늬 캔버스 천 케이스였어요."

충분히 명확한 발언이다.

그랜트는 잠시 더 방 안을 조사하고 창문으로 내다보이는 조망을 살펴본 뒤 돌아섰다.

"벽장에 있는 슈트케이스를 봐도 되겠습니까?"

그가 매리언에게 물었다.

"물론이죠."

매리언이 말했다. 그러나 편치 않은 표정이었다.

아래쪽 계단참에서 그녀는 벽장을 열고는, 경위가 안을 살펴볼 수 있게 뒤로 물러났다. 그들에게 방해가 되지 않게 비켜서던 로버트는 소녀의 얼굴에 한순간 꾸밈없는 승리감이 스치는 것을 우연히 보았다. 그것이 그녀의 차분하고 다소 어린애 같은 인상을 완전히 뒤바꿔 놓아, 로버트는 충격을 받았다. 그것은 원초적이고 잔인하고 포악한 감정이었다. 보호자와 교사의 자랑거리라는 얌전한 여학생의 얼굴에서 그런 표정을 보게 될 줄이야.

벽장에는 침구, 테이블보, 수건 등이 선반마다 쌓여 있고, 바닥에 슈트케이스 네 개가 놓여 있었다. 크기를 늘릴 수 있는 가방으로, 프레스 가공된 천으로 된 것과 생가죽으로 된 것이 각각 하나. 나머지 두 개는 귀퉁이에 캡을 씌운 갈색 쇠가죽 가방, 그리고 색색의 줄무늬가 든 널찍한 밴드를 가운데 두른 네모난 캔버스 모자 케이스였다.

"이게 그 케이스니?"

그랜트가 물었다.

"네, 저쪽 두 개요."

소녀가 말했다.

"오늘 오후에 어머니를 또 귀찮게 하진 않겠어요. 어머니 방에 있는 궤짝이 크고 뚜껑이 평평하다는 건 인정해요. 지난 삼 년간 내내 거기 있었어요."

매리언이 갑자기 성난 목소리로 말했다.

"알겠습니다, 샤프 양. 그럼 이제 차고를 볼까요."

오래전에 마구간을 개조해 만든 집 뒤쪽 차고에서 그들은 낡은 회색 차를 살펴보았다. 그랜트는 소녀가 쓴 진술서에서 소녀의 전문적이지 못한 묘사를 소리 내어 읽었다. 샤프 모녀의 차는 그 묘사와 일치하기는 했지만, 그 정도로 일치하는 차는 오늘 영국 전역에서 최소한 1천 대는 도로를 달리고 있을 것이다. 그런 것은 증거도 아니다.

'바퀴 중 하나만 나머지와 다른 색으로 칠해져서 혼자 생뚱맞게 보였어요. 인도 쪽에 차를 댔을 때 제 쪽으로 보이는 앞바퀴였어요.'

그랜트가 진술서를 읽었다.

네 사람은 말없이 다른 바퀴보다 좀 더 짙은 회색인 왼쪽 앞바퀴를 쳐다보았다. 할 수 있는 말이 아무것도 없었다.

"감사합니다, 샤프 양. 친절하게 협조해주신 점, 감사드립니다. 말씀을 더 여쭙고 싶을 경우 며칠 내로 전화를 드리면 통화가 되겠죠?"

그랜트가 드디어 수첩을 덮고 도로 넣으면서 말했다.

"오, 그래요, 경위님. 우리는 아무 데도 안 갈 거예요."

그녀가 즉각 자기 말을 알아들은 것에 대해 그랜트는 아무 내색을 하지 않았다.

그는 소녀를 여경에게 도로 넘겼다. 두 사람이 뒤도 돌아보지 않고 가버린 뒤, 그와 핼럼이 떠났다. 핼럼은 여전히 함부로 쳐들어와 송구스럽다는 분위기였다.

로버트를 응접실에 남기고 그들을 배웅하러 홀로 나갔던 매리언은 이윽고 쟁반에 셰리와 술잔을 받쳐 들고 돌아왔다.

"저녁을 드시고 가라곤 안 할게요."

그녀는 쟁반을 내려놓고 술을 따르며 말했다.

"저희는 대개 그냥 대충 때우거든요. 블레어 씨가 평소 드시는 그런 제대로 된 식사가 전혀 아니에요. 밀퍼드에서 당신 아주머니의 식사가 얼마나 유명한지 혹시 아시나요? 심지어 저까지 소문을 들었을 정도라니까요. 그리고 또…… 어머니 말씀처럼 브로드무어는 당신 전문하곤 좀 어긋날 테니까요."

"말이 나왔으니 말씀입니다만, 그 학생이 훨씬 유리한 입장에 있다는 건 알고 계시겠죠? 증거 면에서 말입니다. 그 학생은 아무 물건이나 당신 집에 있었다고 해도 되는 상황입니다. 우연히 그런 물건이 집에 있으면 그 학생의 주장을 뒷받침하는 강력한 증거가 됩니다. 하지만 설령 없어도 그게 당신의 결백을 입증해주진 않아요. 그저 당신이 처분했다는 식으로 해석될 겁니다. 예컨대 만약 슈트케이스가 없었으면 그 애는 자기가 다락에서 봤기 때문에 당신이 없었다고 할 수 있었을 테죠."

로버트는 말했다.

"하지만 그 애는 본 적도 없는데 제 슈트케이스를 묘사했잖아요."

"아뇨, 슈트케이스 두 개를 묘사했죠. 만약 당신의 슈트케이스 네 개가 한 세트였다면 그 애의 말이 맞을 확률은 대략 5분의 1에 불과했을 겁니다. 하지만 우연히 평범한 종류로 각각 하나씩 갖고 있었기 때문에 그 애의 승산은 대략 반반이 된 겁니다."

로버트는 그녀가 옆에 놓은 셰리 잔을 들고 한 모금 마셨다가 깜짝 놀랐다. 맛이 훌륭했다.

"우리가 비록 근검절약해서 살긴 하지만 와인엔 돈을 안 아끼거든요."

그녀가 살짝 미소를 짓더니 말했다.

그는 그렇게 표정에 드러났나 싶어 얼굴을 가볍게 붉혔다.

"하지만 차바퀴는요? 그 애가 그걸 어떻게 알았죠? 모든 게 다 이상해요. 그 애가 어떻게 어머니랑 절 알았고, 어떻게 집의 생김새를 알 수 있었던 걸까요? 우리는 대문을 열어두고 살지 않는다고요. 설사 그 애가 열어봤다 쳐도 어머니랑 저에 대해서 알 순 없었을 게 아닌가요? 게다가 그런 아무것도 없는 도로에서 그 애가 대체 뭘 하고 있었을지 전 상상도 안 되는데요."

"그 학생이 하녀와 친해졌을 가능성은 없겠습니까? 정원사일 수도 있고요."

"저희는 정원사를 써본 적이 없어요. 어차피 풀밖에 없으니까요. 하녀는 안 쓴 지 일 년 됐고요. 농장에서 여자애가 일주일에 한 번씩 와서 힘쓰는 청소를 해줘요."

로버트는 이렇게 큰 집을 도움을 받지 않고 혼자 관리하기는 힘들겠다고 말했다.

"그래요. 하지만 두 가지가 다행인 게, 전 집이 자랑거리인 여자가 아니기도 하고 어쨌든 자기 집을 갖는다는 건 멋진 일이거든요. 그걸 위해서라면 불편은 얼마든지 감수할 수 있어요. 크롤 씨는 제 아버지 친척이었는데 사실 우리는 그분을 전혀 몰라요. 그전까지는 어머니랑 켄징턴의 한 하숙집에 살았답니다."

그녀가 입 한쪽 끝을 치켰다.

"어머니가 다른 하숙인들한테 얼마나 인기가 있었을지 짐작이 가시겠죠?"

미소가 사라졌다.

"아버지는 제가 아주 어렸을 때 돌아가셨어요. 내일은 분명히 부자가 될 거라고 믿어 의심치 않는 낙천적인 분이셨죠. 어느 날, 투자한 돈이 다 날아가서 내일 먹을 빵을 살 돈조차 없다는 걸 아신 아버지는 스스로 목숨을 끊고 어머니한테 뒷감당을 다 떠넘긴 거예요."

그 이야기를 듣고 나니 샤프 부인이 어느 정도 이해되는 듯했다.

"전 직업 훈련을 받질 못했기 때문에 지금껏 온갖 자질구레한 일을 하면서 살아왔어요. 집안일은 말고요. 전 집안일이 끔찍하게 싫거든요. 켄징턴에 쎄고 쎈 고상한 일들을 주로 했죠. 램프 갓이라든지 여행, 꽃, 잡동사니 장식품 같은 걸 손님한테 제안해주는 일이었어요. 크롤 씨가 돌아가셨을 때는 찻집에서 일하고 있었답니다. 모닝커피를 마시면서 수다를 떠는 그런 가게 말이에요. 그러게요, 상상이 잘 안 되죠."

"뭐가 말씀입니까?"

"찻잔에 둘러싸인 저요."

속마음을 들키는 데 익숙지 않은 로버트는 당혹했다(린 아주머니는 심지어 설명해줘도 다른 사람의 사고 과정을 이해하지 못하는 사람이었다). 그러나 그녀의 염두에는 그가 없었다.

"이제야 겨우 생활이 안착됐다고 생각했는데 이런 일이 생겼군요."

그녀가 도움을 청한 이래로 처음으로 로버트는 동지 의식이 치미는 것을 느꼈다.

"그것도 쪼그만 여자애 하나가 알리바이를 필요로 하기 때문에 말이죠. 베티 케인에 관해 알아볼 필요가 있겠습니다."

"제가 한 가지는 말씀드릴 수 있어요. 그 애, 성적으로 너무 발달됐어요."

"여자의 육감입니까?"

"아뇨, 전 별로 여성스러운 사람이 아니고 육감도 없어요. 하지만 남자건 여자건 눈 색깔이 그런 사람치고 안 그런 사람을 이제껏 본 적이 없거든요. 그 칙칙한 짙은 청색 눈 말이에요, 빛바랜 남색 같은. 틀림없어요."

로버트는 너그럽게 미소를 지었다. 역시 매우 여성스럽지 않나.

"변호사의 논리가 아니라고 우월감을 느끼실 것 없어요. 한번 주위 친구들을 둘러보시라고요."

그녀가 덧붙였다.

본의 아니게, 밀퍼드의 추문인 제럴드 블런트가 생각났다. 제럴드의 눈은 아닌 게 아니라 짙은 회청색이다. 그러고 보면 화이트하트 주점 급사인 아서 월리스도 그렇다. 그는 매주 세 곳에 우편환을 보낸다. 또…… 젠장, 그녀는 그런 실없는 일반화를 할 권리가 없다. 더욱이 들어맞기까지 하다니.

"그 한 달 동안 그 애가 실제로 뭘 하고 있었을지 생각하면 가슴이 막 두근거리는데요. 누가 그 애를 흠씬 두들겨 팼다고 생각하니까 얼마나 기분이 좋은지 몰라요. 그 애를 올바르게 평가한 사람이 세상에 적어도 한 명은 있다는 뜻이니까요. 언젠가 그 남자를 한번 만나보면 좋겠네요. 악수를 하고 싶어요."

매리언이 말했다.

"남자라고요?"

"그 애의 그 눈으론 '남자'일 게 뻔해요."

"어쨌든." 로버트는 가려고 일어서며 말했다. "제 생각엔 기소가 가능할지 대단히 의심스럽군요. 그 학생의 주장과 당신 주장이 대치될 뿐, 각각을 뒷받침하는 증인은 아무도 없습니다. 그 학생의 상세하고 구체적인 진술은 당신에게 불리하지만, 그 학생에겐 그 이야기의 본질적인 비현실성이 불리한 셈입니다. 그랜트가 배심원단에게서 원하는 평결을 얻어내진 못할 겁니다."

"하지만 기소가 되건 안 되건 이미 사건은 존재한다고요. 그것도 스코틀랜드 야드의 파일에만 존재하는 게 아니에요. 이제 머잖아 소문이 돌 테죠. 혐의를 완전히 벗지 못하면 저희한테는 의미가 없어요."

"아, 제가 이 일에 관계할 경우엔 혐의를 벗게 해드릴 겁니다. 하지만 우선은 스코틀랜드 야드에서 어떻게 나올 건지 하루 이틀 두고 봅시다. 진실에 도달하는 방법은 저희보다 그쪽이 훨씬 잘 갖추고 있으니까요."

"변호사 선생님한테 그런 말을 듣다니, 경찰의 정직성에 대한 감동적인 찬사인걸요."

"진실은 미덕일지 몰라도, 스코틀랜드 야드는 이미 오래전에 그게 사업 밑천이기도 하다는 사실을 발견했거든요. 진실에 도달하지 못

하면 그 사람들도 손해랍니다."

"만에 하나 사건이 법정으로 가서 만에 하나 경위님이 원하는 평결을 얻어내는 데 성공한다면 우리는 어떻게 될까요?"

그녀는 그를 따라 문간으로 나오며 말했다.

"금고 2년인지, 징역 7년인지 잘 모르겠군요. 말씀드렸다시피 형사절차에 관해선 제가 영 믿을 게 못 돼서 말입니다. 하지만 찾아보겠습니다."

"네, 그래주세요. 꽤 큰 차이니까요."

로버트는 그녀의 비꼬는 말버릇이 마음에 든다는 결론을 내렸다. 특히 형사 고발을 눈앞에 둔 상황에서는.

"안녕히 가세요. 와주셔서 정말 감사했어요. 얼마나 힘이 됐는지 몰라요."

그녀가 말했다.

하마터면 그녀를 벤 칼리에게 넘겨버릴 뻔했다는 것이 기억나, 로버트는 대문으로 걸어가며 혼자 얼굴을 붉혔다.

제4장

"오늘도 바빴니, 얘야?"

린 아주머니가 냅킨을 펴서 살이 포동포동하게 찐 무릎에 얹으며
말했다.

말은 되지만 의미는 전혀 없는 문장이었다. 그것은 냅킨을 펴는 행
위, 그리고 그녀의 짤막한 다리를 보완해주는 스툴을 오른발로 더듬
어 찾는 동작에 못지않게 저녁 식사를 시작하는 서곡에 불과했다. 그
녀는 대답을 기대하지 않았다. 아니, 자기가 질문을 했다는 의식 자
체가 없으므로 그의 대답을 듣지도 않았다.

로버트는 테이블 반대편 끄트머리에 앉은 그녀를 여느 때보다 더
욱 인자한 기분으로 바라보았다. 프랜차이즈에서 동서남북도 짐작
할 수 없는 채, 한 발짝 내딛을 때마다 주의해야 했던 것을 생각하면
린 아주머니의 평온함은 그렇게 마음을 편하게 해줄 수 없었다. 그

는 그녀의 자그맣고 땅딸막한 몸매와 짧은 목, 둥글둥글한 분홍색 얼굴, 큼직한 머리핀 사이로 꼬불꼬불하게 뻗친 철색 머리를 새삼 바라보았다. 린다 베넷의 생활은 요리법과 영화 스타, 대자 대녀들, 교회 바자회로 이루어져 있었다. 그것은 그녀에게 완벽한 생활이었다. 행복감과 만족이 그녀를 망토처럼 둘러쌌다. 로버트가 알기로, 그녀가 읽는 것이라곤 일간지의 여성 면('낡은 염소 가죽 장갑으로 단춧구멍에 꽂는 꽃을 만드는 법')뿐이었다. 이따금 로버트가 아무렇게나 놔둔 신문을 치우다 말고 헤드라인을 소리 내어 읽으며 코멘트를 달 때도 있었다('82일간의 단식을 끝내다' 별 바보 같은 사람이 다 있구나! '바하마에서 석유 발견' 얘야, 내가 파라핀 값이 1페니 올랐다는 말 했던가?). 그러나 그녀는 신문에서 보도하는 세상이 실제로 존재한다는 것을 실은 믿지 않는 듯한 인상을 주었다. 린 아주머니에게 세상은 로버트 블레어로 시작해서 그로부터 반경 15킬로미터 이내에서 끝났다.

"오늘은 왜 이렇게 늦었니. 애야?"

그녀는 수프를 다 먹은 뒤 물었다.

오랜 경험으로 로버트는 이 질문이 "오늘도 바빴니, 애야?"와 다른 카테고리에 속한다는 것을 알 수 있었다.

"프랜차이즈에 갈 일이 있었어요. 라버러 가도에 있는 집 말이에요. 법적인 조언을 원했거든요."

"그 묘한 사람들 말이니? 네가 그 집 사람들을 아는 줄 미처 몰랐구나."

"아뇨, 몰라요. 그냥 제 조언을 원했을 뿐이에요."

"그 사람들이 너한테 상담료를 지불할까 모르겠구나. 너도 알다시

57

피 그 집은 돈이 전혀 없거든. 아버지는 땅콩이라나 뭐라나, 무슨 수입 일을 했는데 술독에 빠져 죽었대요. 가족한테 땡전 한 푼 안 남기고 말이야. 가엾기도 하지. 샤프 부인은 생계를 위해 런던에서 하숙을 쳐서 그 딸이 모든 일을 혼자 다 했다는구나. 그러다 가구랑 같이 길바닥에 나앉게 됐는데 때마침 프랜차이즈에 살던 그 영감이 죽은 거야. 참 운도 억세게 좋지!"

"세상에, 아주머니는 그런 이야기를 대체 어디서 주워들으시는 거예요?"

"하지만 사실이란다, 애야. 틀림없는 사실이지. 누구한테 들었는지는 생각 안 나는걸. 런던에서 같은 거리에 살았다는 사람이었던 것 같은데. 어쨌든 당사자한테 직접 들은 거야. 너도 알다시피 난 근거 없는 가십을 퍼뜨리고 다니는 사람이 아니잖니? 집 괜찮던? 그 철문 안이 어떻게 생겼는지 늘 궁금했는데."

"아뇨, 못생겼어요. 하지만 가구는 멋진 게 몇 점 있더군요."

그녀는 완벽한 식기장과 벽 앞에 늘어놓은 아름다운 의자들을 만족스레 바라보며 말했다.

"우리 것처럼 잘 관리되진 않았을 거다, 내 장담해. 어제 목사님께서 글쎄, 한눈에 사람 사는 가정이라는 걸 알 수 있어서 그렇지, 안 그랬으면 꼭 전시장으로 보였을 거라고 하시더구나."

목사가 거론된 덕분에 그녀는 뭔가 생각난 듯했다.

"맞다, 앞으로 며칠간 크리스티나한테 더 많은 인내심을 베풀어주겠니? 그 애가 또 '구원'받을 모양이야."

"저런, 또 시작인가요. 가엾은 아주머니. 안 그래도 그런 게 아닌가

싶더군요. 오늘 아침에 차를 갖다주는데 찻잔 받침에 성경 구절이 있지 뭐예요. 배경에 점잖은 백합 문양을 넣은 분홍색 두루마리에 '나를 살피시는 하느님'이라고 썼던데요. 교회를 또 바꿨나 보죠?"

"그래. 감리교는 '겉만 번지르르하단' 걸 알게 된 모양이야. 그래서 벤슨네 빵집 위층에 있는 '베델'파 사람들한테 간다는구나. 당장에라도 '구원'받을 예정이라는데. 오전 내내 목청 높여 찬송가를 불러댔지 뭐니."

"그건 늘 그러잖아요."

"〈주님의 칼〉은 아니지. 〈진주 관〉이니 〈황금의 거리〉면 아직은 괜찮아. 하지만 〈주님의 칼〉을 부르기 시작하면 이제 머잖아 빵을 내가 구워야 하리라는 걸 알 수 있단다."

"뭐, 아주머니가 빵 굽는 솜씨도 크리스티나 못지않은걸요."

"그건 그렇지 않아요."

고기 요리를 들고 들어온 크리스티나가 말했다. 덩치가 크고, 컬이 없는 머리는 단정치 못하고, 눈은 흐리멍덩했다.

"로버트 씨, 부인이 저보다 낫게 구우시는 건 수난일에 먹는 십자가 빵뿐이에요. 그건 일 년에 한 번뿐이잖아요. 이제 아셨죠? 이 댁에서 그렇게 제 가치를 몰라주시면, 그럼 알아줄 댁으로 가겠어요."

"저런, 크리스티나. 당신이 없는 이 집은 상상도 할 수 없다는 걸 잘 알잖아. 당신이 떠나면 난 세상 끝까지라도 당신을 따라갈걸. 다른 건 몰라도 버터 타르트를 위해서라도 말이지. 말 나온 김에 내일 버터 타르트를 먹을 수 있을까?"

로버트가 말했다.

"회개를 하지 않는 죄인들한테 줄 버터 타르트 같은 건 없어요. 게다가 아마 버터도 없을걸요. 하여튼 일단 두고 보기로 해요. 로버트 씨는 그때까지 자기 영혼을 돌이켜보고 남한테 돌 던지는 일은 그만두세요."

그녀가 나가고 문이 닫히자 린 아주머니는 나지막이 한숨을 쉬더니 생각에 잠겨 중얼거렸다.

"이십 년이야. 넌 저 애가 처음 고아원에서 왔을 때를 기억 못 할 거다. 당시 저 애는 열다섯 살에 빼빼 말랐었어. 차를 마시면서 빵 한 덩어리를 다 먹더니 죽을 때까지 날 위해 기도하겠다고 하더구나. 정말로 그래 왔을 거야."

린 아주머니의 파란 눈에 눈물 같은 것이 반짝였다.

"구원은 버터 타르트를 만든 다음으로 미뤄주면 좋겠군요."

로버트는 가차 없이 너무나도 실질적으로 말했다.

"영화는 재미있으셨어요?"

"그게 말이지, 그 사람한테 부인이 다섯 명이나 있었다는 게 자꾸만 생각나지 뭐니."

"누가 부인이 다섯 명이에요?"

"다섯 명인 건 아니란다. 한 번에 한 명씩이에요. 진 대로 말이야. 정말이지, 영화관에서 주는 그 조그만 프로그램은 아주 유익하긴 하지만 환상을 깨뜨리는 게 문제구나. 그 사람은 학생이었거든. 영화 속에서 말이야. 아주 젊고 낭만적이더라. 하지만 다섯 명의 부인이 자꾸만 생각나는 바람에 오후를 망쳤지 뭐니. 보기엔 그렇게 매력적인데 말이지. 셋째 부인은 5층 창문 밖으로 손목을 잡고 늘어뜨렸다던데, 솔직히 그건 못 믿겠어. 뭣보다도 그렇게 힘이 세 보이질 않는 걸. 어렸을 때 폐를 앓았을 것처럼 보이더라. 야윈 것도 그렇고, 그 가는 손목도 그렇고. 누굴 잡고 늘어뜨릴 힘이 있을 것 같지 않아. 하물며 5층에서……."

푸딩을 다 먹을 때까지 온화한 모놀로그가 계속되었다. 그동안 프랜차이즈 생각을 하던 로버트는 커피를 마시러 거실로 자리를 옮길 때 비로소 수면으로 부상했다.

"그것처럼 잘 어울리는 복장이 없는데 하녀들은 그걸 모른다니까."

린 아주머니가 말했다.

"뭐가요?"

"앞치마 말이야. 그 여자가 궁전에서 하녀로 일했거든. 그래서 그 바보 같은 모슬린 천 쪼가리를 입었단다. 어찌나 잘 어울리던지. 그러고 보니 프랜차이즈에 하녀가 있던? 없어? 하기야 그럴 만도 하지. 마지막으로 있었던 하녀를 거의 굶기다시피 했다더라. 글쎄, 하녀한테……."

"아주머니!"

"아니, 정말이야. 아침 식사로 구운 고기에서 잘라낸 껍질을 줬대요. 우유 푸딩을 먹었을 땐……."

로버트는 그들이 우유 푸딩으로 어떤 극악무도한 일을 했는지 듣지 않았다. 저녁을 잘 먹고도 별안간 피로와 울적함이 밀려들었다. 다정하고 어리석은 린 아주머니가 그런 터무니없는 말을 옮기는 일을 아무렇지도 않아 할 지경인데, 밀퍼드의 진짜 떠버리들이 진짜 스캔들 재료를 앞에 두고 가만히 있을 리 있겠나.

"하녀 말이 나왔으니 말인데, 갈색 설탕이 다 떨어졌거든. 오늘은 각설탕을 넣으려무나. ……하녀 말이 나왔으니 말인데, 칼리 가의 하녀가 아비 없는 애를 뱄대."

"아비가 있긴 있겠죠."

"그래, 화이트하트의 급사인 아서 윌리스란다."

"네? 또 윌리스예요?"

"그러게 말이다. 이젠 웃을 일도 아니지 않니? 그 작자가 왜 결혼을 안 하는지 도통 모르겠구나. 훨씬 싸게 먹힐 텐데."

그러나 로버트는 그녀의 말을 듣고 있지 않았다. 그는 프랜차이즈의 응접실로 돌아가, 일반화에 대한 그의 변호사다운 편협함을 완곡하게 비꼬는 말을 듣고 있었다. 가구는 윤기를 잃었고, 의자 위에 물건이 아무렇게나 널려 있는데 아무도 구태여 치우려 하지 않는 그 초라한 방에 돌아가 있었다.

생각해보니 그곳에서는 아무도 재떨이를 들고 그의 꽁무니를 쫓아다니지 않았다.

제5장

그로부터 일주일 이상 지난 어느 날, 헤슬타인 씨가 조그맣고 희끗
희끗한 머리를 들이밀고, 핼럼 경위가 사무실에 와 있으며 로버트를
잠시 만나고 싶어 한다고 알렸다.

로버트의 방과 네빌 베넷이 쓰는 작은 뒷방도 비록 카펫이 깔려 있
고 마호가니 가구가 놓여 있을지언정 명백히 사무실인데도, 블레어·
헤이워드·베넷 법률사무소에서는 '사무실'이라 하면 언제나 헤슬타
인 씨가 사무원들 위에 군림하는 홀 맞은편 방을 말했다. 공식적인
대기실도 있기는 했다. '사무실' 뒤쪽에 이를테면 네빌의 방 같은 작
은 방이 붙어 있는데, 블레어·헤이워드·베넷 법률사무소의 고객들은
그곳을 좋아하지 않았다. 로버트를 찾아온 사람들은 사무실로 들어
와 내방을 알리고는, 로버트가 그들을 만날 수 있을 때까지 그곳에서
잡담을 하며 기다리곤 했다. 작은 '대기실'은 터프 양이 이미 오래전

에 방문객들에게 방해를 받지 않고 사환들이 코를 킁킁거리는 소리에서도 해방되어, 로버트의 편지를 쓰는 용도로 돌려졌다.

헤슬타인 씨가 경위를 데리러 나간 뒤, 로버트는 자신이 불안한 것을 깨닫고 놀랐다. 학교 다닐 때 시험 결과가 나붙은 게시판에 다가갔을 때 이래로 이렇게 불안한 것은 처음이었다. 자신의 인생이 타인의 궁지에 그렇게 흔들릴 정도로 안온했던가? 아니면 지난 일주일간 샤프 모녀가 내내 머릿속을 떠나지 않았던 탓에 이미 타인이 아니게 된 건가?

그는 각오를 다지고 핼럼의 말을 들었다. 그러나 핼럼이 조심스럽게 표현을 골라 한 이야기는, 스코틀랜드 야드에서 현재 갖고 있는 증거로 기소하지는 않겠다고 알려왔다는 내용이었다. 블레어는 '현재 갖고 있는 증거'라는 표현의 의미를 정확히 이해했다. 그들은 수사를 종료한 게 아니라(스코틀랜드 야드에서 수사를 종료하는 일이 있기는 하던가?) 그저 잠자코 두고 보는 것뿐이었다.

스코틀랜드 야드가 잠자코 두고 보는 것은 현 상황에서 딱히 안심되는 일이라 할 수 없었다.

"확증이 없는 모양이군."

그는 말했다.

"그 애를 태워준 트럭 운전사를 찾아내지 못했거든요."

핼럼이 말했다.

"새삼 놀랄 일도 아닐 텐데."

"그래요."

핼럼이 동의했다.

"다른 사람을 태워줬다는 걸 고백했다가는 해고당할 텐데, 그런 위험을 감수할 운전사가 있을 리 없죠. 그게 젊은 여자애라면 더 말할 것도 없고 말입니다. 운송회사 경영주들은 그런 문제에 엄격하거든요. 게다가 이게 어떤 말썽에 휘말린 여자애 일이고, 뿐만 아니라 알고 싶어 하는 주체가 경찰인 이상, 정신이 똑바로 박힌 사람치고 그 애를 봤다는 것조차 인정할 사람은 없을 겁니다."

핼럼은 로버트에게서 담배를 받아들었다.

"스코틀랜드 야드로선 그 트럭 운전사가 필요했는데 말이죠. 아니면 그 비슷한 거라도."

"그러게. 자네는 그 학생을 어떻게 생각하나, 핼럼?"

로버트는 생각에 잠겨 물었다.

"그 애 말입니까? 글쎄요. 좋은 애던데요. 거짓말을 하는 것 같진 않았습니다. 남의 자식 같지 않더군요."

사건이 만약 재판으로 발전할 경우 그들이 직면하게 될 상황을 여실히 보여주는 말이었다. 모든 선량한 사람의 눈에 증인석에 선 그 소녀는 흡사 자기 딸처럼 보일 것이다. 불쌍한 말라깽이 고아라서가 아니라, 오히려 그렇지 않다는 이유에서였다. 단정한 교복 코트, 회갈색 머리, 풋풋하고 화장기 없는 맨 얼굴, 매력적으로 살짝 팬 광대뼈 밑, 미간이 넓은 꾸밈없는 눈에 이르기까지, 그녀는 검찰이 꿈꾸는 이상적인 희생자였다.

"그냥 평범한 그 또래 여자애입니다. 특별히 문제 삼을 구석이 없어요."

핼럼은 여전히 그 문제를 생각 중이었다.

"그럼 자네는 눈 색깔로 사람을 판단하지 않는군."

로버트는 소녀를 생각하며 무심히 말했다.

핼럼의 대답은 뜻밖이었다.

"무슨 소리입니까! 그야 당연히 판단하고말고요. 내가 장담하건대, 어떤 특정한 색조의 연푸른색 눈을 보면 입을 열기도 전에 이놈은 주의해야 한다는 건 알 수 있습니다. 하나같이 말주변 좋은 거짓말쟁이거든요."

그는 말을 멈추고 담배를 한 모금 빨았다.

"그러고 보니 살인을 하는 경향도 있군요. 살인자를 많이 만나본 건 아니지만 말입니다."

"이거 겁나는걸. 앞으로 연푸른색 눈은 멀리해야겠어."

로버트는 말했다.

핼럼이 씩 웃었다.

"지갑을 열지만 않으면 걱정 안 해도 됩니다. 연푸른색 눈이 하는 거짓말은 죄 돈 때문이니까요. 살인은 거짓말에 옭매여 옴짝달싹 못하게 됐을 때만 하고요. 진짜 살인자를 알 수 있는 특징은 눈 색깔이 아니라 그 위치입니다."

"위치?"

"그래요. 짝짝이거든요. 두 눈이 말이죠. 꼭 각각 다른 얼굴을 보는 것 같다니까요."

"살인자를 많이 만나본 건 아니라며?"

"그래요. 하지만 사건 기록은 전부 다 봤고 사진도 연구했거든요. 살인을 다루는 책에 그 점이 언급되지 않는 게 늘 놀랍다니까요. 그렇게 자주 있는 일인데요. 눈이 짝짝이인 것 말입니다."

"그럼 그건 전적으로 자네 혼자만의 이론이란 뜻이군."

"그래요, 관찰 결과 내가 내린 결론입니다. 블레어 씨도 언제 한번 해보시죠. 대단합니다. 난 이제 찾는 단계에 이르렀어요."

"길거리에서 말이야?"

"아뇨, 그 정도로 형편없진 않습니다. 새로 살인 사건이 발생할 때 말이에요. 사진이 손에 들어오길 기다렸다가, 보고 나선 '그것 봐라! 내가 뭐랬나!' 그러는 겁니다."

"사진이 손에 들어왔는데 두 눈이 정확히 일치하면?"

"그럴 경우엔 거의 대부분 소위 우발적 살인입니다. 그 상황에선 누구한테나 벌어질 수 있는 살인인 거죠."

"그럼 네서 덤블턴의 존경받는 목사한테 교구민들이 오십 년간의 헌신적인 봉사를 기념해 감사 선물을 증정하는 사진을 봤는데 목사의 눈이 심한 짝짝이라면, 자네는 어떤 결론을 내리겠나?"

"부인이 그 사람을 만족시켜 주고, 자식들은 고분고분 말을 잘 듣고, 필요한 만큼 월급이 나오고, 정치에 딱히 관심이 없고, 그곳 거물들하고 잘 지내고, 자기가 원하는 서비스를 누리고 있다는 결론을 내리겠죠. 그때까지 누굴 죽일 필요가 조금도 없었던 겁니다."

"그거 너무 형편이 좋은 거 아닌가?"

"흠! 경찰이 건실한 관찰을 통해 얻은 결론을 법률가한테 가르쳐봤자 시간 낭비라니까요."

핼럼은 분개하더니 일어나며 덧붙였다.

"처음 보는 타인을 판단하는 비결을 공짜로 전수해주면 변호사가 좋아할 줄 알았는데요."

"자네는 그저 무구한 마음을 오염시켰을 뿐이야. 이젠 새 의뢰인을 볼 때마다 내 잠재의식이 의뢰인의 눈 색깔하고 두 눈의 대칭이 맞는지 안 맞는지를 확인하게 생겼다고."

"그거 잘됐군요. 블레어 씨도 인생의 실상을 좀 알 때가 됐습니다."

"프랜치이즈 사건에 관해 알려주러 일부러 여기까지 와줘서 고맙네."

로버트는 정색하고 말했다.

"이곳 전화는 라디오만큼이나 비밀 유지가 잘되니 말이죠."

핼럼이 말했다.

"아무튼 고마워. 샤프 모녀한테 바로 알려야겠군."

핼럼이 나간 뒤, 로버트는 수화기를 들었다.

핼럼의 말마따나 전화로 거리낌 없이 이야기할 수는 없지만, 좋은 소식이 있으니 당장 그쪽으로 가겠다고 할 생각이었다. 그러면 마음의 짐을 덜어줄 수 있을 것이다. 또한(그는 손목시계를 흘긋 보았다) 샤프 부인이 낮잠을 잘 시간일 테니 그 매서운 노부인을 피할 수 있을지도 모른다. 물론 매리언 샤프와 단둘이 이야기를 나눌 수 있을지도 모르고. 다만 그 생각은 불명확한 상태로 마음속 저 한구석에 밀어놓았다.

그러나 통화가 연결되지 않았다.

내켜하지 않는 교환원의 조력을 얻어 꼬박 오 분간 전화를 걸었으나 성과는 없었다. 샤프 모녀는 집에 없는 모양이었다.

교환국을 통해 전화를 거는데, 네빌 베넷이 여느 때처럼 괴상망측

한 트위드 양복에 연분홍색 셔츠를 입고 보라색 넥타이를 맨 차림새로 슬렁슬렁 걸어들어 왔다. 수화기 너머로 그를 바라보며 로버트는 벌써 백 번은 더 했을 생각을 또 했다. 지금은 자기가 잘 관리하고 있지만, 블레어·헤이워드·베넷 법률사무소가 언젠가 이 베넷 청년의 손에 넘어가는 날이 올 것이다. 그때 사무소는 대체 어떻게 될 것인가. 이 청년이 머리가 좋다는 것은 그도 알고 있었다. 그러나 밀퍼드에서 머리는 그리 중요하지 않다. 밀퍼드에서는 졸업할 연령에 이르면 학생 기분을 벗어던지기를 기대한다. 그러나 네빌은 자기가 속한 패거리 외부에 존재하는 세상을 받아들이는 기미가 없었다. 본인은 의식하지 못하지만 그는 여전히 활발하게 세상을 질겁하게 하고 있었다. 그의 복장이 여실히 입증하듯이.

로버트라고 이 젊은이가 엄숙한 검정 양복을 입은 모습을 보고 싶은 것은 아니었다. 로버트 자신도 회색 트위드 양복을 입었으려니와, 그의 지방민 고객들은 '도회지' 복장을 수상쩍은 눈초리로 쳐다볼 것이다(처음 통화했을 때 매리언 샤프는 도회지 복장을 한 변호사를 가리켜 그만 '그 줄무늬 양복을 입은 끔찍한 사람'이라고 실언을 하고 말았다). 하지만 트위드라고 다 똑같지는 않다. 네빌 베넷이 입은 트위드는 좋지 않은 쪽이었다. 아주 괴상망측하게 좋지 않은 쪽이었다.

"로버트, 콜소프 양도 관련 서류 작업이 끝나서요, 저한테 뭐 시킬 일이 없으면 오늘 오후에 라버러로 갈까 하는데요."

로버트가 포기하고 수화기를 내려놓는데 네빌이 말했다.

"전화로 이야기하면 안 되겠나?"

로버트는 물었다.

네빌은 라버러 주교의 셋째 딸과 격식을 차리지 않는 현대적인 방식으로 약혼한 사이였다.

"오, 로즈메리 때문이 아니에요. 일주일 예정으로 런던에 가 있거든요."

"앨버트 홀에서 항의 집회에 참가하는 모양이군."

로버트는 샤프 모녀에게 전해줄 좋은 소식이 있는데도 통화가 되지 않아 기분이 상한 상태였다.

"아뇨, 길드홀인데요."

네빌이 말했다.

"이번엔 또 뭔데? 생체 해부?"

"당신은 가끔 가다 참 끔찍하게 시대에 뒤쳐진 소리를 한다니까요, 로버트. 요새는 소수의 괴짜 말고는 아무도 생체 해부를 반대하지 않는다고요. 정부에서 애국자 코토비치를 보호하길 거부한 걸 항의하는 집회랍니다."

네빌은 엄숙하고 참을성 있게 말했다.

"자네가 말하는 그 애국자는 본국에서 '지명 수배' 중인 것 같던데."

"그 사람 적들이 찾는 거죠."

"경찰이 말이야. 두 건의 살해에 관해."

"처형이에요."

"네빌, 자넨 존 녹스의 추종자인가?"

"맙소사, 아닙니다. 그게 무슨 상관이죠?"

"녹스는 자주적인 처형을 믿었거든. 이 나라에선 이제 유행이 좀 지난 것 같던데. 아무튼 코토비치에 관해 로즈메리의 의견과 경찰청 특수부의 의견 중에서 하나를 골라야 한다면, 나 같으면 특수부 쪽을 택하겠네."

"특수부는 그저 외무성에서 시키는 대로 할 뿐입니다. 그건 누구나 다 아는 사실이라고요. 아무튼 여기 남아서 당신한테 코토비치 사태가 미칠 파문을 설명하다간 영화에 늦을 테니 관두죠."

"무슨 영화?"

"라버러에서 볼 프랑스 영화요."

"영국 지식인들이 숨죽이고 보는 그 하잘것없는 프랑스 영화가 본국에선 대부분 그저 그렇다고 여겨진다는 건 자네도 알겠지? 어쨌든 가는 길에 프랜차이즈 우편함에 쪽지를 넣고 갈 시간은 있겠어?"

"그럴까요. 담장 안에 뭐가 있는지 늘 궁금했거든요. 지금은 누가 삽니까?"

"연로한 부인하고 그 딸."

"딸이라고요?"

네빌이 반사적으로 귀를 쫑긋 세웠다.

"중년의 딸인데."

"저런. 알았어요. 가서 코트를 가져오죠."

로버트는 할 말이 있어 전화를 걸었다는 것, 일이 있어 한두 시간 외출할 예정이지만 시간이 나는 대로 다시 전화를 걸겠다는 것, 스코틀랜드 야드에서 사건을 입증하지 못했으며 그 사실을 인정한다는 것만 썼다.

네빌은 끔찍하게 생긴 래글런 외투를 팔에 걸치고 바람처럼 들어오더니 쪽지를 낚아채듯 집었다. 그리고 "린 아주머니한테 늦을지도 모른다고 전해주세요. 저녁 먹으러 오라고 초대하셨거든요."라는 말을 남기고 사라져버렸다.

로버트는 점잖은 회색 모자를 쓰고 의뢰인을 만나러 로즈 앤 크라운으로 걸어갔다. 영국에서 가장 만성 통풍을 앓을 사람 같지 않은 늙은 농부는 아직 와 있지 않았다. 평소에 그렇게 차분하고 나른하고 선량한 로버트는 자신이 초조해하는 것을 깨달았다. 삶의 패턴이 바뀐 것이다. 지금까지는 동등한 매력을 가진 일이 평탄하게 연속되는 인생이었다. 그것을 그는 서두르지 않고 감정과 무관하게 차근차근 소화하곤 했다. 그런데 이제는 관심이 한 군데 집중되고 나머지는 그 주위를 맴돌 뿐이었다.

그는 라운지에서 무늬 있는 무명천 커버를 씌운 의자에 앉아 옆 커피테이블에 놓여 있던 귀퉁이가 접힌 잡지를 살펴보았다. 최신호라고는 주간지인 《파수꾼》뿐이었으므로 마지못해 그것을 집었다. 이번에도 예외 없이 손가락에 닿는 종이의 메마른 감촉이 불쾌했고, 깔쭉깔쭉한 모서리에 이를 악물고 싶어졌다. 《파수꾼》은 이렇다 할 것 없는 항의성 글과 시와 탁상공론을 모아놓은 잡지인데, 여러 항의성 글 중에서도 명예로운 자리를 차지한 것은 장차 네빌의 장인이 될 사람이었다. 그는 망명할 곳을 찾는 애국자를 보호하기를 거부한 영국의 수치에 관해 4분의 3단씩이나 소비해 장황하게 떠들어댔다.

라버러 주교는 이미 오래전에 약자는 언제나 옳다는 신념으로까지까지 기독교 철학을 확대했다. 덕분에 그는 발칸 반도의 혁명주의자들과 영국의 각종 파업 위원회, 지역 교도소의 모든 단골 복역수들에게 대단히 인기가 있었다(이 마지막 그룹 중에서 유일한 예외는 상습범인 밴디 브레인으로, 그는 선량한 주교를 몹시 경멸하며 애정은 교도소장을 위해 따로 남겨놓았다. 교도소장에게 눈에 맺힌 눈물은 H_2O 한 방울에 불과했다. 그는 그 어떤 가슴 아픈 이야기를 들어도 신속하고 냉철하고 정확하게 사실을 파악해내는 재주가 있었다). 단골 복역수들은 애정 어린 말투로, 그 영감은 뭐든 다 믿는다고 말하곤 했다. 아무리 뻥을 쳐도 곧이곧대로 믿는다고.

로버트는 평소 주교를 다소 재미있는 존재로 생각하곤 했건만, 오늘은 그저 짜증만 날 뿐이었다. 그는 시 두 편을 읽어봤으나 둘 다 도통 무슨 소리인지 알 수 없었으므로 잡지를 내던지듯 도로 테이블에 돌려놓았다.

"왜, 영국이 또 뭘 잘못했대?"

벤 칼리가 옆에 멈춰 서더니 《파수꾼》을 고갯짓으로 가리켰다.

"잘 있었나, 칼리."

"부자들을 위한 마블아치지."

몸집이 작은 변호사는 멸시 어린 표정을 한 채 담뱃진으로 얼룩진 손가락으로 잡지를 톡톡 치며 말했다.

"한 잔 하겠나?"

"고맙지만 원야드 씨를 기다리는 중이라. 요새는 필요 이상으로 한 발짝도 더 움직이려 하질 않는군."

"그렇겠지. 딱한 일이야. 조상의 죄 탓에 말이지. 자기는 마시지도 않은 포도주 때문에 고통을 받다니 터무니없는 일 아닌가! 일전에 프랜차이즈 밖에 자네 차가 서 있는 걸 봤는데."

"그래."

묘한 일이라는 생각이 들었다. 직접적으로 말하다니 벤 칼리답지 않다. 게다가 로버트의 차를 봤으면 경찰차도 봤을 것이다.

"그 집 사람들을 알면 좀 가르쳐줘. 난 늘 그 사람들이 궁금했거든. 소문이 사실인가?"

"소문?"

"그 사람들, 마녀 맞아?"

"마녀래?"

로버트는 가볍게 받아넘겼다.

"내가 알기로 시골에선 그런 믿음이 강력한 것 같던데."

칼리가 말했다.

그의 반짝거리는 검은 눈이 한순간 로버트의 눈을 똑바로 응시하더니, 여느 때처럼 신속하게 라운지를 둘러보았다.

로버트는 칼리가 자신에게 유용하리라 판단한 정보를 제공하려 한다는 것을 깨달았다.

"글쎄, 영화관이 지방에 오락거리를 제공한 이래로 마녀 사냥은 자취를 감추지 않았나?"

"그걸 믿나? 이 바보 촌놈들한테 구실만 줘봐. 누구 못지않게 마녀 사냥을 할 테니까. 하여간 타고난 변태들이라니까. 저기 자네 고객이 오는군. 나중에 보자고."

다른 사람들과 그들이 처한 곤경에 진심으로 관심을 갖는 것이 로버트의 주된 매력 중 하나였다. 그는 원야드 노인의 장황한 이야기를 친절하게 들어주었다. 이를 매우 고맙게 여긴 노인은 유언장에 그의 이름 옆에 적은 액수에다 100을 더했다(물론 로버트는 그 사실을 전혀 몰랐다). 그렇지만 용건이 끝나기 무섭게 로버트는 호텔 전화기로 다가갔다.

그러나 주위에 사람이 너무 많았으므로 그는 신 거리에 있는 차고에서 전화를 빌리기로 했다. 사무소는 이미 문을 닫았을 테고, 어쨌든 그쪽이 더 멀다. 게다가……. 그는 거리를 성큼성큼 걸으며 생각했다. 차고에서 전화를 걸면 그녀가, 아니, 그들이 좀 더 자세히 의논할 수 있게 집으로 와달라고 할 경우 바로 차를 꺼낼 수 있다. 그래 달라고 할 가능성이 높다. 아니, 그럴 것이 거의 틀림없다. 그래, 그들은 당연히 재판이 있건 없건 소녀의 이야기가 사실이 아님을 입증하기 위해 무슨 일을 할 수 있을지 의논하고 싶어 할 것이다. 핼럼의 소식을 듣고 안도하는 마음이 워낙 컸던 탓에 자기는 아직 거기까지 생각을……

"안녕하세요, 블레어 씨."

덩치가 큰 빌 브러프가 좁다란 사무실 문을 비집고 나오며 말했다. 둥글고 차분한 얼굴에는 온화한 환영의 빛을 띠고 있었다.

"차 꺼내드려요?"

"아니, 될 수 있으면 전화를 먼저 쓰고 싶은데."

"그러세요."

차 밑에 있던 스탠리가 새끼 사슴 같은 얼굴을 내밀고 물었다.

"무슨 정보 좀 있어요?"

"아무것도 몰라, 스탠. 몇 달째 돈을 걸어본 적이 없어서."

"전 '밝은 전망'이란 웬 소 같은 녀석 때문에 2파운드 잃었어요. 말을 믿는 게 잘못이죠. 다음에 정보가 있으면……."

"다음번에 돈을 걸면 자네한테도 말해주지. 하지만 그것도 말일 텐데."

"소만 아니면 돼요."

스탠리는 도로 차 밑으로 들어가며 말했다. 로버트는 덥고 환한 사무실 안으로 들어가 수회기를 들었다.

전화를 받은 사람은 매리언이었다. 다정하고 기쁨에 들뜬 목소리였다.

"보내주신 쪽지를 읽고 우리가 얼마나 안심했는지 모르실 거예요. 어머니나 저나 지난주 내내 뱃밥을 만들고 있었답니다(예전에는 뱃밥을 만드는 작업은 죄수들의 일이었다. - 옮긴이). 그나저나 요새도 뱃밥을 만드나요?"

"아마 아닐 겁니다. 제가 알기로 요새는 좀 더 건설적인 일을 할걸요."

"작업 요법 말이군요?"

"그런 셈이죠."

"무슨 바느질을 강제로 시키건 그런다고 제 성격이 나아질 것 같진 않은데요."

"십중팔구 당신 취향에 좀 더 잘 맞는 일을 찾아줄 겁니다. 죄수에게 원치 않는 일을 강제하는 건 현대 사상에 반하죠."

"당신이 그렇게 신랄한 말을 하는 건 처음 듣는데요."

"제가 신랄했습니까?"

"완전히 앙고스투라(칵테일에 쓴맛을 내는 재료 - 옮긴이)였어요."

술 이야기가 나왔으니 어쩌면 이제 저녁 식사 전에 와서 셰리나 한 잔 들지 않겠느냐고 할지 모른다.

"그나저나 조카가 참 매력적이더군요."

"조카라뇨?"

"쪽지를 가져온 분 말이에요."

"조카가 아닙니다."

로버트는 냉랭하게 말했다. 조카가 생기면 어째서 이렇게 늙었다는 생각이 드는 걸까?

"오촌 조카죠. 어쨌든 그 녀석이 마음에 드셨다니 기쁘군요."

이래선 안 되겠다. 먼저 말을 꺼내는 수밖에 없겠다.

"상황을 정리하기 위해 무슨 일을 할 수 있을지 한번 뵙고 의논하고 싶습니다만. 안전을 기하기 위해 말이죠."

그는 말을 끊고 기다렸다.

"네, 그럼요. 우리가 언제 아침에 장을 보러 나갈 때 사무실에 들르면 어떨까요? 어떤 일이 가능할 것 같으세요?"

"글쎄요, 은밀히 조사를 해보는 것도 좋겠죠. 전화로 말씀드리긴 좀 그렇습니다만."

"그렇겠네요. 금요일 아침에 우리가 찾아뵈면 어떠시겠어요? 우리가 매주 장 보는 게 그날이거든요. 아니면 금요일은 바쁘신가요?"

"아닙니다, 금요일 괜찮습니다. 정오쯤 오시겠습니까?"

로버트는 실망을 억누르며 말했다.

"네, 좋아요. 내일모레 12시에 사무실로 찾아뵐게요. 안녕히 계세요. 다시 한 번 감사드립니다."

그녀는 단호하고 깔끔하게 전화를 끊었다. 로버트가 지금까지의 경험으로 여자들에게 으레 기대하는 준비 단계가 전혀 없었다.

"차 꺼내요?"

차고 안의 흐릿한 햇빛 속으로 나오자 빌 브러프가 말했다.

"어? 아, 차 말이군. 아니, 오늘은 필요 없겠어. 고맙네."

로버트는 냉대를 당했다고 생각하지 않으려 애쓰며 여느 저녁처럼 하이 가를 걷기 시작했다. 자기는 처음에 프랜차이즈에 가는 게 그리 내키지 않았을 뿐더러 그것을 꽤 노골적으로 드러냈다. 당연히 그녀는 똑같은 상황이 재연되는 일을 피했을 것이다. 그가 그들을 위해 일하는 것은 단순히 사무적으로 처리할 업무에 불과했다. 그들은 두 번 다시 그 이상 그에게 뭔가를 원하려 하지 않을 것이다.

그래, 좋다. 거실의 벽난로 옆 그가 애용하는 의자에 털썩 앉아 석간(그날 아침 런던에서 인쇄된)을 펼치며 그는 생각했다. 금요일에 그들이 오면 좀 더 사적인 관계를 맺어보자. 처음에 거절하고 만 그 불행한 기억을 지우는 것이다.

오래된 집의 고요한 분위기가 그의 마음을 달래주었다. 크리스티나는 벌써 이틀째 방에 틀어박혀 기도와 명상을 하는 중이었으므로 린 아주머니가 부엌에서 저녁을 준비하고 있었다. 유일한 형제인 레티스가 명랑한 편지를 보냈다. 전쟁 중 몇 년간 트럭을 몰던 그녀는 키 크고 과묵한 캐나다 남자와 사랑에 빠져 지금은 서스캐처원에서 금발머리 개구쟁이 다섯 명을 키우고 있었다. "어서 이쪽으로 건너와, 로빈. 개구쟁이들이 다 자라고 네가 이끼로 뒤덮이기 전에. 너도 린 아주머니가 너한테 얼마나 안 좋은지 알잖니!" 레티스는 그런 말로 편지를 맺었다. 그녀의 목소리가 들리는 것만 같았다. 레티스와 린 아주머니는 늘 죽이 맞지 않았다.

편안한 기분으로 과거를 회상하며 미소를 짓는데, 네빌의 난입이 고요와 평화를 깨뜨리고 말았다.

"그 여자가 그렇다고 왜 저한테 말을 안 해준 거죠!"

네빌이 따졌다.

"누구?"

"그 샤프란 여자요! 왜 말 안 했어요!"

"그 사람을 만날 거라고 생각하지 않았으니까."

로버트는 말했다.

"자네는 그저 우편함에 편지를 넣기만 하면 됐다고."

"편지를 넣을 우편함이 없었단 말입니다. 그래서 초인종을 울렸더니, 마침 어디 갔다가 막 돌아온 참이었나 봅니다. 아무튼 그 여자가 문을 열었어요."

"오후엔 낮잠을 자는 줄 알았는데."

"그 여자는 생전 잠도 안 잘 겁니다. 아예 사람과에 속하질 않아요. 온통 불이랑 금속으로 되어 있다고요."

"아주 무례한 노부인이란 건 나도 아네만, 그 사람은 너그럽게 봐줘야 해. 지금까지 아주 어렵게……."

"노부인이라뇨? 누구 말입니까?"

"물론 샤프 부인이지."

"전 샤프 부인은 보지도 못했어요. 제가 말하는 건 바로 매리언이라고요."

"매리언 샤프? 이름은 또 어떻게 알았어?"

"그 여자가 말해줬으니까요. 잘 어울리는 이름 아닌가요? 그 여자 이름으론 매리언밖에 없어요."

"문간에서 잠깐 본 것치곤 참 친근하게 말하는데."

"아, 차를 주더라고요."

"차! 프랑스 영화를 봐야 한다고 그렇게 서두르더니!"

"매리언 샤프 같은 여자가 차 마시고 가는데 서둘러야 할 일이 뭐가 있겠어요? 그 여자 눈 봤어요? 하긴 당연히 봤겠죠. 그 여자 변호사니까. 회색에서 담갈색으로 변해가는 게 얼마나 근사해요. 눈썹은 또 어떻고요. 천재 화가가 붓을 놀린 것처럼 완벽하죠. 날개 같은 눈썹이에요. 집에 오는 길에 그 눈썹에 대해 시를 한 편 지었는데 들어볼래요?"

"아니."

로버트는 단호하게 말했다.

"영화는 재미있었고?"

"아, 안 봤어요."

"안 봤다고!"

"대신 매리언하고 차 마셨다니까요."

"오후 내내 프랜차이즈에 있었단 말이야?"

"아마 그럴걸요? 맙소사, 그런데 한 칠 분처럼 느껴지지 뭡니까."

네빌은 꿈꾸는 듯한 어조로 말했다.

"프랑스 영화에 대한 갈망은 어떻게 된 건가?"

"매리언이 바로 프랑스 영화라고요. 아무리 당신이라도 그쯤은 알겠죠!"

로버트는 '아무리 당신이라도'에 움찔했다.

"진짜하고 같이 있을 수 있는데 그림자 같은 게 무슨 대수입니까?
진짜라는 게 그 여자의 대단한 점이죠, 안 그래요? 매리언처럼 진짜
같은 사람은 처음 본다니까요."

"로즈메리도?" 로버트는 린 아주머니가 '부아가 났다'고 하는 상태
였다.

"오, 로즈메리는 사랑스러운 여자고 전 그 사람이랑 결혼할 거긴
하지만, 그건 전혀 다른 문제라고요."

"그래?"

로버트는 겉으로만 부드럽게 말했다.

"물론이죠. 매리언 샤프 같은 여자는 결혼 상대가 아니에요. 바람
이나 구름하고 결혼을 안 하는 거나 마찬가지죠. 잔 다르크하고도요.
그런 여자에 대해 결혼을 생각한다는 것 자체가 불경한 거라고요. 그
나저나 당신을 아주 좋게 말하던데요."

"그거 고마운 일이군."

말투가 어찌나 냉담했는지 심지어 네빌조차 알아차렸다.

"그 여자가 마음에 안 들어요?"

네빌은 믿기지 않는다는 얼굴로 친척을 쳐다보았다.

그 순간, 로버트는 여느 때처럼 친절하고 게으르고 관대한 로버트
블레어가 아니었다. 그저 저녁을 아직 못 먹었고 좌절과 냉대의 기억
에 시달리는 피곤한 남자에 불과했다.

"나한테 매리언 샤프는 꼴사나운 낡은 집에서 무례한 늙은 어머니

하고 같이 사는 깡마른 마흔 살짜리 여자일 뿐이네. 누구나 그렇듯 이따금 법적인 조언을 필요로 하는."

그러나 그런 말을 하는 사이에 그는 이미 후회하고 있었다. 친구를 배신한 기분이었다.

"하긴 그 여자는 당신 취향이 아닐 겁니다. 당신은 늘 약간 멍청한 금발 머리를 좋아했으니까요, 안 그래요?"

네빌은 참을성 있게 말했다. 따분한 사실을 객관적으로 진술하듯 악의 없는 말투였다.

"왜 그렇게 생각하는지 모르겠는데."

"당신이 결혼할 뻔했던 여자들은 죄 그런 타입이었잖아요."

"난 '결혼할 뻔한' 적 없어."

로버트는 뻣뻣하게 말했다.

"그건 당신 생각이죠. 몰리 맨더스의 올가미에 걸려들 뻔했다는 거 모르죠?"

"몰리 맨더스? 바보 같은 아가씨야. 팬케이크를 구울 때 반죽 판을 쓴다고 생각하지 뭐니. 게다가 늘 그 조그만 손거울로 제 얼굴이나 보고 있고 말이지."

음식을 하느라 얼굴이 붉게 상기된 린 아주머니가 셰리를 얹은 쟁반을 들고 들어오며 말했다.

"그때는 린 아주머니가 당신을 구했죠. 안 그래요, 아주머니?"

"무슨 소리를 하는지 모르겠구나, 네빌. 깔개 위에서 그만 좀 경중거리고 장작을 하나 더 넣겠니? 프랑스 영화는 마음에 들던?"

"안 봤어요. 대신 프랜차이즈에서 차를 마셨죠."

네빌은 로버트를 흘끔 보았다. 이제는 로버트의 속마음이 겉으로 보이는 반응과 다르다는 것을 알아차린 듯했다.

"그 이상한 사람들이랑 말이니? 대체 무슨 이야기를 했다니?"

"산 이야기도 하고 모피상, 암탉……."

"암탉?"

"네, 암탉의 얼굴을 클로즈업했을 때 드러나는 그 응축된 사악함에 관해서요."

린 아주머니는 네빌을 멍하니 쳐다보더니, 망망대해에서 단단한 육지를 구하듯 로버트를 돌아보았다.

"얘야, 네가 그 사람들이랑 알고 지낼 것 같으면 내가 방문하는 게 좋을까? 아니면 목사님 사모님더러 찾아가달라고 할까?"

"목사님 사모님한테 그렇게 돌이킬 수 없는 일을 시키면 안 될 것 같은데요."

로버트는 냉담하게 말했다.

그녀는 확신이 없는 듯했으나, 곧 집안일에 대한 걱정이 그 문제를 그녀의 염두에서 몰아냈다.

"셰리를 너무 꾸물꾸물 마시지 말렴. 안 그러면 오븐에 든 요리를 망칠 거야. 크리스티나가 내일은 방에서 내려올 테니 얼마나 다행인지. 아무튼 그랬으면 좋겠구나. 그 애의 구원이 이틀 이상 걸린 적은 아직 없거든. 그리고 너만 괜찮다면 난 역시 그 프랜차이즈 사람들을 방문하지 않으려다. 낯선 사람들이고 기묘하기만 한 게 아니라, 솔직히 좀 무섭거든."

그래, 그것이 샤프 모녀에게 사람들이 보일 반응의 일례였다. 벤 칼리는 오늘 구태여, 프랜차이즈에 경찰 문제가 발생할 경우 객관적인 배심원단을 기대할 수 없으리라는 힌트를 주었다. 샤프 모녀를 보호할 조처를 취해야겠다. 금요일에 만나면 흥신소에 개인적으로 조사를 의뢰하자고 해보자. 경찰은 이미 과중한 업무에 시달리고 있기도 하고(벌써 십 년도 더 전부터 그랬다), 한 사람이 독자적으로 여유를 갖고 조사하는 편이 본래의 공적인 수사보다 더 많은 성과를 거둘지도 모르는 일이다.

제6장

　그러나 금요일 아침에 로버트는 프랜차이즈 사람들의 안전을 지킬 조처를 취하기에는 이미 늦었음을 알았다.

　경찰의 근면함은 고려하고 있었다. 천천히 퍼져나가는 소문도 염두에 두었다. 그러나 그는 《애크에머('오전(am)'의 통신 용어)》를 미처 생각하지 못했다.

　《애크에머》는 대서양을 건너 영국 저널리즘에 유입된 타블로이드 신문의 최신 대표 주자였다. 그것은 50만 파운드에 달하는 매출을 위해서라면 배상금 2천 파운드쯤은 까짓 헐값이라는 원칙하에 운영되었다. 그때까지 영국에서 나온 그 어떤 신문보다도 헤드라인은 더욱 시커멓고, 사진은 더욱 선정적이며, 본문은 더욱 노골적이었다. 플리트 가(영국의 신문 업계 – 옮긴이)는 그것에 독자적으로 이름을 붙여주기는 했지만(단음절에, 인쇄 불가인), 그것을 막을 방도는 없었다. 언론을 검열하는 것은 언제나 그 자신이었다. 언제나 스스로의 양식과 기호에 의거해 어떤 것이 허용 가능하고 어떤 것이 허용 가능하지 않은지를 결정해왔다. 어떤 '불량한' 출판물이 그 원칙을 따르기를 거부해도 따르라고 강제할 권력이 없는 것이다. 십 년 만에 《애크에머》는 이제껏 영국에서 가장 많이 팔린 신문의 일일 순 매출을 50만 파운드나 앞섰다. 어느 교외선 열차 차량에서도 오전에 출근하는 사람들 열 중 일곱은 《애크에머》를 읽고 있다.

프랜차이즈 사건을 터뜨린 게 이 《애크에머》였다.

금요일 아침 일찍, 로버트는 임종을 앞두고 유언장을 고치고 싶어 하는 나이 많은 여자를 만나러 교외로 나갔었다. 그녀는 평균 석 달에 한 번꼴로 그러곤 했는데, 그녀의 의사는 그녀가 '언젠가 촛불 백 개를 한 번에 모조리 꺼뜨릴 것'이라는 소견을 감추려 하지 않았다. 그러나 변호사가 오전 8시 30분에 긴급히 자기를 호출하는 의뢰인에게 웃지 말라고 할 수는 없는 노릇이다. 따라서 로버트는 새 유언장 양식을 챙겨서는 차고에서 차를 꺼내 교외로 나갔다. 베개 무더기에 파묻힌 전제군주를 상대로 여느 때처럼 실랑이를 하기는 했어도 (그녀는 아무리 설명해도 3분의 1씩 네 몫으로 분배할 수는 없다는 기본적인 사실을 이해하지 못했다) 그는 전원의 봄날을 만끽했다. 돌아오는 길에는 이제 한 시간도 안 있어 매리언 샤프를 만날 것이라는 기대감에 콧노래를 흥얼거렸다.

그녀가 네빌을 마음에 들어 한 일은 용서해주기로 했다. 따지고 보면 네빌은 그녀를 칼리에게 떠넘기려 한 적이 없지 않나. 공정하게 생각하자.

그는 마방에서 말을 타고 나가는 사람들의 코밑을 지나 차고에 차를 세운 다음, 그달 1일이 지났다는 사실이 생각나 슬렁슬렁 사무실로 걸어갔다. 사무 업무를 담당하는 빌 브러프에게 사용료를 지불하기 위해서였다. 그러나 사무실에는 스탠리밖에 없었다. 그는 가는 팔뚝과는 어울리지 않게 우악스러운 손의 엄지손가락으로 명세서와 송장을 훑고 있었다.

"제가 통신대에 있을 땐 병참 담당자는 사기꾼이 틀림없다고 생각했는데, 이젠 모르겠군요."

스탠리가 그에게 무심한 눈길을 던지며 말했다.

"뭐가 없어졌나?"

로버트가 말했다.

"사용료를 내러 잠깐 들렀네. 빌이 대개 계산서를 준비해놓는데."

"아마 여기 어디 있을걸요. 한번 찾아보세요."

스탠리는 여전히 엄지로 서류를 훑으며 말했다.

이곳 사무실을 잘 아는 로버트는 평소처럼 빌이 깔끔하게 정리해놓은 지층에 이르기 위해 스탠리가 아무렇게나 던져놓은 낱장 종이들을 집었다. 어수선한 종이 더미를 들어 올리자 한 소녀의 얼굴이 드러났다. 신문에 실린 소녀의 얼굴 사진이었다. 곧바로 누구인지 알아보지는 못했지만 어디서 본 얼굴이라는 생각이 들기에, 로버트는 손을 멈추고 사진을 들여다보았다.

"찾았다!"

클립에서 종이 한 장을 빼내며 스탠리가 의기양양하게 말했다. 그러고는 책상 위에 흩어져 있던 나머지 낱장 종이를 한데 그러모았다.

그날 아침 《애크에머》의 1면 전면이 로버트의 눈앞에 드러났다.

로버트는 충격에 얼어붙어 그것을 빤히 응시했다.

스탠리가 그의 손에서 서류를 받아들려고 돌아섰다가, 그가 무엇을 보는지를 알아차리고 동의를 표했다.

"쟤, 괜찮죠? 이집트에서 데리고 놀았던 계집이 생각나는군요. 그 여자도 미간이 넓었거든요. 괜찮은 애였어요. 아주 독창적인 거짓말을 하곤 했죠."

그는 서류를 정리하는 일로 돌아가고, 로버트는 여전히 빤히 신문을 응시했다.

이 소녀가 그 소녀다.

페이지 꼭대기에 거대한 검정 활자로 이렇게 쓰여 있고, 그 밑에 지면의 3분의 2를 차지하는 소녀의 사진이 실려 있었다. 그리고 그 밑에는 그보다는 작지만 역시 눈에 거슬리는 활자체로 다음과 같이 쓰여 있었다.

이 집이 그 집인가?

그리고 그 밑에 프랜차이즈의 사진이 있었다.

지면 아래에는 설명문이 있었다.

소녀는 맞는다고 한다.

경찰은 무엇이라 할 것인가?

자세한 이야기는 뒷면에.

그는 손을 뻗어 페이지를 넘겼다.

샤프 모녀의 이름만 빼고 전부 다 나와 있었다.

그는 다시 페이지를 넘겨 충격적인 1면을 보았다. 어제까지만 해도 프랜차이즈는 사방을 둘러싼 높다란 담장으로 보호된 집이었다. 하도 눈에 띄지 않고, 하도 자기들끼리 지내서 심지어 밀퍼드 사람들조차 그 집이 어떻게 생겼는지 알지 못했다. 그런데 이제 전국 각지의 모든 매점에서, 펜잰스부터 펜틀랜드까지 모든 신문 판매대에서 사람들의 시선에 노출되어 있었다. 그 집의 단조롭고 불친절한 정면이 그 위에 자리한 얼굴의 순진무구함을 강조했다.

얼굴과 어깨까지만 나오는 사진은 스튜디오에서 찍은 것인 듯했다. 사진을 찍으려고 일부러 머리를 한 느낌이고, 파티용 드레스 같은 것을 입었다. 교복 코트가 없으니 그녀는…… 덜 순진해 보인다거나 더 나이 들어 보이는 것은 아니다. 뭐라고 표현하면 좋을까? 그녀는 덜…… 터부처럼 보인다고 하면 될까? 교복 코트는 흡사 수녀복이 그러하듯 소녀가 여자로 보이는 것을 막았다. 이제는 교복 코트의 보호적 특성에 관해 논문 한 편은 너끈히 쓸 수 있을 성싶었다. 갑옷으로서, 그리고 위장으로서. 코트가 없는 지금, 그녀는 그냥 여자가 아니라 여성이었다.

그래도 여전히 미성숙하고 측은함을 자아내는 어린 얼굴이었다. 솔직해 보이는 이마와 미간이 넓은 눈, 그녀를 토라진 아이처럼 보이게 하는, 벌에 쏘인 듯한 입술까지 합쳐져 만만치 않은 상대를 만들어냈다. 라버러 주교가 아니어도 그 얼굴이 하는 이야기를 믿지 않을 사람은 없을 것이다.

"이 신문 좀 빌려도 되겠나?"

그는 스탠리에게 물었다.

"가져가세요. 우리는 11시에 차 마실 때 이미 봤으니까요. 별거 없어요."

"흥미롭지 않던가?"

로버트는 놀라서 1면을 가리키며 물었다.

스탠리는 사진에 찍힌 얼굴을 흘끗 보았다.

"그 이집트 계집을 생각나게 한다는 것 말고는 별로요? 거짓말 등등 해서 말이죠."

"그럼 이 애 이야기를 안 믿는군?"

"블레어 씨 같으면 믿겠어요?" 스탠리는 경멸조로 말했다.

"그럼 그 애가 그동안 어디 있었을 것 같나?"

"그 홍해의 세이디(서머싯 몸의 단편에 등장하는 창녀 - 옮긴이)에 대해 제 기억이 맞는다면, 제가 장담하건대 분명히 '즐기고' 있었을 겁니다. 틀림없고말고요."

스탠리는 그렇게 말하고는 손님을 응접하러 나갔다.

로버트는 신문을 집어들고는 진지한 표정으로 나갔다. 그 이야기를 믿지 않는 일반 시민이 적어도 한 사람은 있었다. 그러나 그것은 현재의 냉소주의 못지않게 과거의 기억에 기인하는 듯했다.

게다가 스탠리는 관련 인물들의 이름이나 지명을 눈여겨보지 않은 게 명백했으나, 그런 독자는 10퍼센트에 불과하다(가장 훌륭한 여론 조사 결과에 따르면). 나머지 90퍼센트는 토씨 하나까지 읽고는 지금쯤 정도의 차이는 있을지언정 다들 신 나서 이 사건에 관해 떠들고 있을 것이다.

사무소에 들어서니 헤슬타인 씨가 핼럼에게서 전화가 왔다고 알렸다.

"문 좀 닫고 들어오겠나? 그리고 이것 좀 봐."

로버트는 문간에 서 있는 헤슬타인 씨에게 말했다. 그는 한 손을 수화기 쪽으로 뻗으며 다른 손으로는 헤슬타인 씨의 코밑에 신문을 내밀었다.

헤슬타인 씨는 낯선 물건을 처음 보는 사람처럼 뼈대가 가는 손으로 조심조심 건드렸다.

"이게 그 유명한 간행물이군요."

그러고는 여느 낯선 문서를 볼 때와 마찬가지로 주의해서 읽기 시작했다.

"우리 둘 다 곤란하게 된 겁니다, 안 그래요?"

통화가 연결되자 핼럼이 말했다. 그러고는 《애크에머》에 적합한 표현을 찾아 자기 사전을 샅샅이 뒤졌다.

"경찰은 그 쓰레기 같은 신문을 꽁무니에 안 달고 있어도 충분히 바쁘단 말입니다!"

그가 말을 맺었다. 경찰의 관점인 것은 자연스러운 일이었다.

"스코틀랜드 야드에선 뭐라던가?"

"오늘 아침에 9시 되자마자 그랜트 때문에 전화통에 불이 났었습니다. 하지만 그 사람들이 할 수 있는 건 아무것도 없거든요. 그냥 쓴 웃음을 짓고 참는 수밖에요. 경찰은 언제나 만만한 상대니까요. 그렇게 말하자면 그쪽도 할 수 있는 게 없어요."

"그렇겠지. 우리나라 언론은 훌륭하고 자유로우니까."

로버트가 말했다.

핼럼은 언론에 관해 몇 가지 말을 덧붙이고는 "그쪽 사람들도 압니까?" 하고 물었다.

"아마 아닐 거야. 《애크에머》 같은 걸 볼 사람들이 아닌 데다, 웬 친절한 사람이 보내줄 시간은 아직 없었으니 말이지. 하지만 이제 한 십 분만 있으면 여기 올 테니 내가 보여줄 생각이네."

"그 사나운 할망구를 안됐다고 생각하는 게 가능하다면 아마 지금 이 순간일 테죠."

핼럼이 말했다.

"《애크에머》는 대체 어떻게 그 이야기를 입수한 건가? 부모가, 그 애 후견인 말이네만, 그런 식으로 유명세를 타는 걸 강력하게 반대하는 줄 알았는데."

"그랜트 말로는 그 애 오빠가 경찰에서 아무 조처도 취하지 않는 데 분개해선 자기가 먼저 《애크에머》에 접근했다더군요. 그놈들은 수호자 노릇하는 걸 좋아하거든요. '《애크에머》는 정의가 실현되도록 할 것이다!' 그놈들의 성전이 이틀 이상 계속되는 꼴을 난 딱 한 번 봤다고요."

전화를 끊은 뒤, 로버트는 이번 일이 양쪽 모두에 불운한 사태일망정 최소한 공평하기는 하다고 생각했다. 경찰은 분명 이로써 뒷받침할 증거를 찾으려는 노력을 배가할 것이다. 반면에 소녀의 사진이 공표됨으로써, 어디의 누군가 그것을 알아보고 '이 애는 문제의 그날 어디어디에 있었으니 프랜차이즈에 있었을 리 없다.'고 할지도 모른다는 실낱같은 희망이 생긴 셈이기도 했다.

"끔찍한 이야기로군요, 로버트 씨. 그리고 감히 이런 말씀을 드려도 된다면, 매우 끔찍한 간행물입니다. 대단히 불쾌합니다."

헤슬타인 씨가 말했다.

"기사에 나온 그 집은 샤프 부인과 그 딸이 사는 프랜차이즈야. 혹시 기억나는지 모르겠네만, 얼마 전에 내가 법적인 조언을 해주러 간 곳이 그곳이네."

로버트는 말했다.

"이 사람들이 우리 의뢰인이란 말씀입니까?"

"그래."

"하지만 로버트 씨, 이 사건은 우리 전문이 전혀 아닌데요. 우리가 평소 다루는 업무와는 너무 다릅니다. 우리가 보통 하는 일의 범주를 넘어섰습니다. 우리에겐 그런 능력이……."

그의 당황 어린 목소리에 움찔한 로버트는 싸늘하게 말했다.

"어떤 의뢰인이 됐건 《애크에머》 같은 간행물의 횡포에서 지켜낼 능력이 우리한테 있다고 생각하고 싶군."

헤슬타인 씨는 테이블 위의 선정적인 신문을 노려보았다. 범죄자 고객과 수치스러운 간행물 사이에서 쉽지 않은 선택에 직면해 갈등하는 것이 역력했다.

"기사를 읽으니 여자애의 이야기가 믿어지던가?"

로버트는 물었다.

93

"그런 이야기를 어떻게 꾸며낼 수 있었을지 모르겠군요. 매우 구체적인 이야기 아닙니까?"

헤슬타인 씨는 간결하게 대답했다.

"그래, 맞아. 하지만 난 지난주에, 왜 내가 차를 마신 직후에 급하게 나갔던 날 있잖나? 그날 그 애가 프랜차이즈가 맞는지 확인하러 왔을 때 그 애를 봤는데, 그 애가 하는 말을 한 마디도 믿지 않네. 단 한 마디도."

로버트는 말했다. 그것을 소리 내어(다른 누구보다도 스스로에게) 말할 수 있다는 게, 그리고 마침내 자기가 그 말을 믿는다는 것을 확신할 수 있다는 게 기뻤다.

"하지만 그 소녀가 거기 없었다면 애초에 어떻게 프랜차이즈를 떠올리고 그 모든 일을 알 수 있었겠습니까?"

"그건 나도 모르겠어. 전혀."

"거기만큼 고름직하지 않은 데가 없을 텐데요. 찾는 사람도 별로 없는 지역의 인적이 뜸한 도로에 위치한 그런 외딴 집을 말입니다. 게다가 외부에선 보이지도 않고요."

"나도 아네. 어떻게 그런 거짓말이 가능했는지는 모르지만, 아무튼 거짓말이라는 것 하나는 확신해. 이번 일은 이야기로 판단해서 선택하는 게 아니라 인간으로 판단하고 선택해야 해. 난 샤프 양 모녀가 그런 정신 나간 행동을 할 수 없는 사람들이라는 걸 확신하네. 반면에 그 애는 그런 이야기를 꾸며낼 수 없는 애처럼 보이진 않거든. 말하자면 그런 거야."

그는 잠시 말을 멈추었다.

"그 점에 있어선 자네가 내 판단을 믿어줄 수밖에 없어, 티미."

그는 어린 시절 이 연로한 사무원을 부르던 이름을 썼다.

'티미'가 주효했는지, 아니면 주장에 설득됐는지, 헤슬타인 씨는 명백히 그 이상 이의를 제기할 생각이 없는 듯했다.

"자네 눈으로 직접 문제의 범죄자들을 볼 수 있을 거야. 방금 홀에서 그 사람들 목소리가 들린 것 같았으니까. 이리로 안내해주겠나?"

로버트가 말했다.

헤슬타인 씨는 말없이 임무를 수행하러 나갔다. 로버트는 신문을 뒤집어, 비교적 해가 없는 '소녀를 몰래 차에 태우다.' 정도만 보이게 했다.

뒤늦게나마 관습에 대한 본능이 작용했는지, 샤프 부인은 사무소 방문을 기념해 모자를 썼다. 검정 새틴으로 된 납작한 모자는 전반적으로 박식한 학자 같은 인상을 자아냈다. 그런 인상이 효과가 없지 않았음은 헤슬타인 씨의 안도한 표정을 보면 분명했다. 그녀는 명백히 그가 기대했던 종류의 의뢰인은 아니었지만, 반면에 그가 익숙한 종류의 의뢰인이었다.

"잠깐 있어 봐."

로버트는 손님들을 맞으며 그에게 말했다. 그러고는 샤프 모녀에게 말했다.

"소개하겠습니다. 저희 사무소의 최고 고참인 헤슬타인 씨입니다."

품위 있는 행동이 샤프 부인에게 잘 어울렸다. 그리고 품위 있는 샤프 부인은 대단히 빅토리아 여왕 같았다. 헤슬타인 씨는 그냥 안도하는 데 그치지 않고 항복했다. 로버트의 첫 전투는 이렇게 해서 끝났다.

방 안에 그들만 남았을 때, 로버트는 매리언이 무슨 말인가를 하려고 기다리고 있었음을 알았다.

"아침에 이상한 일이 있었지 뭐예요. 커피를 마시러 그 애 불린 찻집에 갔거든요. 거기 꽤 자주 가는 편이에요. 빈자리가 둘 있었는데도 트루러브 양은 우리가 오는 걸 보더니 허둥지둥 의자를 테이블에 비스듬히 기대놓곤 예약된 자리라고 하는 거예요. 그렇게 당황한 표정만 아니었으면 저도 그 말을 믿었을지도 몰라요. 설마 소문이 벌써 퍼진 건 아니겠죠? 무슨 말을 들었기 때문에 그런 태도를 취한 건 아니겠죠?"

"그게 아니라 오늘 아침《애크에머》를 읽었기 때문입니다."

로버트는 서글프게 말하고는 1면이 보이게 신문을 돌려놓았다.

"나쁜 소식을 전해드리게 돼서 죄송합니다. 남자애들 말마따나 이를 악물고 견뎌낼 수밖에 없겠습니다. 이 불쾌하기 짝이 없는 신문을 가까이서 본 적이 아마 없으시리라 생각합니다만, 첫 만남이 이렇게 개인적인 문제라 유감입니다."

"맙소사!"

프랜차이즈의 사진을 본 매리언이 소리쳤다.

두 여자가 기사를 열심히 읽는 동안 침묵이 흘렀다.

마침내 샤프 부인이 입을 열었다.

"이런 일을 바로잡을 방법은 아마 없겠죠?"

"없습니다. 여기서 하는 말은 모두 완벽하게 사실이니까요. 게다가 서술만 하고 논평은 하지 않죠. 설사 논평을 했더라도, 앞으로 분명 논평도 하리라 생각합니다만, 기소가 되지 않았으니 이 사건은 심리 중이지 않죠. 그러니 무슨 말이건 하고 싶은 대로 할 수 있는 겁니다."

로버트는 말했다.

"결국은 언외의 논평이나 뭐가 다르다는 거죠? 경찰이 할 일을 다 하지 못했다는 뜻이잖아요. 우리가 경찰한테 어떻게 했다고 생각하는 걸까요? 매수라도 했다고 생각한대요?"

매리언이 말했다.

"가난한 희생자는 사악한 부자만큼 경찰에 영향력을 행사하지 못한다는 주장 같더군요."

"부자라고요."

매리언이 비통함에 굳은 목소리로 되뇌었다.

"집에 굴뚝이 여섯 개 이상인 사람은 누구나 부자입니다. 자, 충격 때문에 아무 생각도 할 수 없는 상태가 아니라면 제 말을 잘 들어보십시오. 우리는 그 애가 프랜차이즈에 온 적이 없다는 사실을 압니다. 그 애가……."

그러나 매리언이 그의 말허리를 끊었다.

"당신도 그런가요?"

그녀가 물었다.

"그래요."

로버트는 말했다.

매리언의 눈에서 도전적인 눈빛이 사라졌다. 그녀는 눈길을 떨어뜨렸다.

"고마워요."

그녀는 조용히 말했다.

"그 애가 거기 간 적이 없다면 대체 어떻게 집을 볼 수 있었을까요? ……보기는 봤단 말이죠. 다른 사람한테 들은 말을 그냥 그대로 옮겼을 뿐이란 건 믿기 힘듭니다. 대체 어떻게 봤을까요? 자연스러운 방법으로 말입니다."

"버스 2층에선 볼 수 있을 것 같은데요."

매리언이 말했다.

"다만 밀퍼드 노선엔 2층 버스가 안 다닌다는 게 문제죠. 아니면 트럭에 실은 건초 더미 위에서도 가능할 것 같은데, 지금은 건초 철이 아니고 말이죠."

"건초 철은 아닐지는 몰라도, 트럭이 짐을 싣고 다니는 데는 계절이 따로 없지. 건초 더미만큼이나 화물을 높이 쌓은 트럭도 여럿 봤다."

샤프 부인이 쉰 목소리로 말했다.

"그래요. 그 애가 얻어 탄 게 차가 아니라 트럭이라면 어떨까요?"

매리언이 말했다.

"거기엔 딱 한 가지 문제가 있군요. 트럭이 어떤 여자애를 태워줄 때는 설사 다른 사람의 무릎 위에 앉히는 한이 있어도 운전대에 앉히지, 화물 꼭대기에 올려놓진 않을 겁니다. 기억하시겠지만, 비 오는 저녁이라면 특히 더 그럴 테죠. 프랜차이즈에 누가 길을 물으러 왔다든지, 뭘 팔러 왔다든지, 고치러 왔다든지 한 적은 없습니까? 그 애가 좀 멀찍이 떨어져서라도 같이 있었을지 모르는데요."

그러나 두 사람은 소녀가 방학 중이던 시기에는 아무도 온 사람이 없다고 확언했다.

"그럼 '그 애가 프랜차이즈에 관해 안 건 담장 너머로 볼 수 있을 만큼 높은 위치에 있었을 때 알았다고 생각합시다. 십중팔구 자세한 상황이나 방법은 끝내 모를 가능성이 높고, 설사 알더라도 입증할 방도가 아마 없을 겁니다. 그러니 우리는 그 애가 프랜차이즈에 없었다는 게 아니라, 다른 데 있었다는 걸 입증하기 위해 노력해야 합니다."

"그건 승산이 있겠어요?"

샤프 부인이 물었다.

"이게 나오기 전보다는 오히려 더 높아졌죠."

로버트는《애크에머》의 1면을 가리켰다.

"실제로 이 고약한 상황에서 그게 유일하게 잘된 점이랍니다. 우리는 그 기간 중 그 애의 행적에 관한 정보를 얻고 싶어도 그 애 사진을 공개할 순 없거든요. 하지만 이제 그쪽에서, 그러니까 그 애 가족들 말입니다만, 사진을 공개했으니 우리는 비슷한 이점을 누릴 수 있을 겁니다. 그 사람들이 이야기를 퍼뜨린 건 불운한 사태지만, 그 사람들은 사진까지 공개했으니까요. 운이 좋으면 어디의 누군가가 이야기와 사진이 일치하지 않는다는 걸 알아차릴 겁니다. 기사에서 제시된 문제의 시기에 사진의 주인공이 있었다는 곳에 있었을 리가 없다는 걸 말이죠. 그 애가 그때 다른 데 있었다는 걸 그들 자신이 아니까요."

그 말에 매리언의 얼굴에서 어두운 표정이 조금 사라지고, 심지어 샤프 부인의 깡마른 등조차 덜 뻣뻣해 보였다. 재난인 줄 알았던 사태가 어쩌면 그들을 구할 수단이 될지도 모르는 것이다.

"그럼 별도로 조사하는 건 어떻게 하는 게 좋겠어요? 우리가 돈이 없다는 건 댁도 알 텐데요. 사설탐정을 써서 조사를 하면 돈이 여간 드는 게 아닐 테고요."

샤프 부인이 물었다.

"대개 처음 예상했던 것보다 돈이 많이 드는 건 사실입니다. 미리 예산을 짜기가 쉽지 않으니까요. 하지만 처음엔 제가 직접 가서 여러 관계자들을 만나보고, 가능하다면 조사를 어떤 방향으로 해야 할지 알아볼 생각입니다. 그 애가 뭘 했을 가능성이 있는지, 그걸 먼저 알아내는 거죠."

"그 사람들이 댁한테 그걸 말해주겠어요?"

"오, 그건 아니겠죠. 그 사람들은 아마 그 애의 진짜 성향을 모를 테니까요. 하지만 그 사람들한테서 그 애 이야기를 듣다 보면 어떤 상(像)이 도출될 게 틀림없거든요. 적어도 제 바람은 그렇습니다만."

잠시 침묵이 흘렀다.

"참 친절하군요. 블레어 씨."

빅토리아 여왕이 돌아왔다. 그러나 샤프 부인의 태도에서는 그것만이 아니라 어떤 다른 것, 뜻밖이라는 기색이 느껴졌다. 흡사 친절은 그녀가 지금껏 살면서 대개 경험한 적이 없고 기대한 적도 없는 것이라는 듯이. 그녀의 뻣뻣한 감사의 말은 마치 그녀가 이렇게 말한 것이나 다름없었다. '우리가 가난하고, 그래서 댁한테 합당한 사례를 못할지도 모르고, 댁이 대리하고 싶어 할 그런 사람들도 못 된다는

건 댁도 알 텐데, 그런데도 우리를 위해 최선을 다하려고 그렇게까지
애를 써주는 걸 고맙게 생각해요.'

"언제 가시겠어요?"

매리언이 물었다.

"점심 먹고 바로 출발할 생각입니다."

"오늘 당장 가신다고요?"

"빠를수록 좋죠."

"그럼 이렇게 댁을 붙들고 있어선 안 되겠군요."

샤프 부인이 일어섰다.

그녀는 테이블 위에 펼쳐진 신문을 잠시 바라보더니 말했다.

"프랜차이즈의 호젓함이 아주 좋았는데요."

그들을 차까지 배웅한 뒤, 로버트는 네빌을 방으로 부르고 린 아주
머니에게 가방을 싸달라고 하려고 수화기를 들었다.

"《애크에머》는 안 보겠지?"

그는 네빌에게 물었다.

"그거 그냥 수사적인 질문이죠?"

네빌이 말했다.

"오늘 아침 건데 좀 봐봐. 여보세요? 린 아주머니?"

"누가 이 작자들한테 소송을 걸고 싶어 하는 겁니까? 만약 그렇다
면 우리한테도 벌이가 짭짤할 겁니다. 이놈들은 늘 합의를 하거든요.
그 목적으로 자금도 따로······."

네빌의 목소리가 서서히 잦아들었다. 테이블에서 그를 빤히 올려
다보는 1면을 발견한 것이다.

흘끗 시선을 던진 로버트는 친척 청년의 발랄하고 젊은 얼굴에서 적나라한 충격을 보고 흐뭇함을 느꼈다. 요새 젊은 사람들은 자기들이 충격을 받지 않는다고 생각하는 모양이다. 하지만 평범한 현실 한 조각에 직면했을 때 그들도 다른 인간과 똑같은 반응을 보인다는 것을 알고 나니 기분 좋았다.

"미안하지만 린 아주머니, 제 가방 좀 싸주시겠어요? 1박 할 짐이면 되는데요."

네빌은 신문을 거칠게 펴서 기사를 읽기 시작했다.

"아마 그냥 런던에만 갔다 바로 오겠지만, 확실치는 않아요. 아무튼 작은 가방에 최소한의 짐만 꾸려주시면 돼요. 제발 부탁이니까 제가 혹시 필요할지도 모르는 물건을 다 꾸려 넣진 말아주시고요. 저번엔 거의 500그램은 나갈 것 같은 가루 소화제 병이 들어 있던데, 대체 제가 가루 소화제를 필요로 한 적이 있느냐고요. ……알았어요, 그럼 꼭 궤양을 앓도록 하죠……. 네, 한 십 분 있다가 점심 먹으러 갈 겁니다."

"개새끼!"

시인이자 지식인도 필요할 때는 욕설에 의지하는 모양이다.

"그래서, 어떻게 생각하나?"

"뭘 어떻게 생각해요?"

"그 애 이야기 말이야."

"생각하고 자시고 할 게 뭐 있어요? 정신적으로 불안정한 십 대 청소년이 관심을 끌고 싶어서 벌인 짓이 뻔하잖습니까."

"그런데 그 청소년이 아주 침착하고 평범하고 평판이 좋은 소녀라면 어떻겠나? 그런 선정적인 일하고는 전혀 거리가 먼?"

"그 애를 만나본 겁니까?"

"그래. 지난주에 내가 처음 프랜차이즈에 간 게 그 일 때문이었어. 스코틀랜드 야드에서 그 애를 그 사람들하고 대면시키는 자리에 입회한 거야."

알겠지, 네빌. 그 여자는 너와 암탉이나 모파상을 논할지는 몰라도, 문제가 생겼을 때 도움을 청하는 사람은 나란 말이다.

"그 사람들을 대리해서요?"

"그야 물론이지."

네빌이 문득 긴장을 풀었다.

"아, 그럼 됐어요. 잠깐 동안 그 사람하고 싸우는 쪽인 줄 알았지 뭡니까. 아니, 그 사람들요. 하지만 됐어요. 우리가 힘을 합쳐서 이……."

그는 신문을 톡 쳤다.

"영악한 계집애의 계획을 저지하자고요."

로버트는 네빌다운 표현에 웃음이 났다.

"그래서 어떻게 할 겁니까, 로버트?"

로버트는 그에게 설명했다.

"그러니 내가 사무소를 비우는 동안 자네가 일 좀 맡아줘."

네빌의 시선이 '영악한 계집애'에게로 돌아간 것을 알아차린 로버트는 그에게 다가갔다. 그러고는 둘이 나란히 그들을 침착하게 올려다보는 앳된 얼굴을 찬찬히 살펴보았다.

"전반적으로 따지면 매력적인 얼굴이지. 어떻게 생각하나?"

로버트가 말했다.

"내가 어떻게 생각하느냐고요? 아주 엉망진창으로 만들어주고 싶습니다."

심미주의자가 악의에 찬 목소리로 천천히 말했다.

제7장

원 가가 사는 에일즈베리 외곽은 전원 분위기가 나는 교외였다. 두 채가 나란히 붙은 연립주택이 아직은 무사한 밭 가장자리를 따라 늘어서 있었다. 건축업자가 집에 어떤 성격을 부여했느냐에 따라, 자기가 침입자라는 것을 의식하는 듯 보이는 줄이 있는가 하면, 아랑곳하지 않고 점잔 빼는 표정을 짓는 줄도 있었다. 원 가가 사는 집은 미안해하는 줄에 위치했다. 당장이라도 무너질 것 같은 붉은 벽돌집들은 어찌나 조잡하고 거칠고 비굴한지, 로버트는 불쾌감을 견딜 수 없을 지경이었다. 그러나 주소를 살펴보며 천천히 차를 몰고 길을 올라가는 사이에, 그는 이 개탄할 물건들을 꾸미는 데 들어간 애정에 그만 넘어가고 말았다. 이 집들을 지은 사람은 애정은 없고 그저 손익계산만 있었다. 그러나 각 집에 입주한 주인에게 이 살풍경하고 작은 집은 충분히 아름다운 곳이었다. 그리고 그들은 그곳을 한층 더 아름답게 꾸몄다. 예쁜 정원들은 흡사 작은 기적이었다. 덕분에 로버트는 한 곳을 지날 때마다 뜻하지 않게 시인의 마음과 마주쳤다.

네빌이 여기에 와서 좀 봐야 하는데. 또 하나의 완벽한 아름다움을 발견하고 속도를 늦추며 로버트는 생각했다. 네빌이 사랑해 마지않는《파수꾼》열두 달치보다 더 많은 시가 이곳에 존재했다. 형식과 리듬, 색채, 제스처, 디자인, 효과. 그가 걸핏하면 들먹이는 모든 것이 이곳에 있었다.

아니면 네빌의 눈에는 줄줄이 늘어선 변두리 정원만 보일까? 울워스 상점(영국의 대형 유통 체인 - 옮긴이)에서 사온 묘목을 심은 에일즈베리 메도사이드 거리만?

십중팔구 그럴 것이다.

39번지에는 자연석으로 가장자리를 장식한 푸른 잔디밭밖에 없었다. 또한 커튼이 없다는 점에서도 남달랐다. 점잖은 척하는 망사 커튼으로 창유리를 덮지도, 양옆으로 크림색 무명 커튼을 늘어뜨리지도 않았다. 창문은 햇빛과 공기, 그리고 인간의 시선에 그대로 노출되어 있었다. 이웃들도 놀랐겠지만 로버트도 그에 못지않게 놀랐다. 뜻밖에도 인습에 얽매이지 않는 사람들인 듯했다.

그는 흡사 외판원 같은 기분으로 초인종을 울렸다. 그는 부탁을 하러 이곳에 온 사람이었다. 로버트 블레어는 지금껏 그런 입장에 있어 본 적이 없었다.

윈 부인은 창문보다도 한층 뜻밖이었다. 그녀를 만나고 나서야 비로소 그는 어린 베티 케인을 입양해 길러준 여자에 대해 자기가 얼마나 근거 없는 이미지를 품고 있었는지 깨달았다. 희끗희끗한 머리,

듬직하고 푸근한 체격, 소박하고 착실하게 생긴 넓적한 얼굴. 앞치마를 했거나, 심지어 주부들이 입는 꽃무늬 작업복을 입었을지도 모른다. 그것이 그가 생각한 윈 부인이었다. 그러나 윈 부인은 전혀 그런 사람이 아니었다. 그녀는 날씬하고, 단정하고, 젊고, 현대적이고, 가무잡잡하고, 볼은 발그레하고, 여전히 예뻤다. 밝은 갈색 눈은 로버트가 지금껏 본 중에 가장 지적으로 보였다.

문간에 선 낯선 사람을 보고 그녀는 경계하는 표정을 지으며 반사적으로 문을 닫으려 했다. 그러나 다시 잘 보더니 안심한 듯했다. 로버트는 자기가 누구인지를 설명했다. 그동안 그녀는 그의 말을 가로막지 않고 주의 깊게 들었다. 로버트는 감탄했다. 남자건 여자건 그의 고객 중에 그의 말을 가로막지 않고 끝까지 듣는 사람은 거의 없기 때문이다.

"부인께서 꼭 저와 말씀을 나눠주셔야 하는 건 아닙니다. 하지만 거절하지 않으셨으면 좋겠습니다. 오늘 오후에 제 의뢰인을 대신해 부인을 찾아뵐 거라고 그랜트 경위에게 알려두었습니다."

용건을 끝까지 설명한 다음, 그는 말했다.

"오, 경찰이 알고 그래도 된다고 한다면 들어오세요."

그녀는 한 발짝 물러나 그를 안으로 들였다.

"당신이 그 사람들 변호사라면 그 사람들을 위해 최선을 다해야겠죠. 우리는 감출 것도 없고요. 하지만 당신이 정말 이야기를 나눠보고 싶은 게 베티라면, 죄송하지만 그건 안 되겠어요. 난리법석을 피하게 시골에 있는 친구들한테 보냈거든요. 저야 좋은 뜻으로 했겠지만, 아무튼 레슬리가 바보 같은 짓을 했어요."

"레슬리라 하시면?"

"제 아들이에요. 앉으세요."

그녀는 기분 좋고 깨끗한 거실에 놓인 안락의자를 가리켰다.

"경찰한테 너무 화가 난 나머지 애가 사리 판단을 못 한 거예요. 그렇게 확실하게 입증됐는데도 아무것도 안 한다고 말이죠. 그 애는 늘 베티를 아주 아꼈거든요. 약혼 전까지는 정말 떼려야 뗄 수 없는 사이였답니다."

로버트의 귀가 쫑긋 섰다. 그는 바로 이런 이야기를 들으러 온 것이었다.

"약혼이라고요?"

"네. 레슬리가 새해가 시작되고 그 직후에 아주 좋은 아가씨랑 약혼했거든요. 우리 모두 기뻐하고 있죠."

"베티 양도 기뻐했습니까?"

"베티가 질투했느냐는 말씀이시라면, 아뇨. 전처럼 레슬리한테 첫째일 수 없게 된 걸 아쉬워하긴 했겠지만, 그 애는 아주 상냥하게 대했어요. 베티는 좋은 애예요, 블레어 씨. 제 말 믿으셔도 돼요. 전 결혼 전에 학교 교사였거든요. 별로 좋은 교사는 아니었지만요. 그래서 기회가 생기자마자 결혼한 거예요. 하지만 그 덕분에 전 여자애들이 어떤지 잘 안답니다. 베티는 지금까지 단 한순간도 절 걱정시킨 적이 없어요."

그녀는 총명한 눈으로 그를 보며 말했다.

"네, 압니다. 베티 양은 누구에게나 평판이 아주 좋더군요. 아드님의 약혼자가 베티 양의 동급생입니까?"

"아뇨, 관계없는 사람이에요. 그 아가씨 가족이 이 근처로 이사 왔는데, 댄스파티에서 만났답니다."

"베티 양은 댄스파티에 다닙니까?"

"어른들이 참가하는 댄스파티엔 안 가요. 아직 너무 어리니까요."

"그럼 약혼녀를 만난 적이 없겠군요?"

"사실대로 말씀드리자면, 다들 그때 처음 만난 거였어요. 레슬리가 거의 기습이라도 하듯 그 아가씨를 소개했거든요. 하지만 저희는 그 아가씨가 아주 맘에 들었기 때문에 상관하지 않았어요."

"가정을 꾸리기엔 너무 젊지 않습니까?"

"오, 물론 터무니없는 일이죠. 레슬리는 스무 살이고 아가씨는 열여덟 살이니까요. 하지만 둘이 아주 잘 어울린답니다. 게다가 저도 아주 젊어서 결혼했는데 지금까지 굉장히 행복했어요. 저한테 없는 거라곤 딸뿐이었는데 그 빈틈도 베티가 메워줬고 말이죠."

"베티 양은 학교를 졸업하고 뭘 하고 싶어 하죠?"

"아직 못 정했어요. 제가 보기에 그 애는 특별한 재능은 없는 것 같아요. 아마 일찍 결혼하지 않을까 싶네요."

"매력적이라서 말씀입니까?"

"아뇨, 그게 아니라……."

그녀는 말을 멈추더니 명백히 하려던 말을 바꾸었다.

"특별한 소질이 없는 여자애들은 결혼 쪽으로 쉽게 빠지니까요."

그는 그녀가 하려던 말이 회청색 눈과 조금이라도 관련이 있을지 궁금해졌다.

"학교로 돌아갈 때가 됐는데도 베티 양이 나타나지 않았을 때, 단순히 학교에 가기 싫어서 농땡이를 부리는 거라고 생각하셨습니까? 행실 바른 아이였다면서요?"

"그래요. 점점 학교를 따분하게 여겼거든요. 게다가 개학 첫날은 그냥 괜히 가는 거나 다름없다는 말을 늘 하곤 했고요. 사실 맞는 말이긴 하죠. 그래서 그냥 그 애가 이번 한 번만 '모험'을 하는 줄 알았어요. 그 애가 안 나타났다는 이야기를 듣고 레슬리가 한 말마따나 '한번 발을 뻗어보는' 줄로만 알았던 거예요."

"그렇군요. 고모님 댁에서 방학을 보내러 갔을 때 교복을 입고 있었습니까?"

처음으로 원 부인은 의아한 얼굴로 그를 바라보았다. 그가 왜 그런 질문을 하는지 모르는 것이다.

"아뇨. 아뇨, 주말용 외출복을 입고 있었어요. ……그 애가 돌아왔을 때 원피스랑 신발뿐이었다는 건 아시나요?"

로버트는 고개를 끄덕였다.

"대체 어떤 저열한 여자들이 힘없는 어린애한테 그런 짓을 할까요? 전 상상이 안 되네요."

"원 부인, 그 사람들을 만나보시면 아마 더 상상하기 힘드실 겁니다."

"하지만 끔찍한 범죄자들도 다들 죄 없고 무해해 보이지 않나요?"

로버트는 대꾸하지 않고, 대신 소녀의 몸에 든 멍에 관해 물었다. 생긴 지 얼마 안 되는 멍이었나?

"오, 꽤 새것이었어요. 대부분은 심지어 아직 변색되지도 않았더군요."

로버트는 조금 놀랐다.

"하지만 더 오래전에 생긴 멍도 있었다고 알고 있는데요."

"벌써 가라앉아 새로 심하게 든 멍들에 가려졌나 보죠."

"새로 든 멍은 어떻게 보이던가요? 채찍질 자국이었습니까?"

"오, 아뇨. 주먹으로 맞았어요. 가엾게도 얼굴까지 말이에요. 턱 한쪽이 붓고, 반대편 관자놀이에 멍이 크게 들었더군요."

"경찰에서 듣기론, 경찰에게 이야기를 하자고 했을 때 베티 양이 히스테리를 부렸다던데요?"

"그건 그 애가 아직 회복되기 전이었어요. 우리가 그 애한테서 이야기를 끌어내고 또 그 애가 안정을 취하고 난 뒤로는, 어렵지 않게 경찰한테 다시 한 번 이야기를 하라고 설득할 수 있었답니다."

"윈 부인, 제 질문에 솔직하게 대답해주시리라 믿습니다만, 베티 양의 이야기가 사실이 아닐지도 모른다는 의심은 조금도 없었습니까? 단 한순간도요?"

"네, 단 한순간도 의심하지 않았어요. 왜 그래야 하죠? 그 애는 거짓말을 해본 적이 없는걸요. 만약 그게 거짓말이라면, 어떻게 그런 길고 구체적인 이야기를 꾸며내고도 들키지 않을 수 있었던 거죠? 경찰은 그 애한테 온갖 걸 꼬치꼬치 캐물었어요. 그 애의 말을 곧이곧대로 믿는 기색은 한 번도 없었어요."

"처음에 베티 양이 부인께 이야기를 했을 때, 전부 한꺼번에 했습니까?"

"아뇨, 하루 이틀에 걸쳐 했어요. 처음엔 대략적인 이야기만 했다가, 세부가 기억나는 대로 보충한 거죠. 다락방 창문이 원형이었다든지 그런 거요."

"며칠 동안 의식이 없었는데도 기억은 분명했군요."

"베티는 원래 그래요. 그 애는 꼭 카메라처럼 정확한 기억력을 갖고 있거든요."

저런! 로버트는 양 귀를 쫑긋 세우고 주의 깊게 들었다.

"아주 어렸을 때도 책을 한 번 쓱 보곤 자기 머릿속 사진으로 내용을 대부분 맞힐 수 있었어요. 물론 어린이용 책이지만요. 그리고 킴 게임이라고, 혹시 아시나요? 쟁반 위의 물건을 기억해서 맞히는 놀이 말이에요. 그걸 할 때는 베티를 빼야 했답니다. 그 애가 있으면 어차피 늘 그 애가 이기니까요. 그 애는 한 번 본 건 절대 잊지 않아요."

그런가 하면 '이거 신나는데!'라고 외치는 게임도 있었다.

"베티 양은 거짓말을 하지 않는 아이라고 하셨죠. 다른 사람들도 다들 그렇게 말하던데, 그럼 베티 양이 자기 인생을 낭만적으로 치장하거나 상상한 적은 없습니까? 아이들은 가끔 그럴 때가 있는데요."

"아뇨, 없어요."

윈 부인이 단호하게 말했다. 어렴풋이 재미있어 하는 듯했다.

"그 애는 그런 애가 아니에요. 진짜가 아니면 베티한테는 의미가 없었어요. 심지어 인형으로 소꿉장난을 할 때도, 다른 애들은 대개 접시에 음식이 있는 척 상상하고 놀지만 그 애는 절대 그런 적이 없었답니다. 빵 쪼가리 하나일지언정 꼭 진짜가 있어야 했죠. 대개는 물론 그보다 더 좋은 거였지만요. 먹을 것을 더 얻어내는 좋은 방법이었죠. 그 애는 늘 좀 욕심이 많았거든요."

로버트는 그녀가 그렇게 간절히 원했고 또 사랑해 마지않는 딸을 객관적으로 보는 데 감탄했다. 교사 시절의 냉소주의의 잔재일까? 어쨌건 맹목적인 애정보다는 아이에게 훨씬 값어치가 있다. 그녀의 지혜와 헌신이 보답 받지 못했다는 게 참으로 안타까운 일이었다.

"부인에게 유쾌하지 못할 화제를 계속 꺼내서 죄송합니다만, 혹시 베티 양의 부모님에 관해 알 수 있겠습니까?"

로버트가 말했다.

"부모님이라고요?"

원 부인이 놀라 물었다.

"네. 그분들과 잘 아시는 사이였습니까? 어떤 분들이셨죠?"

"전혀 모르는 분들이었어요. 심지어 본 적도 없는걸요."

"하지만 그분들이 돌아가시기 전까지 베티 양을, 그게 얼마 동안이었더라? 아홉 달간 데리고 계셨다던데요?"

"네. 하지만 베티가 저희 집에 온 직후에 그 애 어머님이 편지를 보내셔서, 그 애를 만나러 왔다간 공연히 애를 혼란스럽게만 하고 슬프게 할 테니 런던으로 돌아갈 때까지 그냥 저희한테 맡겨두는 게 모두를 위해 좋을 거라고 하시더군요. 적어도 하루에 한 번씩은 베티한테 자기 이야기를 해달라고 하셨어요."

하나뿐인 자식을 위해 가슴이 찢어질 듯한 고통도 견뎠던, 이미 고인이 된 낯모르는 여자를 생각하니 로버트의 심장은 연민에 쭈그러드는 듯했다. 어린 피난민 베티 케인은 얼마나 많은 애정과 보살핌을 받았던가.

"베티 양은 처음에 왔을 때 자리를 쉽게 잡았습니까? 아니면 어머니를 찾으며 울던가요?"

"울기는 했지만 그건 음식이 마음에 안 든 탓이었어요. 어머니가 보고 싶다고 울었던 기억은 없군요. 베티는, 그때는 아직 어린 아기였는데, 그날 밤으로 바로 레슬리한테 푹 빠졌거든요. 레슬리에 대한 관심 덕에 슬픔을 느낄 겨를이 없었던 것 같아요. 레슬리도 네 살 위니까 보호자 같은 감정을 갖기에 딱 적당한 나이였죠. 지금도 그렇고요. 이런 소동이 벌어진 것도 그 때문이에요."

"《애크에머》 사건은 대체 어떻게 벌어진 겁니까? 아드님이 신문사로 찾아갔다는 건 압니다만, 부인께서도 결국은 아드님의 생각에……."

"세상에, 아니에요."

윈 부인은 분개해서 말했다.

"저희가 알았을 땐 이미 손을 쓸 수 없는 지경이었어요. 레슬리랑 기자가 왔을 때 저랑 남편은 집을 비우고 없었어요. 그 애 이야기를 듣고는 기자를 같이 보내 베티한테서 직접 이야기를 들으려고 한 거예요. 그랬더니……."

"그랬더니 베티 양은 기꺼이 이야기했군요?"

"그 애가 어느 정도 자기 의사로 이야기했는지는 몰라요. 전 그 자리에 없었으니까요. 남편이랑 저는 오늘 아침에 레슬리가 코앞에 《애크에머》를 들이밀 때까지 아무것도 몰랐어요. 그것도 약간 도전적인 태도로 말이죠. 지금은 그 애도 후회하는 중이에요. 블레어 씨, 제가 장담하건대 《애크에머》는 제 아들이 보통 선택할 잡지가 아니에요. 그 애가 이성을 잃지만 않았으면……."

"압니다. 정확히 어떻게 된 일일지 저도 잘 알죠. '우리에게 근심거리를 털어놓으면 우리가 다 알아서 해결해주겠다.' 하는 식으로 교활하게 사람 마음을 파고드는 겁니다."

로버트는 자리에서 일어섰다.

"윈 부인, 친절에 정말 감사드립니다."

로버트의 어조가 그녀가 예상했던 것보다 훨씬 진심 어렸던 듯, 그녀는 의아한 눈으로 그를 보았다. 내가 당신에게 도움이 될 말을 했던가요? 그녀의 당황한 표정은 그렇게 묻는 듯했다.

로버트는 베티의 부모가 런던 어디에 살았느냐고 물었다. 그녀는 가르쳐준 다음, 덧붙였다.

"하지만 지금은 아무것도 없어요. 그냥 공터일 뿐이에요. 새 건설 계획에 포함될 예정이라 아직까지 아무것도 건드리지 않았답니다."

문간에서 그는 레슬리와 마주쳤다.

레슬리는 유별나게 잘생긴 청년이었다. 단, 그는 그 사실을 조금도 인식하지 못하는 듯했다. 덕분에 그를 좋게 생각할 기분이 전혀 아닌 로버트조차 그에게 호감을 느꼈다. 덮어놓고 횡포를 부리는 타입일 것이라 생각했는데, 오히려 수줍고 진지한 눈과 헝클어진 보드라운 머리를 가진 섬세하고 다정해 보이는 소년이었다. 어머니가 로버트를 소개하고 무슨 일로 찾아왔는지 설명하자, 그는 적의를 숨기려 하지 않고 노려보았다. 하지만 어머니 말대로, 그 눈초리에는 어렴풋이 도전적인 느낌이 어려 있었다. 레슬리는 명백히 마음이 그리 편치 못한 듯했다.

"누구도 내 동생을 때려놓고 멀쩡히 살지는 못할 겁니다."

로버트가 그의 행동을 가볍게 책망하자, 레슬리는 사납게 말했다.

"네 관점에도 일리는 있다고 생각한다. 하지만 나 같으면《애크에머》1면에 사진이 실리느니 2주일 동안 밤마다 맞는 편이 낫다고 생각할 거야. 젊은 여자애라면 더 말할 것도 없고."

"2주일 동안 밤마다 맞았는데 아무도 어떻게 안 해주면, 그렇게 해서 억울한 걸 해결할 수만 있다면, 당신도 어떤 신문이 됐건 사진이 실리는 게 아주 기쁠지도 모르죠."

레슬리는 무례하게 말하고는 그들 옆을 홱 지나쳐 집 안으로 들어갔다.

윈 부인이 로버트를 돌아보고 미안한 얼굴로 미소를 지었다. 로버트는 그녀의 마음이 누그러진 틈을 타 말했다.

"윈 부인, 혹시라도 베티 양의 이야기 중에 뭔가 이상하게 들리는 게 있을 경우, 괜히 들쑤시지 말고 그냥 모른 척하자고 생각하시는 일이 없었으면 좋겠습니다."

"블레어 씨, 거기에 희망을 걸진 마세요."

"그냥 모른 척해서 죄 없는 사람들이 고통을 받게 하시겠다는 말씀입니까?"

"오, 아뇨. 그게 아니라, 제가 베티의 이야기를 의심할 가능성을 말씀드린 거예요. 처음에 그 애 이야기를 믿었으면 나중에 가서 의심할 일은 없을 거예요."

"그건 모르는 일입니다. 언젠가 이러저러한 게 '들어맞지' 않는다는 생각이 드실지도 모르죠. 부인은 분석적인 사고력을 타고나신 분이니, 생각지도 못한 때에 잠재의식 속에 뭔가 떠오르는 게 있을지도 모릅니다. 마음속 깊은 곳에서 어째 이상하다는 생각이 들었던 게 그 이상 억압되기를 거부할 수 있는 거죠."

마지막 문장을 말하며, 로버트는 대문까지 함께 걸어 나온 그녀에게 작별 인사를 하려고 돌아섰다. 그리 심각한 말도 아니건만, 뜻밖에도 그녀의 눈 속에서 뭔가 움직였다.

결국 그녀도 확신이 없는 것이다.

어딘가에, 이야기에, 상황에, 그녀의 그 냉정하고 분석적인 마음에 의문을 남긴 어떤 작은 것이 있었다.

그게 무엇인가?

그 뒤, 차에 올라타다 말고 던진 질문을 로버트는 두고두고 자기가 경험한 유일한 텔레파시 커뮤니케이션의 완벽한 샘플로 기억했다.

"베티 양이 집으로 돌아왔을 때 주머니에 뭔가 들었던가요?"

"주머니는 하나뿐이었어요. 원피스에 달린 주머니죠."

"그 안에 뭔가 있었습니까?"

그녀의 입가 근육이 보일 듯 말 듯 긴장되었다.

"립스틱밖에 없었어요."

그녀가 평탄한 목소리로 말했다.

"립스틱이라고요? 립스틱을 바르긴 너무 어리지 않습니까?"

"블레어 씨, 요새 애들은 열 살 때부터 립스틱을 갖고 실험하기 시작해요. 그게 비 오는 날의 오락거리로서 엄마 옷으로 치장하고 놀기를 대신했답니다."

"그럴지도 모르죠. 울워스 덕을 많이 보겠는데요."

그녀는 미소를 지으며 작별 인사를 하고는 집으로 걸어갔다. 그는 차를 몰고 떠났다.

립스틱이 왜 마음에 걸린 건가? 노면이 고르지 못한 메도사이드 거리에서 검은 아스팔트가 평탄하게 깔린 에일즈베리-런던 가도로 나오며 로버트는 생각했다. 프랜차이즈의 악마들이 그것을 빼앗아 가지 않고 남겨두었다는 사실인가? 그녀가 묘하다고 생각한 점은 그것이었나?

그녀의 잠재의식 속에 있던 근심이 그렇게 즉각 그에게 전달되다니 놀라운 일 아닌가. 그는 자기가 소녀의 주머니에 대한 말을 하는 것을 듣기 전까지 자기가 그런 말을 할 줄 몰랐다. 원피스 주머니에 무엇이 있는지 생각해본 적도 없었다. 원피스에 주머니가 있으리라는 생각조차 해본 적이 없었다.

립스틱이 있었다.

그리고 원 부인은 그 립스틱의 존재를 이상하게 생각했다.

일단 그것도 그가 모은 작은 무더기에 더할 수 있을 것이다. 소녀가 정확한 기억력을 갖고 있다는 사실. 불과 한두 달 전에 아무런 예고 없이 소녀의 콧대가 꺾였다는 사실. 소녀가 욕심이 많다는 사실. 소녀가 학교를 따분하게 여겼다는 사실. 소녀가 '사실적인 것'을 좋아했다는 사실.

그리고 무엇보다도, 이 집의 누구도, 심지어 현명하고 객관적인 원 부인조차도 베티 케인의 속마음을 모른다는 사실이 있었다. 한 청년에게 세계의 중심이던 열다섯 살 소녀가 어느 날 갑자기 그 자리를 잃었는데도 격한 반응을 보이지 않는다는 것은 믿기 힘든 일이다. 그런데도 베티는 '아주 상냥하게' 대했다.

아주 고무적인 일이다. 그것은 그 솔직하고 앳된 얼굴이 베티 케인이라는 인간을 이해하는 지침이 전혀 못 된다는 증거였다.

제8장

　로버트는 런던에서 그날 밤을 지냄으로써 돌 하나로 최대한 여러 마리 새를 잡기로 했다. 그는 우선 누가 자기 손을 잡아주기를 바랐다. 현 상황에서 가장 유익하게 손을 잡아줄 수 있는 사람은 학교 동창인 케빈 맥더모트였다. 범죄에 관해 케빈이 모르는 것은 십중팔구 범죄가 아닐 것이다. 또한 저명한 법정변호사로서 케빈은 인간성에 관해 광범위하고 다양하고 특이한 지식을 갖고 있었다.

　현 시점에서 케빈은 예순 살이 되기 전에 고혈압으로 죽거나 일흔 살에 상원의장석에 앉을 확률이 반반이었다. 로버트는 후자이기를 바랐다. 그는 케빈을 아주 좋아했다.

　학교 다닐 당시, 두 사람이 처음 서로에게 이끌린 것은 둘 다 '법조계에 투신할' 작정이기 때문이었지만, 친구가 되어 지금까지도 그 관계를 유지하는 것은 그들이 서로를 보완하기 때문이었다. 아일랜드 사람인 케빈에게 로버트의 안정된 성격은 재미있고, 화도 나고, 그러면서 그가 피곤할 때는 마음의 안식이 되어주었다. 로버트에게 케빈의 켈트 사람다운 화려한 기질은 이국적이고 매혹적이었다. 로버트가 바라는 일은 작은 지방 읍내로 돌아가 이전의 생활을 계속하는 것인 반면, 케빈은 법체계에서 바꿀 수 있는 모든 것을 바꾸고 그 과정에서 되도록 소란을 피우는 것이었다. 둘 다 자기다운 야심이라 할 수 있었다.

케빈은 아직 많은 것을 바꾸지는 못했지만(몇몇 판사의 판결에 대해서는 최선을 다했으나), 노력한 티를 내지 않으면서도 살짝 심술궂은 방식으로 상당한 소란을 피워왔다. 이미 케빈 맥더모트의 존재는 어떤 재판이 신문 기사로서 갖는 가치를 50퍼센트 증가시켰다. 재판 비용은 그보다 훨씬 증가시켰고.

그는 자기에게 득이 될 뿐 아니라 행복하기까지 한 결혼을 해, 아버지를 닮아 호리호리하고 가무잡잡하고 생기 넘치고 건강한 세 아들을 두었다. 살기는 웨이브리지 인근의 기분 좋은 집에서 살았지만, 런던에도 세인트폴스 처치야드에 작은 아파트를 하나 갖고 있었다. 그곳에서는 그의 말마따나 '앤 여왕을 내려다볼 수 있었다.' 로버트가 런던에 갈 때면(마음처럼 자주 가지는 못하지만) 두 사람은 아파트나, 아니면 케빈이 좋은 클라레를 마실 수 있는 곳으로 가장 최근에 발굴한 레스토랑에서 같이 식사를 하곤 했다. 법률을 제외하고 케빈의 관심사는 말 품평회와 클라레, 워너브러더스의 명랑한 쪽 영화들이었다.

밀퍼드에서 전화를 걸었을 때, 케빈은 오늘 저녁 한 법조계 만찬 모임에 참석할 예정이라고 그의 비서가 알렸다. 하지만 연설을 면할 정당한 평계가 있다는 것은 반가운 일이니, 저녁 식사를 한 뒤에 세인 트폴스 처치야드로 가서 기다려달라고 한다 했다.

이는 좋은 소식이었다. 만찬에 참석했다. 돌아오는 케빈은 편안한 마음으로 긴장을 풀고 저녁을 지낼 수 있을 것이다. 공판 중에는 안 절부절못하면서 마음이 4분의 3은 재판정에 가 있을 때가 가끔 있다.

그 전에 로버트는 스코틀랜드 야드에 전화해 그랜트에게 내일 아 침 잠시 시간을 내줄 수 있느냐고 묻기로 했다. 그는 스코틀랜드 야 드에 대한 자신의 위치를 명확히 인식할 필요가 있었다. 그들은 같은 고통을 겪기는 해도 울타리를 사이에 두고 대립하는 입장에 있었다.

저민 가에 있는 에드워드 왕 시대의 포티스큐 호텔은 그가 혼자 런 던에 올라가는 게 허락된 이래로 내내 이용해온 곳이었다. 그곳에서 그들은 그를 흡사 조카처럼 맞이하며 '저번에 묵었던 방'으로 안내했 다. 어깨 높이의 침대와 벨벳 소파가 있는 어둑어둑하고 안락한 방에 서 그는 특대 사이즈의 수수한 갈색 찻주전자와 조지 왕 시대 양식의 은제 크림 그릇, 각설탕을 한 500그램은 될 듯 수북이 쌓은 싸구려 유 리 접시, 꽃과 조그만 성이 그려진 드레스덴 자기 찻잔, 윌리엄 4세와 왕비를 위해 만든 붉은색과 금색 우스터 자기 접시, 칼날은 심하게 휘고 갈색 손잡이는 얼룩진 부엌칼을 얹은 쟁반을 받았다.

차와 쟁반 모두 로버트의 기운을 회복시켜주었다. 그는 막연히 희 망 찬 기분으로 저녁 거리로 나섰다.

베티 케인에 대한 진실을 찾던 그는 거의 무의식중에 아파트 건물 들이 있던 공터로 발걸음을 옮겼다. 그곳에서 그녀의 부모가 고성능 폭약이 단 한 번 일으킨 폭발에 목숨을 잃었다. 지금은 깨끗이 정지

(整地)되어 어떤 계획에서 그곳이 맡은 역할을 할 때를 기다리고 있었다. 주위에는 피해를 입지 않은 집들이, 흡사 재난의 의미를 이해할 지능이 없는 정신 지체아처럼 멍하고 점잔 뺀 얼굴로 서 있었다. 재난은 그들을 건드리지 않고 그냥 지나쳤다. 그들이 아는 것, 관심 있는 것은 오직 그뿐이었다.

널찍한 길 건너편에는 오십 년도 더 전부터 있었을 듯한 작은 상점들이 여전히 늘어서 있었다. 로버트는 그쪽으로 건너가 담배 가게로 들어가서는 담배를 샀다. 담배와 신문을 같이 파는 상점은 원래 모르는 게 없게 마련이다.

"저렇게 됐을 때 여기 계셨습니까?"

로버트는 고갯짓으로 문 쪽을 가리키며 물었다.

"뭐가 어떻게 됐을 때요?"

얼굴이 발그레하고 몸집이 작은 남자가 되물었다. 텅 빈 공간에 익숙해진 나머지 이미 오래전에 그것을 의식하지 못하게 된 것이었다.

"아, 그 일 말씀이군요? 아뇨, 전 근무 중이었어요. 공습 감시원이었거든요."

맞다, 그는 그때도 여기서 가게를 하고 있었다. 그 훨씬 전부터 있었다. 그는 이 동네에서 자라 아버지의 가게를 물려받았다.

"그럼 이곳 사람들을 잘 아시겠군요? 혹시 아파트 관리인이었던 부부를 기억하십니까?"

"케인 부부 말씀인가요? 물론 기억합니다. 여기를 하루 온종일 들락날락했는데 기억 못 하면 이상한 거죠. 남편이 아침에 신문을 사러 오면, 그 직후에 부인이 담배를 사러 오고, 남편 볼 저녁 신문을 사러 오고, 세 번째로 또 담배를 사러 오고, 그런 다음 아들놈이 숙제를 끝내고 가게를 보는 동안 전 그 집 남편하고 동네 주점에서 맥주를 마시곤 했답니다. 그 집 부부하고 아는 사이셨습니까, 선생님?"

"아뇨, 얼마 전에 그 사람들 이야기를 한 사람을 만나서 말이죠. 어쩌다가 저렇게 완전히 파괴된 겁니까?"

작고 발그스름한 남자는 경멸적으로 혀를 쯧 찼다.

"부실 공사죠. 그저 부실 공사라서 그런 겁니다. 폭탄이 저기 저 부근에 떨어졌는데, 그 때문에 그 부부가 죽은 거예요. 지하에 대피해서 안전할 거라고 생각했는데, 건물이 꼭 카드로 지은 집처럼 폭삭 무너진 거죠. 충격적이었어요."

그는 신문 더미를 가지런히 바로잡았다.

"몇 주 만에 처음 집에서 남편이랑 있는데 폭탄이 떨어지다니 그 여자도 운이 나빴죠."

그는 비아냥거리듯 말했다.

"부인은 보통 어디에 있었기에 그러시죠? 저녁에 어디 다른 데서 일을 한 겁니까?"

로버트가 말했다.

"일은 무슨! 그 여자가요!"

조그만 남자가 당치않다는 듯 말했다. 그러더니 정신을 차렸다.

"어이구, 죄송합니다. 그 사람들이 친구분일지도 모른다는 걸 잠시 깜박했군요."

로버트는 황급히 케인 부부에 대한 자신의 관심은 순전히 학술적인 것이라고 그를 안심시켰다. 그저 누가 그 사람들이 아파트 관리인이었다는 사실을 기억해냈을 뿐이다. 케인 부인이 저녁에 일하러 나간 게 아니라면 무엇을 하고 있었나?

"그야 물론 즐긴 거죠. 아, 그럼요, 심지어 당시에도 마음만 있으면, 그래서 열심히 찾기만 하면 얼마든지 즐기는 게 가능했어요. 케인은 아내가 어린 딸을 데리고 시골로 피난 가길 바랐는데, 그 여자가 그럴 리 있나요. 딴 사람은 몰라도 그 여자는 아니죠. 자기는 시골에서 사흘만 살아도 죽어버릴 거라고 그랬답니다. 심지어 어린애가 소개됐을 때도 만나러 가지도 않았어요. 당국에서 다른 애들하고 같이 소개시킨 거죠. 제 생각에, 그 여자는 애가 자기 손을 떠나서 아주 좋아 죽었을 겁니다. 이제 맘 놓고 밤에 춤을 추러 갈 수 있다고요."

"춤은 누구하고 추러 간 겁니까?"

"장교들이죠. 풀이 자라는 걸 지켜보는 것보다 훨씬 재미있는 일이잖아요."

조그만 남자는 짤막하게 말하더니 서둘러 덧붙였다.

"오해 마세요. 그렇다고 실제로 무슨 문제가 있었다는 뜻은 아닙니다. 이미 죽은 사람한테 자기가 직접 해명할 수 없는 누명을 씌우고 싶지는 않아요. 무슨 말인지 아시겠죠? 하지만 그 여자는 나쁜 엄마고 나쁜 아내였어요. 그건 분명한 사실이고, 그렇지 않다고 말한 사람은 지금껏 아무도 없답니다."

"미인이었습니까?"

로버트가 말했다. 베티의 어머니를 괜히 좋게 생각한 게 아까웠다.

"그랬죠, 샐쭉한 방향으로요. 뭐랄까, 속으로 지글지글 끓는 타입이었거든요. 저러다 불이 확 붙으면 어떻게 될까 생각하곤 했죠. 취

124

한다는 게 아니라 흥분한다는 뜻으로요. 그 여자가 술에 취한 건 한 번도 본 적이 없어요. 그런 식으로 흥분을 얻는 여자가 아니었거든요."

"그럼 남편은 어땠습니까?"

"아, 버트 케인은 괜찮은 친구였어요. 그보다는 더 나은 여자를 얻을 자격이 있었는데요. 버트는 최고였죠. 어린 딸내미를 끔찍하게 사랑했답니다. 물론 애를 망쳤죠. 원하는 게 있으면 다 들어주는 겁니다. 그렇긴 해도 예쁜 애였어요. 새침해서 말이죠, 그 조그만 입에 버터를 물어도 녹지 않았을 겁니다. 그래요, 버트는 놀기 좋아하는 마누라하고 타산적인 애새끼 말고 인생에서 더 나은 걸 얻을 자격이 있는 친구였습니다. 최고로 괜찮은 친구였다고요……. 그 친구를 찾아내는 데 거의 일주일 가까이 걸렸답니다."

그는 생각에 잠겨 길 건너 공터를 바라보았다.

로버트는 담배 값을 지불하고 거리로 나갔다. 서글픔과 안도감이 동시에 느껴졌다. 그보다 더 나은 것을 얻을 자격이 있었던 버트 케인을 생각하면 서글펐지만, 베티 케인의 어머니가 자기가 상상했던 그런 여자가 아니라는 사실은 기뻤다. 런던으로 오는 길에 그는 내내 죽은 여자, 자식을 위해 가슴이 찢어지는 듯한 고통을 견딘 여자를 생각하며 가슴 아파했었다. 그녀가 그렇게 사랑했던 아이가 베티 케인이라는 사실이 견딜 수 없는 일처럼 느껴졌다. 그러나 이제 그는 그 슬픔에서 벗어났다. 베티 케인의 어머니는, 그가 만약 신이었다면 바로 그녀를 위해 선택했을 어머니였다. 그리고 그녀도 딱 자기 어머니의 딸인 듯했다.

'타산적인 애'란 말이지. 저런, 저런. 원 부인이 뭐라고 했더라? '울기는 했지만 그건 음식이 마음에 안 든 탓이었어요. 어머니가 보고 싶다고 울었던 기억은 없군요.'

그녀는 자기를 위해 그렇게 헌신적이고도 맹목적인 애정을 바쳤던 아버지를 찾으며 운 적도 없는 듯했다.

호텔로 돌아간 로버트는 서류가방에서 《애크에머》를 꺼냈다. 그리고 포티스큐에서 혼자 저녁 식사를 하며 천천히 2면의 기사를 읽었다.

'4월의 어느 날 밤, 한 소녀가 원피스에 신발만 신은 차림새로 집으로 돌아왔다. 집을 나섰을 때는 명랑하고 행복한 여학생이었던······.'

흡사 포스터처럼 단순한 스타일로 시작된 기사는 오열을 토하는 마지막 쿼파르트에 이르기까지 그 나름대로 작은 걸작이라 할 수 있었다. 그것은 본래의 목적을 훌륭하게 달성했다. 그 목적이란, 한 가지 이야기로 최대한 많은 독자들에게 어필하는 것이었다. 기사는 성적인 이야깃거리를 원하는 이에게는 소녀가 반나 다름없는 상태였다는 것을, 감상적인 이에게는 그녀의 어린 나이와 매력을, 열성적인 투사에게는 그녀의 무력한 상황을, 가학적인 이에게는 구타에 대한 상세한 묘사를, 계급을 증오하는 이에게는 높다란 담장에 가려진 크고 하얀 집을, 인정 많은 영국 대중에게는 경찰이 '뇌물을 먹은' 것까지는 아닐지언정 적어도 해이하기는 했으며 정의가 실현되지 않았다는 인상을 주었다.

영리한 기사다.

물론 그 이야기는 그들에게 넝쿨째 굴러 떨어진 호박이나 다름없었다. 그렇기에 즉각 레슬리 윈에게 기자 한 명을 붙여 보낸 것이었다. 하지만 마음만 먹으면 《애크에머》는 부러진 연접봉 하나로도 그럴듯한 이야기를 지어낼 수 있을 것이다.

오로지 인간의 결점과 실패만 다루는 것은 얼마나 음울할까. 페이지를 넘기다 보니 모든 기사가 일관되게 독자의 유감스러운 일면에 호소한다는 것을 알 수 있었다. 심지어 '1백만 내놓다.'라는 제목의 기사조차, 용기와 모험 정신으로 빈민가에서 탈출한 소년이 아니라 소득세 때문에 주식을 매각하는 떳떳치 못한 노인의 이야기였다.

로버트는 역겨운 기분으로 신문을 가방에 도로 넣어 들고 세인트 폴스 처치야드로 갔다. 파출부가 모자를 쓴 채 그를 기다리고 있었다. 맥더모트 씨 비서에게서 맥더모트 씨 친구분이 오실 텐데 안으로 들여 마음대로 지내게 두어도 상관없다는 전화가 왔다. 나는 그냥 문을 열어드리려고 기다린 것이다. 그럼 나는 이만 가보겠다. 난롯가 작은 테이블에 위스키가 있고, 찬장에 보시면 한 병 더 있다. 하지만 내 생각을 말해도 된다면, 맥더모트 씨에게 그 말은 않는 게 좋을 것 같다. 안 그러면 맥더모트 씨가 밤늦게까지 자지 않을 테니까. 아침에 맥더모트 씨를 깨우기가 얼마나 힘든지 모른다.

"위스키가 아니라 그 친구의 아일랜드 핏줄이 문제랍니다. 아일랜드 사람들은 모두 아침에 일어나는 걸 싫어하죠."

로버트는 미소를 지으며 말했다.

그녀가 문간에 멈춰 섰다. 이 새로운 생각에 감명을 받은 게 명백했다.

"그거 말 되네요."

그녀가 말했다.

"우리 집 양반도 똑같은데 그 양반도 아일랜드 사람이거든요. 다만 그 양반 경우는 위스키가 아니라 원죄가 문제죠. 적어도 지금까진 그렇게 생각했는데, 어쩌면 아일랜드 사람으로 태어난 게 죄일지도요."

케빈의 아파트는 아늑하고 기분 좋은 곳으로, 요란한 차 소리가 잦아든 지금은 평온했다. 로버트는 술을 한 잔 따라 창가로 가서는 앤 여왕의 조각상을 내려다보았다. 거대한 교회 건물이 흡사 떠 있듯이 사뿐하게 토대에 올라앉아 있는 모습은 언제 봐도 놀라웠다. 균형과 조화가 완벽한 교회는 살짝 집어 손바닥에 올려놓을 수 있을 듯 보였다. 로버트는 자리에 앉았다. 아침에 또 유언장을 바꾸겠다고 나선, 사람 환장하게 하는 노피를 만나러 외출한 이래로 처음으로 긴장이 풀렸다.

케빈이 열쇠를 돌리는 소리가 들려왔을 때 그는 반쯤 잠든 상태였다. 꿈지럭하기도 전에 집 주인이 방으로 들어왔다.

케빈은 디캔터가 놓인 테이블로 다가가는 길에 그의 뒤를 지나치며 목을 매섭게 꼬집었다.

"시작됐군, 이 친구야, 시작됐어."

케빈이 말했다.

"뭐가?"

로버트는 물었다.

"자네의 그 잘생긴 목이 굵어지기 시작했다고."

로버트는 무심히 목을 문질렀다.

"그 말을 듣고 보니, 요새 목덜미에 찬바람이 느껴지는 것 같더군."

"맙소사, 로버트! 자네는 생전 울적함이란 걸 모르나? 자네의 그 잘생긴 외모가 이제 곧 사라지게 생겼는데 아무렇지도 않아?"

검은 눈썹 밑에서 케빈의 반짝이는 엷은 색 눈이 장난기를 띠었다.

"현재 좀 울적하기는 하네만 내 외모 때문은 아니야."

"블레어·헤이워드·베넷 법률사무소가 파산할 리는 없으니 여자 문제이겠군."

"그래. 하지만 자네가 생각하는 방향은 아니네."

"결혼을 생각 중인가? 롭, 자네도 결혼해야지."

"그 말은 전에도 들었어."

"블레어·헤이워드·베넷 법률사무소를 이을 후계자가 필요할 거 아냐?"

그러고 보면 블레어·헤이워드·베넷 법률사무소의 흔들림 없는 확고함은 늘 케빈에게서 작은 빈정거림을 자아내곤 했다.

"딸이 태어나지 않으리란 보장은 없잖나. 어쨌든 그 문제는 네빌이 알아서 할 거야."

"네빌의 그 아가씨는 아마 레코드밖에 못 낳을걸. 얼마 전에도 또 연단에 올라섰다지? 기찻삯을 직접 벌어야 했다면 그렇게 목청 높은 소수파 노릇을 하면서 전국을 누비고 다니지 않을지도 모르는데 말이야."

케빈은 술잔을 들고 앉았다.

"물어볼 필요도 없이 일 때문에 올라왔을 테지. 정말이지, 언제 한 번 그냥 와서 시내 구경 좀 하라고. 아마 내일 오전 10시에 누군가의 변호사를 만난 다음 다시 서둘러 내려가겠지."

"아니, 스코틀랜드 야드야."

로버트가 말했다.

잔을 입으로 가져가던 케빈의 손이 멎었다.

"로버트, 자네 실수하는 거야. 스코틀랜드 야드가 자네의 그 상아 탑하고 무슨 상관이란 말인가?"

로버트는 밀피드의 무사태평함을 겨냥한 말을 무시하고 온건하게 말했다.

"바로 그거야. 그게 지금 문간에 와 있는데 난 그걸 어떻게 다뤄야 하는지 모른단 말이지. 누가 나한테 상황을 일목요연하게 정리해주면 좋겠어. 그걸 왜 자네한테 풀어놔야 하는지는 나도 모르겠네. 자네는 이미 문제라면 신물이 날 텐데. 하지만 자네가 늘 내 대수 문제를 풀어줬잖아."

"그리고 내 기억이 옳다면 자네는 늘 주식을 봐줬지. 난 주식에 관해선 늘 얼간이였으니까. 형편없는 투자에서 날 빼내준 신세는 내 아직 다 갚지도 못했어. 그것도 두 번이나."

"두 번이라니?"

"타마라하고 토피카 통조림."

"자네를 토피카 통조림에서 빼낸 건 기억나지만, 자네가 타마라하고 헤어진 건 나하고 아무 관련이 없었는데."

"무슨 소리야! 로버트, 내가 타마라를 자네한테 소개했을 때 자네 얼굴을 봤어야 하는데. 오, 아니, 그게 아니라 오히려 그 반대지. 자네가 그 즉시 지은 그 친절한 표정, 예의 바르고 가정교육을 잘 받은 그 빌어먹을 잉글랜드 사람의 가면. 그걸 보니 눈에 선하더군. 한평

130

생 남들한테 타마라를 소개할 때마다 그 사람들이 예의 바른 표정을 짓는 꼴을 봐야 하리라는 게. 덕분에 기록적으로 금세 정신을 차릴 수 있었지. 그 뒤로 내 한순간도 자네한테 고마운 마음을 잊어본 적이 없다고. 그러니 서류 가방에 든 걸 어서 꺼내봐."

좌우지간 케빈은 놓치는 것이 없다고 생각하며, 로버트는 자신이 갖고 있던 베티 케인의 경찰 진술서 사본을 꺼냈다.

"아주 짧은 진술서니까 자네가 한번 읽어보고 어떻게 생각하는지 말해주면 좋겠어."

서론을 덧붙여 공연히 날을 무디게 하는 일 없이, 케빈이 받은 인상 그대로 알고 싶었다.

"《애크에머》에서 보호하고 나선 그 애로군?"

진술서를 받아든 케빈은 재빨리 첫 문단을 훑어보더니 말했다.

"자네가《애크에머》를 보는 줄 몰랐는데."

로버트는 놀라 말했다.

"무슨 소리인가, 난《애크에머》로 먹고사는 사람이라고. 범죄가 없으면 유명한 재판이 없고, 유명한 재판이 없으면 케빈 맥더모트도 없는 건데. 아니면 일부만 남거나."

케빈은 입을 다물었다. 그로부터 사 분간 그가 얼마나 집중해 읽는지, 로버트는 흡사 주인이 어디론가 가버리고 방에 홀로 남은 듯한 기분이 들었다.

"흠!"

케빈이 끝까지 읽더니 말했다.

"어때?"

"자네 의뢰인은 이 애가 아니라 두 여자 쪽이겠지?"

"그야 물론이지."

"그럼 이제 자네 쪽 이야기를 들어볼까."

로버트는 처음부터 끝까지 전부 이야기했다. 처음에 마지못해 프랜차이즈를 찾아갔던 일, 베티 케인과 두 여자 중의 선택이라는 게 명백해지면서 점차 그들 편을 들게 됐다는 것, 스코틀랜드 야드가 현재 있는 증거로는 입건하지 않기로 결정했던 것, 레슬리 윈이 무모하게도《애크에머》신문사를 찾아간 것.

"그럼 오늘밤 스코틀랜드 야드는 전력을 다해 그 애 이야기를 뒷받침할 증거를 찾고 있겠군."

케빈이 말했나.

"그렇겠지."

로버트는 침울하게 말했다.

"하지만 내가 알고 싶은 건 이거야. 자네는 이 애 이야기를 믿나, 안 믿나?"

"난 누구 이야기도 안 믿네. 자네가 알고. 싶은 건 이거겠지. 나는 그 애 이야기에 신빙성이 있다고 생각하나? 물론 있다고 생각해." 케빈은 심술궂게 말했다.

"뭐라고!"

"신빙성이 있다고 생각한다고. 안 될 게 뭐 있지?"

"하지만 터무니없는 이야기 아닌가."

로버트는 본의 아니게 훨씬 흥분해서 말했다.

"전혀 터무니없지 않네. 외롭게 사는 여자들이 미치광이 같은 짓을 하는 건 사실이거든. 가난한 양갓집 여자면 특히 더 그렇고. 바로 얼마 전만 해도 한 나이 많은 여자가 자기 여동생을 큼직한 찬장만 한 방에 가둬놓고 침대에 쇠사슬로 묶어놓은 사건이 발각됐네. 삼 년간 그 상태로 묶어놓고 빵 껍질하고 감자 껍질 같은, 자기는 필요 없는 음식 찌꺼기를 먹였다는군. 그 사실이 밝혀졌을 때, 그 여자는 자기들이 가진 돈이 너무 빠른 속도로 줄어드는 바람에 이런 방법으로 살림을 꾸리는 거라고 했어. 실제로는 잔고가 꽤 두둑했지만 불안정이 유발한 공포에 머리가 이상해진 거야. 그 애 이야기보다는 이쪽이 훨씬 믿기 힘들고, 자네 관점에서 보자면 터무니없는 이야기라고."

"그런가? 나한테는 그냥 평범한 정신 이상 같은데."

"그건 자네가 그 일이 정말 있었다는 걸 알기 때문이네. 그걸 실제로 목격한 사람이 있다는 뜻이잖아. 반대로 그냥 그런 소문이 돌았었다고 생각해봐. 미치광이 언니가 소문을 듣고 조사를 받기 전에 동생을 풀어줬다, 수사원들이 발견한 건 나이 많은 여자 둘이 겉보기엔 멀쩡하게 살고 있는 것뿐이었다고 생각해보라고. 하나가 좀 쇠약해 보이긴 해도 말이야. 그럼 어땠겠나? 그래도 쇠사슬로 묶어놓았다는 이야기를 믿었겠나? '터무니없는 이야기'라고 했을 공산이 더 크지 않겠어?"

로버트는 한층 더 울적함에 빠져들었다.

"여기 외롭고 물려받은 재산도 없는 두 여자가 있네. 가진 거라곤 덩치만 큰 시골 저택 하나뿐인데, 한 여자는 집안일을 하기에는 나이가 너무 많고 또 한 여자는 집안일이라면 질색이야. 그들의 가벼운 정신 이상은 어떤 형태를 취할 가능성이 가장 높은가? 그야 물론 여자애를 잡아다 하녀로 만드는 거지."

젠장. 케빈과 케빈의 그 변호사적인 사고는 엿이나 먹으라지. 자기가 케빈의 의견을 원한다고 생각했는데, 이제 보니 정말 원한 것은 자기 의견에 케빈이 동의해주는 것이었다.

"그 사람들이 잡아온 여자애는 어쩌다 보니 흠잡을 데 없는 여학생에, 편리하게도 집은 멀리 떨어진 곳이야. 그 애가 그렇게 흠잡을 데 없다는 건 그 사람들한테 불운한 일이었어. 지금까지 거짓말을 하다가 들통 난 적이 없으니 다들 철석같이 그 애 말을 믿을 테니까. 내가 경찰이면 감행을 했겠네. 내가 보기엔 경찰이 소심해진 것 같군."

케빈은 의자에 깊숙이 앉아 난롯가로 뻗은 긴 다리를 우울한 얼굴로 응시하는 로버드에게 재미있어하는 눈길을 던졌다.

그는 친구의 당혹감을 잠시 즐긴 뒤 마침내 말을 이었다.

"물론 모두가 여자애의 가슴 찢어지는 이야기를 철석같이 믿어 완벽하게 속아 넘어간 유사한 사례가 기억나서 그랬을지도 모르지만."

"유사 사례라고! 그게 언제지?"

로버트는 다리를 끌어당기고 벌떡 일어나 앉으며 말했다.

"천칠백 몇 년일걸. 정확한 연도는 기억 안 나는군."

"저런."

로버트는 또다시 낙심했다.

"뭐가 '저런'인 건지 모르겠군. 알리바이의 성질은 이백 년 사이에 그렇게 많이 바뀌지 않았어."

케빈은 온화하게 말했다.

"알리바이라고?"

"그 유사 사례를 참고한다면 그 애 이야기는 알리바이야."

"그럼 자네는 그 애 이야기가 전부 헛소리라는 걸 믿는군? 아니, 그럴 수 있다고 보는군?"

"처음부터 끝까지 죄 꾸며낸 이야기지."

"케빈, 자네 정말 사람 열 받게 하는군. 아까는 신빙성 있는 이야기라고 했잖아."

"맞아, 신빙성 있는 이야기야. 동시에 거짓말로 뒤범벅된 이야기일 수도 있다고 보고. 난 어느 쪽 변호인도 아니지. 말만 떨어지면 바로 어느 쪽의 변론도 그럴싸하게 만들어낼 수 있네. 전체적으로는 에일 즈베리의 그 젊은 아가씨 변호를 맡고 싶군. 증인석에 세워놓으면 아주 근사할 테니까. 자네 이야기를 듣건대, 샤프 모녀 쪽은 둘 다 시각적으로 변호인한테 별 도움이 못 될 것 같고 말이지."

위스키를 더 따르려 일어난 케빈은 로버트의 잔도 달라고 나머지 한 손을 내밀었다. 그러나 로버트는 즐겁게 술을 마실 기분이 아니었으므로, 불에서 시선을 떼지 않은 채 고개를 내저었다. 그는 피곤했고, 케빈에게 화가 나기 시작했다. 괜히 왔다. 케빈처럼 형사 변호사로 오래 일하다 보면, 확신은 더 이상 없고 그저 관점만 있게 된다. 케빈이 새로 따른 술을 반 마실 때까지 기다렸다가 그만 가자. 베개에 머리를 얹고 자기에게 다른 사람의 문젯거리에 대한 책임이 있다는 사실을 잠시라도 잊는 게 좋을 것 같다. 아니, 그 문젯거리를 해결할 책임이라고 할까.

"그 애는 대체 그 한 달 동안 뭘 하고 있었을까."

케빈은 거의 스트레이트나 다름없는 위스키를 꿀꺽 마시고는 자연스럽게 말했다.

로버트는 입을 열고 하마터면 '그럼 그 애가 가짜라는 걸 믿는군?' 이라고 할 뻔했으나 제때 그만두었다. 오늘 저녁에 이 이상 케빈의 피리 소리에 맞춰 춤추는 것은 사양이었다.

"클라레를 마셔놓고 위스키까지 너무 많이 마셨다간, 자네는 한 달 동안 요양을 해야 할걸."

로버트는 말했다.

그러자 뜻밖에도 케빈은 몸을 뒤로 기대고 어린 소년처럼 크게 웃어댔다.

"오, 롭, 난 정말 자네가 좋다니까. 자넨 잉글랜드의 정수나 다름없어. 우리가 자네들한데 감탄하고 부러워하는 그 모든 것이야. 자넨 거기 그렇게 온화하고 예의 바르게 앉아서 남들이 긁히고 지분거려도 가만히 있단 말이지. 그러곤 자네가 늙은 암고양이고 자기들 맘대로 해도 된다고 결론을 내리게 내버려둬. 그러다 기고만장해서 한 발짝만 살짝 더 내딛으면 그때 장갑을 벗은 앞발이 홱 날아드는 거야. 그것도 사무적으로!"

케빈은 허락도 구하지 않고 로버트의 손에서 잔을 빼앗아서는 일어나 술을 따르러 갔다. 로버트는 아무 말도 하지 않았다. 기분이 한결 나았다.

제9장

햇살 아래 검은 리본처럼 곧게 뻗은 런던-라버러 가도는 도로를 메운 차량이 빛을 받았다가 잃을 때마다 다이아몬드처럼 반짝였다. 머잖아 공기와 도로가 모두 만원이 되어 아무도 편히 움직일 수 없게 되고, 그러면 모두들 빠른 이동을 위해 철도로 돌아가야 할 것이다. 그것도 진보다.

지난밤 케빈은 현대의 빠른 교통수단을 생각할 때 베티 케인은 뉴사우스웨일스 주 시드니에서 한 달을 보냈을 가능성도 얼마든지 있다는 사실을 지적했다. 생각만 해도 기운 빠지는 이야기였다. 그녀는 캄차카에서 페루에 이르기까지 어디에나 있었을 수 있는데, 그는 그저 그녀가 라버러-밀퍼드 가도에 있는 어떤 집에 없었음을 입증하기만 하면 되는 것이다. 화창한 아침이 아니고, 딱한 스코틀랜드 야드와 손을 잡아줄 케빈이 없는 데다, 현재까지 혼자 힘으로 꽤 큰 성과를 거두지만 않았으면 울적했을지도 모른다.

그도 자기가 스코틀랜드 야드를 딱하게 생각하게 될 줄은 몰랐지만, 아무튼 딱했다. 스코틀랜드 야드의 모든 노력은 샤프 모녀가 유죄고 베티 케인의 이야기가 진실임을 입증하는 데 바쳐졌다. 그것은 물론 그들이 샤프 모녀가 유죄라 믿기 때문이었다. 하지만 그들이 내심 하고 싶어 좀이 쑤시는 일은 베티 케인을 《애크에머》의 목구멍에 쑤셔 박아주는 것이었다. 문제는 그녀의 이야기가 헛소리라는 것을 입증해야만 그 일이 가능하다는 점이었다. 스코틀랜드 야드의 덩치 크고 차분한 사람들은 현재 심한 욕구불만에 시달리고 있을 것이다.

그랜트는 조용하고 분별 있게 그를 맞이해(지금 생각하면 꼭 의사를 만난 기분이었다), 《애크에머》 기사로 인해 편지가 오면 전부 알려달라는 요청에 기꺼이 동의했다.

그는 친절하게 미리 주의를 주었다.

"하지만 거기에 너무 희망을 걸지는 마십시오. 스코틀랜드 야드에서 받는 편지는 쓸 만한 게 한 통이면 헛소리인 게 5천 통이거든요. 편지 쓰기는 '별종'들의 자연스러운 배출구니까요. 참견쟁이, 할 일 없는 사람, 변태, 괴짜, 쓸데없이 의무감이 투철한 사람……."

"'공익을 위해'서란 말이군요."

"그리고 소위 시민도 있죠. 또 그냥 저열한 인간들도 있고요. 그들은 모두 편지를 씁니다. 아시겠지만 그건 안전한 배출구랍니다. 저 좋을 대로 얼마든지 종이 위에서 간섭하고, 장광설을 늘어놓고, 추잡하게 굴고, 거만하게 굴고, 편협하게 굴어도 누가 뭐라 못 하거든요. 그러니 그들은 편지를 쓰는 겁니다. 맙소사, 그들이 쓰는 그 편지들이란!"

그랜트는 미소를 지으며 말했다.

"하지만 혹시 모르는……."

"그렇습니다, 혹시 모르죠. 그러니 그 모든 편지는 얼마나 실없는 내용이건 전부 확인해야 할 겁니다. 조금이라도 중요한 게 있으면 바로 당신에게 넘긴다고 약속드리죠. 하지만 정상적이고 현명한 시민은 5천 번에 한 번밖에 편지를 쓰지 않는다는 사실을 잊으시면 안 됩니다. 그런 시민은 '쓸데없이 남의 일에 참견'하기를 원치 않아요. 그렇기 때문에 기차에서도 입을 열지 않아서, 여전히 타인에 대해 촌사람 같은 관심을 갖는 미국 사람들을 분개하게 합니다. 어쨌든 자기 일만 해도 바쁘다 보니, 자기와는 상관없는 문제에 관해 책상 앞에 앉아서 경찰에게 편지를 쓰는 건 천성에 어긋나는 행동인 겁니다."

그래서 로버트는 스코틀랜드 야드에 대해 호의적인 기분으로, 그들을 딱하게 여기며 떠났다. 로버트가 밭을 갈아야 하는 줄은 최소한 똑바르기는 하지 않나. 이제 가끔씩 다른 데를 곁눈질하며 남의 줄을 탐내지 말자. 게다가 자기가 고른 줄은 케빈도 찬동해주지 않았던가.

케빈은 이렇게 말했다.

"내가 경찰이면 십중팔구 감행했으리란 건 진심이네. 충분히 가능성 있는 사건인 데다, 유죄 판결은 늘 누군가가 승진의 사다리를 한 단 올라가는 걸 의미하거든. 불행히도, 사실 시민을 위해선 다행한 일이네만, 사건이냐 아니냐를 결정하는 건 그보다 더 높은 사람인데, 그 작자는 부하의 빠른 승진에 관심이 없단 말이지. 지혜가 사무 절차의 부산물이라는 게 놀랍지 않나?"

위스키를 마시고 노글노글해진 로버트는 그의 냉소적인 말을 그냥 들어 넘겼다.

"그렇지만 조그만 확증 하나만 나타나면, 자네가 수화기를 들기도 전에 영장을 들고 프랜차이즈 문간에 서 있을걸."

"확증은 못 찾아. 왜 그래야 하지? 어떻게 그런 일이 가능하겠어? 우리가 원하는 건, 우리 힘으로 그 애 이야기가 거짓이란 걸 밝혀내는 거야. 안 그러면 그게 샤프 양 모녀의 인생을 한평생 망쳐놓을 테니까. 내일 그 애 고모 부부를 만나면, 우리 쪽에서도 조사에 착수할 수 있을 만큼 그 애에 관해 전반적인 정보를 얻을 수 있을지도 모르지."

노글노글해진 로비트가 말했다.

그래서 그는 메인즈힐에 사는 베티의 친척들을 만나러 검게 빛나는 라버러 가도로 차를 달리는 중이었다. 틸지트 씨 부부는 소녀가 그 잊을 수 없는 방학을 보내러 갔던 친척들이었다. 라버러 메인즈힐 체릴 가 93번지, 틸지트. 남편은 라버러에 있는 브러시 제조 회사 외판원이고, 자식은 없다. 로버트가 그들에 관해 아는 것은 그뿐이었다.

메인즈힐에서 간선도로를 벗어났을 때, 그는 잠시 차를 세웠다. 베티 케인이 버스를 기다린, 또는 기다렸다고 하는 모퉁이가 여기였다. 분명 건너편 저쪽이었을 것이다. 그쪽에는 곁길이 없이 양방향으로 인도가 끊이지 않고 이어졌다. 이 시간대에는 차가 제법 다니지만, 아마 늦은 오후의 늘어지는 시간에는 텅 빌 것이다.

체릴 가는 우중충한 붉은색 벽돌로 지은 모난 퇴창이 한 줄로 늘어선 거리였다. 앞으로 튀어나온 창문이 인도와 집을 가르는 나지막한 붉은 벽돌 담장에 거의 닿을 듯했다. 창문 좌우로 정원이랍시고 있는 메마른 땅은 에일즈베리 메도사이드 거리의 새로 갈아엎은 흙과는 전혀 딴판이었다. 이곳에서 자라는 것이라곤 비실비실한 바위취와 잡초 같은 꽃무, 좀먹은 물망초뿐이었다. 물론 체릴 가에도 에일즈베리 못지않게 주부의 자존심은 있었으므로, 이곳 역시 창가에는 빳빳하게 풀 먹인 커튼이 걸려 있었다. 하지만 체릴 가에 시인이 있다면, 그 시인들은 영혼을 표출할 수단으로 정원이 아닌 다른 것을 발견한 듯했다.

93번지(페인트로 쓴 숫자를 제외하면 다른 집들과 구분이 되지 않았다)에서 초인종을 눌러도 응답이 없어 노크를 하자, 옆집 침실 창문이 홱 열리더니 한 여자가 몸을 내밀었다.

"틸지트 부인을 찾아요?"

로버트는 그렇다고 했다.

"장 보러 갔어요. 모퉁이 가게요."

"그렇군요. 감사합니다. 그 정도면 기다리죠."

"빨리 보고 싶으면 기다리지 말고 가서 찾아요."

"저런. 어디 다른 데 갑니까?"

"아뇨, 그냥 식품점에 갔을 뿐이에요. 이 근방엔 가게가 거기밖에 없어요. 하지만 밀 플레이크 브랜드 둘 중에 어떤 걸 살까 고민하는데 오전의 절반이 걸리는 사람이거든요. 둘 중 아무거나 집어서 단호하게 장바구니에 넣어주면 만족할 거예요."

로버트가 감사를 표하고 길 끄트머리를 향해 걸음을 떼는데 그녀가 또다시 불렀다.

"차를 놓고 가면 안 돼요. 갖고 가요."

"하지만 얼마 안 되는 거리 아닙니까?"

"그럴지도 모르지만, 오늘은 토요일이라고요."

"토요일이 왜요?"

"수업이 없다고요."

"아, 그렇군요. 하지만 차 안에……."

그는 '훔칠 게 없다.'고 하려다가 "들어낼 수 있는 물건이 아무것도 없는데요."라고 고쳐 말했다.

"들어낼 수 있는 물건이라고요? 하! 그것 참 재미있군요. 우리 집 창틀엔 예전에 화초 상자가 붙어 있었죠. 길 건너 래버티 부인 집엔 대문이 있었고, 비도스 부인한텐 빨랫줄 묶는 잘생긴 나무 장대 둘하고 빨랫줄 약 5미터가 있었어요. 다들 그게 들어낼 수 없는 물건인 줄 알았다고요. 저기다 차를 십 분만 세워봐요. 차대가 남아 있으면 다행일걸요."

로버트는 순순히 차에 올라타 식품점까지 몰고 갔다. 운전을 하던 중에 어떤 것이 생각나 그는 어리둥절해졌다. 이곳이 베티 케인이 그렇게 행복하게 지낸 곳이란 말인가. 이 다소 을씨년스럽고 지저분한 거리, 다닥다닥 붙은 다른 거리들과 다를 바가 전혀 없는 이곳이? 이곳에서 하도 행복해서 개학할 때까지 이곳에 계속 머물겠다고 했다고?

여기의 무엇이 그렇게 좋았나?

가게 안으로 들어가 아침 장 보러 나온 사람들 중에서 틸지트 부인을 찾으려 했을 때도 로버트는 여전히 그 생각을 하고 있었다. 그러나 누가 틸지트 부인일지 추측할 필요도 없었다. 가게 안에는 손님이 여자 한 명뿐이었으려니와, 주인의 참을성 있는 표정과 여자의 양손에 들린 마분지 상자를 흘깃 보기만 해도 그 여자가 틸지트 부인임을 알 수 있었다.

"손님, 무엇을 도와드릴까요?"

주인이 고민하는(오늘은 밀 플레이크가 아니라 가루비누였다) 여자를 잠시 놔두고 로버트에게 다가오며 말했다.

"아뇨, 괜찮습니다. 이 부인을 기다리는 중이거든요."

로버트는 말했다.

"저를요? 가스 때문이라면……."

로버트는 황급히 가스 때문에 온 게 아니라고 설명했다.

"진공청소기는 벌써 있어요. 멀쩡하게 잘 돌아가고 있고요."

여자가 이렇게 말하고는 고민 중인 문제로 돌아가려 했다.

로버트는 바깥에 차를 세워놓았으니 볼일을 마칠 때까지 기다리겠다고 하고는 서둘러 퇴각하려 했다. 그러나 여자가 말했다.

"차라고요! 아, 그럼 절 태워다줄 수 있겠네요? 저걸 다 들고 돌아가지 않아도 되게요. 얼마죠, 카 씨?"

그녀의 관심이 로버트에게 쏠린 틈을 타, 카 씨는 가루비누 한 상자를 그녀의 손에서 빼내 장바구니에 쑤셔 넣더니, 그녀에게서 돈을 받아 거스름돈을 주었다. 그러고는 고마워하는 표정으로 인사를 한 다음, 여자를 따라 밖으로 나가는 로버트에게 진심으로 동정 어린 눈길을 보냈다.

이번에도 원 부인처럼 객관적이고 총명한 여자를 기대하면 안 된다는 것은 로버트도 알고 있었지만, 그래도 틸지트 부인을 보니 마음이 무거워졌다. 틸지트 부인은 생각이 늘 다른 데 가 있는 여자들 중 한 명이었다. 그들은 당신과 함께 명랑하게 수다를 떨고, 당신의 말에 동의하고, 당신이 입은 옷을 칭찬하고, 조언을 하지만, 사실 생각은 생선을 어떻게 할까 하는 문제라든지, 미니의 큰애에 관해 플로리가 한 말이라든지, 세탁 장부를 어디에 두었을까 하는 것이라든지, 오른쪽 앞니를 참 엉터리로 때웠다든지, 그런 데 가 있다. 좌우지간 그 순간 이야기 중인 문제만 제외하고 별별 것을 다 생각한다.

그녀는 로버트의 차를 보고 감명을 받은 듯, 들어와서 차 한 잔 마시라고 청했다. 그녀에게 차란 하루 중 아무 때나 섭취해도 되는 음식물인 듯했다. 비록 차 한 잔일지언정, 자기가 반대편 변호사라는 사실을 밝히지 않고 그녀와 같이 마실 수는 없는 노릇이다. 로버트는 최선을 다했지만 그녀가 과연 그의 설명을 이해했는지는 의심스러웠다. 그녀의 생각은 이미 그에게 차와 함께 리치 티 비스킷을 낼지, 믹스 팬시 비스킷을 낼지에 가 있다는 게 너무나도 역력했다. 조카딸 이야기를 꺼내도 그가 기대했던 감정적 동요는 보이지 않았다.

"참 별난 일 아닌가요? 그 애를 데려다가 때리다니 말이에요. 그 사람들은 대체 그래서 무슨 소용이 있을 거라고 생각한 걸까요? 앉으세요, 블레인 씨. 들어와 앉으세요. 제가 가서……."

그녀가 말했다.

소름 끼치는 비명 소리가 집 안에 울려 퍼졌다. 다급하고, 날카롭고, 필사적인 비명이 숨도 쉬지 않고 계속되고 또 계속되었다.

틸지트 부인은 짜증스럽게 꾸러미를 짊어졌다. 그러고는 로버트 쪽으로 몸을 내밀어 귓가에 대고 소리 질렀다.

"주전자예요. 금방 돌아올게요."

로버트는 자리에 앉아 주위를 둘러보았다. 베티가 왜 그렇게 이곳을 마음에 들어 했는지 역시 알 수 없었다. 윈 부인의 거실은 사람이 생활하고 지내는 온기가 있는 방이었다. 그러나 이 집에서는 명백히, 집 안쪽으로 들일 만큼 친하지 않은 손님들을 위해 따로 남겨놓은 '가장 좋은' 방이었다. 이 집의 진짜 생활은 안쪽의 비좁은 방에서 이루어졌다. 부엌 아니면 부엌 겸 식당일 것이다. 그런데도 베티 케인은 이곳에 남기로 했다. 친구가 생겼나? 옆집 여자애? 옆집 남자애?

틸지트 부인이 한 이 분 만에 쟁반에 차를 얹어 돌아왔다. 그녀가 어떻게 이렇게 신속하게 움직였는지 신기했으나, 쟁반을 보고 이해했다. 틸지트 부인은 결정을 내리고 싶지 않아, 얇은 크래커와 달짝지근한 쇼트브레드를 같이 갖고 들어온 것이었다. 그녀가 차를 따르는 것을 보면서, 로버트는 이 사건의 이상한 점 중 하나를 그녀가 설명한다고 생각했다. 윈 가에서 베티를 당장 집으로 돌려보내라고 편지를 썼을 때, 고모가 전보국으로 달려가 베티가 거의 2주 전에 집으로 갔다는 소식을 전하지 않은 것 말이다. 베티가 떠난 지 2주가 됐다는 사실은, 틸지트 부인의 마음속에서 집 뒤쪽 창가에서 식히고 있는 젤리보다 현실성이 덜할 것이다.

"난 걱정되지 않았어요."

흡사 그의 생각에 답하듯 틸지트 부인이 말했다.

"에일즈베리에서 편지를 받았지만 난 그 애가 나타나리란 걸 알고

있었거든요. 틸지트 씨는 집에 오더니 그 이야기를 듣고 꽤 동요하
는 거예요. 아시다시피 그 양반은 한 번 가면 일주일에서 열흘씩 집
을 비우거든요. 위크시즈 외판원이랍니다. 그래선 글쎄, 미친 사람처
럼 계속 난리를 치데요. 전 기다려 봐라, 그 애는 아무 일 없이 나타
날 거다, 그냥 그 말만 했죠. 그래서 결국 나타났잖아요? 뭐, 아주 아
무 일 없진 않았지만요."

"베티 양은 여기서 아주 즐겁게 지냈다던데요."

"아마 그랬을걸요."

그녀는 모호하게 말했다. 로버트가 기대했던 것처럼 기뻐하는 표
정이 아니었다. 그녀를 흘끗 보니 그녀의 마음은 이미 다른 데 가 있
음을 알 수 있었다. 시선이 향한 곳으로 보건대, 그가 마시는 차의 진
한 정도가 마음에 걸리는 모양이었다.

"뭘 하며 지냈습니까? 친구를 사귀었나요?"

"오, 아뇨, 대개 라버러에 가 있었어요."

"라버러라고요!"

"음, '대개'란 말은 그 애한테 좀 불공평하네요. 오전 중엔 집안일
을 거들어줬어요. 하지만 집은 요만한 데다 모든 일을 제가 직접 하
다 보니까 할 일이 별로 많지 않거든요. 게다가 그 애는 그렇게 힘들
게 공부하다가 쉬러 온 거잖아요. 책을 그렇게 보는 게 여자애한테
무슨 도움이 된다는 건지 전 모르겠네요. 길 건너 해럽 부인 딸은 제
이름자 하나 변변히 못 쓰지만 귀족의 셋째 아들이랑 결혼했다고요.
아니, 셋째 아들의 아들이었나? 잠깐 생각이 안 나네요. 그 앤……."

"라버러에선 뭘 하며 시간을 보냈습니까? 베티 양 말입니다만."

"거의 극장이었죠."

"극장이라고요? 아, 영화 말이군요."

"라버러에선 맘만 먹으면 아침부터 밤까지 영화를 볼 수 있거든요. 큰 데는 10시 반에 열겠다, 수요일쯤 상영작도 바뀌겠다, 한 마흔 곳쯤 되니, 집에 갈 때까지 계속 옮겨 다닐 수 있답니다."

"베티 양도 그랬습니까?"

"오, 아뇨. 베티는 분별 있는 애예요. 정오 전엔 요금이 싸니까 조조 상영을 보고, 그러곤 버스를 타고 돌아다녔답니다."

"버스를 타고 돌아다녔단 말이죠. 어디를 다닌 겁니까?"

"오, 그냥 맘 내키는 대로요. 비스킷 하나 더 드세요, 베인 씨. 깡통에서 방금 꺼낸 거예요. 하루는 노턴에 성을 보러 갔다더군요. 아시겠지만 노턴이 주도(州都)잖아요. 라버러가 하도 크니까 다들 라버러가 주도라고 생각하는데, 노턴이 언제나……."

"그럼 점심 먹으러 집에 오지 않았군요?"

"네? 아, 베티 말씀이군요. 아뇨, 밖에서 간단히 먹곤 했어요. 남편이 종일 밖에 있으니까 저희 집에선 어차피 저녁에 제대로 된 식사를 하거든요. 그러니까 그 애가 집에 돌아오면 항상 식사가 기다리고 있곤 했답니다. 식구들을 위해 영양가 풍부하고 제대로 된 식사를 준비한다는 게 늘 제 자랑……."

"그게 몇 시입니까? 6시요?"

"아뇨, 틸지트 씨는 대개 7시 반은 돼야 와요."

"베티 양은 그보다 훨씬 먼저 왔겠죠?"

"대개는 그랬어요. 오후에 영화를 보러 가는 바람에 늦은 적이 딱

한 번 있네요. 틸지트 씨가 그 때문에 법석을 떨었는데, 전 솔직히 그럴 필요는 없었다고 생각해요. 극장에서 무슨 문제가 생길 수 있겠어요? 아무튼 그 뒤로는 그 양반이 오기 전에 돌아왔답니다. 그 양반이 집에 있을 때는 그랬다는 거고요, 집을 비웠을 때는 그렇게 조심하진 않았어요."

즉, 소녀는 2주 동안 마음대로 행동했다는 뜻이다. 누구에게도 체크를 받지 않고 용돈이 허락하는 한 마음대로 나갔다 들어왔다. 말만 들으면 해가 없을 듯한 2주일이다. 그 또래 소녀들 대부분이라면 분명 그랬을 것이다. 오전에 영화를 보거나 상점을 구경하고, 커피숍에서 간단히 점심을 먹고, 오후에는 버스를 타고 교외를 돌아다닌다. 십 대 청소년에게는 처음으로 감독을 받지 않고 자유를 만끽하는, 더할 나위 없이 행복한 방학이다.

그러나 베티 케인은 보통 청소년이 아니다. 그녀는 눈썹 하나 까딱하지 않고 경찰에게 그런 길고 구체적인 이야기를 한 소녀, 4주간의 인생이 불명인 소녀, 누군가에게 끝내는 무자비하게 구타당한 소녀였다. 그렇다면 베티 케인은 감독받지 않는 자유를 어떻게 즐겼는가?

"베티 양이 밀퍼드로 갈 때 버스를 탔는지 혹시 아십니까?"

"그 사람들도 그걸 물었지만 전 뭐라고 말 못 하겠어요."

"그 사람들이라뇨?"

"경찰 말이에요."

하기야 그럴 것이다. 경찰이 베티 케인의 진술을 최대한 철저하게 확인했으리라는 사실을 잠시 깜박했다.

"경찰에서 나오신 게 아니라고 하셨죠?"

"네. 전 변호사입니다. 전 베티 양을 구속했다고 여겨지는 두 여자분을 대리합니다."

로버트는 또다시 설명했다.

"아, 맞아요. 아까 그러셨죠. 하기야 그렇죠, 그 사람들도 다른 사람들처럼 변호사가 있어야겠죠. 자기들을 대신해서 질문을 할 사람이 있어야 할 테니까요. 딱한 사람들 같으니. 제가 하는 말이 당신이 알고 싶어 하는 거면 좋겠네요, 블레인 씨."

그는 조만간 자기가 알고 싶어 하는 것을 그녀가 말하리라는 바람으로 차를 한 잔 더 마셨다. 그러나 그 뒤로는, 한 말을 또 하는 것뿐이었다.

"베티 양이 하루 종일 혼자 나가 있었다는 걸 경찰이 압니까?"

그녀는 진지하게 생각하더니 대답했다.

"그건 기억이 안 나네요. 그 애가 뭘 하고 지냈느냐고 묻기에 영화도 보고 버스를 타고 돌아다녔다고 했더니, 저도 같이 갔느냐고 해서…… 솔직히 말씀드리면, 거짓말을 좀 했어요. 가끔 같이 가곤 했다고요. 베티가 혼자 돌아다녔다고 생각할까 봐요. 뭐, 물론 그게 무슨 나쁜 일은 아니지만요."

맙소사!

"여기 있는 동안 베티 양에게 편지가 왔습니까?"

"집에서 온 것밖에 없어요. 오, 그럼요, 당연히 알죠. 제가 늘 편지를 갖고 들어왔거든요. 어쨌든 그 사람들이 그 애한테 편지를 쓸 리는 없잖아요, 안 그런가요?"

"누구 말씀이죠?"

"그 애를 잡아간 여자들 말이에요."

로버트는 도망치듯 라버러로 차를 몰고 갔다. 틸지트 씨가 매번 '한번 가면 열흘씩 집을 비우곤' 하는지, 달아나거나 자살하는 대신 외판 일을 하는 게 아닌지 궁금했다.

라버러에 도착한 그는 라버러 지구 모터 서비스의 제1차고로 찾아갔다. 입구 한옆에 붙은 조그만 사무실 문을 노크하고 안으로 들어가니, 버스 차장 유니폼을 입은 남자가 책상에서 서류를 훑어보고 있었다. 그는 로버트를 올려다보더니 무슨 일로 왔느냐고 묻지도 않고 하던 일로 돌아갔다.

로버트는 밀퍼드 버스 운행에 관해 아는 사람을 만나러 왔다고 말했다.

"바깥벽에 운행 시간표가 있어요."

남자는 시선을 들지 않은 채 말했다.

"시간을 알고 싶은 게 아닙니다. 이미 알아요. 밀퍼드에 사니까. 그 노선에 2층 버스를 운행하는지 알고 싶은 겁니다."

오랫동안 침묵이 흘렀다. 로버트가 다시 입을 여는 순간 끝나도록 치밀하게 계산된 침묵이었다.

"아뇨."

남자가 말했다.

"한 번도요?"

로버트는 물었다.

이번에는 아예 대답이 없었다. 자기는 더 볼일이 없다는 것을 노골적으로 드러내는 태도였다.

"이거 보세요. 이건 중요한 문제입니다. 난 밀퍼드의 한 법률사무소 대표인데⋯⋯."

남자가 그를 돌아보았다.

"맥이 페르시아 왕이라도 마찬가지야. 밀퍼드 노선엔 2층 버스가 없다니까! 넌 또 뭐야?"

그는 문간에 나타난 몸집이 작은 정비공을 향해 로버트의 어깨 너머로 말했다.

정비공은 흡사 그의 볼일이 새로운 관심사 때문에 틀어진 양 주저했으나, 마음을 다잡고 용건을 말하기 시작했다.

"노턴 쪽 스페어 말인데요, 그걸⋯⋯."

몸을 비스듬히 돌리고 그의 옆을 지나 나가려는데, 누가 코트 자락을 잡아당겼다. 몸집이 작은 정비공이 밖에서 기다려달라고 신호를 보내는 것임을 깨달았다. 로버트는 밖으로 나가 자기 차 위로 몸을 굽혔다. 얼마 안 있어 정비공이 곁으로 다가왔다.

"2층 버스에 관해 물었죠? 그 자리에서 바로 반박할 순 없었어요. 저 사람이 저런 기분일 땐 자칫 잘못하면 내 일자리가 날아가니까요. 2층 버스를 이용하고 싶은 겁니까, 아니면 다닐 때가 있는지 그냥 알고 싶은 겁니까? 그 노선에선 2층 버스를 탈 수 없거든요. 그 노선의 버스는 전부⋯⋯."

"압니다, 알아요. 단층 버스죠. 내가 알고 싶은 건 밀퍼드 노선에 한 번이라도 2층 버스가 다닌 적이 있느냐는 겁니다."

"글쎄요, 아시다시피 원래는 안 다니지만, 올해 단층 버스가 별안간 고장 났을 때 한두 번 2층 버스를 운행한 적이 있긴 해요. 언젠가

151

는 전부 2층 버스로 바뀔 테지만, 밀퍼드 노선엔 2층 버스가 필요할
만큼 승객이 많지 않거든요. 그러다 보니 낡은 단층 버스는 전부 거
기랑 그 비슷한 몇몇 노선으로 밀려나는 거죠. 그래서……."

"큰 도움이 됐습니다. 그 노선에서 2층 버스가 운행된 정확한 날짜
를 알 수 있겠습니까?"

"오, 그야 물론이죠. 이 회사에선 하다못해 침 뱉는 것도 빠짐없이
기록되거든요. 하지만 기록이 저 안에 있어서 말이죠."

정비공이 한탄하듯 말하더니 사무실을 고갯짓으로 가리켰다.

"저 사람이 저기 있는 한 방법이 없어요."

로버트는 언제면 방법이 있겠느냐고 물었다.

"글쎄요, 저 사람도 나나 마찬가지로 6시에 퇴근하죠. 하지만 아주
중요한 일이면, 몇 분 기다렸다 저 사람 나간 다음에 운행 스케줄을
찾아봐도 됩니다."

6시까지 어떻게 기다릴 수 있을지 알 수 없었지만, 어쨌든 기다리
는 수밖에 없었다.

"좋아요. 벨에서 6시 15분쯤 만나죠. 거리 끝에 있는 주점입니다.
그럼 되겠습니까?"

아주 좋습니다, 하고 말했다. 아주 좋아요.

그러고는 미들랜드 호텔 라운지의 웨이터를 매수하러 떠났다. 술
을 팔 시간까지는 아직 더 있어야 하지만, 어떻게든 마시고 싶은 기
분이었다.

제10장

"그야 네가 잘 판단해서 하는 일이겠다만, 그런 사람들을 변호하다니 너도 참 이상하다는 생각이 들지 않을 수 없구나, 애야."

린 아주머니가 말했다.

"전 그 사람들을 '변호'하는 게 아니라 '대리'하는 거예요. 게다가 그 사람들이 '그런' 사람이란 증거는 어디에도 없단 말입니다."

로버트는 참을성 있게 말했다.

"그 애가 한 진술이 있잖니. 그걸 설마 다 꾸며냈을 리 있겠어?"

"오, 그래요?"

"거짓말을 잔뜩 해서 그 애가 얻는 게 뭐겠니? 프랜차이즈에 없었으면 대체 어디에 있을 수 있었단 말이야?"

그녀는 그의 방 문간에 서서 기도서를 고쳐 들며 흰 장갑을 꼈다.

로버트는 '알면 놀랄걸요!'라는 말을 꿀꺽 삼켰다. 린 아주머니에게는 언제나 가급적 반항하지 않는 게 좋다.

그녀는 장갑 매무새를 다듬었다.

"선행을 하려는 거라면 그건 로버트, 네가 잘못 생각하는 거예요. 게다가 네가 꼭 그 집까지 가야 하니? 그 사람들이 내일 사무실로 오면 될 거 아니야. 서두를 필요가 뭐 있어? 지금 당장 누가 그 사람들을 체포하겠다는 것도 아니잖니."

"제가 프랜차이즈로 가겠다고 한 거예요. 누가 아주머니가 울워스 상점 카운터에서 물건을 훔쳤다고 하는데 그런 적 없다는 걸 입증할 수 없다면, 아주머니도 환한 대낮에 밀퍼드 하이 가를 걷는 게 그렇게 썩 즐겁지 않을걸요."

"좋지는 않을지 몰라도 난 분명 그렇게 할 거다. 그리고 헨셀 씨한테 내 생각을 솔직히 말해주겠어."

"헨셀 씨가 누군데요?"

"지배인이지. 나랑 같이 교회에 갔다가 프랜차이즈로 가면 안 되겠니? 네가 교회에 간 지 너무 오래됐어."

"거기 그렇게 더 서 있다간 십 년 만에 처음으로 지각하시겠어요. 아주머니는 가서 제가 제 할 일을 다하게 기도해주세요."

"물론 널 위해 기도드릴 거다. 언제나 그러는걸. 오늘은 날 위해서도 기도드려야겠구나. 이 모든 일 때문에 나도 아주 힘들어질 테니까."

"아주머니가요?"

"네가 그 사람들을 대리하는 이상 난 아무하고도 그 일에 관해 이야기할 수 없잖니. 틀렸다는 걸 확실히 아는데도 다른 사람들이 그게 무슨 진리인 양 떠드는 걸 그저 잠자코 듣고 있을 수밖에 없으면 얼마나 화나는지 아니? 꼭 토하고 싶은데 참아야 하는 것 같은 기분이란다. 저런, 종소리가 그쳤나? 브래킷 가 사람들 의자에 살짝 끼어 앉아야겠구나. 그 사람들은 뭐라 안 할 거야. 그 집에서 점심까지 먹고 오진 말려무나. 알겠지?"

"저쪽에서 먹고 가란 말도 않을 거예요."

그러나 막상 프랜차이즈로 가니, 어찌나 따뜻하게 맞이해주는지 어쩌면 식사 초대를 받을지도 모른다는 생각이 들었다. 물론 그는 사양할 것이다. 린 아주머니의 닭고기 요리가 기다리고 있어서가 아니라, 매리언 샤프가 나중에 설거지를 해야 할 것이기 때문이다. 모녀만 있을 때는 분명 식판으로 식사를 할 것이다. 모르기는 몰라도 부엌에서.

"어젯밤에 전화를 안 받아서 죄송해요. 하지만 너덧 통 이어지고 나니까 도저히 더 못 받겠더라고요. 당신한테서 그렇게 빨리 소식이 올 줄도 몰랐고요. 금요일 오후에야 출발했잖아요."

매리언이 또다시 사과했다.

"전화를 건 사람들이 남자던가요, 여자던가요?"

"하나는 남자, 넷은 여자였던 것 같아요. 오늘 아침에 당신이 전화했을 때 또 시작된 줄 알았지만, 그 사람들은 늦게 자고 늦게 일어나나 봐요. 아니면 저녁이 돼야 비로소 본격적으로 사악한 마음이 발동하거나 말이죠. 어쨌든 우리가 시골 젊은 애들한테 토요일 저녁의 오락거리를 제공한 건 틀림없어요. 대문 안에 모여서 휘파람을 불고 야유하는 거예요. 그랬더니 네빌이 헛간에서 나무 막대기를 발견해서……."

"네빌이라고요?"

"그래요, 당신 조카요. 아니, 당신 친척이죠. 위문 왔다더군요. 참 친절하죠. 아무튼 네빌이 대문에 끼워서 못 열리게 할 나무 막대기를 찾아냈어요. 열쇠가 없거든요. 하지만 물론 그걸로 그 녀석들을 오래 막을 순 없었어요. 서로 받쳐줘서 담장으로 기어올라 와선 한 줄로 쪽 앉아서 불쾌하게 굴다가 자러 갔답니다."

"배움이 부족하면 불쾌하게 굴고 싶을 때 아주 불리해. 그 애들은 재치라곤 눈을 씻고 찾아봐도 없더구나."

샤프 부인이 생각에 잠겨 말했다.

"앵무새도 재치는 없지만 충분히 약 오르게 할 수 있습니다. 경찰의 보호를 요청할 수 있을지 알아봐야겠군요. 일단은 그 담장에 대해 좋은 이야기부터 알려드리죠. 그 애가 어떻게 담장 너머로 안을 들여다봤는지 알았습니다."

로버트는 말했다.

그는 틸지트 부인을 찾아갔던 것, 소녀가 버스를 타고 돌아다녔다는 것(혹은 그랬다고 했다는 것), 그 뒤 라버러 지구 모터 서비스 차고를 찾아갔던 것을 이야기했다.

"그 애가 메인즈힐에 있었던 2주 동안, 밀퍼드 방면으로 나가는 단층 버스가 고장 난 적이 두 차례 있었습니다. 그때마다 2층 버스를 대신 운행했죠. 버스가 각 방향으로 하루 세 차례 운행하는 건 아시겠죠. 그런데 두 번 다 정오에 나가야 할 버스가 고장 난 겁니다. 그러니 그 2주 동안 그 애가 집과 안마당, 두 분, 그리고 차를 볼 기회가 최소한 두 번은 있었던 거죠."

"하지만 버스를 타고 가면서 그렇게 많은 걸 기억할 수 있나요?"

"시골 버스 2층에 타본 적 있습니까? 시속 55킬로미터 정도를 꾸준히 유지해도 속도가 꼭 무슨 장례식 행렬처럼 느껴질 겁니다. 훨씬 더 멀리까지 보이고, 훨씬 더 오래 보이죠. 반면에 밑을 내려다보면 산울타리가 유리창을 스치고 속도가 빠르게 느껴지거든요. 훨씬 가까이 있으니까요. 우선 그게 있고, 또 하나는 그 애가 카메라처럼 정확한 기억력을 가졌다는 점이랍니다."

그는 원 부인이 한 말을 전했다.

"경찰한테 그 말을 할 건가요?

샤프 부인이 물었다.

"아뇨. 그건 아무것도 입증해주지 못합니다. 그저 그 애가 두 분을 어떻게 알았는지 하는 문제를 해결해줄 뿐이죠. 알리바이가 필요해졌을 때 그 애는 두 분을 생각해내고 두 분이 다른 데 있었다는 걸 증명하지 못할 가능성에 건 겁니다. 그건 그렇고 차를 문에 갖다 댈 때, 문 쪽에 가까운 건 어느 쪽 면입니까?"

"차고에서 꺼내올 때나 도로에서 들어올 때나 오른쪽을 문 쪽으로 대요. 그 편이 내리기 더 쉽거든요."

"그렇죠. 그럼 앞바퀴가 더 진한 색으로 칠해진 왼쪽이 대문을 향하게 됩니다."

로버트는 결론을 내리듯 말했다.

"그게 그 애가 본 사진입니다. 풀과 갈라진 길, 바퀴 중 하나만 색이 다른 차가 문 앞에 서 있고, 개성 있는 두 여자, 지붕엔 다락방의 원형 창문. 그 애는 그저 머릿속으로 그 사진을 떠올리고 그걸 묘사하기만 하면 됐던 겁니다. 게다가 그 애가 그 사진을 갖다 붙여야 하는 날, 즉, 그 애가 납치됐다고 돼 있는 날은 한 달도 더 전이었으니, 두 분이 그날 어디서 뭘 하고 있었는지 말할 수 있을 확률은 1천 분의 1이었습니다."

"그리고 우리가 그 한 달 동안 그 애가 어디서 뭘 했는지 말할 수 있을 확률은 그보다 훨씬 낮을 테죠."

샤프 부인이 말했다.

"네, 우리가 훨씬 불리합니다. 제 친구 케빈 맥더모트가 지적했듯이, 그 애가 그 기간에 뉴사우스웨일스 주 시드니에 가 있지 못했을 이유는 전혀 없으니 말이죠. 하지만 전 어쩐지 금요일 아침보다는 희망이 있다는 생각이 드는군요. 그 애에 관해 많은 걸 알게 됐거든요."

그는 에일즈베리와 메인즈힐에서 들은 이야기를 했다.

"하지만 경찰도 그 애가 그 한 달 동안 뭘 하고 있었는지 밝혀내지 못했다면……."

"경찰의 조사는 그 애의 진술을 확인하는 게 목적이었습니다. 경찰은 우리처럼 그 애의 진술이 처음부터 끝까지 가짜라는 전제로 시작하지 않았죠. 진술을 체크해봤더니 사실과 일치했어요. 그걸 의심할 특별한 이유는 없었습니다. 그 애의 평판은 흠잡을 데 없었을 뿐더러, 그 애 고모에게 방학을 어떻게 보냈느냐고 물었더니 영화를 보고 버스 타고 교외를 돌아다녔다고 했습니다."

"그럼 댁은 그 애가 어떻게 방학을 보냈다고 생각해요?"

샤프 부인이 물었다.

"라버러에서 누굴 만났다고 생각합니다. 어쨌든 그게 명백한 해석이죠. 우리가 할 조사는 그 가정에서 시작돼야 할 것 같습니다."

"사설탐정을 쓰는 건 어떻게 하죠? 누구 아는 사람 있나요?"

로버트는 주저했다.

"글쎄요. 제가 좀 더 조사를 해본 다음에 전문가를 쓰는 건 어떨까 싶습니다만 그게……."

샤프 부인이 그의 말을 가로막았다.

"블레어 씨, 댁은 아무 예고도 없이 이 불쾌한 일에 말려들었어요. 몹시 내키지 않는 일이었을 테죠. 그런데도 댁은 정말 친절하게도 우리를 위해 최선을 다해줬어요. 하지만 우리 때문에 댁이 사설탐정 노릇을 하게 둘 순 없어요. 우리는 부자는 아니고, 사실 먹고살기도 빠듯하지만, 한 푼이라도 있는 한 적절한 서비스에 대해 돈을 지불할 거예요. 댁이 우리 때문에, 그게 뭐죠? 섹스턴 블레이크(여러 작가가 사용한 명탐정의 대명사 격 – 옮긴이) 노릇을 하는 건 적절치 않아요."

"적절치 않을지는 몰라도 제 취향에 아주 잘 맞는답니다. 샤프 부인, 거짓말이 아니라, 전 두 분의 돈을 아껴드리겠다는 생각으로 그러는 게 아닙니다. 어젯밤에 지금까지 제가 거둔 성과에 아주 흡족한 기분으로 차를 몰고 오는데, 조사를 다른 사람에게 넘기려면 참 싫겠다는 생각이 들더군요. 이젠 제 사적인 추적이 된 겁니다. 부디 제가……."

매리언이 끼어들었다.

"블레어 씨가 좀 더 맡아서 하실 의향이 있다면, 우리는 진심으로 감사를 드리고 그 제안을 받아들여야 한다고 생각해요. 어떤 기분이 실지 저도 알아요. 저도 직접 추적에 나서고 싶은걸요."

"제가 원하건 말건 정식 조사원에게 넘겨야 할 순간이 분명 올 겁니다. 예컨대 추적이 라버러를 벗어난다든지 하면 말이죠. 제가 멀리까지 움직이기엔 해야 할 다른 일이 너무 많거든요. 하지만 이 일대가 조사 범위인 한은 제가 하고 싶습니다."

"어떻게 하실 거죠?"

매리언이 관심 어린 목소리로 물었다.

"우선 커피숍에서 시작할 생각이었습니다. 라버러에서 말이죠. 그런 데가 그렇게 아주 많을 리는 없으니까요. 게다가 그 애가, 어쨌든 처음엔, 그런 데서 점심을 먹었다는 걸 알고 있거든요."

"왜 '처음엔'이라고 하시죠?"

매리언이 물었다.

"가상의 인물 X를 만난 뒤로는 그 애가 어디서 점심을 먹었을지 모릅니다. 하지만 그 전까지는 자기 돈을 내고 식사를 했는데, 그걸 커피숍에서 했단 말이죠. 그 또래 여자애는 설사 두 코스짜리 식사를 할 돈이 있어도 간단히 빵을 먹는 걸 더 선호하게 마련입니다. 그러니 커피숍에 집중할 작정입니다. 웨이트리스에게《애크에머》를 꺼내 보이고 지방 변호사의 재치를 발휘해서 그곳에서 그 애를 본 적이 있는지 알아내는 거죠. 어떻습니까? 그럴듯합니까?"

"아주 그럴듯한데요."

매리언이 말했다.

로버트는 샤프 부인을 돌아보았다.

"하지만 전문가에게 맡기는 게 더 나으리라고 생각하신다면, 사실 그럴 가능성이 높기도 하고 말이죠, 전 순순히 퇴장……."

"댁보다 더 나은 사람은 아마 없을 테죠. 우리 때문에 댁이 애써주
는 데 대한 인사는 이미 했으니 그냥 넘어가겠어요. 정말로 댁이 이,
이……."

"이 영악한 계집애는 어떻습니까?"

로버트가 기꺼운 마음으로 제안하자, 샤프 부인이 고쳐 말했다.

"맹랑한 계집애를 추적하고 싶다면 우리는 그저 고마운 마음으로
동의할 수밖에 없겠군요. 하지만 아주 긴 추적이 될 것 같은데요."

"어째서입니까?"

"라버러에서 가상의 인물 X를 만나는 것과 에일즈베리 인근의 집
에 원피스에 신발만 신고 실제로 흠씬 두들겨 맞은 상태로 돌아오는
것 사이에는 큰 갭이 있다는 생각이 드는군요. 매리언, 아몬티야도가
아직 좀 남아 있을 거다."

매리언이 셰리를 가지러 나간 뒤 흐른 침묵 속에 오래된 집의 정적
이 명백해졌다. 안마당에는 바람에 사각거릴 나무도, 지저귈 새들도
없었다. 한밤중의 작은 시골 읍내만큼이나 완전한 정적이었다. 하숙
집에서 번잡하게 살던 그들에게는 평화롭게 느껴질까? 아니면 쓸쓸
하고 조금 무서울까?

금요일 아침에 그의 사무실에서 샤프 부인은 프랜차이즈의 호젓함
이 좋았다고 말했다. 하지만 영원히 계속되는 정적 속에서 높다란 담
장 뒤에 갇혀 지내는 생활을 좋다고 할 수 있나?

"그 애가 프랜차이즈를 고른 건 너무 큰 모험이 아니었나요? 그 집
구성원이나 상황을 아무것도 모르면서 말이죠."

샤프 부인이 말했다.

"물론 모험이었죠. 모험을 할 수밖에 없었습니다. 하지만 부인이 생각하시듯 그렇게 큰 도박은 아니었을 겁니다."

로버트가 대답했다.

"그래요?"

"네. 부인 말씀은, 프랜차이즈에 젊은 대가족이 살고 하녀가 셋 있을 가능성도 충분히 있었다는 거죠."

"그래요."

"하지만 그 애는 그렇지 않다는 걸 잘 알고 있었을 겁니다."

"어떻게요?"

"버스 차장과 잡담을 했거나, 아니면 아마 이쪽이 더 가능성이 높지 않을까 합니다만, 다른 승객들의 이야기를 엿들었을 테죠. 왜, 그런 것 있잖습니까. '샤프 모녀네 집이네. 저런 커다란 집에서 달랑 둘이서 살다니 말이야. 게다가 상점이랑 영화관에서도 멀고 외떨어진 곳이니 하녀도 있으려 들지 않고.' 등등 하는 거죠. 라버러-밀퍼드 노선은 주로 지역 주민들이 이용하는 버스입니다. 게다가 길가에 집도 없고 마을이라곤 햄 그런밖에 없는 쓸쓸한 노선이거든요. 몇 킬로미터 사이에 흥미를 가질 만한 게 프랜차이즈밖에 없는 겁니다. 집과 그 집 사람들과 그들의 차라는 관심거리의 조합을 말 한 마디 없이 그냥 지나치는 건 인간 본성에 어긋나는 일이죠."

"그렇군요. 일리가 있는 이야기네요."

"어떤 면에선 그 애가 차장과 잡담을 주고받다가 두 분에 대해 알게 된 거면 좋았으리라는 생각이 듭니다. 그랬다면 차장이 그 애를 기억할 가능성도 더 높았을 테니까요. 그 애는 자기는 밀퍼드에 가본 적이 없고 어디 있는지도 모른다고 한단 말이죠. 하지만 차장이 그 애를 기억한다면 최소한 그만큼 그 애의 이야기를 흔들어놓을 수 있을 겁니다."

"내가 그 애를 맞게 봤다면, 그 애는 그 어린애 같은 눈을 천진하게 뜨고 '어머, 그게 밀퍼드였어요? 전 그냥 버스를 타고 종점까지 갔다가 다시 오기만 한 거라 몰랐어요.'라고 할 거예요."

"그렇죠. 별로 효과가 크진 않을 겁니다. 하지만 라버러에서 그 애의 행적을 찾아내지 못하면 이 근방 버스 차장들에게 그 애 사진을 보여볼 생각입니다. 그 애가 좀 더 기억하기 쉬운 얼굴이면 좋았을 텐데요."

그들이 베티 케인의 기억하기 힘든 외모를 생각하는 사이에 또다시 침묵이 그들을 에워쌌다.

그들은 응접실에서 창문을 보고 앉아 있었다. 창문으로 안마당의 푸른 사각형과 분홍색으로 빛바랜 벽돌 담장이 내다보였다. 그런데 대문이 열리더니 일여덟 명쯤 되는 사람들이 나타나 뚫어지게 바라보기 시작했다. 그들은 조금도 거리낌이 없이 서로서로 관심 요소를 손가락질하고 있었다. 그중에서도 가장 인기 있는 것은 지붕의 원형 창문인 듯했다. 지난밤에 프랜차이즈가 시골 젊은이들에게 토요일 저녁의 오락거리를 제공했다면, 지금은 라버러 주민들에게 일요일 오전의 흥밋거리를 제공하는 모양이었다. 여자들이 한심하게 생긴 구두를 신고 야외 나들이용이 아닌 원피스를 입은 것을 보면, 대문 밖에 차 두어 대가 서 있을 게 틀림없었다.

로버트는 샤프 부인을 흘깃 보았다. 그러나 그렇지 않아도 늘 험악한 입매가 조금 긴장된 것을 제외하면 그녀는 꿈쩍도 하지 않았다.

"우리 구경꾼이군요."

그녀가 마침내 싸늘하게 말했다.

"제가 나가서 내보낼까요? 막대기를 도로 돌려놓지 않은 제 잘못입니다."

로버트가 말했다.

"그냥 놔둬요. 금세 갈 테니까요. 왕족은 이런 일을 매일 당하고도 견디는데, 우리도 잠깐만 참기로 하죠."

그러나 방문자들은 갈 기미를 보이지 않았다. 한 무리는 심지어 집을 돌아 헛간을 살펴보러 가기까지 했다. 매리언이 셰리를 들고 돌아왔을 때 나머지는 여전히 그 자리에 있었다. 로버트는 다시 한 번 막대기를 돌려놓지 않은 것을 사과했다. 무력감이 덮쳤다. 낯선 자들이 꼭 이곳이 제 집인 양, 또는 이 집을 살까 고려 중인 양, 마음대로 돌아다니는 것을 잠자코 지켜보기만 하는 것은 성미에 맞지 않았다. 그러나 나가서 떠나라고 했는데도 그들이 말을 듣지 않으면, 자기가 뭘 어떻게 할 수 있겠는가? 그자들을 그냥 두고 집 안으로 후퇴해야 할 경우 샤프 모녀의 눈에 자기가 어떻게 비치겠나?

집을 한 바퀴 둘러보러 갔던 사람들이 돌아와 웃으면서 몸짓을 섞어 자기들이 본 것을 보고했다. 매리언이 나지막이 뭐라 했다. 욕을 하는 걸까. 그녀는 욕 좀 할 것 같은데. 그녀는 셰리 쟁반을 내려놓은 채 그에 대해 잊어버린 듯했다. 지금은 손님을 접대할 때가 아니었다. 그녀를 기쁘게 할 어떤 결정적이고 극적인 행동을 하고 싶었다.

열다섯 살 때 불타는 건물에서 사랑하는 여인을 구출하고 싶었던 것처럼. 그러나 자기가 마흔 살이 넘었다는 사실은 어떻게 할 길이 없으려니와, 그는 이미 구조용 사다리를 기다리는 편이 현명하다는 것을 학습한 바 있었다.

로버트가 자기 자신과 바깥의 무례한 인간들에게 화가 나 주저하는데, 구조용 사다리가 개탄스러운 트위드 양복을 입은 키 크고 젊은 청년이라는 형태로 나타났다.

"네빌."

매리언이 그 장면을 지켜보며 속삭이듯 말했다.

네빌은 더할 나위 없이 아니꼽고 우월감에 찬 태도로 사람들을 둘러보았다. 그들은 어렴풋이 주춤하기는 했지만 물러서지 않기로 작정한 듯했다. 실제로 스포츠 재킷을 입고 가느다란 줄무늬가 든 바지를 입은 남자는 명백히 대들 태세를 갖추고 있었다.

네빌은 몇 초간 말없이 그들을 바라보더니 안주머니를 뒤지기 시작했다. 손이 움직이자마자 묘한 변화가 일어났다. 바깥쪽에 서 있던 사람들이 슬그머니 대문을 빠져나갔다. 보다 가까이 서 있던 사람들은 허세를 잃고 유화적인 태도를 취하기 시작했다. 마침내 스포츠 재킷이 조그맣게 항복의 제스처를 보이고는 다른 사람들을 따라 대문 밖으로 퇴장했다.

네빌은 그들의 등에 대고 대문을 쾅 닫고 나무 막대기를 가로지른 다음, 정말 소름 끼치는 손수건으로 손을 꼼꼼히 닦으며 현관으로 걸어왔다. 매리언이 달려 나가 그를 맞이했다.

"네빌! 어떻게 한 거예요?"

그녀의 목소리가 들렸다.

"뭘요?"

네빌이 물었다.

"그 인간들을 어떻게 쫓아냈느냐고요."

"오, 그냥 이름하고 주소를 물었을 뿐이에요. 수첩을 꺼내 들고 이름하고 주소를 물으면 사람들이 얼마나 소심해지는지 몰라요. '전부 발각됐으니 도망쳐라.'의 현대판이라니까요. 신분증명서가 진짜 있을까 봐 보자고 하지도 않죠. 로버트, 당신도 와 있었군요. 안녕하세요, 샤프 부인. 전 사실 라버러로 가는 길인데, 대문이 열려 있고 끔찍한 차 두 대가 밖에 서 있기에 혹시나 싶어서 차를 세우고 와본 겁니다. 로버트가 있는지 몰랐거든요."

로버트도 물론 자기 못지않게 상황에 잘 대처할 수 있었으리라는 뜻이 담긴, 본인으로서는 별 뜻 없이 한 이 말은 로버트에게 큰 상처를 입혔다. 로버트는 그의 머리통을 박살내고 싶은 기분이었다.

"어쨌든 이렇게 와서 성가신 존재들을 노련하게 쫓아냈으니 셰리나 한 잔 들고 가요."

샤프 부인이 말했다.

"오후에 집에 가는 길에 들러 마셔도 될까요? 장래의 장인하고 점심 식사를 하러 가는 길이라 말이죠. 게다가 오늘은 일요일이라 의식도 있거든요. 준비 운동에 맞춰 가야 해요."

네빌이 말했다.

"물론이죠. 그렇게 해요. 그래 주면 좋죠. 당신이라는 걸 어떻게 알 수 있을까요? 대문 말이에요."

166

매리언이 말하고는 셰리를 따라 로버트에게 주었다.

"모스 부호 알아요?"

"네. 하지만 당신이 안단 말은 말아요."

"왜요?"

"도무지 모스 부호 애호가 같지 않은걸요."

"아, 열네 살 때 선원이 되고 싶었거든요. 그래서 한창 야심에 불탈 때 바보 같은 걸 많이 습득했는데, 모스 부호도 그중에 있었어요. 이따 오면 당신의 그 아름다운 이름의 머리글자를 경적으로 빵빵거리죠. '쓰' 두 번, '돈'이 세 번이에요. 전 그만 가봐야겠어요. 오늘밤 당신이랑 이야기할 걸 생각하면 주교관에서의 오찬도 견딜 수 있겠죠."

"로즈메리는 도움이 안 되나?"

로버트는 그만 저열한 자신에 굴복하고 물었다.

"그럴걸요. 일요일에 로즈메리는 자기 아버지 딸 노릇을 하거든요. 그 사람한테는 안 어울리는 역할인데 말이죠. 또 뵈어요, 샤프 부인. 로버트가 셰리를 다 마셔버리지 못하게 해주세요."

"그럼 선원이 되는 걸 그만둔 건 언제예요?"

매리언이 네빌과 함께 문으로 다가가며 물었다.

"열다섯 살 때요. 대신 기구 조종을 시작했죠."

"이론적으로 그랬다는 거겠죠?"

"뭐, 가스에 대해 좀 떠들었어요."

저 두 사람은 어째서 저렇게 친하고 편해 보이는 건가? 꼭 오래 알고 지낸 사이처럼. 그녀는 대체 저 경박한 네빌의 어디가 마음에 든 건가?

"그럼 열여섯 살 때는요?"

네빌이 지금까지 얼마나 많은 것을 시작했다가 그만두었는지를 알면, 그녀도 자기가 그의 최신 관심사라는 사실이 그리 기쁘지 않을지도 모른다.

"셰리가 너무 쓴가요, 블레어 씨?"

샤프 부인이 물었다.

"아뇨, 아, 아닙니다. 맛이 훌륭한데요. 감사합니다."

설마 시무룩한 얼굴을 하고 있었나? 당치 않은 소리!

그는 노부인을 흘끔 훔쳐보았다. 어쩐지 재미있어하는 듯한 표정이었다. 재미있어하는 샤프 부인은 마음 편한 볼거리가 못 된다.

"샤프 양이 대문에 빗장을 지르기 전에 저도 가는 게 좋겠군요. 아니면 저 때문에 또 대문까지 나가야 할 테니까요."

로버트는 말했다.

"우리와 같이 점심을 들고 가지 그래요? 프랜차이즈에선 의식도 없는데요."

그러나 로버트는 사양했다. 자기가 변해가는 모습이, 쩨쩨하고 유치하고 무력한 로버트 블레어가 마음에 들지 않았다. 집에 가서 린 아주머니와 함께 여느 때와 같은 일요일 점심 식사를 하고, 블레어·헤이워드·베넷 법률사무소의 로버트 블레어, 침착하고 도량이 넓고 세상과 다투지 않는 로버트 블레어로 돌아가야겠다.

대문에 이르렀을 때, 네빌은 이미 안식일의 고요를 깨뜨리며 차를 몰고 떠난 뒤였고 매리언은 대문을 닫으려 하고 있었다.

"주교님이 장래 사위의 교통수단을 좋아할 것 같지 않은데요."

그녀가 요란하게 도로를 질주하는 물건을 바라보며 말했다.

"피곤하죠."

로버트는 여전히 날 선 기분으로 말했다.

그녀가 미소를 지었다.

"그런 재치 있는 말장난은 처음 듣는걸요('배기가스'라는 또 다른 뜻을 빗댄 말―옮긴이). 점심 들고 가시기를 바랐지만, 어떤 면에선 그냥 가셔서 안심했어요."

"그래요?"

"우유 푸딩을 만들었는데 뭉그러졌거든요. 전 형편없는 요리사예요. 책에서 시키는 대로 충실하게 따르는데도 제대로 되는 법이 거의 없지 뭐예요. 오히려 제대로 되면 기절하게 놀라죠. 그러니 당신은 린 아주머니의 사과 타르트를 먹는 게 더 나을 거예요."

별안간 불합리하게도 로버트는 이곳에서 점심을 먹고 갈 것을 그랬다고 후회했다. 뭉그러진 우유 푸딩을 같이 먹고, 그녀가 본인의 요리와 자기를 부드럽게 비꼬는 말을 듣고 싶었는데.

"내일 밤에 라버러에서 어떻게 됐는지 알려드리죠. 그리고 핼럼 경위에게 전화해서 하루에 한두 번 프랜차이즈를 순찰할 사람을 보내줄 수 있는지 알아보겠습니다. 말하자면 제복으로 할 일 없이 얼쩡거리는 사람들을 막아보자는 거죠."

그는 사무적으로 말했다. 자기는 그녀와 암탉이나 모파상을 논하는 관계가 아니니, 화제는 실질적인 문제로 한정하자.

"정말 친절하시네요, 블레어 씨. 당신이 없었으면 누구를 의지했을지 모르겠어요."

그녀가 말했다.

좋다, 자기는 젊지도 않고 시인도 아니니 버팀목이라도 되자. 버팀목은 비상시에만 찾는 따분한 물건이기는 하지만 유용하다. 그래, 유용하다.

제11장

　월요일 아침 10시 반에 로버트는 캐리너에서 김이 모락모락 오르
는 커피 한 잔을 앞에 놓고 앉아 있었다. 캐리너부터 시작하기로 한
것은 커피 하면 캐리너가, 아래층 상점에서는 볶은 원두 냄새가 나고
작은 테이블들이 놓인 위층에는 액체 버전이 준비되어 있는 그곳이
생각나기 때문이었다. 어차피 커피를 신물 나게 마셔야 한다면, 맛을
음미할 수 있을 때 질 좋은 커피를 마셔두는 게 좋을 것이다.

　그는 소녀의 사진이 보이게 《애크에머》를 들고 있었다. 지나치는
웨이트리스들 중 누가 그것을 보고 '그 애, 아침마다 여기 오곤 했답
니다.' 하기를 막연히 바라는 마음에서였다. 뜻밖에도 누가 신문을
살며시 손에서 빼냈다. 고개를 들자, 그의 테이블을 담당하는 웨이트
리스가 친절한 미소를 띠고 있었다.

　"이건 지난 금요일 거예요."

그녀가 말했다. 그러고는 "여기요." 하며 그날 아침의 《애크에머》를 내밀었다.

그는 감사를 표하고, 기꺼이 오늘 아침 신문을 보겠으나 금요일 것도 갖고 있겠다고 말했다. 혹시 이 애, 금요일 자 1면에 실린 이 애가 그곳에 커피를 마시러 온 적이 있나?

"오, 아뇨. 그랬으면 기억했을 거예요. 금요일에 다 같이 사건 이야기를 했는걸요. 애를 그렇게 때려서 반죽음을 만들다니요."

"그럼 그 사람들이 정말 그랬다고 생각하는군요?"

"신문에서 그랬다던데요."

그녀는 어리둥절한 표정이 되었다.

"아뇨, 신문은 그 애가 한 말을 보도한 겁니다."

그녀는 그 말이 무슨 뜻인지 이해하지 못하는 게 역력했다. 이것이 우리가 그렇게 떠받드는 민주주의다.

"그게 사실이 아니면 신문에 실었을 리 없잖아요. 그건 너무 위험할걸요. 탐정이에요?"

"파트타임 탐정이죠."

로버트는 말했다.

"그건 시간당 얼마나 받아요?"

"결코 넉넉하다고 할 순 없군요."

"그렇겠죠. 아마 노조가 없어서 그럴 거예요. 요즘 세상엔 노조가 없으면 권리도 없다고요."

"맞는 말입니다. 계산서를 주겠어요?"

"계산서요? 알았어요."

그녀는 '계산서'라는 단어를 일부러 미국식으로 고쳐 말했다.

이 근방에서 가장 크고 또 가장 최근에 생긴 영화관인 팰리스의 레스토랑은 발코니 뒤쪽 공간을 차지하고 있었다. 푹신하다 못해 발이 걸려 넘어질 것 같은 카펫이 깔려 있고, 조명은 어찌나 침침한지 식탁보가 죄 지저분해 보였다. 머리에 금칠을 하고, 치맛단은 비뚤비뚤하고, 오른쪽 입속에 껌 뭉치를 문, 따분한 표정의 요염한 미녀가 그를 거들떠보지도 않은 채 주문을 받았다. 그러더니 십오 분 뒤에 시선이 그가 있는 쪽을 얼핏 향하는 일조차 없이 묽은 액체를 그의 앞에 내려놓았다. 그 십오 분 사이에 로버트는 '손님을 절대 보지 않기' 테크닉이 이곳에서는 보편적이라는 사실을 발견했다. 십중팔구 그들은 모두 내후년에 영화 스타가 될 예정이라 지방 손님들에게 관심을 가질 수 없는 모양이었다. 그는 손도 대지 않은 커피 값을 내고 떠났다.

또 하나의 큰 영화관인 캐슬은 레스토랑이 오후나 되어야 문을 열었다.

바이올렛(사방에 보라색을 쳐 발랐고 커튼은 노란색)에서는 아무도 베티 케인을 본 사람이 없었다. 로버트는 은밀함을 벗어던지고 대놓고 물었다.

대형 상점인 그릴론 앤 월드론 위층은 한창 바쁜 시간이라 웨이트리스가 "바쁜데 귀찮게 하지 말아요!"라고 했다. 여자 지배인은 그를 의혹 어린 눈초리로 무심히 보며 "저희는 손님에 대한 정보를 밝히지 않습니다."라고 했다.

올드 오크(작고 어둡고 붙임성 있다)에서는 나이 지긋한 웨이트리스들이 그와 함께 사건을 논했다.

"가엾은 애 같으니. 어쩌다 그런 경험을 다 하게 됐을까요. 게다가 얼굴은 또 얼마나 예쁘게 생겼어요? 아직 어린 아기나 다름없는데요. 가엾은 애 같으니."

알랑송(크림색 페인트, 벽 앞에는 회색을 띤 분홍색 소파)에서는, 자기들은 《애크에머》를 들어본 적도 없으며 사진이 그런 간행물에 실리는 손님이 자기네에 올 리가 없다고 단언했다.

히브 호('닻을 감아라.'라는 뜻 – 옮긴이)(바다를 그린 프레스코 벽화와 판탈롱 바지를 입은 웨이트리스들)에서 종업원들은 남의 차를 얻어 타는 여자애는 집까지 걸어가 마땅하다고 입을 모아 말했다.

프림로즈(낡았지만 잘 관리된 테이블에 라피아 매트를 깔았고, 깡마르고 경험 없는 웨이트리스들은 꽃무늬 작업복을 입었다)에서는 하인의 부재가 함축하는 사회적 의미와 청소년기의 기행(奇行)에 관해 토론을 벌였다.

티포트에는 자리도 없었으려니와 그를 안내하려는 웨이트리스도 없었다. 그러나 불결한 가게 안을 다시 한 번 보고, 로버트는 그 밖에도 갈 데가 있는데 베티 케인이 이곳에 오지는 않았으리라고 확신했다.

12시 반에 그는 미들랜드 호텔 라운지로 휘청휘청 들어가 술을 시켰다. 그가 아는 한 라버러 중심가의 가능성 있는 음식점을 전부 찾아다닌 셈인데도, 그중에 그 애를 봤다는 데가 한 군데도 없었다. 더욱이 다들 그 애가 왔었다면 기억했으리라고 했다. 로버트가 회의적인 태도를 보이자, 그들은 언제나 단골손님이 대부분이라 어쩌다 들어온 손님은 눈에 띄고 따라서 자동적으로 기억된다고 지적했다.

　포동포동하고 몸집이 작은 라운지 웨이터인 앨버트가 그의 앞에 마실 것을 내려놓자, 로버트는 의지보다는 타성에 의해 물었다.

　"앨버트, 자네 여기서 이 여자애를 본 적 없겠지?"

　앨버트는 《애크에머》 1면을 보더니 고개를 흔들었다.

　"아뇨, 선생님. 기억에 없는데요. 이렇게 말씀드려도 될지 모르겠지만, 미들랜드의 라운지에 오기엔 다소 어린 것 같습니다만."

　"모자를 쓰면 그렇게 어려 보이지 않을지도 모르지."

　로버트는 사진을 보며 말했다.

　"모자."

　앨버트가 말을 멈추었다.

　"잠깐만요. 모자란 말씀이죠."

　앨버트는 작은 쟁반을 내려놓고 신문을 들어 살펴보았다.

　"저런, 녹색 모자를 쓴 그 애로군요!"

　"커피를 마시러 여기에 들어왔다는 말인가?"

　"아뇨, 차였습니다."

　"차!"

　"네, 맞습니다. 그 애예요. 세상에, 왜 못 알아봤지? 지난 금요일에 식기실에서 그 신문을 돌려보면서 몇 시간은 떠들었는데. 그야 물론 좀 되긴 했죠. 아마 6주쯤 됐을 겁니다. 그 애는 늘 일찍 왔답니다. 한 3시 경에, 차를 막 내기 시작할 때쯤요."

　그랬군. 그것을 알아차리지 못했다니 바보다. 베티는 할인을 받을 수 있는 시간(정오 직전일 것이다)에 영화를 보러갔다가 3시쯤 나와서,

175

커피가 아니라 차를 마신 것이다. 하지만 왜 미들랜드인가? 여기 차는 호텔답게 촌스럽고 비싸기만 한데. 그 값이면 다른 데서 케이크를 실컷 먹을 수 있을 텐데.

"그 애가 눈에 띈 건 늘 혼자 왔기 때문입니다. 처음에 왔을 땐 친척을 기다리는 줄 알았어요. 그런 애처럼 보였거든요. 옷차림도 말쑥하고 수수한 데다, 젠체하지도 않고요."

"무슨 옷을 입었는지 기억나나?"

"아, 그럼요. 늘 똑같은 옷을 입었거든요. 녹색 모자를 쓰고, 그에 맞춘 원피스하고 연회색 코트를 입었답니다. 하지만 아무도 안 나타나더군요. 그러더니 어느 날, 옆 테이블 남자 손님한테 수작을 걸지 뭡니까. 놀라 자빠지는 줄 알았어요."

"그 남자가 그 애한테 수작을 걸었다는 뜻이겠지."

"웬걸요! 그 손님은 거기 앉았을 때 그 애가 안중에 있지도 않았어요. 정말이지, 선생님, 그런 애처럼 안 보였단 말입니다. 친척 아주머니나 어머니가 당장에라도 나타나서 '미안하구나, 애야, 오래 기다렸지?' 할 줄 알았다고요. 애초에 아예 꼬일 대상으로 보이질 않았을 겁니다. 암, 그렇고말고요. 그 애가 먼저 수작을 걸었습니다. 게다가 어찌나 자연스럽던지, 꼭 평생 그러고 산 애 같더라니까요. 세상에, 그런데 모자를 안 썼다고 그 애를 못 알아보다니!"

그는 어이없다는 듯 사진 속 얼굴을 응시했다.

"어떤 사람이었지? 아는 사람이었나?"

"아뇨, 저희 단골손님은 아니었습니다. 가무잡잡하고 젊은 편이었죠. 상업에 종사하는 사람 같았습니다. 그 애 취향에 좀 놀랐던 기억이 있거든요. 그러니 지금 생각하면 그리 별 볼 일 있는 사람은 아니었을 겁니다."

"그럼 다시 봐도 못 알아보겠군."

"혹시 모르죠, 선생님. 혹시 모릅니다. 하지만 법정에서 증언할 정도는 아니고요. 저, 재판을 생각하시는 겁니까?"

로버트가 앨버트를 안 지 거의 이십 년인데, 그동안 그는 언제나 대단히 신중하고 분별 있는 사람이었다.

"이렇게 된 일이네, 앨버트. 이 사람들이 내 의뢰인이야."

그는 프랜차이즈의 사진을 톡톡 치며 말했다. 앨버트가 나지막이 휘파람을 불었다.

"고생 좀 하시겠는데요, 블레어 씨."

"그래, 자네 말마따나 고생이야. 하지만 정말 고생인 건 이 두 사람이지. 믿기지 않을 정도로. 어느 날 이 애가 경찰을 앞세우고 하늘에서 뚝 떨어진 거야. 이 터무니없는 소리를 경찰에 늘어놔서 말이야. 그때까지 두 사람 다 그 애를 본 적도 없었다네. 경찰은 신중하게 행동해서 기소할 만큼 증거가 충분치는 않다고 판단했어. 그런데 《애크에머》에서 이 이야기를 듣고 이용하는 바람에 이 이야기가 전국에 퍼진 거야. 당연히 프랜차이즈는 무방비한 상태인데, 경찰엔 그 사람들을 지속적으로 보호해줄 인력이 없네. 그러니 이 두 사람의 생활이 어떨지 자네도 짐작할 수 있겠지. 어제 저녁 전에 그 집에 들른 내 친척 말로는, 점심때부터 라버러에서 사람들이 차를 타고 떼로 몰려와선 차 지붕 위에 올라서거나 담장 위로 올라가서 쳐다보고 사진을 찍고 했다더군. 네빌은 저녁 순찰 중인 경찰관하고 동시에 도착한 덕에 들어갈 수 있었지만, 두 사람이 떠나자마자 차들이 또 들끓었다고 하네. 전화벨도 쉴 새 없이 울리는 바람에 교환국에 연결하지 말아달라고 해야 했고."

"그럼 경찰에선 수사를 완전히 종결지은 겁니까?"

"그건 아니네만, 그쪽은 우리한테 도움이 못 돼. 그쪽에서 찾는 건 그 애 이야기를 뒷받침할 증거니까."

"뭐, 어차피 어렵지 않겠습니까? 경찰에서 증거를 찾아내는 것 말입니다."

"그래. 하지만 우리가 처한 상황이 얼마나 난처한지 알겠지. 프랜차이즈에 있었다는 그 몇 주 동안 그 애가 어디서 뭘 하고 있었는지를 밝혀내지 못하면, 샤프 양 모녀는 심지어 재판도 받지 않은 채 유죄 판결을 받는 셈이 되는 거네."

"글쎄요, 이 애가 녹색 모자를 쓴 그 애가 맞는다면, 아니, 그 애가 틀림없습니다만, 제 생각엔 아마 '즐기고' 있었을 겁니다, 선생님. 나이 같지 않게 아주 대담하고 넉살 좋은 애였거든요. 아마 그 애 입에선 버터도 안 녹을걸요."

'그 조그만 입에 버터를 물어도 녹지 않았을 겁니다.' 담배 가게 주인은 어린 시절의 베티에 관해 그렇게 말했다.

그리고 '이집트에서 데리고 놀았던 계집'과 많이 닮았다는 사진 속 얼굴을 보고 스탠리는 그녀가 '즐기고' 있었으리라고 단언했다.

그리고 세상사에 밝은 조그만 웨이터는 그 애를 평가하는 데 그 두 표현을 다 썼다. 새침하고 '좋은' 옷을 입은 소녀, 매일 호텔 라운지에 와서 혼자 앉아 있던 소녀를.

'어쩌면 어린애가 그저 호사를 부리고 싶었을 뿐인지도 몰라.' 로버트의 선량한 일면이 거들었다. 그러나 그의 상식이 그것을 거부했다. 알랑송에 갔으면 호사를 부리면서 먹기도 잘 먹고 동시에 멋진 옷도 구경할 수 있었을 텐데.

로버트는 레스토랑에서 점심 식사를 한 뒤, 오후의 절반 이상을 들여 윈 부인과 통화하려 애썼다. 틸지트 부인은 전화가 없었으려니와, 할 수만 있다면 두 번 다시 틸지트식 대화에 얽혀들고 싶지 않았다. 전화가 끝내 연결되지 않았을 때, 그제야 치밀하고 근면한 스코틀랜드 야드가 분명 소녀가 실종됐을 때의 복장을 알고 있으리라는 생각이 났다. 그리고 칠 분도 안 돼서 알아냈다. 녹색 펠트 모자에 녹색 모직 원피스, 큼직한 회색 단추가 달린 연회색 직물 코트, 황갈색이 도는 회색 레이온 스타킹, 중간 높이 굽의 검정 펌프스.

어쨌든 마침내 시작 지점, 조사의 출발점을 찾아낸 것이다. 기쁨이 치밀었다. 그는 나가는 길에 라운지에 앉아 케빈 맥더모트에게 쪽지를 써서, 에일즈베리의 젊은 아가씨가 금요일 밤에 생각했던 만큼 매력적인 의뢰인이 아니라고 알렸다. 물론 블레어·헤이워드·베넷 법률 사무소가 필요할 때 조처를 취할 수 있으리라는 뜻도 행간을 통해 넌지시 비쳤다.

"그 뒤로 그 애가 온 적은 있고? 그러니까 남자를 '잡은' 다음에 말이네만."

그는 주위를 서성거리던 앨버트에게 물었다.

"그 뒤로는 둘 다 본 기억이 없습니다. 선생님."

가상의 인물 X는 이제 가상의 인물이 아니다. 그는 그냥 X다. 오늘 밤에는 개선장군처럼 프랜차이즈로 돌아갈 수 있을 것이다. 자기가 제시한 가설이 사실로 입증되었다. 더욱이 그것이 사실임을 입증한 사람은 자기 자신이었다. 물론 스코틀랜드 야드에서 현재까지 받은 편지가 죄다 '부자'에게 너무 '무르다'고 경찰청을 욕하는 내용이고, 베티 케인을 목격했다는 주장이 아니라는 상황은 우울했다. 그날 아침 그가 만난 거의 모든 사람이 소녀의 이야기를 아무런 의심 없이 믿었다는 것, 실제로 다른 관점을 제시하면 놀라고 당황했다는 것도 우울했다. "신문에서 그랬잖아요." 하지만 그런 것은 출발점에 도달했다는, X를 찾아냈다는 만족감에 비하면 별것 아니었다. 아무리 그래도 베티 케인이 새로 사귄 친구와 미들랜드 호텔 앞에서 헤어져 두 번 다시 만나지 않았다는 사실이 판명될 만큼 운명이 그렇게 잔인하지는 않을 것이다. 라운지에서 있었던 일 뒤에 뭔가 진전이 반드시 있어야만 했다. 그 뒤 몇 주간 있었던 일을 생각해보면 없을 수가 없었다.

하지만 대략 6주 전에 미들랜드 호텔 라운지에서 차를 마신 젊고 가무잡잡한 상업 종사자를 대체 어떻게 하면 찾아낼 수 있을 것인가? 젊고 가무잡잡한 상업 종사자는 미들랜드의 주된 고객층이었는데, 로버트의 눈에는 죄 똑같아 보였다. 아쉽지만 지금이 포기하고 추적 전문가에게 넘길 시점인 듯했다. 소녀 때와는 달리 이번에는 조사를 도와줄 사진도 없고, X의 성격이나 습관에 대한 지식도 없다. 그러니 작은 조사를 반복해가는 긴긴 과정이 될 것이다. 그것은 전문가가 할 일이고, 현재 그가 할 수 있는 일은 문제의 시기에 미들랜드에 투숙했던 사람들의 명단을 입수하는 것이었다.

로버트는 지배인을 찾아갔다. 프랑스인인 그는 큰 이해심을 보이며 이 은밀한 조처를 흔쾌히 수락했다. 또, 봉변을 당한 프랜차이즈의 숙녀들에 대해 세련되게 동정심을 표명하고, 좋은 옷을 입고 버터를 입에 물어도 녹지 않을 것처럼 보이는 앙큼한 소녀들을 비꼬았다. 그는 부하를 보내 숙박부를 베껴 오게 한 다음, 찬장에서 시럽을 꺼내 로버트에게 대접했다. 로버트는 정체를 알 수 없는 들쩍지근한 액체를 조그만 잔으로 아무 때나 홀짝거리는 프랑스인들의 습관에 도무지 찬동할 수 없었지만, 지금만은 기쁜 마음으로 그것을 삼켰다. 그리고 부하가 가져온 명단을 흡사 여권을 챙기는 기분으로 주머니에 넣었다. 실제 가치는 십중팔구 전무하겠지만, 그래도 손에 넣으니 기분이 좋았다.

게다가 전문가에게 이 일을 넘겨야 하더라도, 그 전문가가 추적을 시작할 재료가 있어야 한다. X는 아마 한 번도 미들랜드에 묵은 적이 없고, 그저 어느 날 차를 마시러 들어온 데 불과할 것이다. 하지만 주머니에 든 명단, 그 끔찍하게 긴 명단에 그의 이름이 있을 가능성도 없지는 않다.

차를 몰고 집으로 가면서, 그는 프랜차이즈에 들르지 않기로 했다. 전화로도 전할 수 있는 소식 때문에 매리언을 일부러 대문까지 나오게 하는 것도 미안하다. 교환원에게 자기가 누군지를 말하고 공적인 용건이라고 밝히면 전화를 받을 것이다. 어쩌면 내일까지는 프랜차이즈에 대한 관심도 일단 진정될지 모른다. 그러면 다시 대문을 열어도 안전할 것이다. 사실 그럴 것 같지는 않았지만. 오늘자《애크에머》는 대중의 흥분을 가라앉히는 작용을 하도록 계산된 것이 아니었다. 그야 이제 1면 머리기사로 떠들어대지는 않았다. 프랜차이즈 사건은 독자 투고란으로 옮겨갔다. 하지만 《애크에머》가 선정한 편지(그중 3분의 2는 프랜차이즈 사건에 관한 것이었다)는 풍파를 가라앉힐 성싶지 않았다. 오히려 그렇지 않아도 활활 잘 타고 있는 불에 기름을 붓는 격이었다.

라버러의 차들을 헤치고 나오는데, 독자 투고란에 실려 있던 바보 같은 말들이 또다시 생각났다. 편지를 쓴 사람들이 알지도 못하는 여자들 때문에 그렇게 독기를 품는다는 게 신기했다. 분노와 증오가 지면에 가득하고, 형편없는 문장에서는 거리낌 없는 악의가 뿜어져 나왔다. 놀라운 광경이었다. 게다가 폭력에 분개하며 항의하는 이 사람들이 문제의 여자들을 죽도록 매질하기를 간절히 바란다는 것이 또 희한했다. 여자들이 매질을 당하기를 바라지 않는 사람들은 경찰의 개혁을 원했다. 한 독자는 무능한 경찰의 편견에 희생당한 가엾은 어린애를 위해 모금을 하자고 제안했다. 또 한 독자는 각자 자기 지역의 의회 의원에게 편지를 써서 이 불의가 해결될 때까지 들볶자고 했다. 그런가 하면 베티 케인이 성녀 베르나데트를 유난히 닮은 것 같지 않느냐고 하는 사람도 있었다.

오늘자 《애크에머》의 독자 투고란이 어떤 판단 기준이 된다면, 베티 케인 컬트의 탄생을 알리는 전조가 사방에 널려 있었다. 그 귀결이 프랜차이즈에 대한 보복이 아니기를 바랄 뿐이었다.

곤경에 처한 저택이 가까워질수록, 로버트는 혹시 월요일에 할당된 구경꾼들도 있었나 싶어 불안해졌다. 저물어가는 태양이 봄 들판에 황금색 빛의 띠를 비스듬히 그리는 아름다운 저녁은, 라버러 사람들조차 산도 바다도 없는 따분한 밀퍼드로 꾀여낼 듯했다. 《애크에머》에서 그런 편지들을 실었는데도 프랜차이즈가 저녁 순례를 위한 메카가 아니면 오히려 기적일 것이다. 그러나 집이 보이는 데까지 이르렀을 때, 길게 뻗은 도로는 아무도 없이 한산했다. 그 이유는 더 가까이 가서야 알았다. 저녁 햇살 아래 견고하고 끄떡없고 완전무결해 보이는 프랜차이즈의 대문 앞에 은빛 단추가 반짝이는 진청색 제복을 입은 경찰관이 보였다.

핼럼이 인력 부족에도 불구하고 배려해준 것을 보고, 로버트는 기쁨에 차 인사를 하려고 속도를 늦추었다. 그러나 인사말이 나오지 못하고 얼어붙었다. 높다란 벽돌 담장에 꽉 차게, 높이가 거의 2미터는 될 듯한 흰색 대문자로 '파시스트!'라고 요란하게 갈겨 쓰여 있었다. 대문 저쪽에도 역시 '파시스트!'라고 쓰여 있었다.

"자, 자, 가세요. 여기 정차하시면 안 됩니다."

멍하니 담장을 응시하는 로버트에게 경관이 정중하면서도 위협적으로 다가왔다. 로버트는 천천히 차에서 내렸다.

"아, 블레어 씨셨군요. 못 알아 봬서 죄송합니다."

"석회인가?"

"아닙니다. 최상급 페인트죠."

"맙소사!"

"버릇을 못 버리는 인간들이 있어요."

"무슨 버릇?"

"담장에 낙서하는 버릇이죠. 그나마 한 가지 다행인 건 더 심한 말을 쓸 수도 있었다는 겁니다."

"자기들이 아는 최악의 욕을 쓴 거야."

로버트는 빈정거리듯 말하고는 물었다.

"범인은 못 잡았을 테지?"

"그렇습니다. 저녁 순찰 중에 입 헤 벌리고 구경하는 놈들을 쫓아 버리려고 왔는데…… 아, 네, 그럼요, 몇십 명 있었죠. 제가 왔을 땐 이미 이렇게 돼 있었습니다. 신고 내용이 모두 정확하다면 차를 탄 두 남자일 겁니다."

"이 댁 분들도 알고?"

"네, 전화를 빌려 써야 했거든요. 그 뒤로 저희하고 프랜차이즈 분들하고 암호를 정했답니다. 할 이야기가 있으면 경찰봉 끝에 손수건을 묶어 대문 너머로 보이게 흔드는 거죠. 들어가시겠습니까?"

"아니, 그만두지. 우체국에 부탁해서 전화를 연결해달라고 하면 되네. 구태여 대문까지 나오게 할 필요는 없지. 이런 상황이 계속될 것 같으면 대문을 잠글 수 있게 하고 나도 여벌 열쇠를 하나 가져야겠군."

"계속될 것 같던데요. 오늘자 《애크에머》를 보셨습니까, 선생님?"

"그래."

"허! 그 작자들 말을 듣고 있자면 우리는 꼭 탐욕 덩어리 집단에 불과한 것 같더군요! 생각해보면 그렇지 않다는 게 놀라운 일이죠. 우리를 헐뜯지 못해 안달하지 말고 우리 봉급을 올려주라고 부추기는 게 그놈들한테도 더 나을 텐데요."

경관이 《애크에머》 생각에 평정을 잃고 말했다.

"위로가 될지 모르지만, 인정받거나 존경할 만하거나 칭송할 만한 것치고 그자들이 비방하지 않은 게 아마 없을 테니 너무 분개하지 말라고. 오늘 밤이나 내일 아침 일찍 사람을 보내서 이…… 추잡한 낙서를 어떻게 하겠네. 여기 계속 있을 건가?"

"아까 전화했는데 경사님이 어두워질 때까지 있으라고 하더군요."

"아침까지 있어줄 사람은 없고?"

"네, 그럴 인원이 없어서 말이죠. 어쨌든 날이 저물고 나면 괜찮을 겁니다. 사람들도 집에 가니까요. 특히 라버러 녀석들은 더 그렇죠. 그놈들은 어두워진 뒤에 시골에 있는 걸 싫어하거든요."

이 외딴 저택 주변이 얼마나 조용해질 수 있는지를 아는 로버트는 과연 그럴지 미심쩍었다. 바로 담장 밖에 증오와 폭력이 있는데 어두워진 뒤에 여자 둘만 그 크고 조용한 집에 남을 생각을 하니 마음이 편치 않았다. 대문에 빗장을 질렀다고는 하지만, 담장에 올라와 앉아 욕설을 퍼부을 수 있다면 어둠 속에서 담장 안쪽으로 뛰어내릴 수도 있을 것 아닌가.

"걱정 마십시오. 아무 일도 없을 테니까요. 아무리 그래도 여긴 영국 아닙니까."

경관이 그의 표정을 보고 말했다.

"《애크에머》도 영국이라네."

로버트는 그에게 일깨워주었다. 하지만 순순히 차로 돌아갔다. 그렇다, 여기는 영국이었다. 그것도 남의 일에 참견하지 않는 것으로 유명한 영국 시골이다. 담벼락에 '파시스트!'라고 갈겨쓴 것은 시골 사람이 아니다. 시골 사람은 그 말을 들어본 적은 있을지 그것조차 의심스럽다. 시골 사람이 욕설을 퍼붓고 싶을 때는 더 오래된 색슨

단어를 쓴다.

경찰관의 말이 틀림없이 옳을 것이다. 날이 어두워지면 다들 집에
갈 것이다.

제12장

로버트가 신 거리의 차고에 차를 세우자, 사무실 문밖에서 꿈지럭 꿈지럭 오버올을 벗고 있던 스탠리가 그의 얼굴을 흘깃 쳐다보았다.

"왜요, 또 허탕 쳤습니까? 인간 본성을 유감스럽게 생각하기 시작하면 그 밖에 다른 일을 할 시간이 없어질걸요. 누군가를 개심시키려고 한 거예요?"

"아니, 담장의 페인트를 지워줄 사람을 찾아다녔네."

"오, 일이군요!"

스탠리의 어조는 요즘 세상에 누가 일을 할 것이라 기대하는 것은 낙천적이다 못해 어리석은 짓이라는 듯했다.

"프랜차이즈의 담벼락에서 슬로건을 지워줄 사람을 찾으려고 했는데, 이상하게도 다들 별안간 바빠졌지 뭔가."

스탠리가 몸을 비트는 동작을 멈추었다.

"슬로건이라고요? 어떤 슬로건이죠?"

두 사람이 주고받은 말을 들은 빌이 좁은 사무실 문으로 천천히 나왔다.

로버트는 그들에게 설명했다.

"최상급 흰 페인트로 말이야. 순찰 중인 경찰관이 그러더군."

빌이 휘파람을 불었다. 스탠리는 아무 말도 하지 않았다. 허리께까지 벗은 오버올이 다리에 아코디언처럼 주름 잡혀 있었다.

"누구한테 가봤어요?"

빌이 물었다.

로버트는 이름을 댔다.

"오늘 밤 내로 손을 쓸 수 있는 사람이 아무도 없다더군. 내일은 일꾼들이 전부 아침 일찍부터 중요한 일을 하러 나가는 모양이고."

"그런 말을 어떻게 믿어요? 자식들, 설마 보복이 겁나는 건 아니겠죠!"

빌이 말했다.

"아니, 공평하게 말해서 그건 아닌 것 같네. 나한테 그런 말은 안 했지만 아무래도 프랜차이즈 여자들은 그런 일을 당해도 싸다고 생각하는 것 같아."

잠시 침묵이 흘렀다.

"통신대에 있을 때……."

스탠리가 느긋하게 오버올을 끌어올려 상의 부분을 도로 입으며 말했다.

"이탈리아를 공짜로 여행했거든요. 거의 일 년 걸렸죠. 말라리아하고 이탈리아 놈들, 빨갱이들, 양키 수송 수단, 그밖에 다른 귀찮은 것들은 거의 대부분 잘 피했는데, 다만 공포증이 생겨서 말이죠. 담벼락의 슬로건이 아주 지긋지긋하게 싫어졌어요."

"뭐로 지우지?"

빌이 물었다.

"밀퍼드에서 제일 현대적이고 설비를 잘 갖춘 차고를 갖고도 페인트 하나 못 지우면 쓰겠어?"

스탠리가 지퍼를 올리며 말했다.

"정말 자네들이 어떻게 해주겠나?"

로버트는 놀라고 또 기뻐했다.

빌이 천천히 만면에 웃음을 띠었다.

"통신대랑 REME랑 솔 두 개면 충분해요."

"복 받을 거야. 자네들 둘 다. 내가 오늘 밤 바라는 건 하나뿐이네. 내일 아침 식사 전까지 그 슬로건을 담벼락에서 지워버리는 거지. 나도 같이 가서 돕겠네."

"그런 고급 양복을 입고선 안 될 말이에요. 우리도 여벌 작업복은 없다고요."

스탠리가 말했다.

"집에 가서 헌옷으로 갈아입고 뒤따라가면 돼."

"이거 보세요. 그런 작은 일을 하는 데 도움 같은 거 필요 없다고요. 필요하면 해리를 데리고 가면 되고요."

스탠리가 참을성 있게 말했다. 해리는 정비소에서 잡일을 거드는 소년이었다.

"게다가 블레어 씨는 아직 식사를 안 했지만 우리는 했거든요. 듣자 하니 베넷 양은 멋진 식사를 망치는 걸 싫어한다던데요. 담이 좀 얼룩덜룩해 보여도 괜찮겠죠? 우리는 그냥 선의의 정비공이지, 실내 장식업자가 아니니까요."

로버트는 상점들이 이미 문을 닫은 하이 가를 걸어 10번지 자기 집으로 향했다. 그는 일요일 밤에 낯선 곳을 걷는 사람 같은 눈으로 거리를 둘러보았다. 라버러에서 하루를 보내는 동안 밀퍼드에서 어찌나 멀리 떨어져 있었는지, 흡사 몇 년 만에 돌아온 기분이었다. 프랜차이즈의 무덤 같은 정적과는 전혀 딴판인 10번지의 안락함과 평온함이 그를 환영하고 위로해주었다. 부엌에서는 사과를 굽는 냄새가 희미하게 풍기고, 반쯤 열린 응접실 문으로 벽에 깜박깜박 반사되는 벽난로 불빛이 보였다. 온기와 안정감과 안락함이 부드럽게 물결처럼 밀려와 찰싹거렸다.

자기를 기다리는 이 평화의 임자라는 데 죄의식을 느끼며 그는 수화기를 들고 매리언에게 전화를 걸었다.

자신의 의도가 떳떳하다고 전화국을 납득시키는 데 가까스로 성공한 뒤, 수화기에서 그녀의 목소리가 흘러나왔다.

"오, 당신이군요! 잘됐네요."

그 목소리에 어린 따스함이 여전히 흰색 페인트에 정신이 팔려 있던 그의 허를 찔렀다. 가슴이 철렁 내려앉고, 한순간 숨이 막혔다.

"다행이에요. 어떻게 하면 당신하고 통화할 수 있을지 생각하던 중이었거든요. 당신이라면 어떻게든 해낼 거라는 걸 알 만도 했는데요. 난 로버트 블레어라고 한마디만 하면 우체국에서 뭐든 다 들어주나 봐요?"

그녀다운 말이다. '당신이라면 어떻게든 해낼 거라는 걸 알 만도 했는데요.'라는 말의 진정 어린 감사, 그리고 그 뒤를 잇는 말의 희미한 웃음기.

"우리 담 장식은 봤죠?"

로버트는 봤다고 하고는, 그러나 해가 뜨기 전에 없어질 테니 이제 두 번 다시 아무도 보지 못하리라고 덧붙였다.

"내일이라고요?"

"제가 이용하는 차고 주인인 두 남자가 그걸 오늘 밤 내로 없애기로 작정했거든요."

"하지만 하녀 일곱 명이 대걸레 일곱 개로⋯⋯?"

"글쎄요. 하지만 스탠리와 빌이 지우겠다고 마음을 먹었다면 지워질 겁니다. 그 둘은 좌절이란 걸 허용하지 않는 학교에서 길러내졌거든요."

"무슨 학교인데요?"

"영국군이죠. 좋은 소식이 더 있습니다. X가 실제로 존재한다는 걸 밝혀냈습니다. 그 애가 어느 날 그 남자와 차를 마셨다는군요. 미들랜드 호텔 라운지에서 그 남자에게 수작을 걸었답니다."

"수작을 걸었다고요? 하지만 그 애는 아직 어린애⋯⋯ 오, 하긴 그런 이야기를 한 애인데 무슨 일인들 못 하겠어요. 그걸 어떻게 알아냈어요?"

그는 그녀에게 설명했다.

"프랜차이즈에서 힘든 하루를 보내셨죠?" 커피숍 무용담을 마친 뒤 물었다.

"네, 온통 더러워진 기분이 들어요. 관객들이랑 담장보다도 우편물이 더 문제였어요. 집배원이 경찰을 통해 들여보냈거든요. 경찰이 음란 문서를 유포한다고 할 수 있는 게 자주 있는 일은 아니죠."

"그래요. 얼마나 심했을지 상상이 됩니다. 예상했어야 했는데요."

"뭐, 우리 집은 원래 편지가 잘 안 오니까, 앞으로는 모르는 글씨면 뜯어보지 않고 그냥 태워버리기로 했어요. 그러니 우리한테 편지를 쓰실 땐 타자기를 쓰지 마세요."

"하지만 제 글씨를 아십니까?"

"오, 그럼요. 기억 안 나세요? 우리한테 쪽지를 보내신 적이 있잖아요. 그날 오후에 네빌이 갖고 온 거요. 멋진 글씨던데요."

"오늘 네빌을 보셨습니까?"

"아뇨, 하지만 편지 중 한 통은 네빌이 보낸 거였어요. 아니, 편지는 아니었지만요."

"무슨 문서였나요?"

"아뇨, 시요."

"저런. 이해가 되던가요?"

"아뇨. 하지만 그럴듯하게 들리더군요."

"자전거 벨도 그렇죠."

그녀가 잠시 웃은 듯했다.

"자기 눈썹에 대해 누가 시를 지어주니까 좋던데요. 하지만 담을 깨끗이 해주는 게 더 좋아요. 정말 감사드려요. 당신이랑, 이름이 뭐랬죠? 빌과 스탠리한테요. 혹시 친절을 베풀고 싶다면 내일 식료품을 갖다주거나 보내주실 수 있을까요?"

"식료품이라고요!"

식료품 생각을 못 했다는 사실에 그는 경악했다. 떠먹여주지만 않을 뿐 린 아주머니가 모든 것을 앞에 갖다 놓아주는 생활 탓이었다. 상상할 능력을 잃는 것이다.

"그야 물론이죠. 장을 볼 수 없다는 걸 깜박했군요."

"그것만이 아니에요. 원래는 식료품점에서 월요일마다 차가 들르는데 오늘 안 왔더라고요. 아니면……."

그녀는 황급히 덧붙였다.

"왔는데 우리가 못 알아차렸는지도 모르죠. 어쨌든 몇몇 가지가 있으면 정말 좋을 것 같아요. 연필이 가까이 있나요?"

그녀는 필요한 물건의 목록을 불러준 다음 물었다.

"오늘자《애크에머》를 못 봤는데, 우리 이야기가 있던가요?"

"독자 투고란에 편지 몇 통이 실린 것뿐입니다."

"죄다 우리를 비난하는 거겠죠."

"유감이지만 그렇습니다. 내일 아침에 식료품을 갖다드릴 때 한 부 같이 갖고 갈 테니 직접 보세요."

"당신 시간을 우리가 너무 많이 빼앗네요."

"이번 일은 저한테 사적인 문제가 됐으니까요."

"사적인 문제라고요?"

그녀는 무슨 뜻인지 모르겠다는 투였다.

"베티 케인의 말이 거짓이라는 걸 밝혀내는 게 제 인생의 목표거든요."

"오! 오, 그렇군요. 아무튼 그럼 내일 뵈어요."

안도, 그리고 어쩌면 실망이 반반씩 섞인 듯한 목소리였다.

그러나 결국 그보다 훨씬 전에 만나게 되었다.

로버트는 일찍 잠자리에 들었으나 한동안 잠을 이루지 못했다. 그는 누워서 케빈 맥더모트에게 전화로 할 말을 연습하고, X 문제에 대한 다양한 접근을 검토하고, 그 오래되고 고요한 집에서 매리언이 잠들어 있을지, 아니면 누워서 귀를 기울이고 있을지를 생각했다.

로버트의 침실은 거리에 면했다. 자정쯤 됐을 때 차 한 대가 와서 서더니, 열린 창문으로 빌이 조심스럽게, 소곤거리듯 부르는 소리가 들렸다.

"블레어 씨! 저기요, 블레어 씨!"

두 번째로 이름이 불렸을 때는 이미 창가에 가 있었다.

"어휴, 다행이군요. 베넷 양 방이면 어쩌나 했거든요."

빌이 소곤거렸다.

"아주머니 방은 뒤쪽이네. 무슨 일인가?"

"프랜차이즈에 일이 생겼어요. 경찰을 부르러 가야 해요. 전화선이 끊겨서요. 하지만 블레어 씨도 알고 싶어 할 것 같아서, 그래서……."

"무슨 일?"

"불한당들요. 가는 길에 다시 들르죠. 한 사 분 있다가요."

"스탠리는 그 집에 있고?"

빌의 커다란 덩치가 차 그림자와 다시 합쳐지는 것을 보며 로버트는 물었다.

"네. 머리에 붕대를 감는 중이에요. 금세 돌아오죠."

차가 어둠과 정적에 싸인 하이 가를 달려갔다.

옷을 갈아입기도 전에 창문 밖으로 조용히 '쉬익' 소리가 지나가는 것을 듣고, 로버트는 경찰이 이미 출동했음을 깨달았다. 한밤중에 떠들썩하게 사이렌을 울리거나 요란하게 엔진 소리를 내지 않고 여름 바람에 나뭇잎 사각거리듯 조용하게 법이 임무를 수행하는 것이다. 린 아주머니가 깨지 않게(크리스티나를 깨울 수 있는 것은 세상의 종말을 알리는 나팔 소리뿐이다) 조심조심 현관문을 여니, 마침 빌이 인도에 차를 갖다 대는 참이었다.

"이제 어떻게 된 일인지 말해보게."

차가 출발한 뒤, 로버트는 말했다.

"우리는 헤드램프 불빛으로 그 작은 일을 마쳤어요. 별로 깔끔하진 않지만, 어쨌든 우리가 거기 처음 갔을 때보다는 훨씬 몰골이 나아졌죠. 어쨌든 일이 끝나서 헤드램프를 끄고 도구를 정리하기 시작했거든요. 서두를 필요도 없는 데다 근사한 밤이라 여유 있게요. 그런데 담배에 불을 붙이고 그만 슬슬 가볼까 하는데, 글쎄, 집 쪽에서 유리 깨지는 소리가 들리지 뭡니까. 우리가 거기 있는 동안 그쪽으로 들어간 놈은 없었으니, 옆이나 뒤로 들어갔다는 걸 알 수 있었죠. 스탠이 차 안에서 자기 손전등을 꺼냈어요. 제 건 작업하면서 썼기 때문에 걸상 위에 있었고요. 스탠은 '넌 저쪽으로 가. 난 이쪽으로 돌아갈 테니 양쪽에서 포위하자고.' 하더군요."

"뒤로 돌아갈 수 있던가?"

"뭐, 쉽진 않았어요. 산울타리가 담장에 바짝 붙어 있거든요. 평상

195

복을 입었으면 안 하고 싶었겠지만, 오버올을 입었으니 그저 힘껏 밀면서 잘되길 바라는 수밖에 없죠. 스탠은 괜찮아요. 날씬하니까. 하지만 전 산울타리 위에 드러누워서 그게 쓰러지길 바라는 것 말고 지나갈 방법이 없었다고요. 아무튼 집 뒤로 돌아가서 좌우 모퉁이로 각각 들어갔는데, 중간에서 만나도록 개미 새끼 한 마리 못 만났습니다. 그런데 또 유리 깨지는 소리가 나기에, 놈들이 밤새 저럴 거라는 걸 깨달았죠. 스탠이 '나 좀 올려줘. 내가 올라가서 널 끌어올려줄 테니까.'라고 하더군요. 뭐, 그런다고 제가 끌어올려질 것 같진 않지만, 마침 집 뒤쪽으로는 지면이 꽤 높더라고요. 제 생각엔 담을 세우면서 깎지 않았을까 싶던데요. 그 덕분에 꽤 쉽게 들어갈 수 있었어요. 스탠이 손전등 말고 무기가 있느냐고 묻기에 스패너가 있다고 했더니, '빌어먹을 스패너는 잊어버리고 네 그 우악스러운 주먹을 써. 그게 더 크니까.' 하는 거예요."

"그 친구는 뭘 쓰고?"

"럭비 태클이라던데요. 스탠은 썩 괜찮은 스탠드오프였거든요. 아무튼 어둠 속에서 유리 깨지는 소리가 들리는 쪽으로 다가갔어요. 녀석들이 집을 한 바퀴 빙 돌면서 부수고 다니는 것 같더군요. 앞쪽 모퉁이 근처에서 녀석들을 따라잡아 손전등을 켰는데, 아마 일곱 명 있었지 않나 싶어요. 어쨌든 우리가 생각했던 것보다 훨씬 많더군요. 그래서 우리가 둘뿐이란 걸 녀석들이 알기 전에 얼른 손전등을 끄고, 제일 가까이 있는 놈한테 덤벼들었죠. 스탠이 제 옛날 계급을 부르면서 '저놈을 맡아!'라고 하기에 그때는 무심코 옛날 버릇이 나온 건 줄 알았는데, 지금 생각하니까 녀석들한테 우리가 경찰인 척했다는 걸 알겠네요. 아무튼 그중 몇 놈은 내뺀 게 틀림없어요. 난투가 벌어졌는데, 일곱 놈씩이나 있었을 리 없거든요. 그러더니 별안간 조용해지는 겁니다. 엄청 소란스러웠는데 말이죠. 그래서 녀석들이 달아난다는 걸 깨달았는데, 바닥 어딘가에서 스탠이 '담 넘기 전에 한 놈 잡아, 빌!' 했어요. 그래서 손전등을 켜고 녀석들을 쫓아갔거든요. 그랬더니 마지막 놈이 다른 놈한테 도움을 받으면서 담을 넘고 있기에 두 다리를 잡고 매달렸지만, 녀석이 당나귀처럼 마구 발길질을 하는데다 전 손전등을 들고 있으니 말이죠. 결국 미꾸라지처럼 제 손에서 쑥 빠져나가선, 도로 잡기 전에 담을 넘고 말았습니다. 그렇게 되면 전 그 이상 손쓸 방법이 없었어요. 안쪽에선 집 뒤쪽 담장이 앞쪽보다도 더 높거든요. 그래서 스탠한테 돌아갔더니 아직도 바닥에 주저앉아 있더군요. 어떤 놈한테 머리를 병으로 맞았다는데, 영 안 좋아 보이지 뭡니까. 그런데 그때 샤프 양이 현관 계단 위로 나와서 누가 다쳤느냐고 물었어요. 손전등 불빛에 우리가 보였으니까요. 그래서 같이 스탠을 집 안으로 데리고 들어갔죠. 그때는 샤프 부인도 아래층으로 내려와 있고 불도 켜져 있었어요. 제가 전화기로 다가갔는데, 샤프 양이 '소용없어요. 그 사람들이 처음 왔을 때 경찰에 전화를 하려고 했는데 먹통이더군요.'라고 하잖아요. 그래서 제가 가서 불러오겠다고 했죠. 그리고 블레어 씨도 불러오는 게 낫겠다고 했더니, 샤프 양이 그러지 말라고, 안 그래도 이미 고된 하루를 보냈는데 그냥 두라고 하는 겁니다. 하지만 제 생각엔 블레어 씨도 알아야 할 것 같았어요."

"그래, 맞아, 빌. 그래야지."

집 앞에 이르자, 대문은 활짝 열려 있고 경찰차가 서 있었다. 집 정면의 방들에 대부분 불이 밝혀져 있고, 깨진 창문에서 밤바람에 커튼이 나부꼈다. 응접실(샤프 모녀는 이곳을 거실로 사용한다는 게 역력했다)에서는 매리언이 스탠의 눈썹 위에 난 상처를 처치하고, 경사가 메모를 하고, 그의 부하가 증거물을 늘어놓고 있었다. 반 토막짜리 벽돌과 유리병, 그리고 글씨가 적힌 종잇조각이었다.

"오, 빌, 그러지 말랬잖아요."

매리언이 고개를 들고 로버트를 보더니 말했다.

그녀가 스탠리의 상처를 능숙하게 다루는 것을 보고 로버트는 놀랐다. 요리는 능력 밖이라고 했던 여자가 말이다. 그는 경사에게 인사한 다음, 몸을 굽히고 증거물을 살펴보았다. 범인들이 던진 물건은 이것저것 많았지만, 메시지는 "이곳을 떠나라!" "안 떠나면 우리가 가만 안 두겠다!" "외국 년들!" "이건 그냥 맛보기다!" 등 네 개뿐이었다.

"빠진 건 없을 겁니다. 이제 가서 정원에 발자국이든 뭐든 무슨 단서가 있는지 찾아보죠."

경사가 말했다.

그는 빌과 스탠리에게 발을 들어달라고 해 그들의 신발 밑창을 전문가다운 눈길로 흘끗 본 다음, 부하와 함께 정원으로 나갔다. 그들과 엇갈려 샤프 부인이 김이 오르는 주전자와 컵을 들고 들어왔다.

"아, 블레어 씨. 아직도 우리가 자극적인가요?"

그녀가 말했다.

그녀는 옷을 온전히 갖춰 입었고(낡은 가운을 입어 꽤나 인간적으로 보이고 전혀 잔 다르크 같지 않은 매리언과는 대조적이었다), 조금도 동요한 것 같지 않았다. 샤프 부인을 당황하게 할 수 있는 일이 대체 뭐가 있을지, 로버트는 궁금해졌다.

빌이 부엌에서 장작을 가져와 꺼져버린 불을 다시 피웠다. 샤프 부인이 뜨거운 커피를 따랐다. 바로 얼마 전에 커피라면 신물이 날 정도로 마신 로버트는 사양했지만, 스탠은 커피를 마시고 얼굴에 핏기를 되찾았다. 경찰이 정원에서 돌아올 무렵에는, 펄럭이는 커튼과 사라진 창유리에도 불구하고 방 안에는 가족 파티 같은 분위기가 감돌고 있었다. 스탠리와 빌 둘 다 샤프 모녀를 특이하다거나 대하기 어렵다고 생각하는 것 같지 않았다. 그러기는커녕 매우 편안해 보였다. 어쩌면 샤프 모녀가 그들을 당연한 존재로 받아들이기 때문인지도 몰랐다. 마치 일상적인 일인 양 낯선 타인들의 침입을 받아들인 것이다. 아무튼 빌은 흡사 이 집에서 몇 년 산 사람처럼 돌아다니고, 스탠리는 더 마시겠느냐고 묻기도 전에 잔을 내밀었다. 로버트는 저도 모르게 린 아주머니였으면 얼마나 친절하게 수선을 피웠을까 하는 생각이 들었다. 그리고 그들은 의자 끄트머리에 바짝 긴장해 앉아서는 지저분한 오버올을 신경 쓰고 있었을 것이다.

어쩌면 네빌의 마음을 사로잡은 것도, 이렇게 당연하게 받아들이는 태도였을지 모른다.

"이 집에 계속 계실 겁니까?"

방으로 돌아온 경사가 물었다.

"물론이에요."

샤프 부인은 경찰에게 커피를 따라주며 말했다.

"아뇨, 그러시면 안 됩니다. 라버러에 조용한 호텔을 잡아드릴 테니……."

로버트가 말했다.

"그런 어처구니없는 소리는 처음 듣는군요. 물론 우리는 여기 있을 거예요. 창문 몇 개 깨졌다고 뭐가 어떻다는 거죠?"

"깨진 창문으로 끝나지 않을지도 모릅니다. 그리고 두 분이 여기 계시는 한, 저희는 두 분의 안전을 책임져야 합니다. 하지만 저희는 그럴 인력이 없단 말이죠."

경사가 말했다.

"경사님, 우리가 여러분을 성가시게 해드리는 건 정말 미안하게 생각해요. 우리도 할 수만 있다면 벽돌이 우리 창문으로 날아드는 일이 없게 하고 싶어요. 하지만 여기가 우리 집이니 우리는 여기 있겠습니다. 윤리적인 문제와는 별개로, 지금 집을 비워놓으면 나중에 돌아올 집이 과연 남아 있기는 할까요? 인간을 지킬 인력이 없다면 빈집을 지킬 인력은 더더욱 없지 않겠어요?"

경사는 샤프 부인 앞에서 사람들이 종종 그러하듯 다소 머쓱한 표정을 짓고는 마지못해 물러섰다.

"어쩔 수 없군요, 부인."

"그럼 우리가 프랜차이즈를 떠나는 이야기는 그걸로 끝난 걸로 알겠어요. 설탕 넣겠어요, 경사님?"

경찰이 떠난 다음, 로버트는 그 이야기를 다시 꺼냈다. 빌은 부엌에서 솔과 삽을 가져와 방방마다 다니며 유리 파편을 쓸고 있었다. 로버트는 라버러의 호텔로 옮기는 것이 현명하다고 주장했지만, 감정적으로나 상식적으로나 그 스스로도 자기 말을 믿지 않았다. 자기가 샤프 모녀라도 가지 않을 텐데, 그들이 갈 성싶지 않았다. 더욱이 그는 비워놓은 집의 운명에 관한 샤프 부인의 견해에 일리가 있다고 생각했다.

"여러분이 필요한 건 하숙인이에요. 권총을 가진 하숙인요. 제가 밤마다 여기 와서 자면 어떨까요? 식사는 필요 없고 그냥 잠만 자는 야간 경비원인 거죠. 어쨌든 다들 잠은 자거든요. 야간 경비원들도 잠은 잔다고요."

보행 가능한 부상자로 분류되어 유리 파편을 쓸어도 된다는 허가를 받지 못한 스탠리가 말했다.

표정으로 보건대, 이것이 국지전이나 다름없는 상황에서 공공연히 그들 편을 들겠다는 선언이라는 사실을 샤프 모녀도 이해하는 듯했다. 그렇지만 그들은 감사의 말로 그를 난처하게 하지 않았다.

"부인은 없어요?"

매리언이 물었다.

"제 건 없군요."

스탠리가 점잔 빼며 말했다.

"부인이 있었으면 부인은 댁이 여기서 자는 걸 찬성했을지도 모르지만, 댁의 일도 그럴지 모르겠군요. 이름이…… 그래요, 피터스 씨."

샤프 부인이 지적했다.

"제 일이라니요?"

"댁이 프랜차이즈의 야간 경비원이 됐다는 걸 고객들이 알면 다른 데로 가버릴지 모른다는 뜻이에요."

"아닐걸요. 달리 갈 데가 없으니까요. 린치는 일주일에 닷새는 술에 취해 있고, 비긴스는 자전거 체인도 갈아 끼울 줄 모르거든요. 어쨌든 전 고객들이 제 여가 시간에 대해 이러쿵저러쿵하는 걸 용납하지 않습니다."

스탠리가 기분 좋게 말했다.

그 뒤, 방으로 돌아온 빌도 스탠리의 제안에 찬성했다. 기혼자인 빌이 집 아닌 다른 데서 잘 가능성은 애초에 제기되지 않았다. 그러나 스탠리가 프랜차이즈에서 자는 것은 그들 둘에게 문제에 대한 자연스러운 해결책인 듯했다.

로버트는 무척 안도했다

"좋아요. 그럴 거면 아예 오늘 밤부터 시작하는 게 낫겠어요. 그 머리, 분명히 아주 아픈 순무 같을걸요. 가서 잠자리를 마련할게요. 남향 방이 좋은가요?"

매리언이 말했다.

"네. 부엌하고 라디오 소리에서 멀리 떨어진 방으로요."

스탠리가 엄숙하게 말했다.

"애써보죠."

빌이 스탠리의 하숙집 문 밑으로, 여느 때처럼 점심을 먹으러 돌아올 것이라는 쪽지를 밀어 넣기로 했다.

"걱정하진 않을 거예요. 전에도 외박한 적이 있으니까요."

스탠리가 자기 하숙집 여주인에 관해 말했다. 그랬다가 매리언의 시선과 마주치자 덧붙였다.

"고객들 차를 공수하느라 말이죠. 낮보다 시간이 반밖에 안 걸리거든요."

그들은 밤새 비가 올 경우 비가 들이치는 것을 조금이라도 막기 위해, 1층 창문 전부에 커튼을 압정으로 박았다. 로버트는 되도록 빨리 유리 갈아 끼우는 사람을 보내겠다고 약속했다. 그러고는 내심, 밀퍼드에서 또 연속으로 공손하게 딱지를 맞지 말고 라버러의 업자를 찾아가기로 결심했다.

"대문 열쇠도 어떻게 해야겠습니다. 여벌 열쇠가 있으면 당신이 문지기 노릇까지 하지 않아도 될 테니까요."

그는 대문에 빗장을 지르러 따라 나온 매리언에게 말했다.

그녀는 빌에게 먼저 손을 내밀었다.

"세 분이 저희를 위해 해준 일을 평생 잊지 않겠어요. 오늘밤을 생각할 때 제가 기억하는 건 세 분일 거예요. 그 얼간이들이 아니라."

그녀는 창문이 없는 집을 고갯짓으로 가리켰다.

"그 얼간이들이 이곳 놈들이란 건 아시겠죠?"

고요한 봄밤에 차를 몰고 집으로 돌아가던 중에 빌이 말했다.

"그래. 그 점은 나도 알아차렸네. 우선 차가 없었어. 게다가 '외국년들'은 보수적인 시골 냄새가 나지. '파시스트!'가 진보적인 도시 냄새가 나는 것처럼."

로버트가 말했다.

빌이 진보에 관해 몇 마디 했다.

"어제저녁에 그냥 그렇게 넘어가는 게 아니었어. 순찰 중이던 경찰관이 '어두워지면 다들 집에 갈 것'이라고 하도 장담을 하기에 그만

방심하고 그 말을 믿었어. 마녀 사냥에 관한 경고를 기억했어야 하는
데."

빌은 그의 말을 듣고 있지 않았다.

"창문이 없는 집에선 이상하게 불안한 기분이 든단 말이죠. 뒷벽이
완전히 날아가고 제대로 닫히는 문이 하나 없는 집에서도, 창문만 있
으면 1층 바깥방에서도 꽤 기분 좋게 살 수 있거든요. 하지만 창문이
없으면 왜 멀쩡한 집도 안전하지 못하게 느껴지는지 모르겠어요."

그것은 로버트에게 위안을 주는 발언은 못 되었다.

제13장

"오는 길에 생선 좀 찾아올 수 있겠니, 얘야? 네빌이 저녁 식사를 하러 올 예정이라, 아침에 먹으려고 했던 재료로 한 코스 더할 거란 다. 솔직히 왜 네빌 때문에 음식 가짓수를 늘려야 하는지 모르겠다 만, 크리스티나가 그래야 그 애가 타르트를 '축내지' 않을 거라지 뭐 니. 내일 저녁에 자기가 외출할 때도 그 타르트를 활용해야 한다나. 그러니 미안하지만 부탁한다. 얘야."

화요일 오후에 린 아주머니가 전화로 말했다.

퇴근 후에도 네빌과 한두 시간 더 보낸다는 게 그리 기대되지는 않 았지만, 로버트는 워낙 기분이 좋았던 터라 다른 때보다는 그나마 나 았다. 프랜차이즈의 창유리를 갈아 끼우게 라버러의 업자와 이야기 가 됐을 뿐더러, 그 집 대문에 맞는 열쇠를 기적적으로 찾아내 내일 이면 여벌 열쇠 두 개가 생길 것이다. 그리고 그가 직접 식료품을 밀퍼드에서 구할 수 있는 가장 훌륭한 꽃과 함께 배달했다. 프랜차이즈에서 그를 얼마나 열렬하게 맞아주었는지, 네빌 같은 발랄한 대화가 없는 것을 아쉬워하는 마음이 거의 사라졌다. 어쨌든 만난 지 삼십 분만에 이름으로 부르는 사이가 되는 게 다는 아니다.

점심시간에 그는 케빈 맥더모트에게 전화를 걸어, 비서를 통해 저녁에 시간이 나는 대로 하이 가 10번지로 전화를 해달라고 메모를 남겼다. 사태가 걷잡을 수 없게 된 지금, 그는 케빈의 조언을 원했다.

그는 골프를 치러 나가자는 제안을 셋씩이나 거절했다. 아연한 골프 친구들에게 그가 댄 거절 이유는 '구타페르카 쪼가리를 쫓아 골프장을 돌아다닐 시간이 없다.'였다.

그는 지난 금요일부터 계속 그를 찾았던 중요한 고객을 만나러 나갔다 왔다. 성이 난 고객은 전화로 그가 '여전히 블레어·헤이워드·베넷 법률사무소에서 일하느냐.'고 물었다.

그는 말없이 책망하는 헤슬타인 씨와 함께 밀린 사무를 처리했다. 비록 샤프 모녀 편에 서기는 했어도, 헤슬타인 씨는 여전히 프랜차이즈 사건이 자기네 같은 사무소가 관여할 일이 아니라고 생각하는 눈치가 역력했다.

그리고 터프 양이 새하얀 깔개를 깐 칠기 쟁반과 파란 무늬가 그려진 자기 찻잔으로 차를 갖다주었다. 다이제스티브 비스킷 두 개를 담은 접시도 따라왔다.

차 쟁반은 지금 그의 책상 위에 놓여 있었다. 지금으로부터 2주 전에 전화벨이 울리고 수화기를 들어 매리언 샤프의 목소리를 처음 들었을 때 바로 그랬던 것처럼. 불과 2주 전이었다. 그는 그때 햇빛 조각 안의 차 쟁반을 바라보며, 자신의 안락한 생활에 불안감을 느끼고 자기 곁을 스쳐 지나가는 시간을 의식하고 있었다. 그러나 오늘은 다 이제스티브 비스킷도 그의 마음을 불편하게 하지 않았다. 그것이 상징하는 판에 박힌 일상에서 그가 벗어났기 때문이다. 그는 스코틀랜드 야드와 통화하는 사이였고, 악명을 떨친 두 여자의 대리인이었다. 아마추어 탐정이 됐고 집단 폭력을 목격했다. 이제는 온 세상이 다르게 보였다. 예컨대 하이 가에서 장을 보는 모습을 이따금 보곤 했던 가무잡잡하고 깡마른 여자는 매리언이 되었다.

일상에서 벗어나면 물론 뒤따르는 결과 중에는 오후 4시에 모자를 쓰고 집으로 슬렁슬렁 걸어갈 수 없다는 것도 있다. 그는 차 쟁반을 밀어내고 일을 시작했다. 다시 시계를 봤을 때는 6시 반, 10번지의 현관문을 열었을 때는 7시였다.

거실 문은 여느 때처럼 살짝 열려 있었다(오래된 집의 문이 종종 그러하듯, 걸쇠가 풀린 채 그냥 두면 왼쪽으로 조금 돌아가곤 했다). 문틈으로 네빌의 목소리가 들려왔다.

"천만에, 오히려 당신이 대단히 바보같이 굴고 있다고 생각해."

로버트는 그 어조를 바로 알아들었다. 네빌이 네 살 때 한 손님에게 '당신을 내 파티에 초대한 게 대단히 후회되네요.'라고 했을 때의 그 차가운 노여움이었다. 뭔가에 무척 화가 난 게 틀림없었다.

코트를 벗다 말고 로버트는 귀를 기울였다.

"당신은 아무것도 모르는 일에 참견하고 있는 거야. 그걸 어떻게 똑똑한 행동이라고 하겠어?"

상대방의 목소리는 들리지 않았으므로 전화로 이야기하는 것임에 틀림없었다. 십중팔구 케빈의 전화를 방해하면서. 바보 같은 애송이 같으니.

"난 아무한테도 미치지 않았어. 누구한테도 미쳐본 적 없다고. 미친 건 당신이지. 당신은 사상에 미친 거야. 아까도 말했지만 당신은 대단히 바보같이 굴고 있어. ……당신은 아무것도 모르면서 불안정한 사춘기 애 편을 들고 있잖아. 그거면 미쳤다는 증거로 충분할 텐데. ……당신 아버지한테 내가 그랬다고 전해. 그건 전혀 기독교인다운 행동이 아니라고, 그냥 쓸데없는 참견일 뿐이라고. 폭력을 선동하는 일이 아닐까 싶은데. ……그래, 어젯밤에. ……아니, 창문이 모조리 깨지고 담장에 페인트로 낙서를 했어. ……당신 아버지가 정의에 그렇게 관심이 있다면 그걸 어떻게 해야 하는 거 아닌가? 하지만 당신네 패거리는 정의에 관심이 없지, 안 그래? 불의에만 관심 있을 뿐이야. ……당신네 패거리란 말이 무슨 뜻이냐고? 말 그대로야. 허구한 날 아무 짝에도 쓸모없는 놈들만 골라선 그놈들 편을 들어 세상하고 맞서 싸우는 당신하고 당신의 그 무리 말이야. 당신들은 열심히 일하는 보통 사람이 망해도 손가락 하나 까딱 않지만, 늙다리 상습범이 밥을 한 끼 거르면 남극까지 들리게 통곡을 하고 울걸. 당신들 생각을 하면 내가 아주 메스꺼워. ……그래, 메스껍다고. 역겨워. 속이 다 뒤집힐 것 같아. 구역질 나!"

수화기를 쾅 내려놓는 소리가 들려왔다. 시인이 할 말을 다 한 모양이었다.

로버트는 벽장에 코트를 걸고 거실로 들어갔다. 네빌이 노기등등한 표정으로 독한 위스키를 따르고 있었다.

"나도 한 잔 주겠나. 엿들으려던 건 아니네만, 설마 방금 전에 로즈메리하고 통화한 건 아니겠지?"

로버트는 말했다.

"그 여자 말고 누가 있다는 거죠? 영국에 그렇게 말도 안 되게 바보 같은 사람이 또 있대요?"

"뭐가?"

"아, 그 부분은 못 들었군요? 로즈메리가 박해받은 베티 케인의 편을 들고 나섰어요."

네빌은 위스키를 꿀꺽 마시고는 마치 로버트 탓이라는 양 그를 노려보았다.

"글쎄, 로즈메리가 《애크에머》에 편승한다고 무슨 영향이 있을 것 같진 않은데."

"《애크에머》! 문제는 《애크에머》가 아니라 《파수꾼》이라고요. 그 여자가 아버지라고 부르는 그 저능아가 금요일에 나올 잡지에 그에 대해 편지를 썼단 말이에요. 그래요, 넌더리 난 표정을 지을 만도 하죠. 그 허세랑 도착적인 감상으로 똘똘 뭉친 놈들까지 나서지 않아도 문제가 산같이 쌓여 있는데!"

《파수꾼》이 네빌의 시를 실어준 유일한 신문임을 생각할 때, 이는 약간 배은망덕한 말이라는 생각이 들었다. 하지만 그 표현에는 로버트도 찬성이었다.

"어쩌면 실리지 않을지도 모르지."

그는 정말 그러리라는 희망에서라기보다 위안을 찾고 싶어 말했다.

"그 사람이 보내는 건 뭐든 다 싣는다는 걸 알잖아요. 세 번째로 망할 뻔했을 때 구해준 게 누구 돈인데요? 주교 돈이라고요.”

“그 부인 돈이겠지.”

주교의 부인은 ‘카우언스 크랜베리 소스’ 집안의 두 손녀딸 중 하나였다.

“좋아요, 그 부인 돈. 그 덕분에 《파수꾼》은 주교의 연단이나 다름없다고요. 주교가 아무리 바보 천치 같고 황당한 소리를 해도 《파수꾼》은 기꺼이 실을걸요. 한 번에 대략 7실링 11펜스 얻자고 눈썹 하나 깜짝 안 하고 택시 운전사들을 쏘고 다닌 아가씨 생각나요? 그 아가씨가 딱 주교 취향이었죠. 주교는 그때 거의 혼수상태에 빠질 지경으로 눈물을 쏟더군요. 그리고 《파수꾼》에 가슴 절절한 장문의 편지를 보내선, 그 여자가 얼마나 불우한 환경에서 자랐는지를 지적한 거예요. 중등학교에 장학생으로 입학할 수 있었는데, 집이 너무 가난해서 교재랑 제대로 된 옷을 살 수 없었기 때문에 학업을 포기할 수밖에 없었다. 그래서 ‘막장’이나 다름없는 직업을 가졌다가 나쁜 친구들을 사귀었다, 그래서 택시 운전사를 쏘게 된 거다, 뭐 대충 그런 이야기인 듯했어요. 그 사소한 문제는 실제로 언급하진 않았지만 말이죠. 《파수꾼》 독자들 모두가 물론 그 이야기에 껌벅 넘어갔어요. 딱 그 인간들 취향이었으니까요. 《파수꾼》 독자들에 따르면 모든 범죄자는 좌절된 천사거든요. 그런데 그 아가씨가 장학생으로 입학할 수 있었다는 학교 이사장이 편지를 보내선, 장학생은커녕 지원자 200명 중 그 아가씨가 159등이었다는 사실을 밝힌 거예요. 그러곤 주교처럼 교육에 관심이 있는 사람이라면 돈이 없어 장학금을 포기해야 하는 사람은 없다는 걸 알 만도 하지 않느냐고 했죠. 형편이 안 되는 사람한테는 자동적으로 교재랑 보조금이 지급된다고요. 그쯤 되면 기죽을 만도 할 것 같잖아요? 하지만 웬걸요, 그놈들은 이사장의 편지를 조그만 활자로 뒷면에 실었어요. 그래 놓곤 바로 다음 호에서 그 영감탱이가 아무것도 아는 게 없는 또 다른 문제에 대해 또 훌쩍거리더군요. 그리고 이번 금요일엔 베티 케인 때문에 훌쩍거릴 거고요."

"혹시 내가 내일 주교를 만나러 가면……."

"내일 인쇄소로 넘어가는데요."

"아, 그렇지. 혹시 전화를 하면……."

"주교 각하가 완성된 글을 대중한테 공개하는 걸 막을 수 있는 사람이나 일이 있다고 생각한다면, 로버트, 당신이 뭘 모르는 거예요."

전화벨이 울렸다.

"로즈메리면 난 중국에 갔다고 해요."

네빌이 말했다.

전화를 건 사람은 케빈 맥더모트였다.

"오, 탐정인가. 축하하네. 하지만 다음번엔 스코틀랜드 야드에 문의하면 바로 회신으로 알려줄 일을, 에일즈베리의 민간인하고 통화하겠다고 오후 한나절을 허비하지 말라고."

로버트는, 자기는 아직도 민간인이라 스코틀랜드 야드 쪽으로 머리가 돌아가지 않지만 빠른 속도로 학습 중이라고 대답했다.

그는 케빈에게 지난밤에 있었던 일을 간략히 설명했다.

"이젠 여유 부릴 수 없게 됐네. 최대한 빨리 어떻게든 해서 혐의를 벗겨야겠어."

"사설탐정을 소개해달라는 말인가?"

"그래, 이젠 그 단계에 이른 것 같아. 하지만 생각해봤는데…….'

"뭘?"

로버트가 망설이자 케빈이 물었다.

"경찰청으로 그랜트를 찾아가서, 그 애가 어떻게 샤프 양 모녀하고 집에 대해 알 수 있었는지를 알아냈다고 솔직하게 털어놓을까 해서. 그리고 그 애가 라버러에서 남자를 만났고, 그걸 목격한 증인도 있다는 이야기도 하고."

"그래서 어떻게 하라고?"

"우리 대신 경찰 쪽에서 그 한 달 동안 그 애의 행적을 조사하게."

"그럴 것 같나?"

"그야 물론이지. 왜 안 된다는 거지?"

"그럴 가치가 없으니까. 그 애의 말을 믿을 수 없다는 걸 알게 되면 경찰에선 고마운 마음으로 수사를 중단하고 그걸로 끝일걸. 무슨 선서를 한 것도 아니니 그 애를 위증죄로 기소할 수도 없어."

"경찰을 속인 죄를 추궁할 순 있을 텐데."

"그래, 하지만 그럴 가치가 없거든. 그 한 달 동안 그 애의 행적을 밝혀내기는 분명 쉽지 않을 테지. 그런데 그 모든 불필요한 수사뿐 아니라, 사건을 기소하고 재판을 준비하는 일까지 해야 하는 거야. 중대한 사건이 쉴 새 없이 밀려들고 그렇지 않아도 업무 과다인 부서에서 그런 성가신 일을 할 리가 있겠나. 그냥 조용히 그만두면 그만인데."

"하지만 경찰은 정의를 실현하는 부서잖나. 샤프 양 모녀를…….'

"아니, 법을 집행하는 부서지. 정의는 법정에서 시작되네. 자네도 아주 잘 알 텐데. 게다가 롭, 자네는 아무런 증거도 찾지 못했어. 자네는 그 애가 밀퍼드에 간 적이 있는지 없는지 모르지. 게다가 그 애가 미들랜드에서 남자한테 수작을 걸고 같이 차를 마셨다고 그 애가 샤프 모녀의 차를 얻어 탔다는 이야기가 부정되는 건 아니거든. 자네의 유일한 근거는 사우스웨스트, 풀럼, 스프링 가든스 5번지, 앨릭 램즈던이야."

"그게 누군데?"

"자네의 사설탐정이지. 게다가 내 장담하네만 썩 훌륭한 탐정이고. 필요하면 언제든 동원할 수 있는 조사원들도 많이 있으니, 바쁘면 자기를 대신할 괜찮은 인재를 보내줄 수도 있을 거야. 나한테 소개받았다고 해. 그럼 엉터리를 보내진 않을 테니까. 안 그래도 그런 짓은 안 하겠지만. 그 친구는 세상의 소금 같은 존재거든. '임무 수행 중'에 부상을 입고 경찰을 그만뒀어. 틀림없이 자네를 만족시켜줄 거야. 이만 가봐야 돼. 내가 도울 수 있는 일이 또 있거든 언제든 전화하라고. 내가 직접 내려가서 프랜차이즈하고 자네의 그 마녀들을 직접 볼 수 있으면 좋겠는데 말이지. 점점 마음에 드는군. 그럼."

로버트는 수화기를 내려놓았다가 다시 들고는, 안내 서비스를 청해 앨릭 램즈던의 전화번호를 알아냈다. 전화를 걸었으나 받지 않기에, 전보를 보내 급히 부탁할 일이 있는데 케빈 맥더모트에게 그 일에는 램즈던이 적임이라는 말을 들었다고 했다.

그때 린 아주머니가 화가 나서 들어왔다.

"로버트, 네가 홀 테이블에 생선을 놔둔 거 아니? 마호가니가 젖었잖아. 게다가 크리스티나도 생선을 기다렸단 말이다."

"죄목의 핵심이 마호가니인가요, 크리스티나를 기다리게 한 건가요?"

"정말이지, 네가 대체 어떻게 된 건지 모르겠구나. 이 프랜차이즈 사건에 관계하게 된 이래로 넌 사람이 완전히 달라졌어. 2주 전만 해도 넌 마호가니 테이블에 생선 꾸러미를 내려놓고 잊어버리는 일은 생각두 못 했을 거다. 그리고 그런 일을 했으면 미안하게 생각하고 사과했을 거야."

"죄송해요, 린 아주머니. 진심으로 반성하고 있어요. 하지만 제가 지금처럼 중대한 책임을 짊어지는 일이 날이면 날마다 있는 게 아니니까요. 그러니 제가 좀 피곤해해도 봐주세요."

"내 생각엔 전혀 피곤한 것 같지 않아. 피곤하기는커녕 네가 그렇게 기분 좋은 걸 처음 본다. 이 지저분한 일을 네가 아주 즐기고 있다는 생각이 드는구나. 안 그래도 오늘 아침에 앤 불린에서 트루러브 양이, 네가 그 일에 말려들게 돼서 안됐다고 날 위로하더라."

"그래요? 전 트루러브 양의 동생이 안됐는데요."

"왜?"

"트루러브 양 같은 언니가 있어서요. 정말 힘드시겠어요, 린 아주머니."

"빈정대지 마라, 얘야. 그 일이 그렇게 악명을 떨치게 된 건 이곳 사람들 누구에게나 유쾌하지 못한 일이야. 이곳은 늘 조용하고 점잖은 곳이었으니까."

"전 2주 전만큼 밀퍼드를 좋아하지 않으니까 눈물은 아껴두죠."

로버트는 생각에 잠겨 말했다.

"오늘 라버러에서 관광버스가 무려 넉 대나 왔더라. 순전히 지나치면서 프랜차이즈를 구경한다는 목적으로 말이야."

"그럼 음식은 누가 제공했어요?"

로버트가 물었다. 그는 관광버스가 밀퍼드에서 환영받지 못한다는 것을 알고 있었다.

"아무도 안 했지. 노발대발하더구나."

"남의 일에 쓸데없이 참견하면 어떻게 되는지 그 사람들도 이제 알았겠군요. 라버러 사람들한테 제일 중요한 건 위장이니까요."

"목사님 사모님은 기독교도다운 태도를 보이자고 주장하더라만, 난 그건 잘못된 관점이라고 생각한다."

"기독교도답다고요?"

"그래, '판단을 유보'하자는 거지. 하지만 그건 기독교도다운 태도가 아니라 그냥 나약한 거예요. 물론 난 그 사건을 남들이랑 논하진 않는단다, 로버트. 심지어 목사님 사모님과도 말이야. 하지만 물론 사모님은 내가 어떻게 생각하는지 알고 난 사모님이 어떻게 생각하는지 아니까, 어차피 토론이 필요하지도 않아."

네빌이 몸을 푹 파묻고 있는 안락의자 쪽에서 코웃음임이 확실한 소리가 들려왔다.

"방금 무슨 말 했니, 얘야?"

육아실 같은 어조에 네빌은 명백히 주눅이 들었다.

"아뇨, 린 아주머니."

그는 온순하게 말했다.

그러나 그렇게 쉽게 놓여날 수는 없었다. 그러기에는 너무 의심할 여지없이 코웃음이었다.

"아까워하는 건 아니다만, 혹시 그 위스키, 세 잔째 마시는 거니? 저녁 식사에 트라미너 와인을 낼 텐데 그렇게 독한 걸 마시면 맛을 알지도 못하겠구나. 주교의 따님이랑 결혼할 애가 나쁜 습관을 들이면 못쓰지."

"로즈메리하고 결혼 안 해요."

린 아주머니가 아연한 표정으로 네빌을 응시했다.

"차라리 공적 부조국하고 결혼하겠어요."

"그렇지만 네빌!"

"차라리 라디오하고 결혼하겠어요."

로버트는 로즈메리가 레코드밖에 못 낳으리라는 케빈의 말이 생각났다.

"차라리 악어하고 결혼하겠어요."

로즈메리는 매우 예쁜 아가씨이니 '악어'는 아마 눈물과 상관있을 것이다.

"차라리 비누 상자하고 결혼하겠어요."

이건 아마 마블아치 이야기일 것이다.

"차라리《애크에머》하고 결혼하겠어요."

이 문제에 종지부를 찍는 말이었다.

"하지만 네빌, 얘야, 대체 왜!"

"엄청난 바보니까요. 거의《파수꾼》못지않게 바보라고요."

로버트는 영웅적인 자제심을 발휘해 지난 육 년간《파수꾼》이 네빌의 성경이나 다름없었다는 말을 하지 않았다.

216

"오, 애야, 사랑싸움 좀 했다고 그러면 쓰니. 약혼한 커플은 원래 다들 그러는 법이에요. 결혼 전에 의견 교환을 확실하게 해두는 건 좋은 일이란다. 약혼 기간 중에 한 번도 싸워보지 않은 커플은 결혼하고 나서 얼마나 많이 싸우는지 놀랄 지경이거든. 그러니 사소한 의견 차를 너무 심각하게 받아들이지 말렴. 이따 집에 가기 전에 전화해서……."

"이건 매우 근본적인 의견 차예요. 제가 그 여자한테 전화할 일은 전혀 없을 겁니다."

네빌이 쌀쌀맞게 말했다.

"하지만 네빌, 애야, 대체……."

가냘프고 갈라진 징소리 세 번이 린 아주머니의 말을 멈추었다. 그 즉시 파혼의 드라마는 눈앞의 문제에 밀려나고 말았다.

"징이 울렸구나. 술은 식당에 가서 마저 마시는 게 좋을 것 같다. 크리스티나는 수프에 계란을 넣는 대로 바로 내고 싶어 하거든. 생선을 늦게 받은 것 때문에 그 애가 오늘 기분이 별로 좋지 않아요. 솔직히 그게 그 애한테 무슨 상관인지 나도 잘 모르겠다만. 어차피 굽기만 하는 건데 시간도 걸리지 않잖니. 그렇다고 그 애가 마호가니에서 비린내 나는 물을 닦아내야 했던 것도 아니고 말이지. 그건 내가 했으니까."

제14장

다음 날 아침 로버트가 일찍 출근하기 위해 7시 45분에 아침 식사를 해야 한다는 것도 린 아주머니를 심란하게 했다. 이 또한 프랜차이즈 사건으로 인한 타락의 징후였다. 기차를 타거나, 여우 사냥 때문에 멀리 나가거나, 고객의 장례식에 참석하기 위해 일찍 아침 식사를 하는 것은 상관없었다. 그러나 사환 아이들이나 출근하는 시간에 사무소에 나가기 위해 아침을 일찍 먹는다는 것은 매우 별나고, 블레어 가 사람에게 걸맞지 않는 일이었다.

로버트는 상점들이 아직 문을 열지 않은 고요한 하이 가를 걸으며 미소를 지었다. 그는 늘 이른 아침 시간을 좋아했으려니와, 밀퍼드가 가장 아름다운 것도 이 시간대였다. 거리의 분홍색과 세피아색과 크림색이 햇살 아래 흡사 수채화처럼 섬세하게 돋보였다. 계절은 여름의 문턱에 있었다. 서늘한 공기 속에 인도가 온기를 발하고 가지를 말끔히 친 라임 나무에는 꽃이 흐드러지게 피어 있었다. 즉, 프랜차이즈에서 샤프 모녀가 불안 속에 보내야 할 밤이 짧아지리라는 뜻이다. 하지만 잘하면 여름이 정말로 찾아오기 전에 혐의를 완전히 벗길 수 있을지도 모른다. 그러면 그들의 집이 포위된 요새처럼 공격을 받는 일도 없을 것이다.

아직 열리지 않은 사무소 문에 키가 크고 깡마르고 머리가 희끗희끗한 남자가 기대서 있었다. 어찌나 말랐는지 뼈만 앙상하고 뱃살은 전혀 없어 보였다.

"안녕하십니까. 절 찾으셨는지요?"

로버트는 말했다.

"아뇨, 당신이 절 찾았습니다."

머리가 반백인 남자가 말했다.

"제가요?"

"적어도 당신이 보낸 전보에 따르면 그렇습니다만. 당신이 블레어 씨 맞죠?"

"아니, 어떻게 벌써 오신 겁니까!"

"멀지 않으니까요."

남자가 짤막하게 대답했다.

"들어오시죠."

로버트는 램즈던의 기준에 맞춰 말수를 아꼈다.

사무실에 들어선 그는 잠가두었던 책상 서랍을 열며 물었다.

"아침 식사는 하셨습니까?"

"화이트 하트에서 베이컨 에그를 먹었습니다."

"램즈던 씨가 직접 와주실 수 있어서 정말 다행입니다."

"방금 사건 하나를 마쳤거든요. 게다가 케빈 맥더모트한테 신세 진 게 많죠."

그렇다. 겉으로는 그렇게 심술궂은 척하고 그렇게 바쁘게 살면서도, 케빈은 도움을 받을 가치가 있는 사람이면 시간을 내서 기꺼이 도왔다. 그 점에서 그는 그럴 가치가 없는 사람들을 편애하는 라버러 주교와는 매우 대조적이었다.

"우선 이 진술서를 직접 읽어보시는 게 가장 나을 것 같군요. 그럼 그다음부터 이야기하면 될 테니까요."

로버트는 베티 케인의 진술서 사본을 램즈던에게 건네며 말했다.

램즈던은 타자기로 정서된 문서를 받아 손님용 의자에 앉아서는, 더 정확히 표현하자면 주저앉아서는, 세인트폴스 처치야드의 아파트에서 케빈이 그랬던 것처럼 자기 안에 틀어박혔다. 로버트는 그들의 집중력을 부러워하며 자기 일거리를 꺼냈다.

"그래서요, 블레어 씨?"

이윽고 램즈던이 말했다.

로버트는 나머지 이야기를 했다. 소녀가 프랜차이즈와 그 집 사람들을 확인한 것, 로버트 자신이 그 사건에 연관되게 된 경위, 당시 있던 증거만으로는 기소하지 않겠다는 경찰의 결정, 레슬리 윈이 그에 분개해 그 결과 《애크에머》에 기사가 나게 된 것, 소녀의 친척들을 만나보고서 알게 된 사실들, 소녀가 버스를 타고 돌아다녔으며 문제의 기간 중에 밀퍼드 노선에 2층 버스가 다녔다는 것, 그리고 X의 존재를 밝혀낸 것.

"램즈던 씨께서 해주실 일은 X에 관해 더 알아내는 겁니다. 라운지 웨이터인 앨버트가 X의 얼굴을 압니다. 그리고 이게 문제의 기간 중에 호텔에 투숙했던 사람들 명단입니다. 미들랜드에 묵고 있었다면 정말 운이 좋은 거겠지만, 혹시 모르는 일이니까요. 그다음부터는 램즈던 씨가 알아서 하셔야 합니다. 참, 앨버트한테 제가 보냈다고 말씀하십시오. 오래 알고 지낸 친구입니다."

"좋습니다. 당장 라버러로 가죠. 내일이면 그 애 사진을 입수할 수 있을 테니, 오늘만 《애크에머》를 빌려주시겠습니까?"

"그야 물론이죠. 그 애 사진은 어떻게 손에 넣으실 겁니까?"

"오, 다 방법이 있습니다."

로버트는 소녀의 실종 신고가 접수됐을 때 스코틀랜드 야드에서 사진을 입수했으리라고 추측했다. 그리고 램즈던이 경찰청의 옛 동료들에게 사본을 얻기가 그리 어렵지 않으리라는 것도. 로버트는 그 이상 묻지 않았다.

"어쩌면 2층 버스 차장이 그 애를 기억할 가능성도 있습니다. 라버러 지구 모터 서비스 버스입니다. 차고는 빅토리아 가에 있고요."

그는 램즈던을 배웅하며 말했다.

9시 반에 직원들이 출근했다. 가장 먼저 도착한 사람들 중에 네빌이 있는 것을 보고 로버트는 놀랐다. 네빌은 대개 제일 늦게 출근해 제일 늦게 일을 시작했다. 여느 때는 어슬렁어슬렁 들어와 자기에게 주어진 작은 뒷방에 코트 등을 벗어놓은 다음, 어슬렁어슬렁 '사무실'로 들어가 아침 인사를 하고, 안쪽 '대기실'로 어슬렁어슬렁 들어가 터프 양에게 인사를 하곤 했다. 그리고 마지막으로 로버트의 방에 어슬렁어슬렁 들어와 우두커니 서서는, 돌돌 말려 우편으로 배달되는 난해한 잡지를 뜯어보며 영국의 변함없이 개탄스러운 상황에 관해 논평을 하곤 했다. 로버트는 네빌의 반주에 맞춰 아침 우편물을 훑어보는 데 어느새 익숙해지고 말았다. 그렇건만 오늘, 네빌은 정해진 시간에 출근해 자기 방으로 가더니 문을 꽉 닫았다. 그리고 서랍을 여닫는 소리로 판단하는 게 가능하다면 곧바로 업무를 시작한 듯했다.

피터 팬 칼라가 눈부시게 하얀 터프 양이 수첩을 들고 들어오면서 여느 때와 같은 로버트의 하루가 시작되었다. 터프 양은 지난 이십 년간 짙은 색 원피스에 피터 팬 칼라를 달았기 때문에, 지금은 그게 없으면 흡사 옷을 입지 않은 것처럼 점잖지 못하게 보일 것이다. 그녀는 매일 깨끗한 칼라를 달았다. 달았던 칼라는 그날 밤에 빨아두었다가 그 다음다음 날 달곤 했다. 이런 일과가 깨지는 것은 일요일뿐이었다. 한번은 일요일에 터프 양을 만났는데, 그때 그녀가 레이스 러플이 달린 옷을 입고 있었던 탓에 전혀 알아보지 못했다.

10시 반까지 일하던 로버트는 자기가 평소보다 이른 시간에 아침식사를 했다는 것을 깨달았다. 사무소에서 주는 차 한 잔보다 더 많은 자양분이 필요할 듯했으므로, 나가서 로즈 앤 크라운에서 커피와 샌드위치를 먹기로 했다. 밀퍼드에서 가장 맛있는 커피를 마실 수 있는 곳은 앤 불린이지만, 그곳은 언제나 쇼핑 나온 여자들로 북적댄다("아유, 이렇게 만나니 너무너무 기쁘네요. 로니네 파티에선 당신을 못 만나서 얼마나 서운했는데요. 혹시 그 얘기 들었어요?"). 브라질의 커피를 전부 준다 해도 그는 그 분위기를 감당할 수 없었다. 로즈 앤 크라운에 갔다가 프랜차이즈 사람들에게 갖다줄 물건을 잠깐 사고, 점심을 먹은 뒤 프랜차이즈로 가서《파수꾼》에 관한 나쁜 소식을 조심스럽게 밝히자. 전화가 불통이 된 탓에 전화로 알리는 것은 불가능했다. 라버러의 업자는 사다리와 퍼티와 판유리를 갖고 와서 간단하고도 깔끔하게 창유리를 갈아 끼웠다. 그러나 물론 그들은 자영업자였다. 공공 기관인 우체국은 현재 전화 문제에 관해 어떤 결론을 내리기에 앞서 숙고하는 중으로, 자기들의 그 늘쩡늘쩡한 속도로 움직일 것이다. 따라서 로버트는 샤프 모녀에게 전화로는 알릴 수 없는 소식을 전하며 오후의 일부를 보내기로 했다.

아직 오전 간식을 먹기에는 이른 시간이었으므로, 무늬 있는 무명천 커버와 오크 가구로 장식된 로즈 앤 크라운의 라운지에는 다른 사람은 아무도 없고 오로지 벤 칼리뿐이었다. 그는 창가의 접이식 테이블 옆에 앉아《애크에머》를 읽고 있었다. 칼리는 로버트가 호감을 갖는 타입이 아니었다(로버트가 아마도 칼리가 호감을 가질 타입이 아닌 것 못지않게). 그러나 그들은 동업자라는 유대(인간의 본성상 가장 강력한 것 중 하나)로 맺어져 있었다. 그리고 밀퍼드 같은 작은 곳에서 그것은 두 사람을 절친한 친구나 거의 다름없게 했다. 그러므로 로버트는 당연하게 칼리와 한 테이블에 앉았다. 비록 무시하고 넘어가기는 했지만, 시골의 지역감정에 관해 그가 경고해준 데 대한 인사를 아직 하지 않았다는 것이 그제야 생각났다.

칼리는《애크에머》를 내리고는 이 평화스러운 영국 중부 지방에서는 몹시 이질적인, 지나치게 생기에 찬 짙은 색 눈으로 그를 바라보았다.

"이제 사그라지는 것 같은데. 오늘은 편지 한 통밖에 없어. 발 한 짝을 걸쳐놓으려는 거겠지."

"《애크에머》는 그렇네만, 《파수꾼》이 금요일에 독자적으로 캠페인을 시작할 예정이네."

"《파수꾼》이라고! 《애크에머》의 침대에 기어들어 뭘 하겠다는 거지?"

"처음 있는 일도 아니지 않나."

"그래, 그렇겠군. 생각해보면 그 둘은 동전의 양면이지. 뭐, 걱정할 필요 없어. 《파수꾼》의 총 발행 부수는 그래 봤자 대략 2만 부니까."

칼리가 생각에 잠겨 말했다.

"그럴지도 모르지. 하지만 그 2만 명 중 거의 모든 사람이 공무원인 육촌을 갖고 있단 말이네."

"그래서 어쨌다는 건가? 자기들의 통상 업무 외에서 벌어지는 일에 공무원이 손가락 하나라도 까딱하는 걸 본 적 있나?"

"아니, 하지만 공을 다른 데로 돌리지. 저러다 조만간 공이, 공이……"

"비옥한 땅에 떨어질 테지."

칼리가 일부러 은유를 뒤섞어 말했다.

"그래. 조만간 웬 할 일 없는 참견장이 아니면 감상적인 인간 아니면 자기중심적인 인간이 이 일을 어떻게 해야 하는 게 아닐까 생각해서 '줄'을 잡아당기기 시작할 거야. 공무원 세계에서 줄을 잡아당기는 건 요지경에서 줄을 잡아당기는 것하고 같은 효과를 발휘해. 싫든 좋든 톱니바퀴가 돌아가기 시작하는 거야. 제럴드는 토니의 부탁을 들어주고, 레기는 제럴드의 부탁을 들어주고, 등등. 그리고 그 끝은 아무도 짐작할 수 없네."

칼리는 잠시 침묵했다.

"애석하게 됐어. 《애크에머》의 기세가 줄어들던 참에. 이틀만 더 있으면 완전히 관심을 잃었을 텐데. 사실 평소보다 이틀 초과했다고. 그자들이 한 문제로 세 호 이상 넘기는 걸 본 적이 없거든. 그 정도로 독자들의 반응이 뜨겁다는 거겠지."

"그래."

로버트는 울적하게 말했다.

"물론 그건 그자들한테 넝쿨째 굴러 떨어진 호박이었어. 여자애들을 납치해 때리는 일은 점점 자취를 감추고 있으니까. 새로운 메뉴로서 더할 나위가 없었지. 《애크에머》처럼 내놓을 수 있는 요리가 서너 종류밖에 없으면, 고객들의 미각을 만족시켜주기가 쉽지 않거든. 프랜차이즈 사건 같은 작은 이야깃거리도 라버러 지역에서만 판매 부수를 수천은 더 늘려줬을걸."

"그건 언젠가 도로 빠질 거야. 그저 조류(潮流)에 불과하니까. 하지만 내가 다뤄야 하는 건 그 뒤에 해변에 남은 거란 말이지."

"그것도 악취가 고약한 해변이고. 앤 불린 옆에서 스포츠웨어 상점을 하는 그 뚱보 금발을 아나? 연자줏빛 파우더를 바르고 가슴을 올려주는 브래지어를 한 여자 말이네. 자네 해변에 그 여자도 있어."

"무슨 뜻인가?"

"보아하니 런던에서 샤프 모녀하고 같은 하숙집에 살았던 모양인데, 매리언 샤프가 한번은 화가 나서 개를 초주검이 되도록 두들겨 팼다는 근사한 이야기를 알고 있어. 그 여자 손님들은 그 이야기를 아주 좋아했지. 앤 불린 손님들도. 그 여자가 거기서 모닝커피를 마시거든."

칼리는 노여움에 벌게진 로버트의 얼굴을 심술궂게 흘깃 보았다.

"그 여자가 개를 한 마리 키운다는 말은 굳이 안 해도 되겠지. 야단 한 번 안 맞고 버르장머리 없게 자란 놈인데, 비만으로 빠른 속도로 죽어가는 중이네. 그 뚱보 금발이 감상적인 기분이 들 때마다 가리지 않고 아무거나 먹여서 말이지."

줄무늬 양복을 입었건 말건 이따금 벤 칼리를 와락 끌어안고 싶어지는 순간이 있다.

"뭐, 언젠간 잠잠해질 거야."

칼리가 말했다. 납작하게 엎드려 폭풍이 지나가기를 기다리는 데 익숙한 종족의 유연한 철학에서 나온 발언이었다.

로버트는 놀란 표정을 지었다. 40대 전 조상부터 면면히 이어져 내려오는, 항의하는 혈통이 놀란 것이다.

"잠잠해진다고 뭐가 나아질지 모르겠군. 그런다고 내 의뢰인들한 테 도움이 되진 않을 텐데."

"어떻게 하려고?"

"그야 당연히 싸워야지."

"뭘 위해? 명예 훼손을 생각하는 거라면 승소하지 못할 거야."

"명예 훼손을 생각한 게 아니었네. 그 애가 그 기간 중에 뭘 하고 있었는지 밝혀낼 생각이야."

칼리의 얼굴에 재미있어하는 빛이 떠올랐다.

"그냥 그렇게?"

무리한 과제를 간단히 이야기한다는 양 그가 말했다.

"그야 쉽지 않겠지. 십중팔구 그 사람들 재산도 거덜 날 테고. 그렇지만 다른 대안이 없네."

"여기를 떠나면 돼. 집을 팔고 다른 데 정착하는 거야. 일 년만 지나면 밀퍼드 지역만 빼고 어디서도 이 사건을 기억하지 못할 거야."

"그 사람들은 절대 그러지 않을 거야. 행여 그러겠다고 해도 내가 말리겠네. 꽁무니에 깡통을 단 채 한평생 그게 없는 척하면서 살 순 없어. 게다가 그런 이야기를 하고도 그 애가 무사하다는 건 말도 안 되지. 이건 원칙 문제라고."

"자네의 그 빌어먹을 원칙 때문에 너무 큰 대가를 치르게 될지도 몰라. 그래도 어쨌든 행운을 빌겠네. 사설탐정을 쓸 생각인가? 만약 그렇다면 내가 아주 좋은……."

로버트는 이미 탐정이 조사에 착수했다고 했다.

칼리는 보수적인 블레어·헤이워드·베넷 법률사무소가 이토록 신속하게 행동한 것을 재미있어하며 찬사를 보내는 표정을 지었다.

"스코틀랜드 야드는 망신당하지 않게 조심해야겠군."

그렇게 말한 칼리의 시선이 납 창틀을 끼운 창문 너머를 향하더니 얼굴에서 웃음기가 사라졌다. 그는 잠시 뚫어지게 쳐다보더니 나지막이 말했다.

"세상에, 뻔뻔하기도 하지!"

분개한 어조가 아니라 경탄하는 어조였다. 로버트는 무엇이 그의 경탄을 자아내는지 보려고 고개를 돌렸다. 길 건너편에 샤프 모녀의 고물차가 혼자만 색이 다른 앞바퀴를 보이며 서 있었다. 그리고 뒷좌석에는 샤프 부인이 여느 때처럼 이 교통수단에 어렴풋이 항의하는 듯한 분위기로 왕좌에 자리하듯 앉아 있었다. 차가 식품점 앞에 서 있는 것으로 보건대, 매리언은 안에서 장을 보는 중인 듯했다. 벤 칼리가 이제야 알아차린 것을 보면 방금 온 듯한데, 그런데도 이미 사환 둘이 자전거를 세우고 매우 만족스러운 표정으로 이 공짜 구경거리를 뚫어지게 쳐다보고 있었다. 로버트가 눈앞의 광경을 이해하는 동안에도, 소문이 빠른 속도로 퍼지면서 사람들이 근처 상점 문간에 모여들었다.

"믿기질 않는군. 어떻게 저런 바보 같은 짓을!"

로버트는 성이 나서 말했다.

"바보 같긴. 저 여자들이 내 의뢰인이면 좋았을 텐데."

칼리가 창밖에서 눈을 떼지 않은 채 말했다.

그가 주머니를 뒤져 커피 값을 치를 동전을 찾았다. 로버트는 밖으로 달려나갔다. 그가 차 왼편에 이르렀을 때, 매리언이 반대편에서 인도로 나왔다. 로버트가 엄하게 말했다.

"샤프 부인, 이건 너무 어리석은 행동입니다. 두 분은 그저 상황을 악화시킬⋯⋯."

"안녕하세요, 블레어 씨. 모닝커피는 이미 마셨나요? 아니면 우리랑 같이 앤 불린에 가지 그래요?"

그녀가 공손하게 예의를 차리는 어조로 말했다.

"샤프 양! 이게 어리석은 행동이란 걸 아시잖습니까."

그는 짐을 좌석에 내려놓는 매리언에게 돌아섰다.

"솔직히 그런지 아닌지는 잘 모르겠지만, 우리가 해야 하는 일은 맞는 것 같아요. 어쩌면 너무 우리끼리 산 탓에 어린애 같아진 걸지도 모르지만, 어머니나 저나 앤 불린에서 그렇게 냉대를 받았던 걸 못 잊겠지 뭐예요. 재판도 없이 유죄 선고를 받은 격이잖아요. 우리는 정신적인 소화불량에 시달리는 거예요, 블레어 씨. 독은 독으로 중화한다고, 그걸 고칠 수 있는 약은 이것밖에 없어요. 즉, 트루러브 양의 훌륭한 커피 말이죠."

"하지만 굳이 이러지 않으셔도 되잖습니까! 이렇게……."

"아침 10시 반이면 앤 불린에도 분명히 빈자리가 많을 테죠."

샤프 부인이 쌀쌀맞게 말했다.

"걱정 마세요, 블레어 씨. 그냥 상징적인 제스처일 뿐이니까요. 앤 불린에서 커피를 마시고 나면 이제 두 번 다시 우리가 그곳 공기를 오염시키는 일은 없을 거예요."

매리언은 마지막 말을 익살스레 말했다.

"하지만 이래선 그저 밀퍼드에 공짜……."

그가 하려던 말을 샤프 부인이 가로챘다.

"밀퍼드는 우리라는 구경거리에 익숙해져야 해요. 담장 안에서만 산다는 건 생각할 수 없는 일이라고 결론을 내렸거든."

"그렇지만……."

"사람들도 금세 악마에 익숙해져 우리를 다시 당연한 존재로 받아들이게 될 거예요. 일 년에 한 번 기린을 보면 그때마다 신기한 구경거리지만, 날마다 보면 풍경의 일부가 되죠. 우리는 밀퍼드 풍경의 일부가 될 작정이에요."

"좋습니다. 풍경의 일부가 될 작정이시란 말이죠. 하지만 지금 당장은 제 부탁을 하나만 들어주십시오."

이미 2층 창문들의 커튼이 걷히고 사람들의 얼굴이 나타나기 시작했다.

"앤 불린 계획은 포기하십시오. 적어도 오늘은요. 그리고 저와 함께 로즈 앤 크라운에서 커피를 들어주십시오."

"블레어 씨, 댁하고 로즈 앤 크라운에서 커피를 마시는 것도 근사하겠지만, 그건 내 정신적인 소화불량을 고쳐주지 못해요. 그 때문에 요샛말로 내 수명이 줄어들고 있는데 말이죠."

"샤프 양, 제발 부탁입니다. 어린애 같은 행동이라는 건 스스로도 아신다고 하지 않았습니까. 두 분의 대리인인 절 봐서라도 제발 앤 불린 계획은 단념해주시길 부탁드립니다."

"그건 협박이에요."

샤프 부인이 말했다.

매리언이 그를 향해 희미하게 미소를 지었다.

"어쨌든 반박이 불가능한 말씀이군요. 로즈 앤 크라운에서 커피를 마셔야 할까 봐요. 전 이미 태세를 갖췄는데요!"

그녀가 한숨을 쉬었다.

"세상에, 뻔뻔하기도 하지!"

머리 위에서 목소리가 들려왔다. 칼리가 했던 말과 표현은 똑같은데, 칼리 같은 경탄은 찾아볼 수 없고 분개로 가득한 어조였다.

"차를 여기 두시면 안 됩니다. 교통법도 교통법이지만, 이 차는 실질적으로 증거물 A이니까요."

로버트는 말했다.

"오, 우리도 그럴 생각은 없었어요. 정비소로 끌고 가려고요. 스탠리가 거기 도구로 우리 차 내부에 무슨 기술적인 일을 해준대요. 우리 차를 아주 꼴 같지 않게 여기더군요, 스탠리가."

매리언이 말했다.

"그럴 테죠. 그럼 저도 같이 가겠습니다. 혼잡을 유발했다고 체포되기 전에 차에 타시죠."

"가엾은 블레어 씨. 그렇게 오랜 세월 편안하게 녹아들어 있던 경치의 일부가 더 이상 아니라니 얼마나 끔찍하시겠어요."

매리언이 시동을 걸며 말했다.

그녀는 악의 없이 한 말이었다(그리고 그녀의 목소리에는 진심 어린 동정심이 깃들어 있었다). 그러나 그들이 신 거리로 차를 몰고 가, 성질을 부리며 마방에서 느릿느릿 나오는 말 다섯 마리와 조랑말 한 마리를 피해 침침한 차고에 차를 세우는 동안, 그녀의 말이 그의 마음속에 박혀 쿡쿡 쑤셨다.

빌이 기름투성이 걸레로 손을 닦으며 나와 그들을 맞이했다.

"안녕하세요, 샤프 부인. 잘 나오셨어요. 안녕하세요, 샤프 양. 스탠의 이마를 처치한 솜씨가 아주 훌륭하시던데요. 꼭 꿰맨 것처럼 상처가 잘 아물었더라고요. 간호사가 되실 걸 그랬어요."

"천만에요. 난 남들의 변덕을 못 참아서 안 돼요. 하지만 외과의사는 해볼 만했을지도 모르죠. 수술대 위에선 별로 변덕을 부릴 수 없을 테니까요."

스탠리가 뒤쪽에서 나오더니 이제는 허물없는 사이가 된 두 여자를 무시하고 차로 다가갔다.

"이 고철덩어리가 언제 필요해요?"

"한 시간이면 되겠어요?"

매리언이 물었다.

"일 년으로도 턱도 없어요. 하지만 한 시간 안에 가능한 데까지 해 보죠."

그의 시선이 로버트로 옮겨갔다.

"2천 기니(영국의 경마 - 옮긴이)에 뭐 있어요?"

"발리 부기가 괜찮다는 믿을 만한 정보가 있던데."

"허튼소리. 히포크라스 혈통을 타고난 놈치고 경쟁에서 쓸 만했던 놈이 없어요. 늘 그냥 포기하고 말았지."

샤프 부인이 말했다.

세 남자가 아연해서 그녀를 빤히 쳐다보았다.

"경마에 관심이 있으십니까?"

로버트는 믿기지 않는다는 듯 물었다.

"내가 관심 있는 건 말이에요. 오빠가 서러브레드를 길렀거든."

그들의 표정을 본 그녀가 꼭 암탉처럼 킬킬거렸다.

"블레어 씨, 내가 매일 오후 성경책을 들고 쉬러 가는 줄 알았나요? 아니면 흑마술에 관한 책이라든지? 아니죠, 난 일간신문의 경마 페이지를 들고 들어간답니다. 내 충고하는데, 스탠리, 발리 부기에 걸면 그건 돈을 버리는 일이에요. 그 짐승이라면 아무리 말이라도 그렇게 추잡한 이름으로 불려 싸요."

"그럼 뭐가 좋죠?"

232

스탠리가 여느 때처럼 간결하게 물었다.

"상식을 가리켜 말의 분별이라고 하는 건, 말은 본능적으로 사람을 갖고 도박을 안 하기 때문이랍니다. 하지만 꼭 그런 어리석은 짓을 해야겠다면 코민스키에 걸어요."

"코민스키라고요! 하지만 배율이 60배인데요!"

스탠리가 말했다.

"물론 원한다면 더 낮은 배율로 돈을 잃어도 돼요. 갈까요, 블레어 씨?"

그녀가 냉랭하게 말했다.

"좋아요. 코민스키란 말이죠. 딴 돈의 10분의 1은 부인 거예요."

스탠리가 말했다.

그들은 걸어서 로즈 앤 크라운으로 돌아갔다. 비교적 한산한 신 거리에서 사방이 훤히 트인 하이 가로 나오자, 로버트는 격심한 야간 공습 중에 바깥에 있을 때 맛보던 노출된 느낌에 휩싸였다. 그 불안했던 밤에 모든 관심과 악의가 자기의 움츠러든 몸뚱이에 쏠리는 듯했었다. 그리고 지금 화창한 초여름의 햇살 아래 그는 벌거벗고 무방비한 기분으로 거리를 건넜다. 겉보기로는 아무렇지도 않은 듯 편안하게 옆을 걷는 매리언을 보니 창피한 생각이 들어, 자기가 이토록 남의 이목을 신경 쓰는 것이 겉으로 드러나지 않기만을 바랐다. 그는 되도록 자연스럽게 이야기하려 애썼으나, 그녀가 늘 얼마나 자기 속마음을 쉽게 읽어내는지를 생각하면 별로 성공하는 것 같지 않았다.

벤 칼리가 테이블에 남겨둔 1실링을 집는 웨이터를 제외하면 라운지에는 아무도 없었다.

"우리 집에 다시 창문이 생겼다는 말은 들으셨나요?"

꽃무를 꽂은 검은 오크 테이블을 둘러앉으며 매리언이 말했다.

"네. 뉴섬 순경이 지난밤에 집에 가는 길에 들러 가르쳐주더군요. 놀랍죠."

"매수라도 한 건가요?"

샤프 부인이 말했다.

"아뇨. 그냥 불한당들 소행이라고만 했습니다. 창문이 깨진 게 돌풍 때문이라면 분명 지금도 비바람이 들이치고 있었을 겁니다. 돌풍은 불운으로 분류되고, 따라서 그냥 참고 견뎌야 하는 일이거든요. 하지만 불한당들에 의한 파괴는 '어떻게든 해야 하는 일'입니다. 그렇기 때문에 두 분이 그렇게 빨리 새 창문을 갖게 된 거죠. 모든 일이 창유리를 갈아 끼우는 것처럼 그렇게 간단하면 좋을 텐데요."

그는 자기 어조의 변화를 의식하지 못했다. 그러나 매리언은 그의 표정을 살피더니 말했다.

"무슨 일이 있었군요?"

"유감이지만 그렇습니다. 원래는 오후에 찾아뵙고 말씀드릴 생각이었습니다. 《애크에머》가 드디어 이 사건에 관심을 잃기 시작했는데…… 오늘은 편지 한 통뿐이었거든요. 그마저도 꽤 약했고요. 그렇게 《애크에머》가 베티 케인 문제에 싫증이 난 차에 《파수꾼》이 나설 거랍니다."

"저런! 《애크에머》의 힘 빠진 손에서 《파수꾼》이 횃불을 가로채다니 그림이 제법 그럴싸한데요."

매리언이 말했다.

벤 칼리는 '《애크에머》의 침대에 기어들어'라는 표현을 썼지만, 말에 담긴 정서는 같았다.

"블레어 씨는《파수꾼》에 첩자라도 있나요?"

샤프 부인이 물었다.

"아뇨, 네빌이 알아낸 겁니다. 장래의 장인인 라버러 주교가 쓴 편지가 실릴 예정이라는군요."

"허! 토비 번이!"

샤프 부인이 말했다.

"주교를 아십니까?"

로버트는 테이블에 닿으면 니스가 벗어질 것 같은 어조라고 생각하며 물었다.

"조카애와 같은 학교에 다녔어요. 말 기르던 오빠 아들 말이죠. 토비 번이라. 하여간 여전하군."

"마음에 들지 않으셨나 보군요."

"난 만난 적 없어요. 방학에 조카애와 함께 집에 온 적이 한 번 있는데, 그 뒤로 두 번 다시 초대받지 못했죠."

"그렇습니까?"

"마구간 일꾼들이 동 틀 때 일어난다는 걸 태어나서 처음으로 알고 충격을 받았거든. 노예나 다름없는 생활이라고 했다는군요. 그러더니 일꾼들을 찾아다니면서 권리를 찾기 위해 들고 일어나라고 했답디다. 모두가 단결하면 단 한 마리의 말도 아침 9시 전에 마구간에서 나가지 않으리라고 말이죠. 일꾼들은 그 뒤 수년간 토비를 비웃곤 했지만, 아무튼 그 뒤로는 토비를 초대하지 않았어요."

"맞습니다. 정말 여전하군요."

로버트는 말했다.

"그 이래로 카피르부터 탁아소에 이르기까지 어디에나 똑같은 테크닉을 구사하고 있거든요. 대상에 대해 아는 게 없으면 없을수록 더욱 정열을 쏟죠. 네빌은, 주교가 이미 편지를 썼으려니와 주교가 일단 쓴 게 휴지가 된다는 건 있을 수 없는 일이라면서 방법이 없다고 하더군요. 하지만 그렇다고 그냥 가만 있을 수도 없잖습니까. 그래서 저녁 식사 뒤에 주교에게 전화해서 최대한 말을 가려, 지금 매우 불확실한 문제에 관여하는 거라고, 그럼으로써 결백할지도 모르는 두 사람에게 위해를 가하고 있다고 지적했거든요. 하지만 헛수고였습니다. 《파수꾼》은 자유로운 의견 표현을 위해 존재한다면서 제가 그 자유를 막으려 한다고 시사하더군요. 결국은 린치에 찬동하는 거냐, 당신은 지금 린치를 유발하기 위해 최선을 다하는 셈이라고 하고 말았습니다. 그때는 물론 가망이 없다고 판단해 말을 가리기를 포기한 뒤였습니다만."

로버트는 샤프 부인이 앞에 놓아준 커피 잔을 들었다.

"다섯 개 주의 악인들을 벌벌 떨게 했을 뿐더러 학자이기까지 했던 전임 주교에 비하면 정말 슬프고 실망스러운 후임입니다."

"토비 번은 어떻게 주교가 된 거죠?"

샤프 부인이 물었다.

"카우언스 크랜베리 소스가 적잖은 역할을 했을 것 같은데요."

"아, 그렇군요. 그 사람 부인 말이죠. 깜박했네요. 설탕 넣겠어요, 블레어 씨?"

"그건 그렇고 프랜차이즈의 대문 열쇠를 두 개 복사했습니다. 하나는 제가 갖고 있어도 되겠죠? 나머지 하나는 경찰에게 주는 게 좋을 것 같습니다. 아무 때나 둘러볼 수 있게 말이죠. 그리고 사설탐정을 고용했다는 말씀도 드려야겠군요."

로버트는 앨릭 램즈던이 아침 8시 반에 문간에 나타났다는 이야기를 했다.

"누가《애크에머》에 실린 사진을 보고 스코틀랜드 야드에 편지를 썼다는 소식은 없고요? 전 거기에 희망을 걸었는데요."

매리언이 말했다.

"현재까지는 없군요. 하지만 아직 희망은 있습니다."

"《애크에머》에 사진이 실린 지 벌써 닷새예요. 알아볼 사람이 있으면 벌써 알아봤겠죠."

"버린 신문 생각은 안 하시는군요. 원래 대개 그렇게 되는 거랍니다. 감자튀김을 싼 신문지를 풀었다가 '어라, 내가 이 얼굴을 어디서 봤더라?' 하는 겁니다. 아니면 호텔에서 신문지 묶음을 갖다가 서랍에 깐다든지 말이죠. 희망을 잃지 마십시오, 샤프 양. 선하신 하느님과 앨릭 램즈던의 도움으로 결국엔 우리가 승리할 겁니다."

그녀가 그를 침착하게 바라보았다.

"당신도 실은 그걸 믿지 않으시죠, 안 그래요?"

흡사 현상을 있는 그대로 언급하는 듯한 어조였다.

"아뇨, 믿습니다."

"최종적으로는 선이 승리한다는 걸 믿으신다고요?"

"그래요."

"왜죠?"

"글쎄요. 아마 그렇지 않을 가능성은 생각도 할 수 없기 때문이 아닐까 싶군요. 별로 긍정적이지도, 훌륭하지도 않은 이유입니다만."

"토비 번에게 주교직을 내린 신만 아니었으면 좀 더 믿었을 것 같은데 말이죠. 그나저나 토비의 편지는 언제 실리나요?"

샤프 부인이 말했다.

"금요일 아침입니다."

"그것참 기다려지는군요."

제15장

금요일 오후에 이르자, 로버트는 전처럼 선의 최종적인 승리를 확신할 수 없었다.

그의 믿음을 뒤흔든 것은 주교의 편지가 아니었다. 금요일에 벌어진 여러 사건은 오히려 주교의 기선을 제압한 셈이었다. 주교의 바람을 빼는 역할을 한 것을 자기가 원망하리라는 말을 수요일 아침에 들었다면 그는 믿지 않았을 것이다.

주교 각하의 편지는 매우 그다웠다. 그는 다음과 같이 썼다. 《파수꾼》은 언제나 폭력을 반대해왔으며, 지금도 물론 그것을 묵과하겠다는 것은 아니다. 그러나 때로는 폭력이 뿌리 깊은 사회적 불안과 분개, 불확실성의 징후인 경우도 있다. 예컨대 최근에 있었던 눌라바드 사건에서 그랬던 것처럼(눌라바드 사건의 '불안과 분개, 불확실성'은 순전히, 훔치러 온 오팔 팔찌를 찾지 못하자 그에 대한 보복으로 방갈로에서 자고 있던 일곱 사람을 살해한 두 도둑의 가슴속에 있었다). 프롤레타리아가 명백히 부당한 대우를 받고도 그것을 시정할 수 없을 때가 분명히 존재한다. 그러니 좀 더 열정적인 영혼을 가진 이들이 직접 항의하고자 하는 것도 무리가 아니다(빌과 스탠리는 월요일 밤의 난폭한 놈들을 '좀 더 열정적인 영혼을 가진 이들'로 생각할 것 같지 않으려니와, '직접 항의'는 프랜차이즈의 1층 창문을 모조리 깨뜨린 것을 다소 축소한 표현이라는 생각이 들었다). 불안(《파수꾼》은 완곡어법을 대단히 좋아해, 세상의 다른 모든 사람들이 폭력과 가난한 사람, 정신박약아, 매춘부를 이야기할 때, 그들은 불안과 혜택받지 못한 사람, 발달이 늦는 사람, 불우한 사람을 이야기하곤 했다. 그러고 보면 《애크에머》와 《파수꾼》의 공통점 중 하나는 모든 매춘부가 마음씨는 더할 나위 없이 고운데 길을 잘못 들어선 사람이라는 믿음이었다)에 대해 비난을 받아야 할 사람들은, 비록 판단을 잠시 그르쳤을지언정 분개심을 매우 분명히 표현한 이들이 아니라, 나약함과 어리석음, 열의 부족으로 인해 부당하게도 수사를 중지한 권력자들이었다. 정의가 그저 행해지는 데 그치지 않고 공개적으로 행해지는 것이 영국의 전통이다. 그리고 그것은 공개 법정에서 실현되어야 한다.

"경찰이 어차피 질 수밖에 없는 재판을 준비하느라 시간을 허비하는 게 대체 누구한테 득이 된다고 생각하는 거지?"

로버트는 어깨 너머로 같이 편지를 읽고 있던 네빌에게 물었다.

"우리한테는 크게 득이 되겠죠. 그 점을 생각 못 해본 모양인데요. 치안판사가 소송을 기각하면, 자기의 가엾은 멍든 귀염둥이가 거짓말을 했을 가능성이 시사되는 걸 피할 수 없을 텐데 말이에요, 안 그래요? '멍' 나왔어요?"

네빌이 말했다.

"아니."

멍은 마지막에 가서 나왔다. 주교 각하에 따르면, 이 흠잡을 데 없는 어린 소녀의 '가엾은 멍든 몸뚱이'는, 그녀를 보호하지 못했을 뿐아니라 이제 그녀의 권리를 찾아주는 것까지 실패한 법률을 고발하고 있다. 이번 사건의 전 과정을 매우 철저히 조사해야 할 것이다.

"스코틀랜드 야드가 오늘 아침에 기분이 썩 좋겠군."

로버트가 말했다.

"오늘 오후요."

네빌이 수정했다.

"왜 오후지?"

"스코틀랜드 야드엔 《파수꾼》 같은 엉터리 간행물을 읽는 사람이 아무도 없을 테니까요. 오후에 누가 보내주면 그제야 볼걸요."

나중에 드러난 바에 따르면 그들도 이미 보았다. 그랜트는 기차에서 그것을 읽었다. 가판대에서 그가 집어든 잡지 네 종류 중에 있었던 것이다. 그것을 읽고 싶었기 때문이 아니라, 수영복 입은 미녀가 표지를 장식하는 컬러 잡지와 그것 중에 하나를 선택할 수밖에 없어서였다.

로버트는 사무실을 버리고 《파수꾼》과 그날 아침 《애크에머》를 프랜차이즈에 갖다주었다. 《애크에머》는 프랜차이즈 사건에 관심을 잃은 것이 명백했다. 수요일에 마지막으로 실린 그 김빠진 편지 이래로 한 번도 그 문제를 언급하지 않았다. 그날은 날씨가 화창했다. 프랜차이즈의 안마당에 무성한 풀은 터무니없을 정도로 푸르고, 집 정면의 지저분하게 때 탄 흰 벽은 햇살을 받아 우아해 보였다. 장밋빛 벽 돌담에서 반사되는 빛이 초라한 거실로 쏟아져들어 환하고 포근하게 밝혀주었다. 세 사람은 매우 흡족한 기분으로 앉아 있었다. 《애크에 머》는 그들을 대중 앞에서 발가벗기기를 그만두었고, 주교의 편지는 걱정했던 만큼 심각하지 않았다. 앨릭 램즈던은 그들을 대신해 라버 러에서 움직이는 중이니, 분명 머잖아 그들을 구해줄 사실을 밝혀낼 것이다. 계절은 밤이 환하고 짧은 여름이며, 스탠리는 '너무너무 멋 진 사람'임을 입증하고 있었다. 샤프 모녀는 풍경의 일부가 되겠다는 계획 아래 어제 두 번째로 잠깐 밀퍼드를 방문했는데, 시선과 험악한 표정, 몇 마디 말을 제외하면 아무 일도 없었다. 전체적으로 생각만 큼 나쁘지는 않다는 게 그들의 심정이었다.

"이게 얼마나 영향을 미치겠어요?"

샤프 부인이 바싹 여윈 검지로 《파수꾼》의 독자 투고란을 쿡쿡 찌 르며 로버트에게 물었다.

"아마 별로 대단하지는 않을 겁니다. 요새는 《파수꾼》 무리도 주교 를 약간 의문시한다고 알고 있거든요. 마어니를 옹호한 게 좋지 않았 던 거죠."

"마어니가 누군데요?"

매리언이 물었다.

"생각 안 나십니까? 마어니는 영국의 어느 혼잡한 거리에서 한 여 자의 자전거 바구니에 폭탄을 넣어 네 명의 목숨을 앗아간 아일랜드 '애국자'랍니다. 희생자 중엔 자전거 임자인 여자도 있었는데, 그 여 자는 결혼반지로 겨우 신원을 확인할 수 있었습니다. 주교는 마어니가 단순히 판단을 그르쳤을 뿐 살인자가 아니라고 주장했습니다. 마어니는 억압받는 소수, 즉, 믿거나 말거나 아일랜드 사람들 말입니다만, 그 억압받는 소수를 위해 싸운 것이고, 그를 순교자로 만들어선 안 된다고 한 겁니다. 《파수꾼》지지자들조차도 그건 좀 아니라고 생각했어요. 그 뒤로 주교의 지위가 예전 같지 않다고 들었습니다."

"자기랑 관계가 없는 일은 어쩌면 이렇게 까맣게 잊어버리죠? 마어니는 교수형을 당했던가요?"

매리언이 말했다.

"다행히 그랬습니다. 본인은 매우 뜻밖이었던 모양입니다만. 그때까지 순교자를 만들어선 안 된다는 주장 덕을 본 사람이 워낙 많았으니까요. 그래서 그들 마음속에선 살인이 위험한 일이 아니게 됐던 겁니다. 빠른 속도로 금융업 못지않게 안전한 일이 돼가고 있었던 거죠."

"금융업이라니 말인데, 우리 재정 상황을 댁한테 확실하게 해두는 게 좋을 것 같군요. 런던에 있는 크롤 씨의 변호사가 우리 일을 맡아주고 있으니 그쪽에 연락해봐요. 댁한테 모든 자료를 주라고 편지를 보내놓을 테니까. 우리가 얼마나 갖고 있는지를 알면, 거기에 맞춰 우리 명예를 지키는 비용을 계획할 수 있겠죠. 그 돈을 이런 데 쓰게 될 줄은 몰랐군요."

샤프 부인이 말했다.

"쓸 돈이 있으니 다행이라고 생각하자고요. 돈이 한 푼도 없는 사람은 이런 때 어떻게 하죠?"

매리언이 말했다.

그것은 솔직히 로버트도 알지 못했다.

그는 크롤의 변호사 주소를 받아적고 린 아주머니와 점심 식사를 하러 집으로 갔다. 지난 금요일에 빌의 책상에서 《애크에머》 1면을 처음 본 이래로 가장 기분이 좋았다. 흡사 천둥이 치고 비바람이 심하게 몰아치는 중에 천둥소리가 바로 머리 위에서 들리지 않게 됐을 때 같은 기분이었다. 아직 끝난 것이 아니려니와 십중팔구 여전히 매우 불쾌하고 싫을 테지만, 어쨌든 방금 전까지만 해도 끔찍한 '지금' 밖에 없었던 데 비해 이제는 미래가 보이는 것이다.

심지어 린 아주머니조차도 잠시 프랜차이즈를 잊고, 그녀 본연의 흐리멍덩하고 사랑스러운 모습으로 서스캐처원에 있는 레티스의 쌍둥이에게 사줄 생일선물 이야기를 끝도 없이 늘어놓았다. 점심 메뉴는 그가 좋아하는 찬 햄과 삶은 감자, 진한 크림을 곁들인 브레드 푸딩이었다. 이것이 자기가 그토록 두려워했던 금요일이라는 것을 자꾸만 잊어버릴 듯했다. 《파수꾼》이 샤프 모녀에 대한 공격을 시작할 것이 그렇게 걱정이었건만, 라버러 주교는 레티스의 남편이 말하는 '실패한 플러시'인 모양이었다. 이제는 애초에 왜 주교 때문에 걱정을 했던 건지 이해가 되지 않았다.

사무실로 돌아갔을 때도 그는 여전히 이런 기분이었다. 그리고 핼럼의 전화를 받으려고 수화기를 들었을 때도.

"블레어 씨? 지금 로즈 앤 크라운에서 전화를 거는 겁니다. 죄송하지만 나쁜 소식이 있어요. 그랜트 경위가 와 있습니다."

핼럼이 말했다.

"로즈 앤 크라운에?"

"네. 그리고 영장을 갖고 있습니다."

로버트의 뇌가 활동을 멈추었다.

"수색 영장?"

그는 바보처럼 물었다.

"아뇨, 구속 영장입니다."

"말도 안 돼!"

"죄송하지만 사실입니다."

"어떻게 그런 일이!"

"충격이시겠죠. 솔직히 나도 이렇게 될 줄은 몰랐습니다."

"목격자를, 그 애 증언을 뒷받침하는 목격자를 찾아냈다는 뜻인가?"

"둘입니다. 이제 기소할 준비가 다 갖춰진 겁니다."

"믿기질 않는군."

"이쪽으로 오시겠습니까, 아니면 우리가 갈까요? 동행하고 싶으시리라 생각합니다만."

"어디를? 오, 그렇군. 그래, 물론 그래야지. 내가 지금 로즈 앤 크라운으로 가겠네. 지금 어디 있지? 라운지?"

"아뇨, 그랜트의 방에요. 5호실입니다. 여닫이 창문이 거리 쪽으로 내다보는 방 말입니다. 바 위요."

"알았네. 바로 가지. 잠깐!"

"네?"

"두 사람 다?"

"네, 둘 다입니다."

245

"그래. 고맙네. 금세 갈 테니까."

그는 잠시 앉아 호흡을 가다듬고 정신을 차리려 애썼다. 네빌은 일 때문에 외출 중이었지만, 어차피 있어도 별 정신적인 의지가 되지 못한다. 로버트는 일어나 모자를 쓰고 '사무실'로 갔다.

"헤슬타인 씨, 잠깐만."

로버트는 젊은 직원들 앞에서는 언제나 그를 정중하게 대했다. 헤슬타인 씨가 그를 따라 홀로 나와 밝은 현관으로 갔다.

"티미, 문제가 생겼네. 그랜트 경위가 경찰청에서 프랜차이즈 사람들에 대한 구속 영장을 들고 와 있어."

로버트가 말했다. 그러면서도 그는 그 일이 정말로 벌어지고 있다는 것이 믿기지 않았다.

헤슬타인 씨도 그것은 마찬가지인 듯, 할 말을 잃고 옅은 색 눈으로 그를 아연히 쳐다보았다.

"충격적인 일이지, 안 그래, 티미?"

늙고 허약해진 서기가 의지가 되어주기를 바라지 말았어야 했다.

그러나 비록 충격을 받았고 늙고 허약해졌을지언정 헤슬타인 씨는 법률사무소 서기였고, 의지가 되어줄 수 있었다. 일정한 절차와 공식 속에 평생을 살아온 그의 마음은 자동적으로 문서에 반응했다.

"영장이라고요? 어째서 영장입니까?"

"그야 그게 없으면 아무도 구속할 수 없으니까 그렇지."

로버트는 다소 짜증스럽게 말했다. 티미도 이제 예전 같지 않은가?

"그런 뜻이 아닙니다. 그 사람들이 저질렀다고 하는 건 중죄가 아니라 경범죄 아닙니까. 그럼 소환장으로도 충분할 텐데요, 로버트 씨? 구속까지 할 필요는 없지 않나요? 경범죄인데 그럴 필요가 어디 있습니까?"

로버트는 그 생각을 미처 하지 못했다.

"출두 명령이란 말이지. 그렇군, 하긴 그래. 물론 원한다면 그 사람들을 구속하지 못할 사유는 어디에도 없네만."

"하지만 뭐하러 구속한다는 말입니까? 샤프 모녀 같은 사람들은 달아나지도 않을 텐데요. 출두를 기다리는 동안 더 이상 무슨 일을 저지를 리도 없고 말이죠. 구속 영장은 누가 발부했다는 말 하던가요?"

"아니, 그런 말은 없었어. 고맙네, 티미. 덕분에 독한 술을 마신 것만큼이나 정신이 번쩍 들었어. 이제 로즈 앤 크라운으로 가서 그랜트 경위와 핼럼을 만나고 상황을 받아들여야지. 전화가 없으니 프랜차이즈에 미리 알릴 수도 없군. 그냥 그랜트하고 핼럼을 달고 가는 수밖에. 오늘 아침까지만 해도 서광이 보이기 시작했다고 생각했는데. 네빌이 돌아오면 알려주겠나? 그 녀석이 충동적으로 바보 같은 짓을 저지르지 못하게 막아줘."

"제가 말린다고 네빌 씨가 말려진 역사가 없다는 건 로버트 씨도 잘 아실 텐데요. 다만 지난 일주일간 네빌 씨가 깜짝 놀라게 진지하기는 하더군요."

"제발 오래 가면 좋겠군."

로버트는 그런 말을 남기고 환한 거리로 나섰다.

오후 이 시간대에 로즈 앤 크라운은 쥐 죽은 듯 고요했다. 홀을 지나 폭이 널찍하고 얕은 계단을 올라가는 동안 아무와도 마주치지 않

247

왔다. 5호실 문을 노크하자, 그랜트가 여느 때처럼 침착하고 예의 바르게 그를 안으로 들였다. 핼럼은 어쩐지 비참한 표정으로 창가의 화장대에 기대서 있었다.

"이런 사태를 예상 못 하셨다고요, 블레어 씨."

그랜트가 말했다.

"네. 솔직히 말씀드려서 충격이 큽니다."

"우선 앉으시죠. 재촉하고 싶지는 않습니다."

"핼럼 경위 말로는 새 증거를 찾으셨다고요."

"네, 결정적인 증거일 겁니다."

"그게 뭔지 알 수 있습니까?"

"그럼요. 버스 정류장에서 그 차가 베티 케인을 태우는 걸 본 사람이 있습니다."

"'어떤 차'겠죠."

로버트가 말했다.

"좋습니다. '어떤 차'라고 해두죠. 하지만 샤프 모녀의 차와 묘사가 일치합니다."

"그런 차가 영국에 1만 대는 있을 겁니다. 그리고요?"

"농장에서 일주일에 한 번씩 프랜차이즈로 가서 일을 거들던 아가씨가 다락방에서 비명 소리를 들었다고 합니다."

"'거들던'이라고요? 지금은 아닙니까?"

"케인 사건에 대한 소문이 퍼진 이래로 그만두었다는군요."

"그래요."

"그 자체로는 그다지 귀중한 증거라 할 수 없지만, 그 학생의 이야기를 뒷받침하는 증거로서는 귀중합니다. 예를 들면 그 학생이 정말 라버러-런던 버스를 놓쳤다는 것 말이죠. 목격자 말로는, 대략 700, 800미터 전에 버스와 지나쳤다는군요. 그리고 잠시 뒤에 버스 정류장이 보이는 데 이르렀을 때, 학생이 버스를 기다리며 서 있는 걸 봤답니다. 메인즈힐을 거쳐 런던으로 가는 이 간선도로는 직선으로 길게 뻗은 길이라……."

"네, 저도 압니다."

"그렇군요. 아무튼 학생과 아직 거리가 좀 있을 때, 차가 학생 옆에 서더니 그 학생을 태우고 출발하더랍니다."

"운전하는 사람은 못 봤고요?"

"네. 그러기엔 너무 멀었습니다."

"그럼 그 농장 아가씨는 자발적으로 비명에 대한 정보를 제공한 겁니까?"

"우리가 아니라 자기 친구들에게 이야기한 거죠. 우리는 정보를 입수해 행동한 것이고요. 만나보니 법정에서 증언할 용의도 있었습니다."

"친구들에게 이야기한 건 베티 케인의 납치에 대한 소문이 퍼지기 전입니까?"

"네."

예기치 못한 사태에 로버트는 휘청했다. 그 말이 사실이라면, 샤프 모녀가 곤경에 처하기도 전에 그 아가씨가 비명 이야기를 했다면, 그것은 대단히 불리한 증거였다. 로버트는 일어나 안절부절못하며 창가까지 갔다가 돌아왔다. 벤 칼리가 부러웠다. 칼리는 자기처럼 이

상황을 싫어하지도, 무력한 기분으로 어쩔 줄 몰라 하지도 않았을 것이다. 자신만만하게 문제를 즐기고, 기성 권력을 패배시킬 수 있는 기회를 기뻐했을 것이다. 로버트는 기성 권력을 존중하는 자신의 뿌리 깊은 정신 자세가 자기에게 유리하다기보다 불리하다는 것을 막연히 의식하고 있었다. 그는 권력은 교묘하게 속여 넘기기 위해 존재한다는 칼리의 타고난 믿음을 다소 본받을 필요가 있었다.

"솔직히 말씀해주셔서 감사합니다."

로버트는 마침내 말했다.

"경찰에서 제 의뢰인들이 저질렀다고 하는 범죄를 경시하는 건 아닙니다만 그건 어디까지나 중죄가 아니라 경범죄인데, 어째서 구속영장인 겁니까? 소환장으로도 충분할 텐데요?"

"그야 소환장이라도 문제없겠죠. 그러나 범죄가 중한 경우 영장이 발부됩니다. 상부에서도 이 사건을 매우 심각하게 보고 있거든요."

그랜트가 온화하게 말했다.

로버트는 《애크에머》의 성가신 관심이 경찰청의 냉정한 판단에 얼마만큼 영향을 미쳤을지 생각하지 않을 수 없었다. 그때 그랜트와 시선이 마주쳤다. 그가 자신의 생각을 읽었음을 알 수 있었다.

"그 학생은 꼬박 한 달 동안 행방을 알 수 없었습니다. 한 달에서 하루 이틀 부족할 뿐이죠. 게다가 심하게, 대단히 고의적으로 구타당했고요. 가볍게 다룰 사안이 아닙니다."

그랜트가 말했다.

"하지만 구속한다고 얻을 게 뭐가 있습니까?"

로버트는 헤슬타인 씨가 지적한 점을 떠올리며 말했다.

"제 의뢰인들이 출두해 기소에 응하지 않을 가능성은 없습니다. 그 사이에 유사한 범행을 저지를 가능성도 없고요. 그나저나 출두 날짜는 언제입니까?"

"월요일에 즉결 심판 법정에 세울 생각이었습니다만."

"그럼 소환장을 교부해주십시오."

"상부에서 구속하기로 결정했습니다."

그랜트는 무표정한 얼굴로 말했다.

"하지만 경위님의 재량으로 판단할 수 있잖습니까. 상부는 예컨대 현지 상황을 모를 수 있죠. 프랜차이즈가 빈집이 됐다가는 일주일 만에 엉망진창이 될 텐데, 상부에서 그 점도 고려하셨을까요? 게다가 제 의뢰인들을 구속해봤자 어차피 며칠 못 데리고 있습니다. 월요일에 제가 보석을 신청할 테니까요. 제스처를 취할 필요성 때문에 프랜차이즈가 파괴될 위험을 무릅쓴다는 건 유감스러운 일입니다. 게다가 핼럼 경위에겐 집을 보호할 인력이 없다고 알고 있습니다만."

이 양면 공격에 두 사람이 주저했다. 재산을 존중하는 마음이 영국인의 영혼에 얼마나 뿌리 깊이 박혀 있는지를 보고 로버트는 놀라지 않을 수 없었다. 집이 파괴될지도 모른다는 말에 그랜트의 표정에 처음으로 변화가 생긴 것이다. 로버트는 뜻하지 않게 따뜻한 감정으로, 선례를 제공해 자기의 주장에 무게를 실어준 난폭한 놈들을 생각했다. 핼럼으로 말하자면, 인력 부족과는 별개로 자기 관할 구역에서 또다시 파괴 행위가 발생해 또 범인을 추적해야 할 가능성을 그가 환영할 리 없었다.

긴 침묵이 흐른 뒤, 핼럼이 조심스럽게 입을 열었다.

"블레어 씨 말씀에도 일리가 있습니다. 이번 사건에 대한 사람들의 감정이 현재 대단히 격앙돼 있습니다. 집이 비었다간 과연 그냥 둘지 알 수 없습니다. 특히 그 사람들이 구속됐다는 소식이 퍼진다면 말이죠."

그런데도 그랜트를 설득하는 데 거의 삼십 분 걸렸다. 왠지는 몰라도 그랜트는 이 사건에 어떤 사적인 감정을 갖고 있는 듯했다. 로버트는 대체 그게 무엇일지, 왜 그렇게 됐는지 상상도 할 수 없었다.

"좋습니다. 소환장을 교부하는 데는 제가 없어도 됩니다."

마침내 경위가 말했다.

흡사 종기를 째달라는 말을 듣고 코웃음 치는 외과 의사 같다고, 로버트는 안도감에 젖어 생각했다.

"뒷일은 핼럼에게 맡기고 전 런던으로 돌아가겠습니다. 하지만 월요일에 재판엔 참석할 겁니다. 순회 재판이 얼마 안 남았다고 알고 있으니, 지연만 피하면 바로 순회 재판으로 넘어갈 수 있겠죠. 월요일까지 변론이 준비되겠습니까?"

"경위님, 현재 저희가 확보한 증거로는 오늘 차 마시는 시간까지도 가능할 겁니다."

로버트는 씁쓸하게 말했다.

뜻밖에도 그랜트가 그답지 않게 활짝 웃으며 돌아보았다. 매우 친절한 웃음이었다.

"블레어 씨, 당신 때문에 제가 오늘 구속할 걸 못하긴 했습니다만, 그 때문에 당신을 원망하진 않습니다. 오히려 당신 의뢰인들이 분에 넘치는 사무변호사를 얻었다고 생각합니다. 법정변호사 쪽은 그만큼 운이 없기를 기도해야겠군요! 아니면 설득에 넘어가 그 사람들에게 표창장을 주자고 할지도 모르는 일이겠습니다."

그렇게 해서 로버트는 '그랜트와 핼럼을 달고' 프랜차이즈에 가지 않았다. 구속 영장도 없었다. 친숙한 핼럼의 차를 타고 갔고, 차 포켓에는 소환장이 꽂혀 있었다. 얼마나 아슬아슬했는지를 생각하니 안도감에 속이 울렁거리고, 그들이 처한 궁지를 생각하니 불안감에 속이 울렁거렸다.

"그랜트 경위는 그 구속 영장을 집행하는 데 대단히 개인적인 동기가 있는 것 같던데, 혹시 《애크에머》한테 시달린 탓인가?"

도중에 로버트는 핼럼에게 물었다.

"오, 아뇨. 그랜트는 어느 누구보다도 그런 걸 개의치 않는 사람입니다."

"그럼 왜지?"

"글쎄요, 이건 제 생각입니다만…… 절대 다른 데 가서 말씀하시면 안 됩니다. 그랜트는 그 사람들이 자기를 속인 걸 용서할 수 없는 겁니다. 샤프 양 모녀 말입니다. 그랜트는 경찰청에서 사람 보는 눈이 있는 걸로 유명하거든요. 그런데 이것도 우리끼리만 하는 이야기입니다만, 그 사람은 그 케인이란 애하고 그 애 이야기가 별로 마음에 들지 않았던 모양입니다. 그리고 프랜차이즈 사람들을 본 뒤로는, 증거에도 불구하고 더 마음에 들지 않았고요. 그런데 일이 이렇게 됐으니 그 사람들이 자기를 감쪽같이 속였다고 생각하는 거죠. 그랜트는 그걸 가볍게 봐줄 수 없는 겁니다. 아마 그 사람들 응접실에서 구속 영장을 꺼낼 수 있었으면 아주 흡족해했을 겁니다."

프랜차이즈 대문 앞에 차가 서고 로버트가 열쇠를 꺼내는데, 핼럼이 말했다.

"양쪽을 다 열어주시면 차를 안에 들여놓겠습니다. 잠깐 있을 뿐이라도, 구태여 우리가 왔다는 걸 만방에 알릴 필요는 없죠."

로버트는 육중한 철문을 밀며, '당신네 나라 경찰관은 너무너무 멋지네요.'라고 하는 여배우들은 실제로 그들이 얼마나 멋진지 알지 못한다고 생각했다. 그가 다시 올라타자, 핼럼은 차를 출발시켜 짤막한 직선 차도를 지나 원을 그리는 길을 돌아 현관 앞에 섰다. 로버트가 차에서 내리는데, 원예용 장갑을 끼고 매우 낡은 치마를 입은 매리언이 집 모퉁이를 돌아 나왔다. 무겁고 짙은 앞머리가 바람에 날리자 흡사 부드러운 연기 같았다. 초여름의 태양에 가무잡잡하게 그을린 그녀는 전보다도 더 집시처럼 보였다. 예기치 못하게 그를 발견한 탓에 그녀는 표정을 관리할 겨를이 없었다. 자기를 보고 확 밝아진 그녀의 얼굴에 로버트의 심장이 철렁 내려앉았다.

"어머나, 잘 오셨어요! 어머니는 아직 쉬시는 중이지만, 이제 곧 내려오실 테니까 같이 차를 마시면 되겠네요. 제가……."

핼럼을 알아차린 그녀의 목소리가 자신 없이 사라졌다.

"안녕하세요, 경위님."

"안녕하세요, 샤프 양. 어머님의 휴식을 방해해서 죄송합니다만, 아래층으로 내려오시라고 해주시겠습니까? 중요한 일입니다."

그녀는 잠시 망설이더니 앞장서서 안으로 들어갔다.

"그럼요. 무슨…… 무슨 새로운 진전이 있었나요? 들어와 앉으세요."

그녀는 두 사람을 이제는 그에게도 친숙해진 응접실(근사한 거울, 보기 흉한 벽난로, 구슬 세공 의자, 좋은 가구 몇 점, 흐릿한 회색으로 바랜 낡은 분홍색 양탄자)로 안내하고는 그들의 표정을 살폈다. 그들의 분위기에서 새로운 위협을 감지한 듯했다.

"무슨 일인데요?"

그녀가 로버트에게 물었다.

대답한 사람은 핼럼이었다.

"샤프 부인을 모셔 오시면 제가 두 분께 같이 말씀드리는 게 좋을 것 같습니다."

"네, 그래요, 물론이죠."

그녀가 말하고는 몸을 돌렸다. 그러나 그때 샤프 부인이 방으로 들어왔다. 핼럼과 로버트가 처음 이곳에 왔을 때 그랬던 것처럼, 짤막한 흰머리가 베개에 눌려 삐죽 곤두서고 갈매기 같은 눈은 반짝이며 무슨 일이냐고 묻고 있었다.

"소리가 안 나는 차를 타고 오는 사람은 백만장자랑 경찰, 이 두 부류밖에 없죠. 전자는 우리가 아는 사람이 없고 후자는 점점 늘어나는 중이니, 우리가 아는 쪽이 도착했다고 추론을 한 거예요."

샤프 부인이 말했다.

"샤프 부인, 죄송합니다만 오늘은 다른 때보다 더 환영받지 못할 용건으로 찾아뵈었습니다. 부인과 샤프 양에게 소환장을 교부하러 온 겁니다."

"소환장이라고요?"

매리언이 어리둥절해서 말했다.

"월요일 아침에 즉결 심판 법정에 출두해 유괴 및 폭행에 대한 기소에 응하라는 소환장입니다."

핼럼은 명백히 마음이 편치 못한 듯했다.

"말도 안 돼요. 그건 말도 안 돼요. 그건 우리를 기소한다는 건가요?"

매리언이 천천히 말했다.

"그렇습니다, 샤프 양."

"하지만 어떻게요? 왜 지금에 와서야 이런 일이 생긴 거죠?"

그녀는 로버트를 돌아보았다.

"경찰에선 증거를 찾았다고 생각하고 있습니다."

로버트가 설명했다.

"어떤 증거죠?"

샤프 부인이 처음으로 반응을 보였다.

"제 생각엔 우선 핼럼 경위가 두 분께 소환장을 교부하고, 경위가 간 다음에 상황을 자세히 검토하는 게 좋을 것 같습니다."

"우리가 이걸 받아들일 수밖에 없다는 건가요? 법정에 출두해서, 그것도 어머니까지, 그런 기소에…… 그런 죄목으로 고발당해야 한다고요?"

매리언이 말했다.

"달리 방법이 없습니다."

그녀는 로버트의 무뚝뚝함에 기가 죽는 동시에 그가 편들어주지 않는 것을 야속하게 생각하는 듯했다. 그리고 핼럼은 후자를 깨닫고 그것을 야속하게 생각하는 듯했다. 그가 매리언에게 소환장을 건네며 말했다.

"블레어 씨는 잠자코 계실지도 모르니 제가 대신 말씀드려야 할 것 같습니다. 여기 블레어 씨가 아니었으면, 소환장이 아니라 구속 영장이었을 겁니다. 그러면 오늘 밤 두 분은 자기 잠자리 대신 유치장에서 자야 했을 테죠. 괜찮습니다, 샤프 양. 나오지 않으셔도 됩니다."

그가 방에서 나가는 것을 지켜보던 로버트는 그가 처음 이 방에 왔을 때 샤프 부인이 그에게 타박을 준 게 기억나 이제 동점이 되었다고 생각했다.

"사실인가요?"

샤프 부인이 물었다.

"틀림없는 사실입니다."

로버트는 그랜트가 그들을 체포하러 왔다는 이야기를 했다.

"하지만 그런 사태를 면한 건 제가 아니라 저희 사무소의 헤슬타인 씨 덕분이죠."

그는 이어서 나이 든 서기의 사고가 법률적인 자극에 자동적으로 반응을 보인 것을 설명했다.

"경찰에서 확보했다고 생각하는 이 새로운 증거가 뭔가요?"

"확보한 것 맞습니다. '생각하는' 게 아니랍니다."

로버트는 무뚝뚝하게 말하고는 메인즈힐을 통과하는 간선도로에서 소녀가 차를 얻어 탔다는 이야기를 했다.

"그건 그저 우리가 늘 의심했던 바를 입증할 뿐입니다. 그 애가 집으로 가는 척하면서 체릴 가를 떠났을 때 실은 미리 약속한 사람을 만나러 가는 것이었다는 거죠. 하지만 또 하나의 증거는 훨씬 더 심각합니다. 전에 농장에서 여자가, 아니, 아가씨가 일주일에 한 번씩 와서 청소했다고 하셨죠?"

"로즈 글린 말이죠. 네, 그래요."

"소문이 퍼진 뒤로는 안 온다죠?"

"소문……? 베티 케인 이야기 말인가요? 오, 아뇨, 그 애는 그 일이 알려지기 전에 쫓겨났어요."

"쫓겨났다고요?"

로버트는 날카롭게 말했다.

"그래요. 왜 그렇게 놀란 표정이죠? 우리가 경험한 바로는 하인을 해고하는 게 그렇게 드문 일이 아닌데요."

"그렇죠. 하지만 이 경우엔 그걸로 많은 게 설명됩니다. 해고한 이유는 무엇이었습니까?"

"도둑질이에요."

샤프 부인이 말하자 매리언이 설명을 보충했다.

"그 애는 지갑을 그냥 놔두면 늘 1, 2실링 슬쩍하곤 했거든요. 하지만 도와줄 일손이 워낙 급했기 때문에, 우린 그냥 모른 척하고 지갑을 그 애가 손댈 수 없는 곳에 치우곤 했어요. 돈 말고 스타킹처럼 작은 물건도 훔쳤고요. 그러다니 급기야는 제가 이십 년간 간직해온 손목시계를 가져갔지 뭐예요. 빨래를 하려는데, 비누 거품이 팔을 타고 올라오기에 시계를 풀어놨거든요. 그런데 나중에 찾으러 갔더니 없는 거예요. 그 애한테 물었지만, 물론 자기는 '본 적이 없다.'고 하더군요. 도저히 참을 수 없었어요. 그 시계는 제 머리카락이나 손톱처럼 제 몸의 일부였단 말이에요. 그 애가 가져갔다는 증거는 전혀 없었기 때문에 되찾는 건 불가능했어요. 하지만 그 애가 간 뒤에 어머니랑 의논해선, 다음 날 아침에 둘이 농장까지 걸어가 그냥 이제 안 와도 된다는 말만 했어요. 그게 화요일이었어요. 그 애는 늘 월요일에 왔거든요. 그리고 그날 오후에 어머니가 방으로 올라가신 뒤에 그랜트 경위님이 베티 케인을 차에 태우고 나타난 거예요."

"그렇군요. 농장에서 그 아가씨에게 해고한다고 했을 때, 그 자리에 다른 사람은 없었습니까?"

"기억 안 나네요. 아마 없었을 거예요. 그 애는 농장 식구가 아니에요. 스테이플즈 말이에요. 그 사람들은 아주 유쾌한 사람들이거든요. 그 애는 농장 일꾼의 딸이랍니다. 제 기억에 그냥 그 애 가족이 사는 오두막집 밖에서 만나 그 말만 한 것 같아요."

"어떻게 받아들이던가요?"

"얼굴이 붉어져선 좀 몸부림을 치더군요."

"얼굴이 시뻘게져선 칠면조처럼 성을 내더군요. 그런데 그걸 왜 묻죠?"

샤프 부인이 말했다.

"그 아가씨가 여기서 일할 때 다락방에서 비명 소리를 들었다고 법정에서 증언할 예정이기 때문입니다."

"저런."

샤프 부인이 생각에 잠겨 말했다.

"더 큰 문제는, 그 아가씨가 베티 케인 사건에 대한 말이 나기도 전에 비명 이야기를 했다는 증거가 있다는 사실입니다."

침묵이 흘렀다. 새삼 이 집이 얼마나 소리가 없는지, 무덤처럼 고요한지가 의식되었다. 심지어 벽난로 위의 프랑스풍 시계조차 조용했다. 창문 커튼이 한 줄기 바람에, 흡사 영화의 한 장면처럼 안쪽으로 움직였다 제자리로 돌아갔다.

"소위 안면 공격이란 거군요."

마침내 매리언이 말했다.

"맞습니다."

"당신한테도요."

"우리 모두에게 그렇죠."

"일 이야기가 아니에요."

"네? 그럼 무슨 뜻입니까?"

"우리가 거짓말했을 가능성이 생긴 거잖아요."

"세상에, 매리언! 이건 당신 말과 로즈 글린의 친구들 말 중에 선택하는 일이란 말입니다."

그는 불끈해서 말했다. 처음으로 그녀를 이름으로 부르고도 자기가 그랬다는 것을 알지도 못했다.

그러나 그녀는 그의 말을 듣지 않는 듯했다. 그녀가 격렬하게 부르짖었다.

"오, 정말이지, 정말이지, 우리 편을 들어줄 작은 증거 하나만 있으면 얼마나 좋을까요. 하나만이어도 되는데! 그런 짓을 하고도 그 애가, 그 계집애가 무사한 걸 보고만 있어야 하다니요. 우리가 아무리 사실이 아니라고 거듭 말해봤자, 사실이 아니란 걸 입증할 방법이 전혀 없잖아요. 우리는 그저 소극적으로, 설득력 없이 부인할 뿐이에요. 그애의 거짓말을 뒷받침하는 것들은 이렇게 많은데, 우리가 사실을 말하고 있다는 걸 입증해줄 일은 아무것도 안 일어나는군요. 아무것도!"

"매리언, 앉아라. 성질부린다고 상황이 나아지진 않는다."

그녀의 어머니가 말했다.

"그 계집애를 죽이고 싶어요. 죽여버리고 싶어. 일 년 동안 하루에 두 번씩 그 계집애를 고문하곤 새해 첫날부터 다시 시작할 수 있을 것 같아. 그 애가 우리한테 한 짓을 생각하면 난⋯⋯."

로버트가 말을 가로막았다.

"그런 생각은 하지 말아요. 대신 공개 법정에서 그 애의 거짓말이 발각됐을 때를 생각해요. 인간 본성에 대해 내가 아는 게 조금이라도 있다면, 누구한테 두들겨 맞은 것보다 그게 그 애한테 더 큰 상처를 줄 테니까요."

"아직도 그런 일이 가능하다고 믿는단 말이에요?"

매리언은 믿기지 않는다는 듯 말했다.

"그래요. 어떻게 하면 될지는 잘 모르겠지만, 어떻게든 해내리라는 건 믿습니다."

"우리 쪽 증거는 조그만 것 하나 없고 그 애 쪽 증거는 막 쏟아지는 데도 말이에요?"

"네, 행여 그렇더라도 말이죠."

"그건 타고난 낙천적인 성격 때문인가요, 아니면 선이 승리함을 본질적으로 믿는다거나 뭐 그런 건가요?"

샤프 부인이 물었다.

"모르겠군요. 전 진실은 그 자체로 유효하다고 생각합니다."

"드레퓌스의 경우엔 그렇지 않았죠. 슬레이터나 기록이 남아 있는 다른 사람들도 그랬고요."

그녀가 냉담하게 말했다.

"마지막에 가선 그랬습니다."

"글쎄요, 솔직히 진실이 효력을 발휘하기를 기다리면서 평생을 감옥에 갇혀 살고 싶진 않군요."

"그런 일은 아마 없을 겁니다. 감옥 말입니다. 월요일에 두 분이 출두하면, 우리 쪽에 충분한 증거가 없으니 아마 공판에 회부될 겁니다. 하지만 보석을 신청하면 노턴에서 순회 재판이 개정되기까지 이 집에서 지내실 수 있습니다. 그 전에 앨릭 램즈던이 그 애의 행적을 찾아내는 게 제 바람입니다. 그 애가 그 기간 중에 뭘 했는지 구태여 알아낼 필요가 없다는 사실을 기억하십시오. 그저 두 분이 그 애를 차에 태웠다는 그날 그 애가 다른 일을 하고 있었다는 것만 입증하면 되는 겁니다. 그 첫 한 조각만 빼내면 그 애의 주장은 와르르 무너질 겁니다. 전 그걸 모두가 보는 앞에서 빼내고 말 겁니다."

"《애크에머》가 우리를 그랬던 것처럼 그 애를 대중 앞에서 발가벗긴다고요? 그 애가 그런다고 눈썹 하나 까딱할까요? 우리가 그랬던 것만큼 타격을 받겠어요?"

매리언이 말했다.

"신문에서 가엾은 여주인공으로 떠받들어지고, 뿐만 아니라 애정과 이해심 넘치는 가족에게 그렇게 소중히 여겨지다가, 거짓말쟁이에 사기꾼에 방자한 애라는 게 만천하에 드러나는 겁니다. 아마 타격을 받을 겁니다. 게다가 그 애가 특별히 더 타격을 받을 일이 하나 있어요. 그 애는 그 장난의 결과로 레슬리 윈의 관심을 되찾았거든요. 레슬리 윈이 약혼하면서 잃었던 관심이죠. 불쌍한 여주인공으로 있는 한 그 애는 그 관심을 확보할 수 있지만, 우리가 본모습을 까발리면 그 애는 그걸 영원히 잃을 겁니다."

"온화한 댁한테서 그렇게 무자비한 말을 들을 줄은 생각지도 못했군요."

샤프 부인이 말했다.

"그 청년이 약혼한 것 때문에 그런 짓을 한 거라면, 전 그 애를 그저 동정했을 겁니다. 그 애는 지금 불안정한 나이고, 약혼은 분명 충격이었을 테니까요. 얼마든지 그럴 수 있죠. 하지만 아마 그 일과는 크게 상관없었을 겁니다. 그 애는 제 엄마의 딸인 겁니다. 어머니가 간 길을 약간 일찍 걷기 시작한 거죠. 이기적이고, 방종하고, 탐욕스럽고, 거짓말만 능한 핏줄을 그대로 물려받았어요. 전 이만 가봐야겠습니다. 램즈던이 전화로 보고하고 싶을 때를 대비해 5시 이후엔 집에 있겠다고 했거든요. 그리고 케빈 맥더모트에게 전화해서 변호사 문제도 상의해야 할 테고 말이죠."

"아까는 죄송했어요. 우리가, 아니, 제가 고마운 것도 모르고…….우리를 위해서 그렇게 많은 일을 해주시고 또 지금도 해주고 계시는데요. 하지만 아까는 충격이 너무 컸거든요. 그야말로 마른하늘에 날벼락 같은 일이었어요. 사과드릴게요."

매리언이 말했다.

"사과를 받아야 할 일은 아무것도 없습니다. 두 분 다 아주 잘 받아들이셨다고 생각합니다. 불성실할 뿐더러 이제 곧 위증죄를 지을 로즈 대신 와줄 사람은 있습니까? 이 큰 집을 당신 혼자서 어떻게 할 순 없어요."

"이 동네 사람 중엔 와주려고 하는 사람이 물론 아무도 없지만, 스탠리가…… 스탠리가 없으면 대체 우리가 어떻게 했을지 모르겠다니까요. 아무튼 라버러에 스탠리가 아는 여자가 버스를 타고 일주일에 한 번씩 와줄지도 모른대요. 그거 아시나요? 전 요새 그 애 생각을 하다가 견딜 수 없어지면 스탠리 생각을 해요."

"맞아요. 세상의 소금 같은 친구죠."

로버트는 미소를 지으며 말했다.

"심지어 요리까지 가르쳐준다니까요. 이젠 계란을 부칠 때 망가뜨리지 않고 뒤집을 수 있어요. 저더러 '꼭 그렇게 교향악단 지휘하듯 해야 하나요?' 하지 뭐예요. 어떻게 그렇게 손재주가 좋으냐고 물었더니 '가로세로 60센티미터인 천막에서 요리한 덕분'이라던데요."

"밀퍼드로 어떻게 돌아갈 생각인가요?"

샤프 부인이 물었다.

"라버러에서 오는 오후 버스를 타면 됩니다. 전화선을 수리한다는 소식은 아직 없겠죠?"

두 여자 모두 그 말을 질문이 아니라 논평으로 받아들였다. 샤프 부인은 응접실에서 작별 인사를 했지만, 매리언은 대문까지 그를 따라 나왔다.

"가족이 많지 않아 다행이군요. 아니면 풀밭에 길이 났을 테죠."

"저게 그거예요. 괜히 저 쓸데없는 커브를 따라 돌아서 가는 건 인간적으로 불가능하다고요."

로버트가 두 갈래 차도로 에워싸인 원형 풀밭을 가로지르며 말하자, 그녀는 풀밭에 난 짙은 선을 보며 대답했다.

잡담을 하자. 잡담이 필요하다. 절망적인 상황을 얼버무릴 하찮은 말. 진실이 유효함에 대해 용감한 척 그럴싸한 말을 늘어놓았지만, 그중에 얼마만큼이 허세였나? 월요일 재판에 맞춰 램즈던이 증거를 찾아낼 가능성은 얼마나 되는가? 순회 재판에 맞춰서는? 매우 낮지 않나? 그 생각에 얼른 익숙해지는 게 좋을 것이다.

5시 반에 약속대로 램즈던이 전화했다. 성과가 전혀 없다는 보고였다. 미들랜드에 투숙했던 손님들 중에서 남자를 찾아내는 데 실패했으므로 그에 관한 정보는 전무했다. 따라서 그는 소녀의 행적을 추적하는 중이었는데, 어디서도 그녀의 자취를 발견하지 못했다. 램즈던은 부하들을 풀어 사진 사본을 주고 공항과 기차역, 여행사, 가능성이 있을 법한 호텔을 조사하게 했다. 그러나 그녀를 봤다는 사람은 아무도 없었다. 램즈던 자신은 라버러를 이 잡듯 뒤진 결과, 적어도 쉽게 알아볼 수 있는 사진을 입수했다는 사실에서 약간의 기쁨을 얻었다. 베티 케인이 실제로 갔던 곳에서는 다들 그녀를 대번에 알아보았던 것이다. 그중에는 라버러의 주요 영화관 두 곳(표 파는 아가씨들 말에 따르면 그녀는 늘 혼자 왔다고 했다)과 버스 터미널의 여자 화장실도 있었다. 차고도 조사해봤지만 결과는 꽝이었다.

"그래요. 남자가 메인즈힐을 거치는 간선도로 정류장에서 그 애를 태운 겁니다. 원래라면 집으로 가는 버스를 탔을 곳에서요."

이어서 로버트가 램즈던에게 새로운 진전을 전했다.

"그러니 이젠 정말 한시가 급해졌습니다. 두 사람은 월요일에 법정에 설 겁니다. 그 첫날 저녁에 그 애가 뭘 했는지 밝혀낼 수 있으면 좋을 텐데 말이죠. 그러면 그 애의 이야기가 맥없이 무너질 겁니다."

265

"어떤 차였습니까?"

램즈던이 물었다.

로버트의 묘사를 들은 램즈던은 수화기 너머로도 알 수 있을 만큼 깊은 한숨을 쉬었다.

"맞습니다. 런던과 칼라일 사이에 그런 차가 대략 1만 대는 다닐 테죠. 아무튼 그쪽은 램즈던 씨에게 맡기기로 하고, 전 케빈 맥더모트한테 전화해서 하소연이나 해야겠습니다."

케빈은 법학원에도, 세인트폴스 처치야드의 아파트에도 없었다. 결국 웨이머스 인근의 집에서 그를 찾아냈다. 편안하고 친절한 목소리로 전화를 받은 그는 경찰이 증거를 찾아냈다는 말을 듣자마자 주의 깊게 듣기 시작했다. 로버트가 이야기를 털어놓는 동안, 케빈은 한 마디도 하지 않았다.

"이제 알겠지, 케빈. 정말 끝내주게 큰일 난 거야."

"애들 쓰는 말이기는 해도 아주 절묘하고 정확한 표현이군. 즉결 심판은 넘겨주고 순회 재판에 집중하길 권하겠네."

케빈이 말했다.

"케빈, 자네 여기서 주말을 보내면서 내 의논 상대가 되어줄 순 없겠나? 안 그래도 어제 린 아주머니가 그러는데, 자네가 우리 집에 마지막으로 묵은 지 육 년이라더군. 그러니 어쨌든 한 번은 와야지. 어때, 안 되겠나?"

"숀한테 일요일에 뉴버리에 가서 같이 조랑말을 고르기로 약속했는데."

"다른 날로 미루면 안 되겠어? 좋은 일 때문이라는 걸 알면 숀도 이해할 거야."

"숀은 자기한테 바로 도움이 안 되는 일엔 눈곱만큼도 관심을 안 보인다네. 제 아비를 쏙 빼닮아 말이야. 내가 가면 자네의 그 마녀들을 소개해주겠나?"

팔불출 아버지가 말했다.

"그야 물론이지."

"크리스티나가 버터 타르트를 만들어주고?"

"약속해."

"털실로 성구를 수놓은 방을 써도 되고?"

"케빈, 와줄 건가?"

"글쎄, 밀퍼드는 겨울철을 제외하면 따분한 촌구석인 데다······."

겨울이 제외된 것은 사냥 때문이었다. 케빈이 시골에 관심을 갖는 것은 말안장에 올라앉을 때뿐이다.

"사실 일요일에 말 타고 구릉에 나갈 걸 고대하고 있었네만, 마녀에 버터 타르트, 털실로 수놓은 성구까지 합쳐지면 저항할 수 없는 매력이지."

전화를 끊으려던 케빈이 잠시 주저하더니 말했다.

"아, 롭, 잠깐만."

"그래."

"경찰이 옳을 가능성은 생각해봤나?"

"그 애의 그 터무니없는 이야기가 사실이라고?"

"그래. 그걸 염두에 두고 있나? 한 가지 가능성으로 말이네."

"만약 그랬다면 난······."

로버트는 울컥해서 말하다 말고 웃었다.

"와서 그 사람들을 보라고."

"알았네, 간다고, 가."

케빈이 약속하고 전화를 끊었다.

차고에 전화를 걸자 빌이 받았다. 로버트는 스탠리가 아직 차고에 있느냐고 물었다.

"거기서 그 친구 목소리가 안 들리다니 그것참 신기하군요."

빌이 말했다.

"무슨 일인데?"

"방금 우리 작업장 구덩이에서 매트 엘리스의 갈색 조랑말을 건져 냈거든요. 스탠 바꿔드려요?"

"아니, 바꿀 것까진 없고, 이따가 가는 길에 샤프 부인한테 전할 쪽 지를 좀 가져가라고 해주겠나?"

"그러죠. 저기, 블레어 씨, 프랜차이즈 사건에 새로운 말썽거리가 생겼다는 게 사실인가요? 아니면 물으면 안 되는 건가요?"

밀퍼드! 참 대단한 곳이다. 대체 무슨 수를 쓰는 건가? 정보 꽃가루 같은 게 바람에 실려 날아다니기라도 하는 건가?

"그래, 유감이지만 그렇다네. 이따가 밤에 가면 스탠리도 듣게 될 거야. 쪽지 잊어버리지 않게 부탁하네."

"알았습니다. 걱정 마세요."

로버트는 케빈 맥더모트가 토요일에 내려왔다가 일요일에 런던으 로 돌아갈 텐데 일요일 오후에 데리고 가도 되겠느냐는 내용으로 프 랜차이즈에 쪽지를 보냈다.

제16장

"케빈 맥더모트는 시골에 내려오면 꼭 그렇게 경마장 정보 장사꾼처럼 보여야 한대요?"

이튿날 저녁, 손님이 목욕재계를 마치고 저녁 식사를 하러 내려오기를 로버트와 함께 기다리던 네빌이 물었다.

로버트는 시골 복장을 한 케빈이 경마장 정보 장사꾼보다는 소규모 승마 대회에 참가할 장애물 경주마를 훈련시키는 다소 수상쩍은 조련사 같아 보인다고 생각했다. 하지만 네빌에게 그 말은 하지 않았다. 지난 수년간 네빌이 시골 사람들을 기겁하게 했던 옷을 생각하면, 네빌은 다른 사람의 취향을 비판할 처지가 못 된다. 오늘 네빌은 흠잡을 데 없이 점잖은 짙은 회색 양복을 입고 저녁 식사에 나타났다. 그는 이제 자신은 전통과 관습을 준수하니, 바로 얼마 전까지만 해도 실험 정신이 왕성했던 과거를 없었던 일로 해도 된다고 생각하는 듯했다.

"크리스티나는 여느 때와 마찬가지로 거품처럼 둥둥 떠다니고 말랑말랑하겠죠?"

"잘은 몰라도 계란 흰자 거품 같더군."

크리스티나는 케빈을 '사탄'으로 여기며 그를 숭배했다. 그를 사탄이라 하는 것은 외모가 아니라(실제로 약간 사탄처럼 생기기는 했으나), 그가 '세속적인 이득을 위해 사악한 자들을 변호한다'는 사실에 기인했다. 그리고 그를 숭배하는 것은, 그가 잘생기고, 개심시켜야 할 죄인인 데다, 자기 요리를 칭송하기 때문이었다.

"머랭이 아니라 수플레였으면 좋겠군요. 어때요, 맥더모트를 꼬드기면 노턴 순회 재판에서 그 사람들을 변호해줄 것 같아요?"

"혹여 관심이 있어도 그러기엔 너무 바쁠 거야. 그렇지만 자기 졸개를 하나 보내주지 않을까 바라고 있네."

"할 말을 가르쳐서 말이죠."

"그렇지."

"솔직히 매리언이 왜 맥더모트한테 점심을 대접하기 위해서 그 고생을 해야 하는지 모르겠어요. 매리언 혼자서 전부 준비하고 치우고 설거지까지 해야 한다는 걸 알긴 하는 건가요? 그 노아의 방주 이전의 부엌에서 꼬박 하루 걸려 음식을 내왔다가 또 내가는 건 말할 것도 없고요."

"케빈을 점심에 초대한다는 건 매리언의 생각이었어. 그런 수고를 들일 가치가 있다고 생각했겠지."

"아, 그야 당신은 늘 케빈이라면 껌벅 죽는 사람이니까요. 그리고 당신은 매리언 같은 여자의 진가를 몰라요. 그런 여자가 하찮은 가사 노동에 그 생명력을 낭비하는 건 추잡한 일이라고요. 그런 게 아니라 도끼를 휘두르며 정글을 헤치고 나가거나, 절벽을 기어오르거나, 야만족을 다스리거나, 행성을 측량하고 있어야 한다고요. 밍크로 몸을 휘감고 늘어져 앉아 탐욕스러운 손톱에 매니큐어를 고쳐 바르게 하는 게 유일한 할 일인 골 빈 금발 여자가 1만 명인데, 매리언은 석탄을 수레로 실어 나른다고요. 석탄을! 매리언이! 게다가 이 사건이 끝날 무렵에는 행여 하녀로 와줄 사람이 있어도 돈이 없어 못 쓰겠죠."

"이 사건이 끝날 무렵에 두 사람이 강제 중노동을 하고 있지 않기를 바라자고."

"로버트, 그런 일이 있을 리 없잖아요! 그런 건 상상도 할 수 없어요."

"그래, 상상도 할 수 없지. 자기가 아는 사람이 감옥에 간다는 건 늘 생각도 못 할 일일 거야."

"그 사람들이 재판을 받는 것만 해도 이미 충분히 안 좋은 일이라고요. 평생 잔인하거나 음흉하거나 비열한 행동을 해본 적이 없는 매리언이 말이에요. 그것도 전부……. 그리고 보니 내가 얼마 전에 아주 즐거운 밤을 보냈는데 말이죠. 고문에 관한 책이 있기에 2시까지 안 자고 베티 케인한테 어떤 걸 써줄까 궁리했거든요."

"매리언하고 의논해보지 그래? 그 사람 야망도 그거니까."

"그럼 당신 건 뭔데요?"

네빌의 어조에는, 흡사 온건한 로버트는 그 문제에 대해 별 생각이 없으리라는 것을 다 안다는 양 희미하게 경멸이 어려 있었다.

"생각해볼 것도 없지. 그 애를 대중 앞에서 발가벗길 거야."

로버트는 천천히 대답했다.

"뭐라고요?"

"그런 뜻으로 말고. 공개 법정에서 그 애의 가식을 전부 까발려서, 모두가 그 애의 진짜 모습을 알게 할 거네."

네빌은 순간 그를 뜻밖이라는 듯 쳐다보더니 "아멘." 하고 조용히 말했다.

"당신이 그런 식으로 생각하는 줄 몰랐는데요, 로버트."

그러고는 네빌이 무슨 말을 덧붙이려는데, 문이 열리고 케빈이 들어왔다. 저녁이 시작되었다.

린 아주머니의 훌륭한 요리를 만족스럽게 먹으며, 로버트는 케빈이 프랜차이즈에서 점심을 들게 한 것이 실수가 아니기를 바랐다. 그는 샤프 모녀가 케빈의 마음에 들기를 간절히 바라고 있었다. 그리고 케빈이 신경질적이고, 샤프 모녀가 누구나 좋아할 사람들이 아니라는 것은 부인해봤자 소용없는 일이었다. 프랜차이즈에서의 점심 식사가 과연 그들에게 도움이 될까? 매리언이 준비한 점심이? 케빈은 미식가인데? 초대장을 처음 봤을 때(오늘 아침 스탠리가 전해주었다)는 그들이 성의를 보여준 것이 기뻤으나, 점차 불안감이 커졌다. 린 아주머니의 반들반들한 마호가니 식탁에 흠잡을 데 없이 완벽한 요리가 적당한 속도로 나오고, 크리스티나가 큼직한 얼굴에 인자한 표정을 띠고 촛불 뒤에서 얼쩡거리는 사이에, 불안은 점점 팽창해 급기야 그를 사로잡았다. '뭉그러진 우유 푸딩'은 자기 가슴을 따스한 애정과 지켜주고 싶은 기분으로 채워줄지 몰라도, 케빈에게서도 똑같은 효과를 기대할 수는 없는 노릇이다.

적어도 케빈은 이곳에 와서 기분이 좋은 모양이었다. 케빈은 린 아주머니에게 노골적으로 구애하고, 이따금 크리스티나에게 한마디씩 던져 그녀를 행복하게 해주고 그녀의 애정을 확보했다. 아일랜드 사람들은 정말이지 못 말린다! 네빌의 행동거지도 더할 나위 없이 훌륭했다. 네빌은 케빈의 말을 열심히 경청하며, 이따금씩 케빈이 우월감을 느끼되 늙었다고 느끼지는 않을 정도의 빈도로 눈에 띄지 않게 경청을 끼워 넣었다. 즉, 보다 미묘한 형태의 비위 맞추기였다. 린 아주머니는 흡사 어린 소녀처럼 볼을 발그스레하게 붉히고 행복하게 웃으며, 찬사를 스펀지처럼 빨아들여서는 모종의 화학 작용을 통해 그것을 매력으로 다시 쏟아냈다. 그녀의 말을 듣던 로버트는 샤프 모녀에 대한 그녀의 감정이 몰라보게 바뀐 것을 알고 재미있어했다. 투옥될 위험에 처해 있다는 사실만으로 모녀는 '이 사람들'에서 '가엾은 사람들'로 승급되었다. 이는 케빈의 존재와 무관하게, 그녀의 타고난 인정 많은 성품과 흐리멍덩한 사고방식의 조합이 자아낸 결과였다.

식탁을 둘러보던 로버트는 묘한 일이라는 생각이 들었다. 이렇게 즐겁고 아늑하고 안정감 넘치는 가족 파티를 있게 한 것이, 망망히 펼쳐진 들판 한복판의 그 어둡고 고요한 집에 사는, 의지할 데 없는 두 여자가 처한 곤경 때문이라니.

로버트는 파티의 온기에 싸여, 그러나 가슴속에서는 싸늘한 불안감과 아픔에 시달리며 잠자리에 들었다. 프랜차이즈 사람들은 지금쯤 자고 있을까? 요새 잠은 잘 자고 있을까?

그는 한동안 잠을 이루지 못했다. 겨우 잠이 들어서도 일찍 눈이 떠져 일요일 아침의 정적을 들으며 누워 있었다. 그는 날씨가 좋기를 바라고(프랜차이즈는 비가 올 때 가장 형편없어 보이기 때문이다. 지저분한 흰색이 비에 젖어 거의 회색으로 변한다), 매리언이 점심 식사로 무엇을 만들든 간에 '뭉그러지지' 않기를 바랐다. 8시 직전에 시골 쪽에서 차가 한 대 오더니 창문 밑에 멈춰 섰다. 누가 나직이 휘파람으로 집합 나팔을 불었다. 중대의 집합 신호. B 중대다. 십중팔구 스탠리일 것이다. 로버트는 일어나 창밖으로 고개를 내밀었다.

스탠리는 평소처럼 맨머리로(그는 스탠리가 종류를 막론하고 모자를 쓴 모습을 본 적이 없었다) 차에 앉아, 관대하고 인자한 표정으로 그를 올려다보고 있었다.

"하여간 일요일이라고 늦잠 자는 사람들은."

스탠리가 말했다.

"비웃으려고 깨운 건가?"

"아뇨, 샤프 양의 전갈이 있어서요. 이따가 올 때 베티 케인의 진술서를 가져오라는군요. 아주 중요한 일이니까 절대 잊지 말라고요. 중요한 일 맞나 봐요. 꼭 땅 파다가 백만 파운드를 발견한 사람 같은 얼굴로 돌아다니고 있다니까요."

"행복한 얼굴이라고!"

로버트는 믿기지 않았다.

"신부처럼요. 그러고 보니 제 사촌 뷸라가 폴란드 남자하고 결혼했을 때 이래로 그런 표정을 한 여자를 처음 봤군요. 뷸라는 얼굴이 꼭 스콘처럼 생겼는데, 글쎄, 그날은 비너스하고 클레오파트라하고 트로이의 헬레네를 하나로 합친 것처럼 보이지 뭡니까."

"샤프 양이 뭣 때문에 그렇게 기분이 좋은지 아나?"

"아뇨. 몇 번 떠보긴 했는데, 아껴두는 모양이더군요. 아무튼 진술서 사본, 잊지 마세요. 안 그러면 응답이 어긋날 거라나 뭐라나 그랬습니다. 암호는 진술서에 있대요."

스탠리는 신 거리를 향해 거리를 올라가고, 로버트는 매우 어리둥절한 기분으로 타월을 들고 욕실로 갔다. 아침 식사를 기다리는 동안, 그는 서류가방에서 진술서를 꺼내 다시금 훑어보았다. 매리언은 무엇이 생각났기에, 또는 무엇을 발견했기에 그렇게 기분이 좋아졌나? 베티 케인이 어디선가 실수를 했다는 것은 분명했다. 매리언은 희색이 만면했고, 케인의 진술서를 들고 오라고 했다. 그것은 즉 베티 케인이 거짓말을 하고 있다는 증거가 진술서 어딘가에 있다는 뜻일 수밖에 없었다.

진술서를 끝까지 읽어도 그럼직한 문장을 발견하지 못한 로버트는 다시 처음으로 돌아갔다. 대체 무엇인가? 비가 오고 있었다고 했는데, 실은 비가 안 왔다든지? 하지만 그것은 이야기의 신빙성에 별 영향을 미치지 못할 것이다. 그럼 밀퍼드 버스인가? 샤프 모녀의 차를 타고 가던 중에 지나쳤다고 한 버스다. 시간대가 틀렸나? 하지만 시간대는 이미 오래전에 확인했는데 거의 일치했다. 버스의 '전광판' 말인가? 불이 들어오기는 너무 이른 시간이었나? 하지만 그런 것은 단순한 기억의 착오일 뿐, 진술의 신뢰성을 무너뜨리는 요소가 되지는 못한다.

그는 매리언이 자기들 편을 들어줄 '작은 증거 하나'를 원하다 못해 사소한 불일치를 거짓의 증거로 부풀리는 게 아니기를 간절히 바랐다. 희망을 가졌다 실망하느니 차라리 아예 희망이 없는 편이 낫다.

　이 현실적인 걱정이 점심 식사에 대한 사교적인 걱정을 지워준 덕에, 그는 케빈이 프랜차이즈에서 식사를 즐기건 말건 별로 상관하지 않게 되었다. 린 아주머니가 교회 가려고 나가면서 은밀히 "점심으로 뭘 줄 것 같니? 그 가엾은 사람들은 분명 상자에 든 플레이크 같은 걸 먹고 살 텐데." 하고 속삭이기에, 그는 짤막하게 말했다.

　"와인을 아는 사람들이니까 케빈도 좋아할 거예요."

　"네빌은 어떻게 된 건가?"

　프랜차이즈로 가는 길에 케빈이 물었다.

　"초대를 못 받았어."

　"그런 뜻이 아니라, 그 눈에 거슬리는 양복과 우월감과 《파수꾼》식 공격성은 어떻게 됐느냐 이 말이네."

　"오, 이번 일로 《파수꾼》하고 사이가 틀어졌어."

　"아!"

　"네빌은 이번에 처음으로 《파수꾼》이 거들먹거리며 이야기하는 사건을 직접 알 수 있는 위치에 있는 거니 말이지. 좀 충격을 받은 것 같더군."

　"어때, 개심이 끝까지 가겠나?"

　"글쎄, 그래도 전혀 이상할 것 없으리라는 생각이 드는데. 이젠 네빌도 어린애 같은 짓을 그만둘 나이가 됐으니 슬슬 바뀔 때가 된 것도 있지. 하지만 그 외에도, 네빌은 《파수꾼》의 다른 귀염둥이들도 과연 옹호할 가치가 있는 인간이었던가를 다시 생각해보기 시작한 것 같네. 예를 들면 코토비차라든지."

"허! 그 애국자 말이지!"

케빈이 감정을 담아 말했다.

"그래. 바로 지난주까지만 해도 네빌은 우리한테 코토비치를 보호하고 아낄 의무가 있다고 주장했거든. 아마 최종적으로는 영국 여권을 주자는 말이었겠지. 글쎄, 모르긴 몰라도 지금은 그렇게 단순하게 생각하지 않을 거야. 네빌은 지난 며칠 사이에 성장했네. 어젯밤에 입은 그런 양복이 그 녀석한테 있는 줄도 몰랐다니까. 학교 시상식에 입고 갔던 양복이 틀림없어. 그렇게 수수한 옷은 그 뒤로 입은 적이 도무지 없으니까."

"자네를 위해 그게 지속되길 빌겠네. 머리는 좋은 녀석이니까, 그 어릿광대짓만 없어지면 사무소에 도움이 될 거야."

"린 아주머니는 네빌이 프랜차이즈 사건 때문에 로즈메리하고 틀어졌다고 상심이 크다네. 이러다 주교의 딸과 결혼을 못 하면 어쩌나 싶은 거지."

"만세! 그 친구의 건투를 빌어야겠군. 이제야 좀 마음에 드는걸. 그 갈라진 틈에 슬그머니 쐐기를 몇 개 박아봐, 롭. 착하고 멍청한 영국 아가씨하고 결혼해서, 애를 다섯 낳고 토요일 오후엔 소나기가 쏟아지는 틈틈이 이웃사람들한테 테니스 파티를 열면서 살게 말이지. 같은 멍청함이라도, 연단에 올라서서 자기가 아무것도 모르는 문제에 관해 장황하게 떠들어대는 종류보다는 훨씬 나으니까. 여긴가?"

"그래, 여기가 프랜차이즈야."

"완벽한 '괴저택'인데."

"처음 지었을 때는 괴저택이 아니었어. 보면 알겠지만, 대문이 원래는 제법 멋진 소용돌이무늬 창살로 돼 있어서 도로에서도 훤히 들여다보였다네. 대문에 철판을 댄 것만으로 평범하던 집이 비밀스러운 게 된 거야."

"어쨌든 베티 케인의 목적엔 완벽한 곳이지. 여기가 기억났다니 그 애가 재수가 좋았군."

로버트는 베티 케인의 진술 문제와 점심 식사에 관해 자기가 매리언을 좀 더 믿지 못한 것을 두고두고 후회했다. 그녀가 얼마나 냉정하고 분석적인 사고를 하는지를 기억했어야 했다. 사람들을 있는 그대로 받아들이는 샤프 가의 재능과 그것이 상대에게 주는 진정 효과도. 샤프 모녀는 린 아주머니처럼 완벽한 손님 대접을 하려 애쓰지 않았다. 그들은 격식을 차려 식당에서 식사를 하는 대신, 햇볕이 드는 응접실 창가에 4인용 테이블을 놓았다. 벚나무 테이블은 나뭇결은 매우 좋았으나 손질을 한 지 오래돼서 헐어 보였다. 반면에 와인 잔은 다이아몬드처럼 반짝이게 닦았다(중요한 부분에 치중하고 단순한 허식은 무시하는 점이 매리언다웠다).

"식당은 터무니없을 만큼 음울한 곳이거든요. 얼마나 음울한지 와서 한번 봐요, 맥더모트 씨."

샤프 부인이 말했다.

이것도 그들다웠다. 의례적으로 둘러앉아 셰리를 홀짝이고 잡담을 나누는 게 아니라, '와서 우리 끔찍한 식당을 구경해요.'인 것이다. 손님은 어느새 그들과 한 식구가 되어 있다.

"그래서, 그게 무슨……."

둘만 남자 로버트는 매리언에게 물었다.

"안 돼요. 이따가 점심 먹고 이야기할 거예요. 그게 식후에 마실 리큐어예요. 맥더모트 씨가 점심 식사를 하러 오기 전날 밤에 그게 생각나다니 정말 너무너무 운이 좋았어요. 그걸로 모든 게 달라진다고요. 그것 때문에 재판이 중지되진 않겠지만, 그래도 우리한테는 모든 게 달라진단 말이죠. 그게 내가 원했던, 우리 편을 들어줄 '작은 증거'예요. 맥더모트 씨한테 말했어요?"

"당신 메시지 말인가요? 아뇨, 아무 말도 안 했습니다. 안 하는 게…… 나을 것 같아서요."

"로버트! 당신, 날 믿지 않았군요. 내가 실없는 소리를 하는 걸까 봐 걱정한 거죠?"

그녀는 장난스러운 표정으로 말했다.

"조그만 토대에 그걸로 지탱할 수 있는 것 이상을 쌓아올리는 걸까 봐 걱정했던 겁니다. 난……."

"걱정 말아요. 지탱할 테니까요. 나랑 부엌에 가서 수프 좀 날라줄래요?"

그녀가 자신 있게 말했다.

음식을 내는 것도 법석을 떨지 않고 편안하게 했다. 로버트는 쟁반에 납작한 수프 그릇 네 개를 얹어 나르고, 매리언은 은도금한 동판 뚜껑을 씌운 커다란 접시를 들고 뒤를 따라왔다. 그게 전부인 모양이었다. 수프를 먹은 뒤, 매리언은 어머니 앞에 커다란 접시를, 로버트 앞에 와인 한 병을 놓았다. 접시에 놓인 것은 포토푀 치킨과 야채였고, 와인은 몽라셰였다.

"몽라셰! 이렇게 근사할 데가!"

케빈이 말했다.

"로버트한테 클라레를 좋아하신다고 들었거든요. 하지만 크롤 씨의 와인 저장고에 남아 있는 건 전부 한물가서요. 그래서 저것 아니면 아주 묵직한 부르고뉴 레드, 둘 중 하나를 선택할 수밖에 없었어요. 부르고뉴는 겨울날 저녁엔 근사하지만, 여름날 낮에 스테이플즈의 닭고기에 곁들여 마시기엔 별로 좋지 않죠."

매리언이 말했다.

케빈은 기포가 올라오거나 터지지 않는 술에 관심 있는 여자가 얼마나 흔치 않은지를 이야기했다.

샤프 부인이 말했다.

"솔직히 팔 수만 있었으면 팔아야 했을 테지만, 그러기엔 종류가 너무 제각각이라 못 판 거예요. 그래서 얼마나 기뻤는지 몰라요. 우리 집에선 우리가 와인을 마실 줄 알게 키웠거든. 남편도 그런대로 좋은 와인을 갖고 있었지만 미각은 나만 못했어요. 하지만 레스웨이즈에 살던 오빠는 와인도 훨씬 잘 갖추어놓았었고, 또 그에 걸맞은 미각을 갖고 있었답니다."

"레스웨이즈라고요? 혹시 찰리 메러디스의 동생이십니까?"

케빈이 닮은 점을 찾아내려는 듯 그녀의 얼굴을 살피며 말했다.

"맞아요. 찰스를 아나요? 하지만 그러기엔 댁은 너무 젊은데."

"제가 처음 가진 조랑말이 찰리 메러디스가 기른 말이었죠. 무려 칠 년을 탔는데 한 번도 실수란 걸 한 적이 없었습니다."

그 뒤로는 물론 둘 다 다른 사람들에게 관심을 잃었다. 음식에도 그리 관심을 보이지 않았다.

매리언이 재미있어하는 표정으로 축하한다는 듯 로버트를 흘깃 쳐다보았다.

"요리를 못한다니 누가 그렇단 말이죠?"

로버트는 말했다.

"당신이 여자였으면 요리를 한 게 아니란 걸 알아차렸을 거예요. 수프는 깡통을 따서 데운 다음 세리랑 조미료를 넣었고, 닭은 스테이플즈에서 가져온 그대로 냄비에 집어넣고 끓는 물을 부은 다음, 생각나는 걸 죄 더하고 기도를 곁들여 오븐에 넣은걸요. 크림치즈도 농장에서 갖고 왔고요."

"그럼 크림치즈하고 같이 나온 그 근사한 롤빵은요?"

"스탠리네 하숙집 여주인이 구운 거예요."

그들은 잠깐 나지막이 웃었다.

내일이면 그녀는 법정에 선다. 내일이면 밀퍼드 사람들 앞에서 구경거리가 될 것이다. 하지만 오늘 그녀의 생활은 아직 그녀의 것이었다. 그녀는 그와 웃음을 공유할 수 있고, 지금 이 순간에 만족할 수 있었다. 적어도 그녀의 반짝이는 눈을 보면 그런 듯했다.

그들이 치즈 접시를 치워도 샤프 부인과 케빈은 뭐라 하지도 않고 대화를 계속했다. 두 사람은 더러워진 접시를 부엌으로 나르고 그곳에서 커피를 끓였다. 바닥이 돌로 된 부엌은 매우 우중충한 곳이었다. 구식 개수대는 보기만 해도 기분이 우울했다.

"레인지는 매주 월요일에 청소를 한 다음에만 쓰고, 평소엔 작은 석유스토브로 요리를 한답니다."

그가 부엌에 관심을 보이자 매리언이 말했다.

그날 아침 수도꼭지를 틀자 반짝이는 욕조에 뜨거운 물이 바로 콸콸 쏟아졌던 것이 생각나, 로버트는 부끄러워졌다. 오랜 세월 안락하게 살아온 그는 석유 버너로 데운 물로 목욕하는 생활을 상상도 할 수 없었다.

"친구 분이 참 매력적인데요. 약간 메피스토펠레스 같은 게 상대편 변호사면 겁날 것 같지만, 그래도 매력적이에요."

그녀가 뜨거운 커피를 주전자에 따르며 말했다.

"아일랜드 사람들이 원래 그렇잖습니까. 그 사람들한테는 그게 숨 쉬는 것만큼이나 자연스러운 일이에요. 우리 불쌍한 앵글로색슨족은 우둔하게 터벅터벅 걸으면서 그들을 부러워하는 거죠."

로버트는 침울한 목소리로 대답했다.

그녀가 마침 그에게 쟁반을 건네려고 돌아선 참이라, 두 사람은 거의 손이 맞닿을 듯한 상태로 마주 보고 있었다.

"앵글로색슨족은 내가 세상에서 가장 소중하게 여기는 두 가지 특질을 갖고 있어요. 어째서 그들이 이 세상을 상속했는지를 설명해주는 두 가지 특질이죠. 그건 상냥함과 신뢰성이에요. 관용과 책임감이란 말이 더 마음에 들면 그래도 되고요. 켈트족은 그 두 가지를 한 번도 지녀본 적이 없어요. 아일랜드 사람들이 말다툼밖에 못 물려받은 건 그 때문이에요. 아차, 크림을 깜박했네요. 잠깐만요. 세탁장에 차게 식혀놨어요."

크림을 갖고 돌아온 그녀가 시골 말씨를 흉내 내어 덧붙였다.

"요샌 냉장고란 물건이 있는 집도 있단 소리를 들었지만 우린 그런 거 필요 없어요."

햇살이 환하게 드는 응접실로 커피 쟁반을 나르며, 로버트는 겨울철에 부엌이 얼마나 뼛속까지 시리게 추울지를 생각했다. 요리사가 하인 대여섯 명을 부리고 석탄을 짐수레 가득 주문하던 시절에는 레인지에서도 불이 활활 타곤 했겠지만, 이제는 아니다. 그는 이곳에서 매리언을 데리고 나오고 싶었다. 어디로 갈지는 그도 잘 알 수 없었다. 자기 집은 린 아주머니의 기운이 가득하니 안 된다. 어쨌든 윤을 낼 가구도, 운반해야 할 그릇도 없고, 모든 일이 버튼을 누르는 것으로 해결되는 곳이어야 할 것이다. 매리언이 마호가니 가구의 노예로 노년을 보낼 성싶지는 않았다.

커피를 마시며 그는 슬그머니, 적당한 때에 프랜차이즈를 팔고 아담한 시골집을 사지 그러냐는 쪽으로 대화를 유도했다.

"사려고 할 사람이 없을걸요. 처치 곤란한 집이에요. 학교로 쓰기엔 너무 작고, 아파트로 개조하기엔 너무 외지고, 요새 가족이 살기엔 너무 크고 말이죠. 어쩌면 정신병원으론 좋을지도 모르죠."

창밖으로 보이는 높다란 분홍색 담장을 보며 매리언이 생각에 잠겨 말했다. 로버트는 케빈이 슬쩍 그녀를 보았다가 금세 시선을 돌리는 것을 보았다.

"적어도 조용하기는 하니까요. 삐걱거릴 나무도 없고, 창유리를 두들길 담쟁이도 없고, 비명을 지르고 싶어질 때까지 찍찍거릴 새도 없고요. 피로한 신경에는 아주 평온한 곳이에요. 정신병원이라면 어쩌면 누가 관심을 가져줄지도 모르겠네요."

그녀는 이곳의 정적이 마음에 드는 것이다. 그에게는 무덤처럼 느껴졌던 이 고요가. 어쩌면 그것이 런던에서 소란스럽고 혼잡하고 요구가 많은 생활, 갑갑한 방에서 조바심치는 생활을 하며 그녀가 갈망했던 것인지도 모른다. 이 크고 못생긴 집은 그녀에게 안식처였던 것이다.

그런데 이제는 아니었다.

언젠가(오, 신이시여, 제발 그것을 허락하소서), 언젠가 베티 케인에게서 신뢰와 사랑을 영원히 빼앗고 말겠다.

"자, 이제 '죽음의 다락'을 시찰하실까요?"

매리언이 말했다.

"그러죠."

케빈이 말했다.

"그 애가 확인했다는 물건들을 살펴보고 싶습니다. 그 애의 진술은 전부 논리적인 추론의 결과 같아 보이더군요. 두 번째 계단의 더 거친 카펫이라든지 말입니다. 나무 서랍장도 그렇죠. 시골 저택에선 꼭 발견되는 물건이거든요. 뚜껑이 평평한 궤도 마찬가지입니다."

"맞아요. 그때는 그 애가 우리가 가진 물건을 척척 맞히는 게 너무 무서웠어요. 정신을 차릴 시간도 없었기도 하고요. 나중에 가서야 진술서에서 그 애가 진짜 의미로 확인한 게 얼마 없다는 걸 알겠더군요. 게다가 그 애는 큰 실수까지 하나 저질렀거든요. 그런데 어젯밤까지 그걸 아무도 못 깨달았지 뭐예요. 진술서 가져왔어요, 로버트?"

"그래요."

그는 주머니에서 진술서를 꺼냈다.

그녀와 로버트 그리고 맥더모트, 세 사람은 아무것도 깔리지 않은 마지막 계단을 다 오른 참이었다. 그녀는 그들을 다락방 안으로 안내했다.

"어젯밤에 여기 올라왔었어요. 토요일마다 대걸레를 들고 집 안을 한 바퀴 돌거든요. 혹시 흥미가 있을지 몰라 미리 말씀드리자면, 그 게 우리가 집안일 문제를 해결하는 방식이랍니다. 일주일에 한 번씩 큼직한 대걸레를 흡수성이 있는 광택제에 푹 담갔다가 밀고 다니는 거죠. 방 하나에 오 분씩 걸리는데, 먼지를 막는 데 도움이 돼요."

케빈은 방 안을 돌아다니며 살펴보고 창문으로 밖을 내다보았다.

"이게 그 애가 묘사한 경치란 말이죠."

"네, 그게 그 애가 묘사한 거예요. 그 애 진술서를 제가 맞게 기억 한다면, 그 애는 불가능한……. 로버트, 창문으로 보이는 경치를 묘 사한 부분을 읽어줄래요?"

로버트는 관련된 부분을 찾아 소리 내어 읽기 시작했다. 케빈은 몸 을 가볍게 내밀고 작은 원형 창문 밖을 내다보고 있었다. 그리고 매 리언은 그 뒤에 서서 보일 듯 말 듯 무녀 같은 미소를 짓고 있었다.

"'다락방 창문으로 가운데에 커다란 철문이 달린 높다란 벽돌 담장 이 보였어요. 담 너머엔 도로가 있었고요. 전신주가 보였거든요. 아 뇨, 차는 못 봤어요. 담장이 너무 높아서요. 가끔 트럭에 실린 화물 꼭대기가 보였을 뿐이에요. 대문 안쪽에 철판을 댔기 때문에 창살 사 이로 밖을 내다볼 순 없었어요. 대문 안으로 들어오면 차도가 직선 으로 잠깐 이어지다가 둘로 갈라져 원을 그리면서 현관 앞까지 가요. 아뇨, 정원은 아니고…….'"

"뭐라고!"

케빈이 몸을 벌떡 일으키며 소리 질렀다.

"뭐가?"

로버트는 흠칫 놀라 물었다.

"마지막 부분을 다시 읽어봐. 차도에 관한 부분."

"'대문 안으로 들어오면 차도가 직선으로 잠깐 이어지다가 둘로 갈라져 원을 그리면서…….'"

케빈의 외마디 고함 같은 웃음에 그는 읽다 말고 멈추었다. 자못 우습다는 듯한, 승리감에 찬 웃음소리였다.

"아시겠죠?" 그 뒤를 이은 침묵 속에 매리언이 말했다.

"네."

창밖으로 보이는 경치를 옅은 색의 반짝이는 눈으로 흡족한 듯 바라보며 케빈이 나지막이 말했다.

"그 애가 미처 그 생각을 못 했군요."

매리언이 비켜준 자리로 다가간 로버트는 그들이 하는 말의 의미를 알았다. 지붕 가장자리의 난간에 가려, 차도가 갈라지기도 전에 이미 마당이 보이지 않는 것이다. 그 방에 갇힌 사람은 현관 앞까지 이어지는 두 개의 반원을 알 길이 없었다.

"경위님이 그 부분을 읽었을 때 우리는 모두 거실에 있었잖아요? 그리고 우리는 모두 그 묘사가 정확하다는 걸 알고 있었어요. 안마당이 정말 그렇게 생겼다는 뜻으로요. 그래서 우리는 무의식중에 그에 관해 그 이상 생각하지 않았어요. 심지어 경위님까지요. 경위님이 창문으로 내다봤던 게 기억나지만, 그건 그냥 자동적인 제스처였어요. 아무도 그 애가 묘사한 대로가 아닐지도 모른다는 생각을 못 한 거예요. 실제로 그랬죠. 아주 작은 부분 하나만 빼고요."

"아주 작은 부분 하나만 제외하고 말이죠."

케빈이 말했다.

"그 애는 어두울 때 와서 어두울 때 도망쳤을 뿐더러 내내 방에 갇혀 있었다고 했으니, 차도가 갈라지는 걸 알 턱이 없었던 겁니다. 왔을 때에 관해선 뭐라는지 한 번 더 읽어보겠나, 롭?"

로버트는 그 부분을 찾아 읽었다.

"'드디어 차가 멈췄어요. 젊은 여자가, 그러니까 검은 머리인 쪽이 내려서 양쪽으로 열리는 커다란 대문을 열었어요. 그러고는 도로 올라타서 차도로 차를 몰고 가니까 집이 나왔어요. 아뇨, 너무 어두워서 어떤 집인지는 보이지 않았어요. 현관에 계단이 있다는 것밖에 알 수 없었어요. 아뇨, 몇 계단인지는 기억 안 나요. 아마 너덧 계단쯤 될 것 같아요. 네, 작은 계단인 건 분명해요.' 그러고는 부엌으로 가서 커피를 마셨다는 이야기로 이어지는군."

"그래. 그럼 계단 이야기는? 그게 밤 몇 시쯤인가?"

케빈이 말했다.

"내 기억이 맞는다면 아마 저녁때 지나서일걸."

로버트는 진술서를 뒤적이며 말했다.

"아무튼 어두워진 다음이네. 여기 있군."

그러고는 그 부분을 읽었다.

"'첫 번째, 그러니까 홀 위 계단참까지 내려왔을 때, 부엌에서 그 사람들 말소리가 들렸어요. 홀은 캄캄했어요. 전 언제 둘 중 하나가 나와서 절 발견할지 모른다고 벌벌 떨면서 마지막 계단을 내려와선 현관문으로 달음질쳤어요. 문은 잠겨 있지 않았어요. 전 바로 뛰쳐나가 계단을 달려 내려가선 대문 밖으로 뛰어나갔어요. 그러곤 도로를 따라 달려갔어요. 네, 간선도로처럼 딱딱하던데요. 그러다 더는 못 뛸 것 같아서, 기운을 되찾을 때까지 풀밭에 누워 있었어요.'"

"'간선도로처럼 딱딱했다.'라고 했다는 건, 너무 어두워서 길바닥이 보이진 않았다는 뜻이지."

케빈이 말했다.

잠시 침묵이 흘렀다.

"어머니는 이걸로 그 애가 거짓말을 했다는 걸 충분히 입증할 수 있다고 생각하세요."

매리언이 말했다. 그리 기대가 어리지 않은 시선이 로버트에게서 케빈으로 옮아가더니 도로 돌아왔다.

"하지만 두 분 생각은 다르죠?"

그것은 질문도 아니었다.

"네. 이것 하나만으로는 어렵습니다. 똑똑한 변호사의 도움을 받으면 미꾸라지처럼 빠져나갈 수도 있을 겁니다. 처음 왔을 때 차가 흔들린 데서 원형 도로를 추론해냈다고 할지도 모릅니다. 물론 보통은 커브를 그리는 통상적인 차도를 추론해낼 테죠. 대뜸 저 원형 차도처럼 이상스러운 걸 연상하는 사람은 아무도 없을 겁니다. 저 차도는 그저 보기에 그럴싸할 뿐이거든요. 그 애가 그걸 떠올린 것도 아마 그 때문일 테고요. 이건 순회 재판에서 변론을 보충하는 용으로 남겨 두는 게 좋을 것 같습니다."

케빈이 말했다.

"네, 저도 그렇게 말씀하실 거라고 생각했어요. 저도 별로 실망하진 않았어요. 이걸 발견하고 기뻤던 건, 이게 우리 혐의를 벗겨줄 거라고 생각해서가 아니라 이걸로 우리가 의혹에서 풀려날 수 있기 때문이에요. 그러니까, 그러니까……."

매리언이 뜻밖에 말을 더듬으며 로버트의 시선을 피했다.

"우리의 맑은 마음을 흐려놓았을 의혹 말이군요."

케빈이 서슴없이 말을 마무리 짓고는 심술궂은 눈길로 로버트를 흘끗 보았다.

"어떻게 그걸 생각해내신 겁니까?"

"저도 모르겠어요. 창으로 그 애가 묘사했던 경치를 보면서 멀거니 서 있었거든요. 우리 편을 들어줄 정말 좁쌀만 한 증거라도 있으면 좋겠다고 생각하면서요. 그런데 생각지도 못하게 응접실에서 그 부분을 읽는 그랜트 경위님 목소리가 들리는 거예요. 그때 경위님은 이야기의 대부분을 인용하는 게 아니라 그냥 말로 설명하셨잖아요? 하지만 프랜차이즈를 지목하는 근거가 된 부분은 그 애의 말을 그대로 읽었죠. 머릿속에서 경감님이 그 좋은 목소리로 원형 차도에 관한 부분을 읽는데, 그때 제가 서 있던 자리에선 원형 차도가 안 보였던 거예요. 어쩌면 무언의 기도에 대한 응답이었을지도 모르죠."

"그럼 자네는 여전히 내일은 '넘겨주고' 순회 재판에 모든 가능성을 거는 게 최선이라고 생각하는군?"

로버트가 말했다.

"그래. 어차피 실질적으로는 샤프 양과 어머님께 차이가 없거든. 법정에 한 번 서나 두 번 서나 별반 다를 바 없으니까. 오히려 노턴에서 열릴 순회 재판은 자기 지역에서 열릴 즉결 심판보다 십중팔구 덜 불쾌할 테지. 게다가 두 분의 입장에선 내일 재판이 빨리 끝날수록 더 나아. 자네 쪽에선 내일 법정에 제시할 증거가 아무것도 없으니, 아주 간결하고 형식적인 절차로 끝날 거야. 저쪽 증거가 줄줄이 이어지고, 자네가 변론을 유보하겠다고 선언하고, 보석을 신청하고, 그럼 끝!"

로버트도 이에 불만은 없었다. 그는 두 사람이 내일 겪어야 할 시련을 공연히 질질 끌고 싶지 않았으려니와, 어쨌든 밀퍼드가 아닌 다른 곳에서 내려질 판결을 더욱 신뢰했다. 무엇보다도 사태가 재판에 이른 이상, 그는 공소 기각이라는 어중간한 결론을 원하지 않았다. 그것으로는 충분치 않았다. 그는 공개 법정에서, 베티 케인이 보는 앞에서 그 한 달간 무슨 일이 있었는지 낱낱이 밝혀지기를 원했다. 노턴에서 순회 재판이 개정되기 전까지, 하느님이 보우하사, 그것을 알아내고야 말겠다.

"변호인은 누가 좋겠나?"

차 마실 시간에 맞춰 집으로 돌아가는 차 안에서 로버트가 케빈에게 물었다.

케빈이 주머니에 손을 넣었다. 로버트는 당연히 그가 주소록을 찾는 줄 알았다. 그러나 케빈이 주머니에서 꺼낸 것은 일정을 적는 수첩이었다.

"노턴 순회 재판이 언제인지 아나?"

케빈이 물었다.

로버트는 날짜를 말하고는 숨을 죽였다.

"잘하면 내가 갈 수 있을지도 몰라. 어디 한번 볼까."

로버트는 입을 다물고 기다렸다. 섣불리 입을 놀렸다가는 마법이 깨질 듯했다.

"그래, 안 될 이유는 없을 것 같군. 예상할 수 없는 사태를 제외하면 말이지. 자네 마녀들이 마음에 들었어. 그 대단히 재수 없는 계집애에 맞서서 두 사람을 변호한다면 아주 만족스러울 거야. 찰리 메러디스의 동생이라니 참 별일 다 있지. 최고였다고. 그 영감. 인류 역사상 대략 단 하나뿐인 정직한 말 장수가 아닐까. 그 조랑말을 생각하면 내 정말 한시도 고마움을 잊어본 적이 없다네. 소년이 어떤 말을 처음 갖는지는 아주 중요하거든. 평생을 좌우한단 말이지. 말에 대한 태도뿐 아니라 다른 모든 것까지. 소년과 좋은 말 사이에 존재하는 신뢰와 우정엔……."

긴장이 풀린 로버트는 케빈의 이야기를 들으며 재미있는 일이라고 생각했다. 그는 케빈이, 창문으로 보이는 경치가 증거로 제시되기도 전에 이미 샤프 모녀가 유죄일지도 모른다는 생각을 버렸음을 눈치채고 그에 대해 아이러니를 느끼고 있었다. 찰리 메러디스의 동생이 누구를 납치한다는 일은 있을 수 없는 모양이었다.

제17장

"월요일 아침부터 한가한 사람들이 어떻게 이렇게 많은지 하여간 늘 이상하단 말이지."

작은 법정에서 꽉꽉 들어찬 방청석을 바라보며 벤 칼리가 말했다.

"그렇기는 하지만 솔직히 요새는 너무 품격이 없어. 스포츠웨어 상점의 그 여자 봤나? 뒤에서 둘째 줄, 연자줏빛 파우더하고 맞지도 않는 노란 모자를 쓴. 머리 색하고도 안 맞지만. 가게를 고드프리네 딸내미한테 맡겨놨으면 이따 밤에 잔돈이 부족할걸. 그 아가씨가 열다섯 살 때 내가 풀려나게 해준 적이 있어. 그 아가씨는 걸음마를 처음 배웠을 때부터 돈을 슬쩍해서 지금도 슬쩍하고 있다네. 내 장담하건대 돈 통을 맡길 여자가 못 돼. 앤 불린 주인도 와 있군. 저 여자가 법정에 나온 건 처음 보는걸. 지금까지 어떻게 용케 안 그럴 수 있었는지 알 수 없네만. 저 여자 동생이 번번이 저 여자가 발행한 부도 수표를 막아주고 있거든. 그 돈을 대체 어디다 쓰는 건지는 아무도 모른 다네. 어쩌면 누가 저 여자한테 돈을 갈취하는 걸지도 몰라. 대체 그 게 누굴까? 화이트하트의 아서 윌리스일 가능성도 없지 않아. 매주 세 여자한테 우편환을 보내는 데다 이제 곧 한 명 더 늘게 생겼는데, 급사로 일해서 얻는 벌이로 그게 충당이 되겠느냐 이 말이야."

로버트는 칼리가 떠들건 말건 내버려두었다. 방청객들이 평소 가 게 문을 열기 전까지 이곳에서 빈둥거리며 월요일 아침을 보내는 한 가한 사람들이 아니라는 게 그렇게 신경 쓰일 수 없었다. 수수께끼에 싸인 밀퍼드 정보 전달 경로로 뉴스가 퍼져나가 사람들이 샤프 모녀 가 법정에 선 것을 구경하러 모여든 것이었다. 보통은 칙칙하고 잠에 취해 고요한 법정이 여자들의 옷차림으로 화사한 색채를 띠고 그들 이 재잘재잘 떠드는 소리로 웅성거렸다.

적의에 차 있어야 하건만 묘하게 상냥한 얼굴이 하나 보였다. 윈 부 인이었다. 에일즈베리 메도사이드 거리에 있는 그 예쁜 정원에 서 있 는 그녀를 본 이래로 처음 보는 것이었다. 로버트는 윈 부인을 적으 로 생각할 수 없었다. 그는 그녀를 좋아했고, 훌륭한 사람이라 생각 했고, 그리고 미리 측은하게 생각했다. 마음 같아서는 다가가 인사를 하고 싶었지만, 이미 게임은 시작되었고 그들은 서로 다른 편에 속한 말이었다.

그랜트의 모습은 아직 보이지 않았지만, 핼럼은 이미 도착해 불한 당들이 창문을 깨뜨린 날 프랜차이즈에 왔던 경사와 이야기를 나누 고 있었다.

"탐정은 어때, 잘하고 있나?"

실황 중계를 하다 말고 칼리가 물었다.

"탐정은 괜찮은데, 문제가 워낙 엄청나야지. 모래사장에서 바늘 찾기는 유도 아니라네."

로버트는 대답했다.

"조그만 여자애가 외톨토리로 세상과 맞서 싸우는군."

벤이 놀렸다.

"그 까진 계집애를 얼른 봤으면 좋겠어. 팬레터와 구혼은 쏟아져 들어오겠다, 성녀 베르나데트도 닮았겠다, 그 애는 아마 지방 즉결 재판소 같은 건 자기한테 너무 시시하다고 생각할걸. 연예계에서 스카우트는 안 받았대?"

"내가 알겠나."

"하긴 엄마가 못 하게 막을 것 같긴 해. 갈색 투피스를 입은 저 여자가 엄마인데, 꽤 현명한 여자처럼 보이거든. 어쩌다 저런 딸을 갖게 됐는지. 아, 맞다, 입양했다고 했지? 무서운 경고인걸. 사람들이 자기가 같이 사는 이들을 얼마나 잘 모르는지, 난 그게 늘 이상하더군. 햄 그린에 사는 웬 여자한테 딸이 있었는데, 이 여자가 알기로 딸은 한 번도 자기 시야에서 벗어난 적이 없었어. 그런데 어느 날 딸이 토라져서 나가더니 안 돌아오기에, 엄마가 거의 실성하다시피 해서 경찰로 달려갔거든. 경찰의 조사 결과, 단 하룻밤도 엄마 곁을 떠난 적이 없는 줄 알았던 딸내미가 글쎄 결혼해서 애까지 하나 낳았지 뭔가. 딸은 그냥 애를 맡겨놨던 곳에서 찾아다 남편하고 살러 간 거였어. 벤 칼리의 말을 못 믿겠다면 경찰 수사 기록을 찾아보라고. 뭐, 아무튼 지금 탐정이 마음에 안 들면 나한테 말해. 아주 괜찮은 친구

연락처를 줄 테니까. 이제 시작되는군."

그는 재판관에게 경의를 표하기 위해 일어서면서도, 판사의 혈색과 성격, 어제 무엇을 했을지에 관해 독백을 그치지 않았다.

일상적인 재판 세 건이 먼저 처리되었다. 늙은 범죄자들에게는 이미 매우 익숙한 절차인 듯, 그들은 자꾸만 앞서 가려 했다. 이러다 누가 '좀 참고 기다릴 수 없겠나!'하고 고함칠 것만 같았다.

그랜트가 조용히 들어와 기자석 뒤에 참관인처럼 섰다. 로버트는 때가 된 것을 알았다.

샤프 모녀의 이름이 불리고 두 사람이 들어와, 흡사 단순히 교회에 온 것처럼 그 끔찍한 걸상에 앉았다. 차분하고 주의 깊은 눈도 그렇고, 무대가 시작되기를 기다리는 분위기도 그렇고, 정말 교회에 온 것 같다는 생각이 들었다. 그러나 로버트는 불현듯 샤프 부인의 자리에 린 아주머니가 있었으면 자기가 어떤 기분일지를 깨달았다. 그리고 그제야 비로소 매리언이 어머니 생각에 얼마나 괴로울지를 생각했다. 행여 순회 재판에서 혐의를 벗게 된들, 그동안 그들이 견뎌야 했던 일을 무엇으로 보상할 수 있겠는가? 베티 케인의 죄에 걸맞은 벌은 무엇인가?

구식인 로버트는 인과응보를 믿었기 때문이다. 모세 시대까지 거슬러 올라가지는 않을망정(눈이 반드시 눈에 대한 보상이 되어주지는 못한다), 그는 확실히 벌이 죄에 걸맞아야 한다는 길버트(유명한 19세기 영국 희극 오페레타 대본 작가 - 옮긴이)의 의견에 찬성이었다. 그는 확실히 목사와 단둘이 몇 차례 이야기를 나누고 개심하겠다고 약속하는 것만으로 범죄자가 존경할 만한 시민이 된다고 믿지는 않았다. 어느 날 밤 형벌 제도 개혁에 관해 긴 토론을 벌인 뒤 케빈이 그런 말을 한 적이 있었다.

"진짜 범죄자에게는 두 가지 일관된 특징이 있어. 그를 범죄자로 만드는 게 이 두 가지 특징이네만, 그게 뭐냐 하면 터무니없는 허영심과 엄청난 자기중심주의라네. 이건 피부만큼이나 선천적인 성질이고 교정이 불가능한 것이야. 차라리 눈 색깔을 '교정'하자고 하지."

"하지만 범죄자가 아닌 허영심과 이기심 덩어리도 엄연히 존재하는데."

누가 이의를 제기했다.

"그건 순전히 그들의 대상이 은행이 아니라 자기 아내였기 때문이네."

케빈이 지적했다.

"범죄자를 정의해보겠답시고 지금까지 두꺼운 책이 무수하게 쓰였지만, 사실 알고 보면 아주 간단한 거야. 범죄자는 자기가 눈앞에 당면한 매우 개인적인 필요를 충족시키는 걸 행동의 주된 동기로 삼는 인간이란 말이지. 이기심을 없앨 순 없지만, 그걸 만족시킬 가치가 없게 할 순 있어. 아니면 그걸 만족시킬 가치가 별로 없게 하거나."

케빈이 지지하는 교도소 개혁은 그러고 보면 유배형이었다. 섬에 공동체를 이루고 살게 하면서 모두가 열심히 일하게 하는 것이다. 이는 죄수를 위한 개혁이 아니었다. 간수들의 생활이 나아질 테고, 이 비좁은 섬나라에 선량한 시민들이 집과 정원을 가질 공간이 늘어날 것이다. 게다가 대부분의 범죄자는 세상에서 힘든 일만큼 혐오하는 게 없으니 범죄를 막는 방편으로서는 현행 제도보다 더욱 효과적일 것이다. 케빈의 말로는, 현행 제도는 삼류 사립학교만 한 징벌 효과밖에 없다고 했다.

피고석에 선 두 사람을 보며 로버트는 생각했다. '좋지 않았던 옛 시절'에는 죄 있는 자만이 웃음거리가 되었건만, 이제 구경거리가 되는 것은 재판을 받지 않은 자고 죄 있는 자는 즉각 안전하고 눈에 띄지 않는 곳으로 보호된다. 뭔가가 단단히 잘못됐다.

샤프 부인은 《애크에머》가 그들 문제에 끼어든 날 아침에 그의 사무실에 나타났을 때 썼던 납작한 검정색 새틴 모자를 쓰고 있었다. 그 덕분에 존경할 만한 학자 같으면서도 역시 별난 사람이라는 인상을 주었다. 매리언도 모자를 쓰고 있었다. 법정에 경의를 표하기 위해서라기보다 사람들의 시선을 피하기 위해서가 아닐까 싶었다. 챙이 좁은 시골용 펠트 모자의 보수적인 느낌이 평소 관례 따위 무시하는 그녀의 인상을 어느 정도 줄여주었다. 검은 머리가 감춰지고 반짝이는 눈이 그늘에 가려지니, 야외 활동을 하는 평범한 여자 정도로만 가무잡잡해 보였다. 비록 검은 머리와 반짝이는 눈을 보지 못해 아쉽기는 했어도, 로버트는 그녀가 되도록 '평범해' 보이는 게 그녀를 위해 좋다고 생각했다. 그것이 적의에 찬 사람들의 공격적인 본능을 경감시켜줄지도 모르기 때문이다.

그때 베티 케인이 나타났다.

기자석이 웅성거리는 것으로 그녀가 법정에 들어섰음을 알았다. 기자석에는 대개 보도의 기술을 익히는 두 견습생이 따분한 얼굴로 앉아 있는 게 상례였다. 하나는 《밀퍼드 애드버타이저》(주 1회, 금요일 발행)에서 나왔고, 《노턴 쿠리어》(주 2회, 화, 금요일 발행)와 《라버러 타임스》및 기사를 원하는 곳을 뭉뚱그려 대표하는 기자가 나머지 하나였다. 그러나 오늘 기자석은 만원이었고, 그곳에 앉은 사람들은 젊지도 않고, 따분한 표정도 아니었다. 식사에 초대받아 만반의 태세를 갖춘 자들의 얼굴이었다.

그리고 그들이 온 이유의 3분의 2는 베티 케인이었다.

로버트는 그녀를 프랜차이즈의 거실에 감색 교복 코트를 입고 서 있을 때 보고 처음 보는 것이었는데, 그녀의 어린 나이와 솔직하고 순진한 분위기에 다시금 놀랐다. 지난 몇 주 사이에 그녀는 그의 마음속에서 잔학한 괴물로 변했다. 그는 그녀를, 거짓말을 해서 두 사람을 피고석에 세운 악랄한 존재로만 보았다. 그러다 베티 케인의 실물을 다시 보니 그는 당혹했다. 이 소녀와 자기가 생각했던 괴물이 동일 인물이라는 것을 똑똑히 아는데도 그것을 의식하기가 쉽지 않았다. 베티 케인의 실체를 아는 자기가 그녀 앞에서 그런 식으로 반응한다면, 때가 됐을 때 그녀의 어린애 같은 얌전함이 선남선녀에게 어떤 영향을 미칠 것인가?

베티 케인은 교복 대신 주말용 외출복을 입고 있었다. 물망초와 나무를 태우는 연기와 블루벨과 여름날의 원경이 생각나는 흐릿한 푸른색 옷은 진지하고 성실한 사람들의 판단을 미혹시키도록 계산된 것이었다. 좋은 집에서 잘 자란 아이 같고, 단순한 디자인의 모자는 뒤로 기울여 써서 예쁜 이마와 미간이 넓은 눈을 드러냈다. 윈 부인이 의도적으로 그렇게 옷을 입힌 게 아니라는 것은 구태여 생각해보지 않아도 알 수 있었다. 하지만 그녀가 행여 며칠씩 밤을 새워 베티 케인이 재판에 입고 나갈 옷을 궁리했더라도 이보다 더 큰 효과를 거둘 수는 없었으리라는 사실을 의식하지 않을 수 없었다.

이름이 불려 베티 케인이 증인석으로 나갈 때, 그는 그녀가 잘 보이는 위치에 있는 사람들의 표정을 슬쩍 훔쳐보았다. 흡사 박물관 전시물을 대하듯 보고 있는 벤 칼리만 제외하고 남자들의 얼굴에 어린 것은 하나같이 일종의 자애 어린 동정심뿐이었다. 여자들은 그렇게 쉽게 항복하지는 않았다. 어머니들은 그녀의 젊음과 무방비함을 흠모하는 기색이 역력했지만, 젊은 여자들은 그저 탐욕스럽게 응시할 뿐이었다. 그들은 호기심 외에는 다른 감정을 보이지 않았다.

"믿을 수 없군. 저 애가 한 달씩이나 행방을 감췄다고? 키스라곤 성경책 말곤 해본 적이 없는 애가 아니란 걸 어떻게 믿으란 소리야?"

베티 케인이 선서를 하는 동안, 벤 칼리가 나지막이 말했다.

"증인들을 데려다 입증하겠네."

로버트는 중얼거렸다. 세상사에 밝고 냉소적인 칼리조차 그녀에게 넘어가려 한다는 게 못마땅했다.

"흠잡을 데 없는 증인 열 명을 데려온들 그 말을 믿을 배심원은 한 명도 없을걸. 중요한 건 배심원이라고, 친구."

그게 문제였다. 도대체 어떤 배심원이 저 애가 나쁜 짓을 했다는 말을 믿겠나!

그녀가 검사의 유도를 받아 이야기하는 모습을 지켜보던 그는 앨버트가 그녀에 관해 했던 이야기를 떠올렸다. '여성'으로 생각하는 사람이 아무도 없었을 '곱게 자란 여자애'가 자기가 선택한 남자를 침착하고 능숙하게 손에 넣었다는 것을.

그녀의 목소리는 아주 듣기 좋았다. 젊고 경쾌하고 맑은 목소리는 특이한 억양도 없고 꾸밈도 없었다. 그리고 그녀는 모범적인 증인처럼 군더더기를 덧붙이려 하지도 않고 명료하게 이야기했다. 기자들은 속기 수첩에서 눈을 뗄 겨를이 거의 없었다. 재판관은 그녀에게 홀딱 빠진 게 명백했다(신이시여, 부디 순회 재판에는 이보다 호락호락하지 않은 사람을 보내주시기를!). 경찰은 가볍게 땀을 흘리며 동정심에 젖어 있었다. 법정에 있는 사람들 거의 모두가 숨을 죽이고 꼼짝도 하지 않았다.

어떤 여배우도 관객에게 이보다 더 나은 반응을 얻은 적이 없을 것이다.

그녀는 꽤 침착했고 자기가 미치고 있는 영향을 의식하지 못하는 듯 보였다. 어떤 점을 강조하거나 정보를 극적으로 제시하려 하지도 않았다. 로버트는 그녀의 절제된 진술이 의도된 것이고, 그게 얼마나 효과적인지 그녀가 잘 알고 있는 게 아닌가 싶었다.

"그래서 실제로 침구를 수선했습니까?"

"그날 밤은 맞은 것 때문에 몸이 너무 뻐근해서 못했어요. 하지만 나중엔 좀 수선했어요."

그녀는 흡사 '브리지 게임을 하느라 너무 바빴어요.'라고 하듯 말했다. 그것이 그녀가 한 말에 더욱 진실미를 부여했다.

심지어 자신의 주장이 입증된 순간을 이야기할 때도 그녀는 승리감을 내비치지 않았다. 자기가 갇혀 있던 곳에 관해 이랬고 저랬다고 이야기했는데, 실제로 그랬다는 게 입증됐다. 하지만 그녀는 그 사실을 대놓고 기뻐하지 않았다. 피고석에 있는 여자들을 알아보겠느냐, 그들이 그녀를 감금하고 때린 여자들이 맞느냐는 질문을 받았을 때,

그녀는 잠시 진지한 눈길로 말없이 그들을 바라보더니 이내 그렇다고 했다.

"반대 신문을 하겠습니까, 블레어 씨?"

"아닙니다. 질문하지 않겠습니다."

방청석이 실망감에 가볍게 술렁거렸다. 그들은 드라마를 기대했는데, 그 기대가 꺾인 것이다. 그러나 상황을 아는 사람들은 당연히 다른 법정으로 넘어가리라고 여겼으므로 아무 말도 하지 않았다.

핼럼은 이미 증언을 한 뒤였다. 소녀에 이어 그녀의 증언을 뒷받침할 증인들이 등장했다.

소녀가 차에 올라타는 것을 본 남자는 우편물을 분류하는 일을 하는 파이퍼라는 사람이었다. 그는 라버러와 런던 사이를 운행하는 런던 미들랜드 스코틀랜드 철도의 우편 열차에서 근무하는데, 돌아오는 길에는 집에서 가까운 메인즈힐 역에서 내렸다. 그날 저녁도 메인즈힐을 통과해 길게 일직선으로 뻗은 런던 가도를 걷는데, 한 소녀가 런던행 버스가 서는 정류장에 서 있는 것이 보였다. 두 사람은 아직 멀리 떨어져 있었지만, 정류장이 시야에 들어오기 대략 삼십 초 전에 런던으로 가는 버스가 그를 앞질러 갔기 때문에 그녀의 존재를 알아차린 것이었다. 정류장에서 기다리는 그녀를 보고 그는 아슬아슬하게 버스를 놓친 모양이라고 생각했다. 그녀와 아직 어느 정도 거리가 있을 때, 한 차가 꽤 빠른 속도로 그를 앞질렀다. 그의 관심은 오로지 소녀에, 그리고 그녀가 있는 데까지 이르렀을 때 멈춰 서서 런던행 버스가 방금 가버렸다는 것을 알려줘야 할지에만 쏠려 있었던 탓에, 그는 차를 흘끗 보지도 않았다. 그런데 차가 속력을 늦추고 소녀 옆

301

에 서는 것이 보였다. 소녀는 몸을 굽히고 차에 탄 사람과 이야기를 하더니 차에 올라탔다. 그리고 차가 가버렸다.

그때는 차의 외양을 묘사할 수 있을 거리에 있었으나, 번호판은 읽을 수 없었다. 애초에 번호판을 읽을 생각을 하지도 않았다. 그는 그저 소녀가 그렇게 빨리 차를 얻어 탈 수 있었던 것을 기뻐했을 뿐이었다.

그는 문제의 소녀가 방금 증언을 한 소녀와 동일 인물이 틀림없다고 맹세할 수는 없지만, 마음속으로는 확신한다고 했다. 그녀는 옅은 색 코트를 입고(연회색이었던 것 같다), 검정 슬리퍼를 신고 있었다.

슬리퍼?

발등에 끈이 없는 신발 말이다.

펌프스.

좋다, 그럼 펌프스라고 하자. 하지만 그는 그걸 슬리퍼라고 한다(그리고 앞으로도 슬리퍼라고 할 예정임을 그는 어조로 분명히 했다).

"반대 신문을 하겠습니까, 블레어 씨?"

"아뇨, 됐습니다."

그다음 차례가 로즈 글린이었다.

로버트의 눈에 처음 띈 것은 천박하리만큼 고른 그녀의 치아였다. 꼭 별로 솜씨가 좋지 못한 치과의사가 만든 틀니 같았다. 자연적인 치아 중에 로즈 글린이 젖니를 대신할 것으로 만들어낸 이만큼 그렇게 번지르르하게 완벽한 것을 본 적도 없으려니와, 그런 게 존재할 수 있을 리도 없다.

재판관 또한 그녀의 치아가 마음에 들지 않는 듯했다. 로즈는 곧 미소를 짓는 것을 그만두었다. 그러나 그녀의 이야기는 충분히 치명적이었다. 그녀는 매주 월요일에 프랜차이즈에 청소하러 가곤 했다. 4월의 어느 월요일에 여느 때처럼 그곳에 갔다가 저녁이 되어 집에 가려는데, 위층에서 비명 소리가 들렸다. 그녀는 샤프 부인이나 샤프 양에게 무슨 일이 생긴 줄 알고 계단 밑으로 달려갔다. 비명 소리는 꼭 다락에서 들리는 것처럼 희미했다. 계단을 올려가려는데, 응접실에서 샤프 부인이 나오더니 뭘 하느냐고 물었다. 위층에서 누가 비명을 지른다고 했더니, 샤프 부인이 헛소리 말라고, 공상하는 것이라고, 집에 갈 시간 아니냐고 했다. 그사이 비명 소리가 그쳤고, 샤프 부인이 말하는 사이에 샤프 양이 내려왔다. 두 사람이 응접실로 들어가는데, 샤프 부인이 '좀 더 조심해야 한다.'고 하는 것이 들렸다. 이유는 알 수 없었지만 그녀는 겁이 났다. 그래서 부엌으로 가서 그녀에게 주는 삯을 늘 놓아두는 부엌 벽난로 선반에서 돈을 집어 밖으로 도망쳤다. 그날은 4월 15일이었다. 날짜를 기억하는 것은, 다음 월요일에 가면 한 번만 더 오고 이제 그만 오겠다는 말을 해야겠다고 결심했기 때문이다. 실제로 그렇게 해서 4월 29일 월요일 이래로 샤프 모녀의 집에서 일하지 않았다.

로버트는 그녀가 모든 사람들에게 명백히 주고 있는 나쁜 인상에 살짝 기분이 좋아졌다. 극적인 상황을 대놓고 즐기는 그녀의 태도와 크리스마스 특별 부록 같은 번드르르함, 노골적인 악의, 끔찍한 옷차림은 그녀보다 먼저 증인석에 섰던 소녀의 자제심과 분별, 좋은 취향과 너무나도 대비되었다. 청중의 표정으로 보건대, 그녀는 칠칠치 못한 계집애로 결론이 내려졌고 그녀의 말을 믿을 사람은 아무도 없는 듯했다.

그러나 그렇다고 그녀가 방금 선서 하에 한 증언의 가치가 떨어진 것은 아니었다.

로버트는 로즈 글린을 증인석에서 그냥 내려 보내며, 그녀가 시계를 훔친 것을 밝혀낼 방법이 없는지 생각했다. 전당포에 익숙지 않은 시골 아가씨가 시계를 팔려고 훔쳤을 가능성은 없다. 그녀는 자기가 가지려고 훔친 것이다. 그렇다면 절도죄를 입증해 증언의 신빙성을 떨어뜨릴 수 있지 않을까?

로즈에 이어 그녀의 친구인 글래디스 리스가 등장했다. 로즈가 화려했던 데 비해 글래디스는 파리하고 체구가 작고 깡말랐다. 그녀는 겁에 질리고 불편해 보였고, 머뭇거리며 선서를 했다. 사투리가 어찌나 강한지, 심지어 재판관조차 그녀의 말을 알아듣느라 애를 먹었고, 검사는 도통 알아들을 수 없는 말을 몇 차례 좀 더 평이한 영어에 가깝게 옮겨야 했다. 그러나 증언의 요점은 분명했다. 4월 15일 월요일 저녁에 그녀는 친구인 로즈 글린과 산책을 나갔다. 아니, 특별히 어디 간 것은 아니고 그냥 저녁을 먹고 나서 산책한 것이었다. 하이 숲까지 갔다 돌아왔다. 그런데 로즈 글린이 프랜차이즈가 무섭다고, 아무도 없을 위층에서 비명 소리가 들렸다고 했다. 로즈에게 그 이야기를 들은 것은 4월 15일이다. 로즈가 다음 주에 가면 그만둘 것이라고 했기 때문이다. 그래서 로즈는 일을 그만두어서는 29일 월요일 이래로 샤프 모녀를 위해 일하지 않았다.

"친애하는 로즈 양이 뭐로 저 아가씨를 협박했을지 궁금하군."

그녀가 증인석에서 내려가는데 칼리가 말했다.

"어째서 협박했다고 생각하지?"

"우정 때문에 위증죄를 저지르는 사람은 없으니까. 글래디스 리스 같은 시골뜨기 얼간이라도 말이지. 저 불쌍한 멍청이는 겁에 바짝 질려 있었다고. 절대 자진해서 오진 않았을 거야. 저 석판화 컬러 광고 같은 여자가 뭔 수를 쓴 게 틀림없네. 곤경에 처하면 한번 살펴볼 가치가 있을지도 몰라."

"혹시 시계의 고유번호를 압니까? 로즈 글린이 훔친 시계 말입니다."

로버트는 두 사람을 프랜차이즈로 데려다주는 길에 매리언에게 물었다.

"시계에 번호가 있는 줄도 몰랐는데요."

"좋은 건 있죠."

"오, 제 시계는 좋은 거긴 했지만 번호는 모르겠어요. 하지만 아주 특색 있는 시계예요. 연한 청색 에나멜 문자반에 금문자가 있어요."

"로마자인가요?"

"네. 그건 왜요? 설사 시계를 되찾아도 그 애를 생각하면 도저히 못 찰 것 같아요."

"제가 생각했던 건 되찾는 것보다는 그 아가씨가 그걸 훔쳤다는 걸 입증하는 쪽이었습니다만."

"그럴 수 있으면 좋겠네요."

"그나저나 벤 칼리는 그 아가씨를 '석판화 컬러 광고'라고 부르더군요."

"멋진데요. 맞아요, 그 애는 딱 그래요. 그 사람이, 첫날 당신이 우리를 떠넘기려고 했던 그 사람이에요?"

"맞아요."

"떠넘겨지기를 거부하길 정말 잘했죠."

"재판이 끝났을 때도 당신이 여전히 잘했다고 생각하면 좋겠군요."

로버트는 문득 정색하고 말했다.

"보석 보증인이 돼 줘서 고맙다는 말을 아직 안 했군요."

뒷좌석에서 샤프 부인이 말했다.

"우리가 이 사람한테 진 신세에 일일이 감사 인사를 하려면 아마 끝이 없을걸요."

매리언이 말했다.

케빈 맥더모트의 조력을 확보한 것 외에(게다가 그것은 우정에 기인한 우연이었다) 자기가 그들을 위해 무엇을 할 수 있었다는 말인가? 이제 2주 뒤면 그들은 노턴에서 재판을 받게 될 텐데, 준비된 변론이 아무것도 없었다.

제18장

화요일에 신문들은 난리가 났다.

프랜차이즈 사건이 법정으로 간 지금, 《애크에머》도, 《파수꾼》도 성전을 벌일 수는 없었다. 그래도 《애크에머》는 기뻐하는 독자들에게 몇 월 며칠에 자기들은 이러저러하게 말한 바 있다고 일깨우는 것을 잊지 않았다. 겉으로 보기에는 멀쩡하고 아무런 문제도 없어 보이지만 실상은 어디까지나 법으로 금지된 편파적인 보도였다. 로버트는 금요일에 《파수꾼》도 유사한 전략을 구사해 유사한 자랑을 하리라 믿어 의심치 않았다. 심지어 보다 진지한 일간지들조차 샤프 모녀의 출정을 보도하는 기사에 '특이한 사건' '유별난 죄목' 같은 제목을 붙였다. 더욱 노골적인 신문들은 샤프 부인의 모자와 베티 케인의 푸른 옷, 프랜차이즈의 사진, 밀퍼드 하이 가, 베티 케인의 동급생에 이르기까지 사건의 주된 등장인물들을 낱낱이 묘사했다. 조금이라도 관계가 있을 법한 것은 모조리 쓸어 넣었다.

로버트의 마음은 무거워졌다. 《애크에머》와 《파수꾼》은 둘 다 프랜차이즈 사건을 이목을 끌기 위해 이용한 것이었다. 그들에게 프랜차이즈 사건은 오늘 반짝 이용했다가 내일이면 버릴 것에 불과했다. 그러나 그것은 이제 콘월에서 케이스네스에 이르기까지 온갖 신문이 보도하는 전국적 관심사였고, 세간을 들끓게 할 유명한 재판이 될 조짐이 역력했다.

처음으로 로버트는 절망적인 기분이 들었다. 그는 쫓기고 있는데 도망칠 데가 어디에도 없었다. 사태가 점점 커져 노턴에서 엄청난 클라이맥스를 맞이할 텐데, 그는 그 클라이맥스에 이바지할 것이 아무것도, 전혀 아무것도 없었다. 흡사 층층이 쌓아올린 무거운 상자 더미가 자기 쪽으로 기울기 시작했는데, 피할 수도 없고 붕괴를 막을 버팀목도 없는 기분이었다.

전화로 보고를 해오는 램즈던은 점점 더 말이 짧아지고, 점점 덜 희망적이었다. 램즈던은 기분이 상해 있었다. '죽 쑤다.'는 어린이 탐정 소설에나 등장하는 말이었고, 지금까지는 앨릭 램즈던과 무관한 말이었다. 그렇기에 램즈던은 기분이 상해 뚱하니 짤막하게 말했다.

밀퍼드에서 즉결 심판이 열린 뒤로 있었던 유일한 좋은 일은 스탠리가 제공했다. 그는 목요일 아침에 로버트의 사무실 문을 똑똑 두들기더니 고개를 쑥 들이밀었다. 그리고 로버트가 혼자 있는 것을 보더니, 들어와 한 손으로 문을 닫으며 나머지 한 손으로 작업복 바지 주머니를 뒤졌다.

"안녕하세요. 제 생각엔 블레어 씨가 이걸 맡아야 할 것 같아요. 그 집 여자들은 아무 생각이 없거든요. 글쎄, 찻주전자니 책이니 그런데 1파운드 지폐를 막 넣어놓지 뭡니까. 전화번호를 찾다 보면 10실링 지폐에 푸줏간 주소가 적혀 있고 그럴걸요."

그는 지폐 뭉치를 꺼내더니 엄숙하게 10파운드 지폐를 열두 장 세어 책상에 늘어놓았다.

"120이에요. 멋지지 않아요?"

"이게 뭔데?"

로버트는 어리둥절해서 물었다.

"코민스키요."

"코민스키?"

"맙소사, 설마 한 푼도 안 걸었다는 말은 아니겠죠? 부인이 직접 정보를 줬는데! 설마 깜박한 겁니까?"

"스탠, 난 요새는 2천 기니란 게 존재한다는 것도 잊어버리고 있었어. 그럼 그 말에 걸었군?"

"네, 60배로요. 그게 정보의 대가로 드리겠다던 10분의 1이에요."

"이게 10분의 1이라고? 꽤 크게 걸었나 보군, 스탠."

"20파운드 걸었죠. 보통 때 제일 많이 거는 액수의 두 배라고요. 빌도 좀 따서, 마누라한테 모피 코트를 사준다는데요."

"코민스키가 이겼단 말이지."

"고삐를 당긴 채 1마신 반 차이로요. 다들 예상이 보기 좋게 빗나간 거죠!"

"이러다 최악의 사태가 벌어져 파산하게 되면, 샤프 부인이 언제든 경마 정보를 제공하는 걸로 제법 쏠쏠한 수익을 거둘 수 있겠군."

로버트는 지폐를 한데 모아 묶으며 말했다.

어조에 뭔가 마음에 걸리는 게 있었던 듯, 스탠리가 순간 말없이 그의 표정을 응시했다.

"상황이 많이 나쁘군요?"

"지독하네."

로버트는 스탠리가 잘 쓰는 표현을 사용해 대답했다.

"빌의 아내가 법정에 갔었어요. 그 애가 1실링은 12페니라고 해도 안 믿을 거라고 하더군요."

스탠리가 잠시 주저하더니 말했다.

"그래? 이유가 뭐지?"

로버트는 놀라 물었다.

"애가 너무 그럴싸하다고요. 그렇게 흠잡을 데 없는 열다섯 살짜리 여자애는 없다나요."

"이젠 열여섯 살이야."

"좋아요, 그럼 열여섯 살이라고 쳐요. 빌의 아내 말로는, 자기나 자기 친구들도 열다섯 살이었던 적이 있다고, 그 천진난만한 척하는 계집애는 자기를 단 한순간도 속일 수 없대요."

"아쉽게도 배심원은 속을 거야."

"배심원이 죄다 여자면 안 그럴 텐데요. 무슨 수를 쓸 순 없겠죠?"

"헤롯 왕의 방식이라도 쓰지 않는 한 불가능하지. 그나저나 자네가 직접 샤프 부인한테 이 돈을 드리지 그래?"

"전 싫어요. 오늘 언제 그쪽으로 가면 저 대신 드리세요. 하지만 꼭 도로 받아와서 은행에 넣어야지, 안 그러면 그 사람들은 몇 년 뒤에

310

꽃병에서 그 돈을 발견하고 이게 언제 넣어놓은 거더라, 하고 있을걸요."

스탠리가 나간 뒤 돈을 주머니에 넣으며 로버트는 미소를 지었다. 정말이지 사람들은 도통 알 수가 없다. 샤프 부인 앞에서 으쓱대며 지폐를 한 장, 두 장 셀 수 있는 기회를 만끽할 만도 한데, 스탠리는 오히려 꽁무니를 뺐다. 찻주전자 운운하는 것은 그저 꾸민 이야기였다.

오후에 프랜차이즈에 돈을 갖다주러 간 로버트는 처음으로 매리언의 눈물을 보았다. 그는 찻주전자를 포함해 스탠리가 말한 대로 이야기하고는 "그래서 저를 대리로 보냈답니다."라는 말로 끝을 맺었다. 매리언의 눈에 눈물이 맺힌 것은 그때였다.

"우리한테 돈을 직접 주는 걸 왜 그렇게 꺼려했을까요? 스탠은 보통 그렇게, 그렇게……."

그녀는 지폐를 만지작거리며 말했다.

"어쩌면 이제 두 분에게 이 돈이 필요하다고 여기기 때문이 아닐까 싶습니다. 이런 상황에선 그냥 사무적인 일이 아니라 민감한 문제가 된다고 생각했겠죠. 부인이 그 친구에게 귀띔을 주셨을 때만 해도 두 분은 프랜차이즈에 사는 부유한 샤프 가 사람들이었습니다. 하지만 이제는 각각 보석금 200파운드를 내고, 또 보증인이 각각 그와 유사한 액수의 보증금을 지불해 보석 석방된 두 여자거든요. 앞으로 법정 변호사에게 지불해야 할 비용도 있고 말이죠. 그 때문에 스탠의 마음속에선 두 분이 편하게 돈을 드릴 상대가 아닌 겁니다."

"뭐, 내가 귀띔한 말이 늘 1마신 반 차이로 이기진 않았어요. 하지만 이렇게 배당금을 주다니 기쁘지 않다곤 말 못 하겠군요. 고마운 일이에요."

샤프 부인이 말했다.

"그런데 10퍼센트나 받아도 되는 거예요?"

매리언이 미심쩍은 목소리로 물었다.

"그렇게 약속했잖니. 내가 아니었으면 그 청년은 지금쯤 발리 부기 한테 건 돈만큼 주머니가 가벼워졌을 거다. 그나저나 발리 부기란 게 대체 뭐냐?"

샤프 부인이 침착하게 말했다.

"마침 잘 왔어요. 생각지도 못한 일이 생겨서요. 내 시계가 돌아왔 지 뭐예요."

매리언이 지식을 추구하는 어머니를 무시하고 말했다.

"찾았단 말인가요?"

"아뇨. 오, 아니에요. 우편으로 돌려보낸 거예요. 보세요!"

그녀는 작고 매우 지저분한 흰색 마분지 상자를 내놓았다. 그 안에 파란색 에나멜 문자반이 있는 시계와 시계를 쌌던 포장지가 들어 있 었다. 포장지는 분홍색 정사각형 티슈페이퍼에 '트란스발, 선 밸리' 라고 둥근 도장이 찍힌 것으로 봐서, 오렌지를 포용하는 것으로 인생 을 시작한 듯했다. 찢어낸 종이쪽에 대문자 활자체로 '난 얼키기 싫 어요(I DON'T WANT NONE OF IT).'라고 적혀 있었다. 대문자 I에는 무식한 사람들이 그러하듯이 점을 찍었다.

"그 애가 왜 갑자기 마음이 약해진 걸까요?"

매리언이 물었다.

"그런 게 아닐 겁니다. 그게 뭐가 됐든 그 아가씨가 한번 손에 쥔

걸 놓을 것 같지 않은데요."

로버트는 대답했다.

"하지만 실제로 그랬잖아요. 시계를 돌려보냈다고요."

"아뇨, 어떤 사람이 돌려보낸 거죠. 겁이 난 누군가, 그래도 기본적인 양심은 있는 누군가가요. 로즈 글린이 시계를 없애고 싶었으면 아마 주저 없이 연못에 던졌을 테죠. 하지만 X는 그걸 없애는 동시에 원 주인에게 돌려주길 원했습니다. X는 겁이 난 동시에 죄책감에 시달리는 겁니다. 그래서 현재 당신에게 죄책감을 느낄 사람이 누구일까요? 글래디스 리스 아니겠습니까?"

"그러게요, 당신이 로즈에 관해 한 말이 맞아요. 나도 그 점을 생각했어야 하는데요. 그 애 같으면 절대 돌려보내지 않았을 거예요. 차라리 발뒤꿈치로 지르밟으면 지르밟았죠. 혹시 그 애가 시계를 글래디스 리스한테 줬던 걸까요?"

"그렇다면 여러 가지가 설명되는데요. 그거면 로즈가 어떻게 글래디스를 법정에 끌어내 '비명'에 관한 이야기를 뒷받침하게 했는지가 설명됩니다. 글래디스가 훔친 물건을 받은 거라면 말이죠. 생각해보면 로즈는 어차피 당신 시계를 찰 수 없었을 겁니다. 스테이플즈에선 당신이 그 시계를 찬 걸 꽤 자주 봤을 테니까요. 차라리 친구한테 선심 썼을 가능성이 더 높죠. '내가 주운 거야.' 하면서 말입니다. 글래디스는 어디 아가씨인가요?"

"어디 출신인지는 몰라요. 아마 주 반대편 어디일 거예요. 그렇지만 스테이플즈 저편에 있는 외딴 농장에서 일해요."

"오래됐습니까?"

"모르겠어요. 아마 아닐걸요."

"그럼 새 시계를 차도 문제가 없겠군요. 네, 역시 시계를 돌려보낸 사람은 글래디스 같습니다. 월요일에 보니 글래디스는 증인석에 서는 걸 그리 내켜하는 것 같지 않더군요. 당신 물건을 돌려보낼 만큼 글래디스가 동요했다면, 조금이나마 희망이 생기는데요."

"하지만 그 애는 위증죄를 지었어요. 글래디스 리스 같은 얼간이도 영국 법정에서 그걸 곱게 봐주지 않는다는 것쯤은 대충 짐작할 텐데요."

샤프 부인이 말했다.

"협박을 받았다고 변명할 순 있을 겁니다. 누가 그 애한테 그런 방법이 있다고 알려만 주면 말이죠."

"영국 법률에 증인을 매수하는 데 대한 조항이 있지 않던가요?"

샤프 부인이 그를 응시했다.

"많죠. 하지만 전 매수하겠다는 게 아닙니다."

"그럼 어떻게 할 생각인가요?"

"생각해봐야죠. 예민한 문제니까요."

"블레어 씨. 나한텐 법률이 늘 너무 복잡해서 뭐가 뭔지 잘 모르겠고 또 앞으로도 그럴 테지만, 설마 법정 모욕죄 같은 걸로 감옥에 갇히거나 하진 않겠죠? 댁의 도움이 없으면 상황이 어떻게 될지 난 상상도 할 수 없군요."

로버트는 무슨 일로도 감옥에 갇힐 생각은 없다고 말했다. 그리고 또, 자신은 오점 하나 없이 깨끗한 평판과 높은 윤리 의식을 가진 흠잡을 데 없는 변호사이며, 그녀는 본인을 위해서나 자기를 위해서나 걱정할 필요가 전혀 없다고 했다.

"로즈의 이야기에서 글래디스 리스라는 버팀목을 빼버릴 수만 있으면 저쪽 주장은 완전히 무너지고 말 겁니다. 두 분에게 혐의가 씌워지기도 전에 로즈가 비명 이야기를 했다는 게 경찰 측의 가장 귀중한 증거니까요. 로즈가 증언을 할 때 그랜트의 표정을 아마 못 보셨겠죠? 수사과에서 까다로운 마음은 분명히 대단히 큰 불이익일 겁니다. 상종도 하고 싶지 않은 인간에게 자기 재판이 통째로 달려 있다는 건 얼마나 슬픈 일이겠습니까. 전 이만 가봐야겠습니다. 마분지 상자와 글씨가 적힌 종잇조각을 제가 가져가도 되겠습니까?"

로버트가 말했다.

"로즈라면 시계를 안 돌려보냈을 거란 사실에 착안하다니 대단해요. 탐정이 됐어야 했는데요."

매리언이 종잇조각을 상자에 넣고 그에게 건네며 말했다.

"아니면 점쟁이거나 말이죠. 조끼에 묻은 달걀 얼룩으로 모든 걸 추론해내는 겁니다. 그럼 안녕히 계십시오."

밀퍼드로 돌아오는 동안에도 로버트의 머릿속에는 이 새로운 가능성밖에 없었다. 그들이 처한 곤경을 해결해주지는 못하지만 최소한 생명선은 될지 모른다.

사무실에 들어가니 램즈던이 껑충하고 깡마르고 반백에 뚱한 표정으로 그를 기다리고 있었다.

"전화로 말씀드릴 일이 아니라 직접 뵈러 왔습니다."

"네?"

"블레어 씨, 이건 돈 낭비입니다. 전 세계의 백인 인구가 얼마나 되는지 혹시 아십니까?"

"아뇨, 모릅니다만."

"저도 모릅니다. 하지만 저더러 하라고 하시는 일은 전 세계의 백인 인구 중에서 이 여자애를 찾아내라고 하는 말씀이나 진배없는 겁니다. 5천 명이 일 년간 애를 써도 불가능할지 몰라요. 달랑 한 명이 내일 당장 해낼지도 모르고 말이죠. 이건 순전히 우연에 의지하는 문제인 겁니다."

"하지만 그건 전에도 마찬가지였잖습니까."

"그렇지 않습니다. 첫 며칠 동안엔 그런대로 가능성이 있었죠. 우리는 빤한 곳을 뒤졌습니다. 항구라든지, 공항, 여행지, '밀월여행지'로 제일 잘 알려진 곳이라든지 말이죠. 이동에 경비를 낭비하지도 않았어요. 큰 도시 전부와 좀 더 작은 도시 대부분에 연줄이 있기 때문에, '호텔에 이러저러한 사람이 묵은 적이 있는지 알아봐달라.'고 연락만 하면 몇 시간 만에 바로 회답이 돌아오거든요. 영국 전역에서 말이죠. 그러고도 성과가 없었으면 이젠 '세계 전역'이라는 작은 상대밖에 안 남은 겁니다. 그건 결국 돈 낭비일 뿐입니다. 전 당신 돈을 낭비하고 싶지 않아요."

"단념하시겠다는 말씀입니까?"

"엄밀히 말하면 다릅니다만."

"실패했으니 제가 램즈던 씨를 해고해야 한다고 생각하시는 거죠."

램즈던은 '실패'라는 말에 눈에 띄게 얼굴이 굳었다.

"희박한 가능성에 돈을 그냥 날려버리는 일입니다. 현실적인 판단이 못 됩니다. 심지어 도박으로서도 좋지 못하고요."

로버트는 주머니에서 조그만 마분지 상자를 꺼냈다.

"그럼 이걸 한번 보시겠습니까. 이건 램즈던 씨도 흡족해하실 만큼 확실한 겁니다. 월요일에 증인으로 나왔던 사람들 중에 글래디스 리스란 아가씨가 있었습니다. 친구인 로즈 글린이, 경찰이 프랜차이즈를 주목하기도 전에 그 집에서 비명 소리를 들었다는 말을 했노라고 증언하는 게 그 아가씨 역할이었죠. 그래서 그렇게 증언하기는 했지만, 뭐랄까, '마음에서 우러나' 하는 것 같지는 않더군요. 불안해하고, 내켜지 않고, 싫어하는 기색이 역력했습니다. 자기 친구 로즈는 신이 나서 한껏 즐기는데 말이죠. 같은 변호사 하나가 로즈가 강압에 의해 그 아가씨를 거기 세웠을 거라고 했지만, 당시엔 별로 그럴 가능성이 없어 보였습니다. 그런데 오늘 아침, 로즈가 훔친 샤프양의 시계가 이 상자에 넣어져서 우편으로 배달된 겁니다. 활자체로쓴 그 쪽지도 같이 들어 있었고 말이죠. 로즈라면 구태여 시계를 돌려주지 않을 겁니다. 양심이 전혀 없는 아가씨니까요. 뭘 부인하고 싶은 마음도 없으니 그 쪽지도 쓰지 않았을 테죠. 결론은 하나뿐입니다. 시계를 받은 사람은 글래디스였습니다. 로즈는 어차피 들키지 않고 그 시계를 찰 순 없었을 겁니다. 글래디스가 시계를 받은 탓에 로즈가 자기 거짓말을 뒷받침하게 할 수 있었던 겁니다."

로버트는 램즈던이 반응할 수 있게 잠시 말을 멈추었다. 램즈던은 고개를 끄덕였다. 그러나 거기에는 명백히 관심이 어려 있었다.

"글래디스에게 우리가 무슨 말을 해도 증인을 협박하는 걸로 보일 겁니다. 그 말은 즉, 순회 재판이 시작되기 전에 증언을 철회하게 하는 건 불가능하다는 뜻이죠. 우리가 할 수 있는 일은 순회 재판에서 그 아가씨를 무너뜨리는 것뿐입니다. 케빈 맥더모트라면 어쩌면 밀어붙이는 힘과 집요한 질문으로도 그걸 이룰 수 있겠지만, 솔직히 전 회의적입니다. 게다가 뭔가를 얻어내기도 전에 재판관이 중지시킬 수도 있고 말이죠. 그 친구가 증인을 주무르기 시작하면 대개 곱게 보질 않거든요."

"그렇습니까?"

"제가 원하는 건 이 종잇조각을 법정에 증거로 제출하는 겁니다. 글래디스 리스의 글씨라는 걸 입증하고요. 훔친 시계를 갖고 있었던 사람이 그 아가씨라는 증거를 제기해 로즈가 글래디스에게 압력을 넣어 사실과 다르게 증언하게 했다고 시사하는 겁니다. 그러면 맥더모트가 협박을 받아 거짓된 증언을 했다면 아마 벌을 받지 않을 거라고 그 아가씨를 설득하고, 그 아가씨는 버티기를 그만두고 고백하는 거죠."

"즉, 글래디스 리스의 다른 활자체 글씨 견본을 원하시는군요."

"그렇습니다. 방금 오면서 생각해봤는데 말이죠, 그 아가씨가 현재 일하는 곳이 첫 직장이란 생각이 드는 걸로 봐서 학교를 졸업한 지 그리 오래되진 않았을 겁니다. 그러니 어쩌면 학교에서 찾을 수 있을지도 모릅니다. 그게 아니라도 출발점은 되어주겠죠. 미끼를 쓰지 않고 견본을 구할 수 있으면 우리에게 아주 유리할 겁니다. 가능하겠습니까?"

"알겠습니다. 견본을 구해드리죠."

램즈던이 말했다. 마치 온당한 일을 맡기면 얼마든지 해줄 수 있다는 어조였다.

"그 리스란 아가씨는 여기서 학교를 다녔습니까?"

"아뇨, 주 반대쪽 출신이라는 것 같더군요."

"좋습니다. 제가 알아보겠습니다. 지금 일하는 곳은 어디입니까?"

"브랫 농장이란 외딴 곳입니다. 프랜차이즈 뒤에 위치한 스테이플 즈란 곳에서 들판을 건너면 나옵니다."

"그럼 케인의 행적을 찾는 조사는……."

"라버러에서 할 수 있는 일이 더 없겠습니까? 물론 제가 당신한테 일을 가르칠 주제가 못 된다는 건 압니다만, 그 애는 정말 라버러에 있었으니까요."

"맞습니다. 그 애가 갔던 곳은 우리도 밝혀냈습니다. 공공장소는요. 하지만 X는 라버러에 사는 사람일 가능성도 얼마든지 있습니다. 그 애는 그냥 거기 숨어 있었을지도 모르는 겁니다. 사실 한 달, 아니면 실질적으로 한 달이란 그런 종류의 실종치고는 묘한 기간이거든요. 그런 건 대개 주말 이삼일이고 길어 봤자 열흘을 넘기는 법이 없죠. 남자를 따라 집으로 갔을지도 모릅니다."

"그게 진상이라고 생각하십니까?"

"아뇨. 솔직한 의견을 말씀드리자면, 블레어 씨, 전 출구 중 한 곳에서 그 애를 놓쳤다고 생각합니다."

램즈던은 천천히 말했다.

"출구라뇨?"

"그 버터도 녹지 않을 것 같은 사진하고 전혀 다르게 꾸미고 외국에 나갔으리란 뜻입니다."

"왜 그래야 하죠?"

"아무리 그래도 위조 여권을 입수하진 않았을 테니, 그 애는 남자의 아내로 행세했을 테죠."

"네, 그야 물론이죠. 저도 당연히 그러리라 생각했습니다."

"그러려면 지금 모습 그대로는 어렵습니다. 하지만 머리를 올리고 화장을 좀 하면 꽤 달라 보일 겁니다. 여자가 머리를 올리면 얼마나 달라 보이는지 모르시죠. 집사람이 머리를 올린 걸 처음 봤을 때 못 알아봤을 정도였답니다. 이런 이야기를 듣고 싶으신지 모르겠지만, 어찌나 딴사람 같던지 그렇게 어색할 수 없더군요. 결혼해서 이십 년 간 같이 살았는데도 말입니다."

"그렇게 된 일이라고 생각하신다는 말씀이군요. 아마 램즈던 씨 말씀이 옳겠죠."

로버트는 서글프게 말했다.

"그래서 당신 돈을 이 이상 낭비하고 싶지 않다는 겁니다, 블레어 씨. 사진 속 여자애를 찾아선 소용이 없어요. 우리가 찾는 애는 전혀 그렇게 보이지 않았으니까요. 그렇게 보였을 때는 다들 사진을 보자마자 알아보더군요. 영화관 등등에서 말입니다. 그 애가 라버러에서 혼자 시간을 보낸 행적은 쉽게 찾아낼 수 있었습니다. 하지만 그 뒤로는 완전히 공백입니다. 그 애가 라버러를 떠나는 모습을 본 사람이 그 애 사진을 봐도 알아보지 못할 겁니다."

로버트는 터프 양의 멋진 새 압지에 낙서를 끼적이며 앉아 있었다. 매우 말끔하고 화려한 헤링본 패턴이었다.

"그게 무슨 뜻인지는 아시겠죠? 우리는 끝장인 겁니다."

"하지만 이게 있잖습니까."

램즈던이 시계와 같이 배달된 종잇조각을 가리키며 말했다.

"그건 그저 경찰의 기소를 무효로 만들 뿐입니다. 베티 케인의 이야기가 거짓이라는 걸 입증해주지는 않죠. 샤프 양 모녀가 이 일에서 영원히 해방되려면, 그 애의 이야기가 전부 헛소리라는 게 입증되어야 합니다. 그 기간 중에 그 애가 어디 있었는지를 알아내는 게 그 유일한 방법인 겁니다."

"그렇군요. 알겠습니다."

"개인 소유주들도 확인하셨겠죠?"

"비행기 말씀입니까? 오, 그럼요. 여기서도 마찬가지입니다. 남자의 사진이 없으니, 그 시기에 여자를 동반하고 외국에 간 수백 명의 개인 소유주들 중 어느 누구일 수도 있는 겁니다."

"그렇죠. 정말 끝장이군요. 벤 칼리가 재미있어할 만도 했는데요."

"피곤하신가 봅니다, 블레어 씨. 근심이 많으셨겠죠."

"네. 일개 시골 사무변호사의 어깨에 이런 과제가 얹히는 일은 흔치 않으니까요."

로버트는 비딱하게 말했다.

"제가 보기엔 시골 사무변호사치고 나쁘지 않은 것 같은데요, 블레어 씨. 전혀 나쁘지 않습니다."

램즈던은 램즈던 표 얼굴에서는 미소에 해당되는 표정으로 그를 바라보았다.

"감사합니다."

로버트는 진짜로 미소를 지으며 말했다. 앨릭 램즈던에게서 그런 말을 듣다니 메리트 훈장이나 다름없다.

"너무 낙심하지 마시죠. 최악의 사태를 막아줄 보험이 있잖습니까. 제가 활자체 견본을 찾아내면 말이죠."

로버트는 낙서를 하던 펜을 내팽개치고는 느닷없이 울컥해서 말했다.

"전 보험에 관심 없습니다. 제가 관심 있는 건 정의란 말입니다. 지금 이 순간 제가 바라는 건 오로지 하나뿐입니다. 공개 법정에서 베티 케인의 이야기가 거짓이라는 걸 입증하는 겁니다. 그 애가 그 기간 중에 뭘 했는지 그 애 면전에서 낱낱이 공개하고, 흠잡을 데 없는 증인들에 의해 증명하는 거란 말입니다. 승산이 얼마나 될 것 같습니까? 우리한테 도움이 될 것 중에 아직 안 해본 게 대체 뭐가 있죠?"

"글쎄요. 기도일까요."

램즈던이 정색하고 말했다.

제19장

묘하게도 린 아주머니 역시 같은 의견이었다.

프랜차이즈 사건이 지방의 불미스러운 일에서 전국적으로 유명한 사건이 되면서, 린 아주머니는 차츰 로버트가 그에 관여하는 상황을 받아들였다. 《타임스》지에서 보도하는 사건에 관여하는 것은 따지고 보면 불명예스러운 일이 아니다. 린 아주머니는 물론 《타임스》를 읽지 않았지만, 목사와 휘터커 대령, 부츠 약국의 여자 점원, 웨이머스(스워니지)에서 온 워런 부인 등 그녀의 친구들은 읽었다. 더욱이 유명한 사건에서 로버트가 피고 측의 사무변호사라고 생각하면, 비록 기소 내용이 힘없는 어린 소녀를 때렸다는 것일지라도 막연히 만족스러운 기분이 들었다. 물론 그녀는 로버트가 재판에 이기지 못하리라는 생각은 하지도 않았다. 그녀는 그저 그것을 당연하게 여겼다. 첫째, 로버트는 똑똑했다. 둘째, 블레어·헤이워드·베넷 법률사무소가 실패와 엮이는 일은 생각할 수 없었다. 그녀는 심지어 내심, 모두가 지켜볼 수 있는 밀퍼드가 아니라 노턴에서 그가 승리를 거둘 것을 얼핏 아쉽게 생각하기까지 했다.

그렇기에 로버트가 처음으로 회의를 내비쳤을 때, 그녀는 놀랐다. 실패한다는 것은 여전히 상상할 수 없었기 때문에 충격은 받지 않았다. 그래도 분명히 처음 해보는 생각이었다.

"하지만 로버트, 설마 단 한순간이라도 네가 패소하리라고 생각하는 건 아니겠지?"

그녀는 발 올려놓는 스툴을 찾으려 식탁 밑으로 발을 움직이며 말했다.

"웬걸요. 단 한순간도 우리가 이길 거라는 생각을 안 해요."

로버트가 대답했다.

"로버트!"

"배심원 재판에선 배심원을 향해 변론을 하는 게 관례예요. 그런데 현재 우리는 할 수 있는 변론이 없다고요. 배심원은 그걸 좋아하지 않을걸요."

"꽤나 까칠하게 들리는구나, 애야. 그 일 때문에 너무 신경이 날카로워진 것 아니니? 내일 오후는 잠시 일을 쉬고 골프장에 나가 포섬이라도 치는 게 어떻겠니? 요새 거의 골프를 안 쳤잖아. 그건 간에 좋지 않아요. 골프를 안 치면 그렇다는 말이다."

"제가 '구타페르카 쪼가리'의 운명에 관심을 가진 적이 있다는 게 믿기지 않는군요. 다른 생에서 그랬던 게 틀림없어요."

로버트는 자못 신기하다는 듯 말했다.

"내 말이 그 말이다, 얘야. 넌 균형 감각을 잃어가고 있어. 이 일 때문에 불필요하게 걱정을 하고 말이지. 어쨌든 케빈이 있잖니."

"과연 그럴까요."

"무슨 뜻이니?"

"패소할 게 뻔한 재판을 변호하러 케빈이 시간을 내서 노턴까지 내려올 것 같진 않아요. 이따금 엉뚱함을 발휘하는 순간이 있긴 해도, 그게 그 친구의 양식과 분별을 완전히 없애주진 않는다고요."

"그렇지만 오겠다고 약속했잖니."

"그 약속을 했을 땐 아직 증거를 찾아낼 시간이 있었어요. 하지만 이제 순회 재판까지 남은 날수를 셀 수 있을 데까지 이르렀는데 아직도 증거가 없다고요. 찾아낼 가망도 없고요."

린 아주머니는 수프 스푼을 든 채 그를 물끄러미 보았다.

"내 생각엔 네가 믿음이 충분치 않은 것 같구나."

로버트는 믿음 따위 전혀 없다고 하려다 참았다. 어쨌든 프랜차이즈 사건에 신이 개입할 가능성에 관해서는 아무런 믿음도 없었다.

그녀는 명랑한 목소리로 말했다.

"믿음을 가지렴, 얘야. 그럼 다 잘될 거야. 두고 봐라."

이 말 뒤를 이은 긴장된 침묵에 그녀는 조금 걱정스러워진 듯했다.

"네가 이 재판에 확신이 없거나 근심하는 줄 알았으면, 벌써 오래전에 기도를 더 열심히 했을 거다. 난 너랑 케빈 둘이서 충분히 잘 다뤄낼 줄 알았거든."

'영국 사법부'를 잘 다룬다는 뜻이다.

"그렇지만 이제 네가 걱정한다는 걸 알았으니 내가 특별 기도를 올리마."

그것이 너무나도 당연한 행동이라는 듯한 어조에 로버트의 기분이 조금 나아졌다.

"고마워요, 아주머니."

그는 평소처럼 다정한 목소리로 말했다.

그녀는 스푼을 빈 접시에 내려놓더니 뒤로 기대앉았다. 장난기 어린 미소가 그녀의 둥근 분홍빛 얼굴에 떠올랐다.

"그 말투는 나도 안다. 네가 내 비위를 맞춰주고 있다는 뜻이지. 하지만 그럴 필요 없어요. 이 문제에서 옳은 사람은 나고, 넌 틀렸으니까. 믿음으로 산도 움직이리라고 성경 말씀에 있잖니. 문제는 늘, 산을 움직이려면 아주 큰 믿음이 필요하다는 거야. 그런데 그렇게 큰 믿음을 끌어모으기가 워낙 쉽지 않기 때문에 산이 움직이는 일이 없는 거란다. 하지만 이번 일처럼 좀 더 작은 일일 때는 충분한 믿음을 갖는 게 가능하거든. 그러니 일부러 가망이 없는 척하지 말고 확신을 가지려 좀 노력해보렴. 난 이따 저녁에 세인트매튜 교회에 가서, 내일 아침에 너한테 증거를 내려달라고 기도를 드리마. 그럼 너도 기분이 나아질 거다."

이튿날 아침 앨릭 램즈던이 증거를 갖고 사무실로 들어왔을 때, 로버트가 맨 처음 한 생각은 린 아주머니에게서 이에 대한 공을 빼앗기는 불가능하리라는 것이었다. 게다가 그녀에게 말하지 않고 넘어갈 방법도 없었다. 점심 식탁에서 그녀는 그 명랑하고 자신 있는 어조로 맨 먼저 "그래서 내가 너한테 내려달라고 기도드린 증거가 나타났던?" 하고 물을 것이기 때문이다.

램즈던은 매우 흡족해하고 또 재미있어하고 있었다. 어쨌든 램즈던 표 표현을 번역하자면 그랬다.

"솔직히 말씀드려서, 블레어 씨가 절 그 학교로 보내셨을 때만 해도 전 별로 가망이 없다고 생각했습니다. 제가 간 건, 어차피 어디서 조사를 시작하건 마찬가지일 것 같아서, 그리고 교직원에게서 글래디스 리스한테 접근할 방법을 알아낼 수 있을 것 같아서였습니다. 엄밀히 말하면 저희 애들 중 한 명을 그 아가씨한테 접근시키는 거죠. 심지어 그 아가씨하고 친해진 다음, 어떻게 하면 활자체로 쓴 글씨 견본을 얻어낼 수 있을까, 그 방법까지 생각해놨거든요. 하지만 블레어 씨, 당신 정말 놀라운 분입니다. 당신 생각이 맞았습니다."

"그럼 원하던 걸 손에 넣었던 말입니까?"

"전 그 아가씨 담임교사를 만나서 우리가 뭘 찾고 그 이유가 뭔지 솔직히 밝혔습니다. 뭐, 필요한 만큼 그랬다는 뜻입니다만. 글래디스가 위증죄를 지었다는 의혹이 있는데, 위증죄는 징역형을 받는 무거운 죄다, 하지만 우리가 보기에 아마 다른 사람한테 협박을 받고 거짓 증언을 한 것 같다, 그걸 입증하려면 그 아가씨가 쓴 활자체 견본이 필요하다, 그렇게 설명한 거죠. 사실 블레어 씨가 절 그리로 보낼 때만 해도, 전 당연히 그 아가씨가 유치원을 졸업한 이래로 단 한 글자도 활자체로 쓰지 않았으리라고 생각했거든요. 그런데 배걸리 양이라는 그 담임교사가 어디 한번 보자고 하면서 그러는 겁니다. '그 애는 그림을 아주 잘 그렸으니까, 만에 하나 저한테 없더라도 미술 강사 선생님께 뭔가 있을지도 몰라요. 저희는 학생들 작품 중에 괜찮은 게 있으면 남겨놓거든요.' 아마 그 모든 쓸모없는 녀석들을 참아

쥐야 하는 괴로움을 달래려는 거겠죠. 뭐, 어쨌든 결국 미술 강사를 만날 것도 없었습니다. 배걸리 양이 뭔가를 뒤지더니 이걸 찾아냈으니까요."

그는 책상에 종이 한 장을 놓았다. 손으로 그린 캐나다 지도 같았다. 주된 주와 도시, 강이 표시된 지도는 비록 부정확하기는 했어도 매우 깔끔했다. 지도 밑에 '캐나다 영연방 자치령(DOMINION OF CANADA)'이라고 활자체로 쓰여 있고, 오른쪽 귀퉁이에 '글래디스 리스'라고 서명이 있었다.

"매년 여름에 한 학년이 끝날 때쯤 전시회를 하는 모양인데, 그다음 해에 전시회를 할 때까지 전시물을 보관한답니다. 다음 날 바로 버리면 너무 인정머리 없어 보여서 그러겠죠. 아니면 높은 사람들이나 장학사들한테 보여주려고 남겨놓는 걸지도 모르고요. 아무튼 서랍마다 한가득 들었더군요."

그가 지도를 가리켰다.

"이건 '책을 보지 않고 이십 분 안에 원하는 나라 지도를 그리기' 대회에서 그린 겁니다. 3등까지 작품이 전시됐는데, 이건 공동 3등이었습니다."

"믿기지 않는군요."

로버트는 글래디스 리스의 공작물을 뜯어보며 말했다.

"배걸리 양 말처럼 정말 손재주가 있더군요. 읽고 쓰기는 그렇게 못하면서 신기한 일입니다. 대문자 I에 점을 찍었다가 고친 게 보이시죠?"

정말 그랬다. 로버트는 기뻐 어쩔 줄 몰라 했다.

"머리는 나쁘지만 눈썰미는 있는데요."

그는 글래디스가 그린 캐나다를 보며 말했다.

"형태는 기억하는데 이름을 기억 못 하는 겁니다. 게다가 철자도 완전히 자기 멋대로 썼고 말이죠. 공동 3등은 순전히 그림 솜씨 때문인가 봅니다."

"어쨌든 우리로선 고마운 일이죠. 알래스카를 고르지 않아 다행이라고 생각합시다."

램즈던은 시계와 함께 배달된 종잇조각을 내려놓으며 말했다.

"맞아요. 이건 기적입니다."

로버트가 말했다(린 아주머니가 일으킨 기적이라고 그의 마음이 말했다).

"이런 일에 제일 뛰어난 사람이 누굽니까?"

램즈던이 이름을 댔다.

"오늘 당장 이걸 갖고 런던에 가서 내일 아침 전에 보고서를 받아선 아침 식사 시간에 맥더모트 씨께 전달해드리죠. 괜찮으시겠습니까?"

"괜찮겠느냐고요? 완벽합니다!"

로버트가 말했다.

"지문 검사도 해보면 좋을 것 같은데요. 마분지 상자까지 말입니다. 필적 감정 전문가를 안 좋아하는 판사도 있거든요. 하지만 두 개를 합치면 판사도 납득할 겁니다."

"어쨌든 이제 제 의뢰인들은 징역형을 받진 않겠군요."

로버트는 물건을 건네며 말했다.

"긍정적으로 생각하는 것만큼 좋은 일이 없죠."

램즈던이 비꼬듯 말했다. 로버트는 웃었다.

"제가 고마워하지 않는다고 생각하시는군요? 그렇지 않습니다. 덕분에 얼마나 마음이 가벼워졌는지 모릅니다. 하지만 제 마음을 진짜로 짓누르는 문제는 아직도 거기 있거든요. 로즈 글린이 도둑에, 거짓말쟁이에, 협박범이고 게다가 위증까지 했다는 걸 입증한다 해도, 베티 케인의 이야기엔 여전히 영향이 없단 말이죠. 우리가 원래 거짓이라는 걸 밝혀내려고 한 건 베티 케인의 이야기인데 말입니다."

"시간은 아직 있습니다."

램즈던이 말했다. 그러나 그도 진심으로 그렇게 믿는 눈치는 아니었다.

"남은 시간에 바랄 수 있는 건 기적뿐입니다."

"그래서요? 안 될 게 뭐 있습니까? 기적은 실제로 일어나기도 합니다. 우리한테도 일어나지 말란 법은 없지 않겠습니까? 내일 몇 시에 전화 드릴까요?"

그러나 이튿날 전화한 사람은 케빈이었다. 그는 매우 기뻐하며 그들의 성공을 축하했다.

"자넨 정말 놀랍다니까, 롭. 내가 그 녀석들을 확실하게 짓밟아주겠네."

아닌 게 아니라 케빈은 상대를 고양이 쥐 희롱하듯 보기 좋게 갖고 놀 것이다. 그리고 샤프 모녀는 '자유의 몸으로' 법정을 나설 것이다. 그리고 '자유의 몸으로' 오명이 들러붙은 집과 오명이 들러붙은 생활로 돌아가는 것이다. 과거에 한 소녀를 위협하고 구타했던 두 명의 반미치광이 마녀로서.

"왜 그렇게 기운이 없나, 롭? 피곤해서 그래?"

로버트는 자기가 생각한 것을 말했다. 샤프 모녀를 감옥의 위협에서 구해내도, 그들은 여전히 베티 케인이 만들어낸 감옥에 갇혀 있을 것이라고.

"그건 모르는 일이야. 갈라진 길과 관련해서 그 애가 저지른 그 바보 같은 실수를 내가 최대한 어떻게 해보겠네. 검사가 마일스 앨리슨만 아니면 십중팔구 그걸로 그 애를 쳐부술 수 있을 텐데 말이지. 하지만 마일스가 아마 바로 만회할 거야. 기운 내라고, 롭. 최소한 그 애의 신용은 확실하게 흔들릴 테니까."

케빈이 말했다.

그러나 베티 케인의 신용을 흔들어놓는 것만으로는 충분치 않았다. 로버트는 그것이 일반 대중에게 얼마나 아무런 영향도 미치지 못할지 잘 알고 있었다. 최근에 평범한 일반 여자들과 접할 기회가 많았던 그는 그들이 단순하기 그지없는 진술도 분석하지 못하는 것을 보고 충격을 받은 바 있었다. 행여 신문에서 창문으로 보이는 경치에 관한 작은 사실을 보도한다 해도(십중팔구 로즈 글린의 위증이라는 더욱 자극적인 문제를 보도하느라 바빠 그런 것은 생략할 것이다), 행여 그것을 보도하더라도, 평균적인 독자에게는 아무런 영향도 주지 못할 것이다. 그들의 눈에는 '그자들은 그 애에게 죄를 뒤집어씌우려 했으나 단박에 따끔하게 혼났다.'고만 보일 것이다.

케빈은 재판관과 기자들, 관리들, 그리고 비판적인 사고를 가진 사람에 관해서는 베티 케인의 신용을 흔들어놓을지 모른다. 그러나 현재 그들이 확보한 증거로는 베티 케인 사건이 온 나라에 불러일으킨 거센 편파적인 감정을 바꿔놓지 못할 것이다.

그리고 베티 케인은 '무사할' 것이다.

로버트에게는 그것이 샤프 모녀가 오명 속에 살 것이라는 예상보다도 더욱 견딜 수 없는 일이었다. 베티 케인은 여전히 그녀를 애지중지하는 가족의 중심으로서 사랑받고 숭배되며 안정된 삶을 살 것이다. 태평한 성격이던 로버트는 그 생각만 하면 살의를 느꼈다.

그는 린 아주머니에게 그녀의 기도가 지정한 시간대에 증거가 나타났다고 털어놓지 않을 수 없었지만, 소심하게도 그 증거가 기소를 무효화하리라는 말은 하지 않았다. 그녀는 그것을 '승소'라고 할 텐데, 로버트에게 '승소'는 사뭇 다른 것을 의미했다.

네빌에게도 그것은 마찬가지인 모양이었다. 베넷 청년이 원래는 자기가 쓰던 뒷방을 쓰기 시작한 뒤 처음으로 로버트는 그를 협력자로, 동지로 생각했다. 네빌에게도 베티 케인이 '무사한' 것은 생각할 수 없는 일이었다. 평화주의자가 화가 났을 때 얼마나 흉악하게 분노하는지를 보고 로버트는 다시금 놀라지 않을 수 없었다. 네빌이 '베티 케인'이라고 할 때는, 흡사 그 한 음절, 한 음절이 독이며 실수로 그 독을 입에 넣었다가 뱉어내는 것처럼 발음했다. 또 그는 그녀를 이야기할 때 '독살스럽다.'는 표현을 즐겨 썼다. '그 독살스러운 계집애.' 네빌의 존재는 로버트에게 큰 위안이 되었다.

그러나 상황은 그를 위로해주지 못했다. 샤프 모녀는 실형을 면할 수 있으리라는 소식을, 베티 케인이 처음에 그들을 고발했을 때부터 소환장이 교부되고 법정에 섰을 때까지 모든 일을 그랬듯이 품위 있게 받아들였다. 그러나 그들도 그것이 완전히 혐의를 벗겨주지 않는다는 사실을 알고 있었다. 기소가 기각되고 그들은 무죄 평결을 얻어낼 것이다. 그러나 그것은 어디까지나 잉글랜드의 법률에 중간이 없기 때문이다. 스코틀랜드 법정에서라면 평결은 '증거 불충분'일 것이다. 다음 주에 있을 순회 재판의 결과도 실질적으로는 그것일 것이다. 단순히 경찰이 기소 내용을 입증할 증거를 확보하지 못했기 때문이지, 기소 내용 자체가 반드시 틀렸다는 뜻은 아니다.

순회 재판을 나흘 남겨두고, 로버트는 린 아주머니에게 그들이 얻은 증거로 기소를 충분히 무효화시킬 수 있다고 고백했다. 그녀의 둥근 분홍색 얼굴에 시름이 점점 더해가는 것을 더는 보고 있을 수 없었다. 원래는 근심만 덜어주고 말 생각이었다. 그러나 어느새 그는 어렸을 때, 그녀가 지금처럼 상냥하고 멍청한 린 아주머니가 아니라 전지전능한 천사이던 시절에 그랬던 것처럼 그녀에게 전부 털어놓고 있었다. 평소에 식탁에서 주고받는 대화와는 전혀 딴판으로 그가 말을 쏟아놓자 그녀는 놀란 듯했지만, 그래도 보석처럼 푸른 눈에 근심을 띠고 잠자코 들어주었다.

"모르시겠어요, 아주머니? 그건 승리가 아니라 패배란 말입니다. 희화화된 정의일 뿐이에요. 우리가 싸우는 건 무죄 판결을 얻기 위해서가 아니라 정의를 이루기 위해서입니다. 그런데 그게 가망이 없어요. 조금도요!"

"하지만 애야, 왜 지금까지 나한테 그런 말을 안 했니? 내가 이해하지 못하거나 반대할 줄 알았니?"

"그렇지만 아주머니는 저하곤 달리……."

"프랜차이즈 사람들의 외모를 내가 별로 좋아하지 않았다고 해서,

333

그리고 사실 솔직히 말해서 지금도 내가 보통 때 좋아하는 사람들은 아니다만, 아무튼 그 사람들을 별로 좋아하지 않았다고 해서 내가 정의가 실현되는 데 관심이 없는 건 아니지 않니?"

"그야 그렇죠. 하지만 아주머니는 베티 케인의 이야기를 믿을 수 있다고 하셨잖아요. 그래서……."

"그건 즉결 심판 전까지지."

린 아주머니가 조용히 말했다.

"즉결 심판이라고요? 하지만 아주머니는 안 오셨잖아요."

"그래, 하지만 휘터커 대령님이 가셨거든. 그 애가 아주 마음에 안 드신 모양이야."

"그래요?"

"그래. 아주 열변을 토하시더구나. 대령님 연대인지, 대대인지에 딱 베티 케인 같은, 그걸 뭐라더라? 그래, 병장이 있었대요. 늘 자기는 무고한 피해자인 척하면서 대대 전체를 들쑤셔 싸움을 붙여놓고, 하여간 무뢰한 열둘을 합친 것보다도 더 골치 아팠다고 하시더라. '무뢰한'이란 말, 멋지지 않니? 대령님 말씀으론, 결국 하얀 집에 갔다더구나."

"큰집이겠죠."

"그래, 아무튼. 그리고 스테이플즈의 그 글린이란 애에 관해선, 얼굴을 딱 보기만 해도 자동적으로 한 문장에 거짓말을 몇 개나 할지 세게 되더라고 하시는 거야. 그 글린이라는 애도 마음에 안 드셨대요. 그러니 내가 네 근심을 이해 못 할 거라고 생각할 필요가 없었던 거야. 내 말 믿으렴, 나도 너 못지않게 정의에 관심이 있어요. 네 성공을 비는 기도를 두 배로 늘려야겠다. 원래는 오늘 오후에 글리슨 가의 가든파티에 갈 생각이었다만, 그건 그만두고 세인트매튜 교회에 가서 조용히 시간을 보내마. 어쨌든 비가 올 것 같기도 하고 말이지. 글리슨 가에서 가든파티를 열면 꼭 비가 내리지 뭐니. 가엾은 사람들 같으니."

"그러게요, 아주머니. 솔직히 우리한테 기도가 필요 없다고는 말 못 하겠군요. 이제 우리를 구해줄 수 있는 건 기적밖에 없어요."

"그럼 기적을 내려달라고 기도를 드리지."

"주인공이 올가미에 목을 건 상태에서 형 집행이 연기되는 건가요? 그건 탐정소설이나 서부극의 마지막 몇 분에서나 일어나는 일이죠."

"그렇지 않아요. 기적은 세계 어딘가에서 매일 일어나고 있단다. 기적을 발견하고 그게 일어나는 횟수를 더할 방법이 있다면, 넌 아마 그 숫자를 보고 놀랄 거다. 다른 모든 방법이 실패로 돌아가면 하늘이 도우시는 거야. 전에도 말했다만, 넌 믿음이 부족해."

"하느님의 사자가 그 기간 중에 베티 케인이 뭘 하고 있었는지를 알려주러 제 사무실에 나타날 거란 뜻이라면, 그 말씀은 못 믿겠는데요."

"하느님의 사자를 날개 달린 천사로 생각하니까 문제인 거야. 하느님의 사자는 십중팔구 중절모를 쓴 왜소하고 추레한 사내일 거다. 아무튼 오늘 오후에, 그리고 물론 밤에도 내가 아주 열심히 기도를 드리마. 그럼 어쩌면 내일 도움의 손길을 내려주실지 모르지."

제20장

　알고 보니, 하느님의 사자는 왜소하고 추레한 사내가 아니었을 뿐더러, 그의 모자는 챙을 빙 둘러 단단히 말아 올린 한심한 대륙풍 펠트 모자였다. 그는 다음 날 아침 11시 반 경에 블레어·헤이워드·베넷 법률사무소에 나타났다.

　"로버트 씨, 랑에 씨란 분이 찾아오셨는데요. 잠깐⋯⋯."

　헤슬타인 씨가 문틈으로 고개를 내밀고 말했다.

　로버트는 그때 매우 바빴을 뿐더러, 하느님의 사자가 올 줄 몰랐고, 더욱이 낯선 사람들이 그를 만나겠다고 갑자기 찾아오는 일은 종종 있었다.

　"무슨 일인데? 나 지금 바쁘네만."

　"용건은 말 안 했습니다. 너무 바쁘시지 않으면 뵙고 싶다고만 하더군요."

"난 터무니없이 바빠. 무슨 일로 왔는지 조심스럽게 알아봐주겠나? 중요한 일이 아니면 네빌이 처리하면 되니까."

"네, 그러죠. 하지만 영어가 워낙 불분명한 데다, 별로 말하고 싶어 하지……."

"영어? 말을 더듬는다는 뜻인가?"

"아뇨, 영어 발음이 별로 좋지 못하다는 뜻입니다. 그……."

"외국인이라고?"

"네. 코펜하겐에서 왔다는군요."

"코펜하겐! 왜 진작 말을 안 한 건가!"

"로버트 씨가 그럴 겨를을 안 주셨는데요."

"들여보내, 티미. 지금 당장. 오, 맙소사, 동화가 현실이 되려는 건가?"

랑에 씨는 흡사 노트르담 대성당의 노르만 양식 기둥처럼 둥글고 높다랗고 단단하고 믿음직한 인상을 주었다. 우뚝 솟은 둥글고 단단한 기둥 저 꼭대기에서 친절하고 정직해 보이는 얼굴이 환하게 웃음 지었다.

"블레어 씨입니까? 제 이름은 랑에라고 합니다. 번거롭게 해드려 죄송합니다만(그는 'TH' 발음을 잘못했다) 중요한 일이었거든요. 당신에게 중요하다는 뜻으로요. 적어도, 그렇죠, 전 생각합니다."

"앉으시죠, 랑에 씨."

"감사합니다, 감사합니다. 날씨가 덥군요. 그렇습니까? 오늘이 어쩌면 당신들 여름인가요? 그게 영어 관용구죠. 여름이 하루뿐인 그 농담 말입니다. 전 영어 관용구에 관심이 많아요. 영어 관용구에 관

337

심이 많아서 당신을 만나러 온 겁니다."

그는 미소를 지었다.

로버트의 가슴은 수직 강하하는 고속 엘리베이터처럼 빠른 속도로 무겁게 내려앉았다. 그래, 동화지. 동화는 역시 동화다.

"그래서요?"

그는 이야기를 거들듯 물었다.

"전 코펜하겐에서 호텔을 합니다, 블레어 씨. '분홍 신' 호텔이라고 부르죠. 물론 거기서 누가 분홍 신을 신어서가 아니라 안데르센의 이야기 때문인데, 어쩌면 당신도……."

"네, 네. 우리나라에서도 널리 읽힙니다."

"아, 그래요! 그렇죠. 위대한 사람입니다, 안데르센. 그렇게 소박한 사람이 그렇게 국제적으로 알려지다니 말이죠. 놀랄 일이에요. 저런, 제가 당신 시간을 낭비하는군요. 그럼 안 되죠. 제가 무슨 말을 하고 있었죠?"

"영어 관용구 말씀을 하고 계셨습니다."

"아, 그래요, 영어 공부가 제 치미랍니다."

"취미요."

로버트는 무심코 말했다.

"취미요. 감사합니다. 전 먹고살려고 호텔을 합니다만, 그리고 제 아버지와 또 제 아버지의 아버지도 호텔을 해서 말이죠, 하지만 치미…… 취미? 그래요, 감사합니다. 취미로는 관용적인 영어를 공부합니다. 그래서 매일 그 사람들이 두고 가는 신문이 저에게 옵니다."

"그 사람들이라뇨?"

"영국 손님들입니다."

"아, 네."

"저녁에 그 사람들이 방으로 올라간 다음, 사환이 영국 신문을 모아다 제 사무실에 갖다놓습니다. 전 자주 바빠서 볼 시간이 없어요. 그래서 쌓아놨다가 한가할 때 하나 꺼내다 살펴봅니다. 제 말 알아들으시겠습니까, 블레어 씨?"

"그럼요. 문제없습니다, 랑에 씨."

어렴풋한 희망이 다시 피어오르기 시작했다. 신문이라고?

"그런 식입니다. 한가한 시간이 좀 있다, 영국 신문을 잠깐 읽는다, 새 관용구를 하나, 어쩌면 둘 배운다. 별로 신나지 않고요. 그걸 뭐라고 합니까?"

"평온무사하다."

"그렇군요. 평온무사합니다. 그런데 하루는 무더기에서 그냥 다른 것을 꺼내는 것처럼 이 신문을 꺼내 읽는데, 관용구고 뭐고 다 잊어버렸습니다."

그는 큼직한 주머니에서 반으로 접은 《애크에머》를 꺼내 책상 위에 펼쳤다. 베티 케인의 사진이 3분의 2면을 차지한 5월 10일 금요일 자였다.

"전 이 사진을 봤습니다. 그리고 안을 보고 기사를 읽었습니다. 그리고 참 이상한 일이라고 혼잣말을 했습니다. 아주 이상한 일이에요. 신문에서는 이게 베티 칸의 사진이라고 했습니다. 칸 맞습니까?"

"케인입니다."

"아, 그렇군요. 베티 케인. 하지만 이건 남편과 같이 우리 호텔에 묵었던 채드윅 부인의 사진이기도 하거든요."

"뭐라고요!"

랑에 씨는 흡족해 보였다.

"관심 있습니까? 당신이 그러기를 바랐습니다. 정말 바랐습니다."

"어서 말씀해보시죠."

"그 사람들은 우리 호텔에 2주 있었습니다. 그런데 참 이상한 일이
죠, 블레어 씨. 그 불쌍한 아가씨가 영국의 한 다락방에서 구타당하
고 밥을 굶는 동안, 채드윅 부인은 우리 호텔에서 새끼 늑대처럼 먹
어대고 아주 즐거운 시간을 보냈거든요. 그 아가씨가 크림을 어찌나
많이 먹던지요, 블레어 씨. 덴마크 사람인 저조차 놀랐을 정도입니
다."

"그래서요?"

"그래서 저는 제 자신을 타일렀습니다. 그래 봤자 그냥 사진이다.
무도회에서 머리를 내렸을 때 딱⋯⋯."

"머리를 내렸다고요!"

"네. 머리를 빗어 올렸습니다. 하지만 의상을 입고 하는 무도
회⋯⋯ 의상 맞습니까?"

"네, 가장 의상이죠."

"아, 그렇군요. 가장 의상이군요. 그래서 가장 의상을 입으면서 머
리를 내렸습니다. 바로 저렇게요."

랑에 씨는 사진을 가리켰다.

"그래서 저는 이렇게 제 자신을 타일렀습니다. 그래 봤자 사진이
다. 실제 모습과 전혀 다르게 생긴 사진이 얼마나 많았나. 게다가 신

문에 실린 이 아가씨가 그 기간에 남편과 여기 있었던 채드윅 부인과 무슨 상관이 있을 수 있겠나. 저는 제 자신을 그렇게 설득했습니다. 하지만 신문을 버리지는 않아요. 아니죠, 저는 그걸 보관했습니다. 그리고 가끔씩 봤습니다. 그리고 그때마다 '하지만 이건 채드윅 부인 맞는데.' 하고 생각합니다. 그래서 저는 여전히 어리둥절했습니다. 잠자리에 들 때도 내일 영업을 생각해야 하는데 그 생각을 해요. 저는 혼자 해답을 찾아봤습니다. 혹시 쌍둥이인가? 아니다, 베티라는 그 아가씨는 외동이다. 친척? 우연? 판박이? 저는 전부 생각해봤습니다. 밤에는 만족해서 돌아눕고 잠이 듭니다. 하지만 아침에 일어나 사진을 보면 전부 도로 산산조각 나는 겁니다. 저는 열심히 생각하지만, 이건 확실히, 의심할 여지 없이 채드윅 부인입니다. 제 딜레마를 아시겠습니까?"

"알다마다요."

"그래서 일 때문에 영국에 올 때, 저는 그 아랍 이름을 가진 신문을……"

"아랍 이름이라고요? 오, 알겠습니다. 제가 말씀을 중단시켰군요."

"저는 그걸 가방에 넣었습니다. 그리고 어느 날 저녁 식사 뒤에 그걸 꺼내 제가 신세 지고 있던 친구에게 보여줬습니다. 저는 런던의 베이즈워터에 사는 동포 친구 집에 머물고 있습니다. 그랬더니 친구가 매우 흥분해서 그러는 겁니다. 이건 이제 경찰 문제가 됐다. 이 두 여자는 그 여자애를 한 번도 본 적이 없다고 하지만, 체포돼서 이제 곧 재판을 받을 것이다. 친구는 부인을 큰 소리로 부르더군요. '리타! 리타! 지지난주 화요일 신문이 어디 있지?' 제 친구의 집은 지지난주

화요일 신문이 늘 있는 그런 집이랍니다. 부인이 신문을 들고 와서 친구가 저에게 두 여자가 재판, 아니, 그것 말고…….”

“출정입니다.”

“네. 출정한 걸 보도한 기사를 보여줬습니다. 기사를 읽어보니, 겨우 2주 뒤에 지방 어디에서 재판이 열릴 거라고 하는 겁니다. 이제는 아주 며칠 안 남았죠. 친구가 저 아가씨와 채드윅 부인이 한 사람이라는 걸 얼마만큼 확신하느냐고 묻더군요. 그래서 저는 아주 확신한다고 했습니다. 그랬더니 친구가 그랬습니다. 신문에 그 여자들의 사무변호사 이름이 있다, 주소는 없지만 이 밀퍼드는 아주 작은 곳이니 쉽게 찾을 수 있을 것이다. 내일 아침 일찍 커피를 마시면, 그게 아침 식사거든요. 그럼 이 밀퍼드에 가서 이 블레어 씨에게 자네 생각을 말해라. 그래서 제가 이렇게 온 겁니다, 블레어 씨. 제 말에 관심 있으십니까?”

로버트는 뒤로 기대앉으며 손수건을 꺼내 이마를 훔쳤다.

“랭에 씨는 기적을 믿으십니까?”

“그야 물론이죠. 전 기독교 신자입니다. 실제로 전 아직 별로 안 늙었지만 두 번이나 봤답니다.”

“방금 세 번째에 참가하셨습니다.”

“그래요? 매우 흐뭇하군요.”

랭에 씨는 빙글빙글 웃었다.

“우리 베이컨을 구해주신 겁니다(위기를 면한다는 뜻 – 옮긴이).”

“베이컨이라고요?”

“영어 관용구랍니다. 베이컨만이 아니죠. 우리 목숨까지 구해주신 거나 다름없습니다.”

“그럼 당신도 저처럼 저 아가씨와 분홍 신 호텔 손님이 한 사람이라고 생각하십니까?”

“믿어 의심치 않습니다. 그 애가 호텔에 묵었던 날짜를 아십니까?”

“오, 그럼요. 여기 있습니다. 그 아가씨와 남편은 3월 29일 금요일에 비행기로 도착해서 4월 15일 월요일에 떠났습니다. 갈 때도 비행기를 탄 것 같은데, 확신은 못 하겠습니다.”

“감사합니다. 그럼 그 애 ‘남편’은 어떻게 생겼던가요?”

“젊은 사람입니다. 가무잡잡하고, 잘생겼고, 약간…… 그걸 뭐라고 하죠? 너무 빛나는. 화려한? 아뇨, 그것 말고.”

“번드르르한?”

“아, 그겁니다. 번드르르하다. 약간 번드르르했습니다. 제가 보기에, 왔다 간 다른 영국 사람들이 별로 좋게 보지 않았습니다.”

“그냥 여행 왔던가요?”

“아뇨, 오, 아닙니다. 일 때문에 코펜하겐에 온 거였습니다.”

“어떤 일이죠?”

“유감이지만 그건 저도 모르겠군요.”

“추측해보실 순 없겠습니까? 코펜하겐에서 가장 관심을 가질 만한 게 뭘까요?”

“그건 그 사람이 사는 데 관심이 있는지, 파는 데 관심이 있는지에 따라 다르답니다.”

“영국 내 주소는요?”

“런던입니다.”

"참 감동적이게 상세하군요. 잠깐 전화 한 통 해도 되겠습니까? 담배 피우시는지요?"

그는 담배 상자를 열어 랑에 씨에게 밀어주었다.

"밀퍼드 195번 부탁합니다. 랑에 씨, 저와 같이 점심을 드시는 영광을 허락해주시겠죠? 린 아주머니? 점심 식사를 하고 바로 런던에 가야 해요. ……네, 1박 하고 올 겁니다. 작은 가방 좀 꾸려주시겠어요? ……고마워요, 아주머니. 그리고 이따 점심에 손님 한 분을 모셔가도 괜찮겠어요? 음식을 더 준비하실 필요는 없고, 그냥 있는 대로 먹으면 돼요. ……네, 좋죠. ……알았어요, 여쭤보죠."

그는 수화기를 손으로 가리고 랑에 씨에게 물었다.

"저희 아주머니가, 실은 사촌입니다만, 아무튼 페이스트리를 드시느냐고 하는군요."

"블레어 씨! 지금 그걸 덴마크 사람에게 물으시는 겁니까?"

랑에 씨는 만면에 웃음을 띠고 체격에 어울리는 큰 몸짓을 곁들여 말했다.

"아주 좋아한대요. 그리고 아주머니, 오늘 오후에 뭐 중요한 일 있으세요? 세인트매튜 교회에 가서 감사 기도를 드리셔야 할 것 같아서요. ……아주머니가 말하던 하느님의 사자가 왔거든요."

기쁨에 찬 린 아주머니의 목소리가 랑에 씨에게까지 들렸다.

"로버트! 그게 정말이니!"

"실물체를 갖고요. ……아뇨, 전혀 추레하지 않아요. ……키가 아주 크고, 아름답고, 전반적으로 역할에 완벽하게 잘 맞는데요. ……점심 잘 대접해주실 거죠? ……네, 점심에 모시고 갈 분이 그분이에요. 하느님의 사자요."

그는 수화기를 내려놓고 재미있어하는 표정의 랑에 씨를 올려다보았다.

"그럼 랑에 씨, 로즈 앤 크라운에 가서 형편없는 맥주를 마실까요?"

제21장

사흘 뒤, 로버트가 이튿날 있을 순회 재판을 앞두고 샤프 모녀를 노턴까지 태워주려 프랜차이즈로 가자, 그곳은 흡사 결혼식 같은 분위기에 휩싸여 있었다. 계단 꼭대기에 생뚱맞게 노란 꽃무 화분 두 개가 놓여 있고, 어둑어둑한 홀은 결혼식이 거행될 교회처럼 꽃으로 장식되어 있었다.

"네빌이요! 집을 축제 기분 나게 꾸며야 한다나요."

매리언이 손을 흔들어 화사한 꽃들을 가리키며 말했다.

"내가 미처 생각을 못 한 게 아쉽군요."

로버트는 말했다.

"지난 며칠을 그렇게 보내고 아직도 무슨 생각을 할 수 있다니 놀라운데요. 당신이 아니었으면 우리는 오늘 축하하지도 못했을 거라고요."

"'벨이란 사람이 아니었으면'이겠죠."

"벨이라고요?"

"알렉산더 벨 말이에요. 전화를 발명한 사람이죠. 그 발명품이 없었으면 우리는 지금도 어둠 속에서 더듬거리고 있었을 겁니다. 전화기를 보고도 움찔하지 않으려면 몇 달은 더 있어야 할 것 같은데요."

"교대로 건 거예요?"

"오, 아뇨. 각자 한 대씩 차지했습니다. 케빈과 그 친구 서기는 법학원 사무실에서, 난 세인트폴스 처치야드에 있는 그 친구 아파트에서, 앨릭 램즈던과 그 부하 세 명은 그쪽 사무실을 비롯해 방해를 받지 않고 전화를 쓸 수 있는 곳이면 어디에서건 전화를 걸어댔죠."

"여섯 명이네요."

"사람 일곱 명에 전화 여섯 대였습니다. 그 정도는 필요했어요."

"불쌍한 로버트!"

"처음엔 재미있더군요. 우리가 올바른 방향을 쫓고 있다는 걸 아니까, 추적하는 기쁨에 마음이 들떠 있었죠. 성공이 우리 손 안에 있는 거나 거의 다름없었어요. 하지만 런던 전화번호부에 실린 채드윅 중에 3월 29일에 코펜하겐으로 날아간 채드윅과 관련이 있는 사람이 아무도 없고, 항공사에서 그 사람에 관해 아는 거라곤 3월 27일에 라버러에서 두 사람 몫의 표를 예약했다는 것뿐이라는 사실을 알아냈을 즈음엔 처음처럼 신나는 기분은 사라지고 없었습니다. 라버러에 관련된 정보는 물론 우리 기운을 북돋워줬죠. 하지만 그다음부턴 그저 길고 지루한 단순노동이었던 겁니다. 우리는 덴마크에 우리가 수출하는 물품과 덴마크에서 수입하는 물품이 뭐가 있는지를 알아내서 분담했습니다."

"상품을요?"

"아뇨, 구매자와 판매자를 말입니다. 덴마크 관광청이 생각지도 못한 행운이었죠. 정보를 그냥 우르르 쏟아내더군요. 케빈과 그 친구 서기, 그리고 제가 수출 쪽을 맡고, 램즈던과 그 부하들이 수입을 맡아선, 그다음부턴 그저 지배인을 바꿔달라고 해서 '버나드 채드윅이란 사람이 거기서 일합니까?' 하고 묻는 따분한 작업의 연속이었습니다. 버나드 채드윅이란 직원이 없는 회사가 얼마나 많은지 정말 믿기지 않는다니까요. 하지만 이젠 우리나라가 덴마크에 수출하는 물품에 관해 전보다 많이 안답니다."

"그야 당연히 그렇겠죠!"

"나중엔 전화기가 꼴도 보기 싫어져서, 글쎄, 벨이 울리는데도 하마터면 받지 않을 뻔했지 뭡니까. 전화가 양방향으로 작동한다는 걸 깜박한 거죠. 전화는 전국의 사무실로 연결할 수 있는 질문 도구인 줄로만 알았다니까요. 얼마 동안 물끄러미 쳐다보다가 그제야 겨우 그게 받을 수도 있는 물건이고 이번엔 누가 나한테 전화를 걸려 한다는 걸 깨달았습니다."

"그게 램즈던이었고요."

"그래요, 앨릭 램즈던이었습니다. '찾았습니다. 브레인 하버드 상회에서 자기류 등등을 수입하는 바이어입니다.'라고 하더군요."

"그 사람을 찾아낸 게 램즈던이라 다행이에요. 그 애의 행적을 밝혀내지 못한 데 대한 위로가 되겠죠."

"그래요, 지금은 한결 기분이 나아졌더군요. 어쨌든 그다음엔 서둘러 필요한 사람들을 만나고 증인 소환장을 발부받고 해야 했습니다. 그렇지만 그 결과가 내일 노턴 법정에서 우리를 기다리고 있을 겁니다. 케빈은 얼른 내일이 되길 바라고 있어요. 내일 생각만 하면 입에 군침이 돈다는군요."

샤프 부인이 1박용 여행 가방을 들고 들어와, 린 아주머니가 봤다가는 기절할 것 같은 태도로 마호가니 사이드테이블에 털썩 내려놓으며 말했다.

"그 계집애를 동정할 마음은 조금도 없지만, 증인석에서 적대적인 케빈 맥더모트를 마주할 걸 생각하니 조금은 딱하다는 생각이 드는군요."

그녀의 가방은 유복했던 결혼 생활의 유물인지 원래는 매우 품위 있고 고급스러운 물건이었으나, 지금은 한탄스러울 정도로 낡고 초라했다. 로버트는 매리언과 결혼하면 장모에게 작고 가볍고 우아하고 값비싼 화장 도구 케이스를 선물하기로 마음먹었다.

"난 단 한순간도 그 계집애를 불쌍하게 생각할 수 없어요. 나라면 장롱 안의 나방을 찰싹 때려죽이듯 그 애를 찰싹 때려 지구 표면에서 날려보낼걸요. 그래도 나방은 늘 가엾게 생각한다고요."

매리언이 말했다.

"그 애는 어쩔 생각이었던 걸까요? 식구들한테 돌아갈 생각이 있기는 했을까요?"

샤프 부인이 물었다.

"아마 아닐 겁니다. 그 애는 자기가 메도사이드 거리 39번지에서 관심의 중심이 아니게 된 걸 노여워하고 원망했습니다. 케빈이 오래

전에 한 말처럼, 범죄는 자기중심주의와 과도한 허영심에서 비롯됩니다. 정상적인 소녀도, 심지어 정서적으로 불안정한 사춘기 청소년조차도, 수양오빠가 이젠 자기를 인생에서 가장 중요한 존재로 여기지 않게 되면 상심은 할지 모릅니다. 하지만 보통은 울거나, 토라지거나, 투정을 부리거나, 세상을 버리고 수녀원에 들어가기로 결심하거나, 그 밖에 청소년이 적응하는 과정에서 사용하는 다른 대여섯 가지 방법으로 해결하거든요. 그렇지만 베티 케인처럼 자기중심적인 애는 적응하지 않아요. 세상이 자기한테 적응하기를 기대하죠. 참고로 모든 범죄자가 그렇답니다. 자기가 부당한 대우를 받았다고 생각하지 않는 범죄자는 한 명도 없어요."

"매력적인 애군요."

샤프 부인이 말했다.

"맞습니다. 라버러 주교라도 그 애를 변호하기 쉽지 않을 테죠. 주교가 즐겨 써먹는 '환경'이 이번엔 도무지 소용이 없으니까요. 베티 케인은 애정, 재능을 자유롭게 발전시킬 기회, 교육, 안정 등 주교가 범죄자의 갱생을 위해 권장하는 모든 걸 갖고 있었습니다. 생각해보면 주교에게도 꽤나 쉽지 않은 문제일 겁니다. 주교는 유전을 믿지 않거든요. 범죄자는 만들어지는 것이고, 그러니 고쳐질 수도 있다고 생각합니다. '나쁜 피'는 주교의 생각에 그저 낡아빠진 미신일 뿐이랍니다."

"토비 번 따위. 찰스의 마구간 일꾼들이 그 작자에 관해 뭐라고 했는지 들려줄 수 없는 게 아쉽군요."

샤프 부인이 코웃음을 쳤다.

"네빌이 하는 말은 들었습니다. 그 이상으로 발전시킬 수 있는 사람이 과연 있을까 싶군요."

"그럼 파혼은 확정된 거예요?"

매리언이 말했다.

"그래요. 린 아주머니는 휘터커 가의 큰딸을 찍었답니다. 레이디 마운트일레븐의 조카인 데다 '카스 감자칩' 집안의 손녀거든요."

매리언은 로버트와 함께 웃었다.

"좋은 아가씨예요?"

"네. 금발이고, 예쁘고, 곱게 잘 자랐고, 음악을 좋아하지만 노래는 부르지 않죠."

"네빌이 좋은 아내를 얻었으면 좋겠어요. 네빌한테 필요한 건 어떤 독자적이고 항구적인 관심사예요. 기력하고 감정의 초점이 되어줄 뭔가요."

"지금은 프랜차이즈가 초점이랍니다."

"알아요. 그동안 네빌이 우리한테 참 잘해줬어요. 이제 가야겠죠? 지난주만 해도 노턴에서 승리가 우리를 기다리고 있을 거란 말을 들었으면 아마 안 믿었을 거예요. 가엾은 스탠리도 이젠 외딴 집에서 늙다리 할망구 둘을 지킬 필요 없이 자기 침대에서 편히 잘 수 있겠죠."

"오늘은 여기서 안 잡니까?"

로버트는 물었다.

"네. 그럴 이유가 없잖아요."

"글쎄요. 집이 비어 있을 생각을 하니 어째 불안한데요."

"경찰이 평소대로 순찰 중에 들러줄 거예요. 그리고 창문을 깬 이래로 아무 일도 없었는걸요. 내일이면 집에 돌아올 테니 오늘 하룻밤만 비는 거고요."

"또 창문을 깨려 드는 녀석들이 있으면, 스탠리가 여기 있다고 막지는 못할 거예요."

샤프 부인이 말했다.

"하긴 그렇겠죠. 어쨌든 핼럼에게 오늘밤 집에 아무도 없다고 말해두겠습니다." 로버트는 그 이상 뭐라 하지 않았다.

밖으로 나온 뒤 매리언이 현관문을 잠갔다. 그들은 로버트가 차를 세워둔 대문까지 걸어갔다. 대문에 이르자, 매리언이 걸음을 멈추고 집을 돌아보았다.

"낡고 못생긴 집이지만 한 가지 장점이 있어요. 일 년 내내 똑같아 보인다는 거죠. 한여름엔 풀이 약간 말라 시들해 보이긴 해도, 그것만 빼면 달라지질 않아요. 다른 집들은 대부분 '가장 근사한' 시기가 있잖아요? 진달래라든지, 화단이라든지, 미국담쟁이라든지, 아몬드꽃이라든지요. 하지만 프랜차이즈는 늘 똑같아요. 쓸데없는 장식이 없는 거예요. 왜 웃으세요, 어머니?"

"저 꽃무 화분을 갖다놓으니 참 야단스러워 보인다는 생각이 들어서 말이다."

그들은 잠시 그 자리에 서서, 위압적이고 흰 벽이 지저분하게 때 탄 집과 그에 어울리지 않게 경박한 꽃 장식을 보며 웃었다. 그리고 웃으며 대문을 닫았다.

그러나 로버트는 노턴의 페더스 호텔에서 케빈과 저녁 식사를 같이 하기 전에, 잊지 않고 밀퍼드 경찰서에 전화해 그날 밤 샤프 모녀의 집이 빈다는 사실을 일깨웠다.

"알겠습니다, 블레어 씨. 순찰 중에 대문을 열고 한 바퀴 둘러보라고 하죠. 네, 열쇠는 아직 갖고 있습니다. 걱정 안 하셔도 됩니다."

경사가 말했다.

그런다고 무엇이 해결될지 알 수 없었지만, 그렇다고 어떤 대비가 가능한지도 알 수 없었다. 샤프 부인은 창문을 깨려고 누가 마음만 먹으면 어차피 막을 방도가 없다고 했다. 로버트는 자기가 괜한 수선을 피우는 것이라 결론을 내리고, 편안한 마음으로 케빈 및 그의 법조계 친구들과 합류했다.

법조인은 이야기를 한번 시작하면 길다. 페더스를 유명하게 한, 벽을 패널로 장식한 객실로 로버트가 돌아가 잠자리에 든 것은 밤늦은 시간이었다. 영국을 찾는 미국인들에게 '꼭 가봐야 할 곳' 중 하나인 페더스는 유명하기만 한 게 아니라 최신식이기도 했다. 주름 장식 오크 패널에는 파이프가, 들보가 가로지르는 천장에는 전깃줄이, 오크 널을 깐 바닥에는 전화선이 설치되어 있었다. 1480년부터 여행자에게 편안함을 제공해온 페더스는 지금이라고 그러지 말아야 할 이유가 없다고 생각했다.

베개에 머리가 닿자마자 잠이 들었던 로버트는 귓가에서 벨이 얼마 동안 울린 다음에야 전화가 왔음을 간신히 알아차렸다.

"네."

그는 잠이 덜 깬 상태로 전화를 받았다. 다음 순간, 잠이 확 깼다.

전화를 건 사람은 스탠리였다. 밀퍼드로 돌아올 수 있겠나? 프랜차이즈에 불이 났다.

"심한가?"

"불길이 꽤 세긴 하지만 잡을 수 있을 것 같다는데요."

"지금 당장 가겠네."

그는 30킬로미터 넘는 거리를, 한 달 전만 해도 다른 사람이 그랬으면 눈살을 찌푸렸을 시간에 주파했다. 하물며 자기가 그런다는 것은 생각지도 못할 일이었을 것이다. 밀퍼드 하이 가 아래쪽 끄트머리에 있는 자기 집을 지나 그 너머에 펼쳐진 들판으로 나오자, 지평선을 배경으로 흡사 보름달처럼 환한 빛이 보였다. 그러나 어슴푸레한 여름 밤하늘에는 이미 은빛 초승달이 걸려 있었다. 프랜차이즈를 휩싼 불길이 바람에 너울거리는 것을 보고, 로버트는 예전 생각이 나 두려움에 심장이 죄어드는 것만 같았다.

집에 아무도 없어 그나마 다행이었다. 값어치가 나가는 가재도구를 꺼낼 수 있었으려나. 값어치가 있는 물건과 없는 물건을 알아볼 수 있는 사람은 있으려나.

대문이 활짝 열려 있고, 불길이 환히 비추는 안마당은 소방대 사람들과 차로 북적거렸다. 맨 처음 눈에 띈 것은 응접실에 있던 구슬 세공 의자였다. 풀밭에서 영 생뚱맞게 보이는 그것을 보니 속에서 울컥 치밀어 올랐다. 어쨌든 누가 그것을 구해낸 것이다.

스탠리가 거의 알아볼 수 없는 몰골로 그의 소매를 잡더니 말했다.

"오셨군요. 블레어 씨도 알아야 할 것 같아서 말이죠."

시커메진 얼굴을 타고 땀이 줄줄이 흘러내리며 검댕을 지워, 그의 젊은 얼굴이 주름지고 늙어 보였다.

"물이 모자라요. 물건은 꽤 많이 건졌어요. 응접실에서 일상적으로 쓰는 물건들은 전부요. 선택을 해야 한다면 그 사람들이 그쪽을 원할 것 같아서요. 위층에서도 일부는 창문으로 던졌지만, 무거운 가재도구는 전부 포기할 수밖에 없었어요."

소방대원들이 다니는 곳을 피해 풀밭에 매트리스와 침구가 쌓여 있었다. 풀밭 여기저기에 널려 있는 가구는 놀라고 어쩔 줄 몰라 하는 듯 보였다.

"가구를 좀 더 멀리 옮기죠. 저대로 그냥 두면 위험해요. 불똥이 튀지 않으면 어떤 망할 자식이 그 위에 올라설지도 몰라요."

스탠리가 말했다. '망할 자식'이란 땀을 뻘뻘 흘리며 최선을 다하고 있는 소방대원들을 가리켰다.

그래서 로버트는 환상적인 장면을 배경으로 가구를 수레에 실어 나르는 무미건조한 작업을 시작했다. 합당한 자리에 있을 때를 아는 가구를 볼 때마다 비참한 기분이 들었다. 그중에는 샤프 부인이 그랜트 경위에게 너무 무겁다며 타박을 주었던 의자도, 케빈에게 점심을 대접했던 벚나무 테이블도, 불과 몇 시간 전에 샤프 부인이 가방을 털썩 내려놓았던 사이드테이블도 있었다. 불길이 화르르 타오르고 탁탁 튀는 소리와 소방대원들의 고함, 달빛과 헤드라이트와 너울거리는 불길의 기묘한 조합, 아무 연관성도 없이 나열된 가재도구의 엉뚱함에, 그는 마취에서 깨어나면 이런 기분이 들지 않을까 싶었다.

그러다 두 가지 일이 동시에 일어났다. 2층이 요란한 소리와 더불어 내려앉았다. 그리고 새로 치솟은 불길이 주위의 얼굴들을 비추었을 때, 의기양양한 표정으로 히죽거리는 두 젊은이가 보였다. 동시에 스탠리도 그들을 보았음을 알 수 있었다. 스탠리의 주먹이 더 멀리 있는 쪽의 턱을 갈기자, 불길이 타오르는 요란한 소리 속에서도 우지끈 소리가 났다. 의기양양해 하는 얼굴이 마구 짓밟힌 풀밭의 어둠 속으로 사라졌다.

로버트는 학교를 졸업하며 권투를 그만둔 이래로 누구를 때려본 적이 없었으려니와, 지금도 때릴 생각은 전혀 없었다. 그의 왼팔이 알아서 필요한 일을 다 하는 듯했다. 두 번째 히죽거리는 얼굴이 사라졌다.

"깔끔한데요."

스탠리가 금간 손가락 밑동을 빨며 말하더니 "저기 봐요!"라고 외쳤다.

지붕이 울음을 터뜨리려는 아이의 얼굴처럼 구깃구깃해졌다. 불에 녹은 네거티브 필름 같기도 했다. 이번 일로 악명을 얻은 원형 창문이 앞으로 살짝 기울더니 천천히 안으로 떨어졌다. 불길이 화르르 치솟았다가 도로 가라앉았다. 지붕 전체가 무너져 두 층 밑으로 떨어져서는 붉은 잔해에 더해졌다. 용광로 같은 열기를 피하려 사람들이 뒤로 물러섰다. 여름 밤 속으로 불이 거침없이 타올랐다.

불이 마침내 꺼졌을 때, 로버트는 날이 밝았다는 것을 깨닫고 어쩐지 놀랐다. 고요하고 희망에 찬 회색 새벽이었다. 정적도 찾아들었다. 요란한 소리와 고함은 연기가 피어오르는 잔해에서 물이 쉭쉭거리는 소리로 잦아들었다. 마구 짓밟힌 풀밭 한가운데에 검댕으로 얼룩진 네 벽만, 네 벽과 무쇠 난간이 뒤틀린 계단만 달랑 서 있었다. 현관 양옆에는 네빌이 갖다놓은 화사한 화분의 잔재가 남아 있고, 물에 흠뻑 젖고 시커메진 꽃이 형체를 알아볼 수 없는 몰골로 축 늘어져 있었다. 그 사이로 네모난 구멍이 입을 벌리고 검은 공동을 드러냈다.

"끝난 것 같군요."

스탠리가 옆에 서서 말했다.

"어쩌다 불이 난 거예요?"

뒤늦게 도착해 잔해밖에 보지 못한 빌이 물었다.

"아무도 모르네. 뉴섬 순경이 순찰 중에 와봤을 때는 아무 일 없었다는군. 그나저나 그 두 녀석은 어떻게 됐지?"

로버트가 말했다.

"우리가 정신 차리게 해준 그 두 녀석 말이죠? 집에 갔어요."

스탠리가 말했다.

"표정이 증거가 못 된다는 게 아주 유감이군."

"그러게요. 창문이 깨졌을 때처럼 이번에도 아무도 못 잡을걸요. 제 머리통에 금 가게 한 놈한테도 빚을 아직 못 갚았는데 말이죠."

스탠리가 말했다.

"오늘 그 자식의 목을 거의 부러뜨리다시피 했으니 그걸로 일단 위안을 삼으라고."

"어떻게 말할 거예요?"

스탠리가 물었다. 명백히 샤프 모녀를 말하는 것이었다.

"난들 알겠나. 먼저 이 사실을 알려서 법정에서 거둘 승리를 망치는 게 나을지, 아니면 일단 승리를 누리게 한 다음 충격을 주는 게 나을지 모르겠군."

357

로버트는 말했다.

"승리부터 누리게 해줘요. 그다음에 무슨 일이 벌어지든 그걸 빼앗진 못할 테니까요. 그걸 망치진 말자고요."

"그래, 어쩌면 그 말이 맞을지도 모르지, 스탠. 나도 좀 알면 좋겠네. 로즈 앤 크라운에 방을 잡아야겠군."

"안 좋아할 텐데요."

"그럴지도 모르지만 달리 방법이 없어. 앞으로 어떻게 하기로 하건 간에 하루 이틀은 여기 있으면서 뒤처리를 해야 할 거야. 그나마 로즈 앤 크라운이 최선이라고."

로버트는 약간 짜증스럽게 말했다.

"제가 생각해봤는데 말이죠, 저희 하숙집 아주머니가 분명히 기꺼이 받아줄 겁니다. 아주머니는 늘 그 사람들 편이었을 뿐더러, 남는 방도 하나 있거든요. 아주머니는 거실을 쓰는 법이 없으니까 그것도 쓸 수 있고, 또 공영주택 맨 끝 줄이라 목초지에 면했으니까 아주 조용하고 말이죠. 시선을 받을 호텔보다는 틀림없이 그쪽을 더 좋아할 겁니다."

"그래, 그렇겠지, 스탠. 난 생각도 못 해봤군. 자네 하숙집 아주머니가 괜찮겠다고 할까?"

"틀림없다니까요. 현재 그 두 사람이 아주머니의 최대 관심사거든요. 거의 왕족을 영접하는 셈일걸요."

"그럼 한번 확실하게 알아보고 나한테 노턴으로 전화를 주겠나. 노턴의 페더스네."

제22장

　로버트의 눈에는 밀퍼드 주민 절반이 노턴 법정을 메운 것처럼 보였다. 아닌 게 아니라 바깥 문 주위에는 노턴 시민 다수가 모여들어 시끌시끌하게 항의하고 있었다. 전 국민이 주목하는 사건이 '자기네' 순회 재판에서 심판을 받는데, 밀퍼드에서 몰려온 타지 사람들 때문에 그것을 목격할 권리를 빼앗겼다고 분노하는 것이었다. 게다가 교활한 타지 사람들은 노턴 아이들을 매수해 자기들 대신 줄을 서게 했다. 노턴의 어른들은 생각지도 못한 준비성이었다.

　법정 안은 매우 더웠으므로, 그 안을 가득 메운 방청객들은 서두에 이어 마일스 앨리슨이 사건을 설명하는 내내 불편하게 꼼지락거렸다. 앨리슨은 케빈 맥더모트와 정반대였다. 그의 희고 섬세하게 생긴 얼굴에서는 그만의 개성보다는 타입이 느껴졌다. 그의 담담하고 건조한 목소리는 무감동하고, 방법은 사무적이었다. 더욱이 그가 하는 이야기는 이미 그들 모두가 기사로 읽고, 마르고 닳도록 의견을 주고받았던 것이었으므로, 그들은 그에 대한 관심을 끄고 법정에 있는 친구들을 찾아보며 시간을 보냈다.

로버트는 어제 출발할 때 크리스티나가 손에 쥐어준 작은 직사각형 판지를 주머니 속에서 연방 돌리며 나중에 할 말을 연습했다. '레키트 블루 표백제' 같은 선명한 파란색 판지에는 금빛으로 '그 하나도 땅에 떨어지지 아니하리라.'라고 쓰여 있고, 오른편 위쪽 구석에는 붉은 가슴이 지나치게 큰 울새가 그려져 있었다. 성경 구절이 적힌 조그만 판지를 끊임없이 만지작거리며 로버트는 생각했다. 누군가에게 이제 그의 집이 없다는 말을 어떻게 하나?

느닷없이 백여 개의 몸뚱이가 움직이고 이어서 정적이 흘러, 그는 법정으로 돌아왔다. 베티 케인이 증언을 하기에 앞서 선서를 하고 있었다. '키스라곤 성경책 말곤 해본 적이 없는 애.' 벤 칼리는 유사한 장면에서 그녀의 외모를 그렇게 묘사했다. 그녀는 오늘도 그렇게 보였다. 푸른 옷은 여전히 꼬리풀과 캠프파이어의 연기, 풀밭에 핀 실잔대처럼 어리고 순수한 인상을 주었다. 뒤로 젖혀 쓴 모자는 여전히 어린애 같은 이마와 예쁜 머리 선을 드러내주었다. 이제는 그녀가 종적을 감추었던 기간 중에 어디서 무엇을 하고 있었는지 낱낱이 아는데도, 로버트는 다시금 그녀를 보고 놀랐다. 그럴싸하게 보이는 것은 범죄자의 가장 큰 재능 중 하나다. 그러나 지금까지 그가 다뤄야 했던 그럴싸함은 늙은 군인인 척하며 10실링 지폐를 구걸하는 종류뿐이었다. 그런 것은 알아보기 쉽다. 말하자면 아마추어다. 로버트는 난생처음으로 '진짜'를 보고 있다는 생각이 들었다.

그녀는 이번에도 모범적으로 증언을 했다. 또렷하고 젊은 목소리는 법정에 있는 모든 사람에게 똑똑히 잘 들렸다. 청중은 또다시 그녀에게 사로잡혀 숨을 죽이고 꼼짝하지 못했다. 유일한 차이는, 재판관이 그녀에게 홀딱 빠지지 않았다는 것이었다. 세이 판사의 표정으로 판단하건대, 홀딱 빠진 것과는 거리가 매우 먼 듯했다. 판사의 비판적인 시선은 얼마만큼 대상에 대한 혐오감에 기인하는 걸까. 케빈 맥더모트가 피고석의 두 여자를 변호하러 와 있다는 것은 매우 확고한 증거를 확보했다는 뜻이라는 결론에는 얼마만큼 기인하는 걸까.

자신이 겪은 일을 이야기하는 소녀는 그녀의 변호인이 하지 못한 일을 해냈다. 즉, 청중에게 감정적인 반응을 이끌어냈다. 그들은 동시에 한숨을 쉬고, 분개한 표정으로 웅성거렸다. 재판관에게 핀잔을 들을 정도로 노골적이지는 않지만, 그들이 누구를 지지하는지 알 수 있을 만큼 또렷한 것이었다. 그렇기에 케빈이 반대 신문을 하러 일어섰을 때 분위기는 팽팽하게 긴장되어 있었다.

"케인 양, 프랜차이즈에 도착했을 때 어두웠다고 했죠. 정말 그렇게 어두웠습니까?"

케빈이 최대급으로 부드럽고 느린 말투로 말했다.

꼬드기는 듯한 어조로 던진 이 질문에 케빈이 어둡지 않았기를 바란다고 생각한 그녀는 그의 의도대로 반응했다.

"네, 꽤 어두웠어요."

"집 외부를 볼 수 없을 만큼 어두웠나요?"

"네, 하나도 안 보일 만큼 어두웠어요."

그는 그쪽을 단념하고 새로운 선을 시도하는 듯 보였다.

"그럼 케인 양이 도망친 날 밤은요? 그때는 별로 어둡지 않았겠죠?"

"오, 아니에요. 그때는 처음보다 훨씬 더 어두웠어요."

"그럼 집 외부를 보는 건 불가능했겠군요?"

"절대로요."

"절대로 불가능했단 말이죠. 그 점을 확실히 했으니, 이제 다락방에 갇혀 있을 때 창문으로 무엇이 보였다고 했는지를 살펴볼까요. 케인 양은 경찰 진술서에서, 케인 양이 갇혀 있던 이 모르는 장소를 묘사하면서 대문에서 현관까지 이어지는 차도가 '직선으로 잠깐 이어지다가 둘로 갈라져 원을 그린다.'고 했는데요."

"네."

"어떻게 그런 줄 알았죠?"

"어떻게 알았느냐고요? 봤으니까요."

"어디서 말입니까?"

"다락방 창문으로요. 집 정면의 안마당이 내다보였거든요."

"하지만 다락방 창문으로는 차도의 직선 부분만 보이는데요. 지붕에 가려져 나머지는 안 보입니다. 차도가 둘로 갈라져 현관까지 원을 그리는 건 어떻게 알았습니까?"

"제가 봤어요!"

"어떻게 말이죠?"

"그 창문으로요."

"케인 양은 예사 인간과 다른 원칙에 의거해 사물을 본다는 뜻입니까? 총알이 코너를 돌아 날아가는 아일랜드 사람의 총처럼 말인가요? 아니면 마술이라도 씁니까?"

"제가 말한 대로예요!"

"아닌 게 아니라 케인 양이 묘사한 대로입니다. 하지만 케인 양이 묘사한 건, 말하자면 담장 너머로 안마당을 넘겨다보는 사람의 시각이지, 다락방 창문으로 보는 사람의 시각이 아닙니다. 그런데 케인 양은 다른 기회는 없었다고 단언하거든요."

"창문으로 보이는 시야의 범위를 입증할 증인은 있겠죠?"

재판관이 물었다.

"두 명 있습니다, 재판관님."

"정상적인 시력을 지닌 사람 한 명이면 충분합니다."

재판관이 냉담하게 말했다.

"그렇다면 그날 에일즈베리에서 경찰에게 진술할 때, 케인 양의 말이 사실이라면 알 수 있을 리가 만무한 특징을 어떻게 묘사할 수 있었는지 설명하지 못하는군요? 케인 양은 외국에 가본 적 있습니까?"

"외국에요? 아뇨."

그녀는 느닷없이 바뀐 화제에 놀라 말했다.

"한 번도요?"

"네, 한 번도 안 가봤어요."

"최근에 예컨대 덴마크에 가진 않았습니까? 코펜하겐이라든지요."

"아뇨."

그녀의 표정에는 변화가 없었지만, 목소리에는 아주 어렴풋이 불안이 서린 듯했다.

"버나드 채드윅이란 사람을 압니까?"

그녀가 문득 조심스러워졌다. 로버트는 긴장을 풀고 있다가 경계심을 품은 동물의 미묘한 변화가 생각났다. 태도는 전과 다름없다. 눈에 보이는 신체적인 변화는 아무것도 없다. 오히려 더욱 꼼짝도 하지 않는다. 있는 것은 경계심뿐이다.

"아뇨."

무미건조하고 무관심한 어조였다.

"케인 양의 친구가 아니란 말이죠?"

"네."

"그 사람과, 예컨대 코펜하겐의 한 호텔에 묵지 않았습니까?"

"네."

"다른 사람과 코펜하겐에 간 적은 있습니까?"

"아뇨, 전 외국에 한 번도 안 가봤어요."

"그럼 제가 케인 양이 종적을 감추었던 그 기간 중에 케인 양이 프랜차이즈의 다락방이 아니라 코펜하겐의 한 호텔에 있었다고 한다면, 그건 제가 잘못 안 거겠군요?"

"네, 잘못 아신 거예요."

"감사합니다."

케빈의 예상대로 마일스 앨리슨이 상황을 수복하려 일어섰다.

"케인 양은 차를 타고 프랜차이즈에 도착했죠?"

"네."

"그리고 케인 양은 그 차가 그 집 현관 앞에 섰다고 진술했습니다. 그때 케인 양 말처럼 어두웠다면, 전조등은 몰라도 차폭등은 켜져 있었을 겁니다. 그렇다면 차도만이 아니라 안마당 대부분이 비쳐졌을 테죠."

그가 질문을 하기도 전에 그녀가 끼어들었다.

"네. 네, 맞아요, 물론 그때 원형 차도를 본 게 틀림없어요. 역시 봤을 줄 알았어요. 그럴 줄 알았어요."

그녀는 케빈을 흘깃 보았다. 로버트는 프랜차이즈에 처음 갔던 날, 벽장 속의 슈트케이스를 맞혔을 때 그녀가 지었던 표정이 생각났다. 케빈이 자기를 위해 준비해놓은 것이 무엇인지 안다면 한순간의 승리에 연연해할 여유가 없을 텐데.

베티 케인에 이어 칼리가 말하는 '석판화 컬러 광고'가 증인석에 섰다. 그녀는 노턴 법정을 위해 옷과 모자를 새로 장만했다. 토마토처럼 빨간 원피스를 입고 코발트색 리본과 분홍색 장미로 장식한 자갈색 모자를 쓴 그녀는 한층 더 야하고 역겨워 보였다. 이번에도 역시 그녀가 자기 역할을 즐기는 것이, 이 감정적인 청중에게조차 그녀가 하는 말의 효과를 반감시켰다. 그들은 그녀를 좋아하지 않았다. 그들의 편파적인 태도에도 불구하고, 악의를 불신하는 영국 사람의 감성이 그녀에 대한 감정을 싸늘하게 식혔다. 케빈이 반대 신문을 하면서 그녀가 실은 해고됐고 스스로 '그만둔' 것이 아니라고 시사하자, 법정에 있던 모든 사람의 얼굴에 납득한 표정이 떠올랐다. 신뢰성을 뒤흔드는 것 외에 그녀에 대해 할 수 있는 일은 많지 않았으므로 케빈은 그녀를 놓아주었다. 그는 그녀의 불쌍한 꼭두각시를 기다리고 있었다.

차례가 되어 모습을 나타낸 꼭두각시는 밀퍼드의 즉결 심판 법정에서보다 더욱 불안해 보였다. 그녀는 법복과 가발이라는 훨씬 위풍

당당한 복장에 동요한 기색이 역력했다. 경찰 제복만 해도 충분히 나빴으나, 이 근엄한 분위기와 의식에 비하면 그곳은 심지어 가정적이기까지 했다. 밀퍼드에서 글래디스 리스가 상황을 감당하지 못했다면, 이곳에서는 아예 짓눌린 듯했다. 로버트는 케빈이 그녀를 가늠하듯 바라보는 것을 보았다. 그녀를 분석하고 이해해 어떤 식으로 접근할지 판단하는 것이다. 그녀는 마일스 앨리슨이 침착하고 참을성 있게 대했는데도 그에게 겁을 바짝 먹었다. 가발을 쓰고 법복을 입은 사람은 전부 자기에게 적대적인 존재, 벌을 줄지도 모르는 존재로 여기는 게 명백했다. 그래서 케빈은 그녀의 구애자, 보호자가 되었다.

그녀에게 케빈이 하는 말을 들으며, 로버트는 흡사 애무하는 듯한 목소리가 너무나도 추잡하다고 생각했다. 사근사근하고 여유 있는 목소리가 그녀를 안심시켰다. 그녀는 잠시 귀 기울여 듣더니 긴장을 풀기 시작했다. 로버트는 증인석 난간을 꽉 쥐고 있던 작고 바싹 여윈 두 손에서 힘이 빠지더니 천천히 펴지는 것을 보았다. 케빈은 그녀에게 학교에 관해 묻고 있었다. 그녀의 눈에서 공포가 사라지고, 그녀는 꽤 차분하게 대답했다. 자기편이 여기 있다고 생각하는 기색이 역력했다.

"글래디스 양, 내 생각에 글래디스 양은 오늘 이 자리에 나와서 프랜차이즈에 사는 이 두 사람을 죄인으로 모는 증언을 하고 싶지 않았을 것 같은데요."

"네, 그래요. 정말 그러고 싶지 않았어요!"

"하지만 이렇게 나왔죠."

그가 말했다. 비난조가 아니라 단순히 사실을 말하는 어조였다.

"네."

그녀가 무안한 표정으로 말했다.

"왜죠? 그게 자기 의무라고 생각했나요?"

"아뇨, 오, 아니에요."

"누가 강요했나요?"

로버트는 판사가 이 말에 즉각 반응을 보이는 것을 보았다. 케빈도 시야 끄트머리로 그것을 보았다.

"누가 뭔가로 꼼짝 못하게 한 건가요?"

케빈이 매끄럽게 말을 맺자, 판사가 입을 열려다 말았다.

"누가 '내가 시키는 대로 하지 않으면 다른 사람들한테 말하겠다.'고 한 건가요?"

그녀의 얼굴에는 희망과 어리둥절함이 반반씩 어려 있었다.

"모르겠어요."

그녀는 무식한 사람들의 전형적인 도피 수단을 썼다.

"왜냐하면 말이죠, 누가 시키는 대로 하지 않으면 어떻게 하겠다고 협박해서 거짓말하게 했으면, 그 사람한테 벌을 줄 수 있거든요."

이는 명백히 그녀가 생각지도 못한 일인 듯했다.

"이 법정은, 여기 보이는 모든 사람들은, 어떤 일에 관해 진실을 알기 위해 오늘 이렇게 모인 거예요. 그리고 저 위에 앉아 계시는 재판관님은, 협박을 써서 글래디스 양이 이 자리에 와서 사실과 다른 말을 하게 시킨 사람을 매우 엄중하게 다루실 겁니다. 게다가 진실을 말하겠다고 선서를 하고선 진실이 아닌 말을 한 사람들은 아주 무거운 벌을 받아요. 하지만 혹시 누구에게 협박을 받아 겁이 나서 거짓말을 한 거라면, 가장 큰 벌을 받을 사람은 협박한 사람이에요. 무슨 말인지 알겠어요?"

"네."

그녀가 기어드는 목소리로 말했다.

"이제 사실은 무슨 일이 있었는지 내가 말해볼 테니, 내 말이 맞는지 가르쳐줘요."

케빈은 대답을 기다렸으나, 그녀는 아무 말도 하지 않았다. 그는 말을 이었다.

"어떤 사람이, 어쩌면 글래디스 양의 친구가, 프랜차이즈에서 뭔가를 훔쳤습니다. 예컨대 손목시계라고 해볼까요. 그 친구는 자기가 그 시계를 가질 생각은 없었기 때문에 글래디스 양에게 줬어요. 어쩌면 글래디스 양은 갖고 싶지 않았을지 모르지만, 친구가 원래 고압적인 성격인 데다 글래디스 양은 친구가 주는 선물을 거절하고 싶지 않았어요. 그래서 받았습니다. 그런데 이 친구가 얼마 안 있어 법정에서 자기가 할 이야기를 뒷받침해달라고 했습니다. 글래디스 양은 거짓말을 하고 싶지 않아서 싫다고 했죠. 그러자 친구가 이렇게 말했습니다. '내 말대로 안 하면, 네가 어느 날 프랜차이즈로 날 만나러 왔다가 그 시계를 훔쳤다고 할 거야.' 대충 그런 게 아니었습니까?"

그는 잠시 말을 멈추었지만, 그녀는 그저 어리둥절한 표정이었다.

"그런 협박을 받고, 글래디스 양은 실제로 즉결 심판 법정에 나가 친구의 거짓된 이야기를 뒷받침했습니다. 하지만 집에 돌아가니 미안하고 부끄러운 생각이 들었어요. 너무나 미안하고 부끄러워서 그 시계를 더는 갖고 있지 싶지 않았습니다. 그래서 글래디스 양은 시계를 싸서 '난 얼키기 싫어요.'라고 쓴 쪽지와 함께 우편으로 프랜차이즈에 돌려보냈습니다. 안 그런가요?"

케빈은 잠시 멈추었다 다시 물었다.

"글래디스 양, 사실은 그렇게 된 일이죠?"

그러나 그새 그녀는 겁을 먹고 말았다.

"아뇨, 아뇨, 전 그 시계를 가진 적 없어요."

그는 그녀가 은연중에 시인한 것을 무시하고 부드럽게 말했다.

"내 말이 틀렸단 말이죠?"

"네. 그 시계를 돌려보낸 건 저 아니에요."

그는 종이 한 장을 집어 여전히 온화한 어조로 말했다.

"아까 우리가 이야기한 학교에 다닐 때, 글래디스 양은 그림을 아주 잘 그렸다죠? 그래서 학교 전시회에 작품이 전시되기도 했다던데요."

"네."

"여기 글래디스 양이 그린 캐나다 지도가 있습니다. 아주 잘 그렸군요. 실제로 이걸로 상도 탔고 말입니다. 여기 오른쪽 모퉁이에 서명을 했는데, 분명히 이런 멋진 작품에 서명을 하면서 아주 뿌듯했을테죠. 이걸 기억하겠죠?"

지도가 그녀에게 전달되었다. 그사이 케빈은 덧붙여 말했다.

"배심원 여러분, 저것은 글래디스 리스 양이 마지막 학년에 그린 캐나다 지도입니다. 재판관님께서 보신 뒤, 여러분께서도 직접 보실 기회가 있으리라 생각합니다."

그러고는 글래디스에게 물었다.

"그 지도를 직접 그렸나요?"

"네."

"모퉁이에 이름을 썼고요?"

"네."

"밑부분에 '캐나다 영연방 자치령'이라고 활자체로 썼죠?"

"네."

"밑부분의 '캐나다 영연방 자치령'이란 글자를 글래디스 양이 활자체로 썼단 말이죠. 좋습니다. 자, 여기 어떤 사람이 '난 얼키기 실어요.'라고 쓴 종이쪽이 있습니다. 활자체로 쓰인 이 종이쪽은 프랜차이즈로 돌려보내진 시계와 함께 동봉되어 있었습니다. 로즈 글린이 그곳에서 일할 때 없어진 시계죠. 이 '난 얼키기 실어요.'의 글씨체가 '캐나다 영연방 자치령'의 글씨체와 같다고 생각하는데 어떻습니까? 이 두 개는 같은 사람의 글씨라고 생각합니다만. 그리고 둘 다 당신 글씨라고 말이죠."

"아니에요."

그녀는 자기에게 건네진 종이쪽을 받아들더니, 마치 그것이 자기를 쏠지도 모른다는 듯 황급히 내려놓았다.

"그런 적 없어요. 전 시계 같은 거 돌려보낸 적 없어요."

"저 '난 얼키기 실어요.'란 글자를 쓰지 않았다고요?"

"네."

"하지만 '캐나다 영연방 자치령'이란 글자는 썼죠?"

"네."

"나중에 이 두 개가 동일 인물의 필적이라는 증거를 제시하겠습니다. 그 사이 배심원 여러분께서는 천천히 두 증거물을 살펴보시고 직접 판단하시길 바랍니다. 감사합니다."

마일스 앨리슨이 나섰다.

"피고 측 변호사가, 증인이 오늘 온 건 압력을 받아서라고 했습니다. 사실입니까?"

"아뇨."

"오늘 이 자리에 나온 건, 그러지 않을 경우 생길 결과를 두려워해서가 아니란 말이죠?"

그녀는 얼마 동안 말이 없었다. 속으로 이 말의 의미를 엉킨 실타래 풀듯 생각해보는 기색이 역력했다.

"아뇨."

그녀가 마침내 과감히 말했다.

"즉결 심판 법정에서 증인이 한 말, 그리고 오늘 한 말은 진실이란 말이죠?"

"네."

"누가 그렇게 말하라고 시킨 게 아니라요?"

"네."

그러나 배심원단이 받은 인상은 바로 그것이었다. 그녀는 다른 사람이 꾸며낸 이야기를 그저 그대로 되풀이하고 있을 뿐인 비자발적 증인이라는 인상을 배심원단에게 주었다.

이로써 검찰 측 증언이 끝났다. 케빈은 진짜 중대한 일을 하기 전에 잔일을 끝내놓는 주부의 원칙에 따라, 곧바로 글래디스 리스 문제를 다루었다.

필적 감정 전문가가 나와, 증거로 제시된 두 활자체 견본이 동일 인물의 필적이라고 증언했다. 의심할 여지가 없는 정도가 아니라, 이렇게 쉬운 감정은 처음이라고 했다. 두 개의 견본에서 같은 문자가 쓰였을 뿐더러 DO와 AN, ON 등 문자의 조합까지 같았다. 이 점에 관해 배심원단이 이미 결론을 내렸다는 것이 명백했으므로(두 개의 견본을 보면 누구나 동일 인물의 필적이라는 것을 의심할 수 없었다), 전문가도 실수할 수 있다는 앨리슨의 발언은 그저 자동적으로, 건성으로 한 것이었다. 케빈은 지문 감정 전문가를 불러, 동일한 지문이 양쪽 모두에서 발견됐다는 증언으로 그것을 물리쳤다. 지문이 글래디스 리스의 것이 아닐지도 모른다는 앨리슨의 말은 최후의 저항에 불과했다. 그는 법정에서 그 점을 확인해보자는 제안을 거절했다.

이렇게 해서 글래디스 리스가 처음 선서를 했을 때 프랜차이즈에서 훔친 시계를 갖고 있었으며 그 직후 양심의 가책 때문에 쪽지를 곁들여 돌려주었다는 사실을 입증한 케빈은, 이제 베티 케인의 이야기를 다룰 준비가 된 셈이었다. 로즈 글린과 그녀의 이야기에 관해서는 이미 충분히 거짓을 입증했다. 그녀는 안심하고 경찰에 맡길 수 있다.

버나드 윌리엄 채드윅의 이름이 불렸을 때, 방청객들은 목을 길게 빼고 궁금증에 웅성거렸다. 신문을 읽은 독자들이 모르는 이름이다. 그는 사건과 무슨 관계인가? 무슨 말을 하러 나왔나?

그는 자기가 런던의 한 도매상에서 도자기 및 각종 잡화를 구매하는 바이어라고 했다. 그리고 결혼해서 부인과 함께 일링에서 산다고 했다.

"회사 일로 출장을 다니시죠?"

케빈이 물었다.

"네."

"금년 3월에 라버러에 가셨습니까?"

"네."

"라버러에서 베티 케인 양을 만나셨나요?"

"네."

"어떻게 만나셨습니까?"

"그 애가 저한테 수작을 걸었습니다."

그 즉시 방청석에서 이구동성으로 항의가 터져 나왔다. 로즈 글린과 그 한 패의 거짓이 폭로되어도, 베티 케인은 여전히 신성 불가침한 존재였다. 베르나데트를 빼닮은 베티 케인을 그렇게 함부로 말하다니 있을 수 없는 일이었다.

판사는 의도적이건 아니건 방청석의 소란을 나무라고, 증인도 나무랐다. '수작을 걸다'가 정확히 어떤 행동을 말하는지 모르겠으니, 답변을 할 때는 표준 영어만 사용해주면 고맙겠다고 했다.

"케인 양을 어떻게 만나셨는지 말씀해주시겠습니까?"

케빈이 말했다.

"어느 날 미들랜드 호텔 라운지에 차를 마시러 들렀더니, 그 애가, 음, 저한테 말을 걸었습니다. 그 애도 거기서 차를 마시고 있었거든요."

"혼자서요?"

"네, 혼자서요."

"채드윅 씨가 먼저 말을 건 게 아니란 말이죠?"

"전 그 애가 있는 줄도 몰랐습니다."

"그럼 그 애가 어떻게 주의를 끌었습니까?"

"미소를 짓더군요. 저도 같이 미소를 짓고는 보던 서류로 돌아갔습니다. 바빴거든요. 그랬더니 저한테 말을 걸었습니다. 무슨 서류냐, 뭐 그런 말을 묻더군요."

"그렇게 해서 관계가 시작됐군요?"

"네. 그 애가 영화를 때리러, 아니, 보러 갈 건데 같이 가겠느냐고 했어요. 그날 할 일은 어차피 다 끝났겠다, 애도 귀엽겠다, 해서 원한다면 그러자고 했습니다. 그래서 다음 날 둘이 만나서 제 차를 타고 같이 교외로 나갔습니다."

"출장에 동행했다는 뜻이군요?"

"네. 그 애 목적은 드라이브였죠. 같이 시골 어디서 점심을 먹고 차를 마시고 나서 그 애는 자기 고모네로 돌아가곤 했습니다."

"자기 가족 이야기를 하던가요?"

"네. 집에선 아무도 자기한테 신경을 안 써준다고, 행복하지 못하다고 했습니다. 집에 불만이 한 바가지였어요. 하지만 전 별로 신경 쓰지 않았습니다. 제가 보기엔 배부른 꼬맹이 같았거든요."

"뭐 같았다고요?" 판사가 말했다.

"잘 보살핌을 받는 소녀 같았습니다, 재판관님."

"그렇습니까. 그래서 이 목가적인 시간이 얼마나 오래 갔습니까?"

"알고 보니 우리가 같은 날 라버러를 떠나더군요. 그 애는 방학이 끝나서 집으로 돌아가고요. 그새 이미 한 차례 저하고 같이 놀러 다니려고 돌아가는 걸 늦췄어요. 그리고 전 코펜하겐으로 출장 갈 예정이었습니다. 그런데 그 애가 자긴 집으로 돌아갈 생각이 없다면서 자기도 같이 데려가달라고 하는 겁니다. 전 턱도 없는 소리 말라고 했죠. 그때는 미들랜드 호텔에서 처음 봤을 때처럼 그렇게 순진무구한 애라고 생각하진 않았어요. 그새 그 애가 어떤 앤지 잘 알게 된 거죠. 하지만 그래도 경험이 없다고 생각했거든요. 어쨌든 겨우 열여섯 살이었으니까요."

"자기가 열여섯 살이라고 했나요?"

"라버러에서 열여섯 번째 생일을 맞았습니다. 금색 립스틱을 사줘야 했죠."

채드윅이 조그만 짙은 색 콧수염 밑에서 입을 슬쩍 일그러뜨렸다.

윈 부인에게 시선을 돌린 로버트는 그녀가 두 손으로 얼굴을 가리는 것을 보았다. 그 옆에는 레슬리 윈이 믿기지 않는다는 표정으로 멍하니 앉아 있었다.

"그 애가 실제로는 아직 열다섯 살이었다는 걸 모르셨군요?"

"네. 얼마 전에야 알았습니다."

"그럼 그 애가 자기도 같이 가겠다고 했을 때, 채드윅 씨는 그 애를 경험이 없는 열여섯 살 된 어린애라고 생각하셨다는 말이죠?"

"네."

"왜 생각을 바꾸셨습니까?"

"그 애가…… 아니라고 납득시켜서요."

"뭐가 아니란 말이죠?"

"경험이 없는 거요."

375

"그래서 그 뒤로는 외국 여행에 케인 양을 데리고 가는 데 주저가 없으셨군요."

"주저는 아주 많았지만, 그때는 그 애가…… 얼마나 재미있는지 알고 있었으니까요. 게다가 그 애를 그냥 두고 갈 순 없는 상황이었습니다."

"그래서 같이 외국으로 데려가셨다고요."

"네."

"채드윅 씨의 부인으로서 말이죠?"

"네, 제 아내로요."

"그 애 가족들이 걱정하리란 생각은 안 하셨습니까?"

"아뇨. 그 애는 아직 방학이 2주나 남아 있고, 가족들은 당연히 자기가 여전히 라버러 고모네에 있다고 생각할 거라고 했거든요. 고모한테는 집에 간다고 하고, 가족들한테는 더 있다 가겠다고 한 거죠. 두 집이 편지를 주고받는 일이 없으니 가족들은 자기가 라버러에 없다는 사실을 모를 거라고 하더군요."

"라버러를 떠난 날짜를 기억하십니까?"

"네. 3월 28일 오후에 메인즈힐의 버스 정류장에서 그 애를 차에 태웠습니다. 거기가 원래 그 애가 집에 가는 버스를 탈 곳이었습니다."

케빈은 이 정보가 의미하는 바를 사람들이 완전히 이해하도록 잠시 사이를 두었다. 짧은 정적 속에, 로버트는 법정이 텅 비었어도 이토록 고요하지는 않았으리라고 생각했다.

"그래서 그 애를 데리고 코펜하겐으로 가셨단 말이죠. 어디서 묵으셨습니까?"

"'분홍 신'이란 호텔입니다."

"얼마 동안 계셨죠?"

"2주 있었습니다."

사람들이 나직이 웅성거리거나 탄성을 질렀다.

"그러고는요?"

"4월 16일에 영국으로 돌아왔습니다. 16일에 집에 가야 한다고 했
거든요. 그런데 돌아가는 길에, 그 애가 실은 11일에 돌아갔어야 했
다고, 자기가 실종된 지 벌써 나흘 됐다고 하지 뭡니까."

"고의로 채드윅 씨를 속였군요?"

"네."

"왜 그랬는지 이유는 말하던가요?"

"네. 자기를 돌려보낼 수 없게 하려고 그랬다더군요. 집에 편지를
써서, 일자리를 얻어 잘 지내고 있으니 자기를 찾거나 걱정하지 말라
고 할 거라고 했습니다."

"자기에게 애정을 바쳐온 부모가 얼마나 큰 고통을 받을지 전혀 개
의하지 않았습니까?"

"네. 집이 하도 따분해서 비명을 지르고 싶을 지경이라고 했습니
다."

그러고 싶지 않은데도 로버트의 시선은 저절로 윈 부인을 향했다.
그는 바로 눈길을 돌렸다. 십자가형이나 다름없었다.

"채드윅 씨는 그 새로운 상황에 어떤 반응을 보이셨습니까?"

"처음엔 매우 화를 냈습니다. 절 난처한 입장으로 밀어 넣은 셈이

377

니까요."

"그 애가 걱정되셨습니까?"

"아뇨, 별로요."

"왜죠?"

"그때는 그 애가 자기 앞가림을 아주 잘할 애라는 걸 알고 있었으니까요."

"그게 정확히 무슨 뜻입니까?"

"그 애가 만들어낸 상황에서 누가 고통을 받건, 좌우지간 베티 케인만은 멀쩡할 거란 뜻입니다."

그녀의 이름이 나오자, 청중은 불현듯 이야기 속의 소녀가 '그' 베티 케인, '자기들의' 베티 케인, 베르나데트를 닮은 소녀라는 사실이 생각났다. 사람들이 불편하게 꼼지락거리고, 숨을 훅 들이마셨다.

"그래서요?"

"한참 마빡을 맞댄 끝에……."

"뭘 했다고요?"

판사가 물었다.

"의논을 했습니다, 재판관님."

"계속하십시오. 그러나 표준 또는 기본 영어만 사용하도록 명심하십시오."

판사가 말했다.

"한참 이야기를 한 끝에 전 그 애를 본 엔드 인근에 있는 강가 별장으로 데려가는 게 최선이겠다고 결론을 내렸습니다. 우리는 여름철에 주말을 보내거나 여름휴가를 지낼 때만 쓰고, 그 나머지는 잘 쓰질 않거든요."

"'우리'란 채드윅 씨 부인과 채드윅 씨 말인가요?"

"네. 그 애는 꽤 선뜻 그러자고 하더군요. 그래서 그 애를 별장으로 데려갔습니다."

"그날 밤 채드윅 씨도 그곳에서 지냈습니까?"

"네."

"그 뒤로도 말인가요?"

"그다음 날 밤은 집에서 보냈습니다."

"일링 말이군요?"

"네."

"그 뒤는요?"

"그 뒤로 일주일간 거의 매일 별장에서 잤습니다."

"부인은 채드윅 씨가 외박을 하는데 놀라진 않으시던가요?"

"뭐, 못 견딜 정도로는 아니고요."

"그럼 본 엔드에서의 상황이 어떻게 종료된 겁니까?"

"어느 날 밤에 내려가봤더니 그 애가 가고 없었습니다."

"그 애에게 무슨 일이 벌어졌다고 생각하셨죠?"

"글쎄요, 한 이틀 전부터 꽤나 따분해했거든요. 처음에 집안일을 재미있어하던 것도 사흘을 못 간 데다, 거기는 할 일도 별로 없고 말이죠. 그래서 그 애가 가고 없는 걸 알고는, 전 그 애가 저한테 싫증 나서 더 재미있는 사람이나 일을 발견한 줄 알았습니다."

"나중에 그 애가 어디로 간 건지, 왜 간 건지 아셨죠?"

"네."

"베티 케인이 오늘 증언하는 걸 들으셨습니까?"

"그렇습니다."

"밀퍼드 근처의 어느 집에 강제로 붙들려 있었다는 내용의 증언이었죠?"

"네."

"그 애가 채드윅 씨와 함께 코펜하겐으로 가서 거기서 같이 2주를 지냈고, 그 뒤 본 엔드 근처에 있는 별장에서 같이 살았던 애 맞습니까?"

"네, 그 애입니다."

"틀림없습니까?"

"네."

"감사합니다."

케빈이 자리에 앉고 버나드 채드윅이 마일스 앨리슨을 기다리는데, 방청석에서 큰 한숨이 흘러나왔다. 로버트는 베티 케인의 얼굴이 공포와 승리감 외에 다른 감정을 내비칠 수 있는지 궁금해졌다. 그는 그 얼굴이 승리감에 두근거리는 것을 두 번 보았고, 공포를 내보이는 것을 한 번(그 첫날, 샤프 부인이 그녀를 향해 응접실을 가로질렀을 때) 보았다. 그러나 지금 그녀의 표정에 드러난 감정으로 보자면, 그녀는 흡사 육용 가축 가격이라도 듣고 있었던 것 같았다. 그녀의 얼굴이 주는 내면적인 차분함의 인상은 신체적 구조에서 비롯된 것이 틀림없다는 생각이 들었다. 미간이 넓은 눈, 침착한 이마, 늘 어린애처럼 삐죽 튀어나온 천박한 입. 그것이 그 오랜 세월 동안 심지어 가까운 사람들조차 베티 케인의 참모습을 알아차리지 못하게 한 것이다. 가히 완벽한 위장이었다. 그 가면 뒤에서 그녀는 원하는 대로 무엇이든 될 수 있었다. 로버트가 프랜차이즈의 응접실에서 교복 코트를 입은 그녀를 처음 봤을 때 못지않게 어린애 같고 침착한 가면이 지금 저기 있었다.

"채드윅 씨, 이 이야기를 꽤나 늦게 하시는 것 아닙니까?"

마일스 앤더슨이 말했다.

"늦었다고요?"

"그렇습니다. 이 사건은 대략 지난 3주 전부터 언론에 보도되고 대중의 관심을 받아왔습니다. 채드윅 씨 이야기가 사실이라면, 채드윅 씨는 무고한 여자 둘이 혐의를 받고 있다는 걸 알았을 텐데요. 채드윅 씨 말처럼 케인 양이 그 기간 중에 채드윅 씨와 함께 있었고 본인 말처럼 이 두 여자의 집에 있던 게 아니었다면, 어째서 바로 경찰에 가서 그런 말을 하지 않으신 겁니까?"

"전 전혀 몰랐으니까요."

"뭘 말씀이죠?"

"이 두 여자가 기소당한 걸 말입니다. 베티 케인이 했다는 이야기도 몰랐고요."

"어떻게 그럴 수 있었던 겁니까?"

"또 회사 일로 출장을 갔었으니까요. 전 한 이틀 전에야 비로소 이 사건을 알았습니다."

"그렇군요. 채드윅 씨는 케인 양이 증언하는 걸 들으셨죠? 그리고 케인 양이 집에 왔을 때 어떤 상태였는지를 묘사한 의사의 증언도 들으셨습니다. 채드윅 씨 이야기에 그걸 설명할 수 있는 게 있습니까?"

"아뇨."

"케인 양을 때린 사람이 채드윅 씨 아닙니까?"

"아닙니다."

"어느 날 밤 가봤더니 케인 양이 가고 없더라고 하셨는데요."

"네."

"짐을 싸서 떠났던가요?"

"네, 그때는 그렇게 보였습니다."

"즉, 케인 양의 소지품과 그걸 넣은 가방이 같이 없어졌군요?"

"네."

"그런데도 그 학생은 집에 왔을 때 짐은 종류를 막론하고 아무것도 없었고 입은 옷도 원피스와 신발뿐이었습니다."

"그건 훨씬 뒤에야 알았습니다."

"별장에 가보니 서둘러 떠난 것처럼 어지럽혀져 있지도 않고 아무도 없었다는 말입니까?"

"네, 그랬습니다."

메리 프랜시스 채드윅이 증인으로 호명되자, 그녀가 등장하기도 전에 법정 소란이나 다름없는 소동이 벌어졌다. 그녀가 '아내'라는 것은 명백했다. 아무리 낙천적인 사람이라도 법정 밖에 줄을 섰을 때 여기까지 예상하지는 못했을 것이다.

프랜시스 채드윅은 키가 약간 큰 미인이었다. 머리는 천연 금발이고, 옷과 몸매 모두 의상 모델 출신다웠다. 지금은 약간 통통해졌기는 해도, 사람 좋은 얼굴로 보건대 별로 신경 쓰지 않는 듯했다.

그녀는 자기는 앞서 나온 증인의 아내가 맞으며 일링에서 그와 함께 산다고 했다. 자식은 없다. 지금도 이따금 의상 일을 한다. 필요가 있어서라기보다, 용돈도 벌고 싶고 또 그 일을 좋아하기 때문이다. 그렇다, 그녀는 남편이 라버러로 갔다가 코펜하겐으로 출장 갔던 것을 기억한다. 남편은 코펜하겐에서 약속보다 하루 늦게 돌아와 그날 밤을 자기와 같이 보냈다. 그다음 주에 그녀는 남편에게 다른 여자가 생긴 것 같다는 의심이 들기 시작했다. 남편이 강가 별장에서 지내고 있다는 친구의 말이 그녀의 의심을 확인해주었다.

"남편과 그에 관해 이야기하셨습니까?"

케빈이 물었다.

"아뇨. 그래 봤자 해결이 안 되는걸요. 그이는 여자를 꼭 파리 꾀듯 끌어들이니까요."

"그럼 어떻게 하셨습니까? 또는 어떻게 하실 생각이었습니까?"

"제가 늘 파리한테 하는 일이죠."

"그게 뭐죠?"

"찰싹 때리는 거죠."

"그럼 부인은 거기 있을 파리를 찰싹 때릴 생각으로 별장으로 가셨군요?"

"바로 그거예요."

"별장에서 뭘 보셨습니까?"

"바니도 같이 있는 현장을 잡으려고 저녁 늦게 갔는데……."

"바니가 부인 남편입니까?"

"말도 마요. 아뇨, 그러니까, 네."

판사의 눈초리를 보고 그녀가 허둥지둥 덧붙였다.

"그래서요?"

"문이 잠겨 있지 않기에 전 그냥 들어가서 거실로 갔어요. 침실에서 여자 목소리가 들리더군요. '당신이에요, 바니? 당신이 없어 너무너무 외로웠어요.' 침실에 들어갔더니 그 애가 한 십 년 전 요부 영화에서나 봤을 법한 네글리제를 입고 침대에 누워 있지 뭐예요. 애가 어찌나 꼬락서니가 칠칠치 못한지, 바니한테 좀 놀랐어요. 옆에 거대한 상자를 갖다놓고 초콜릿을 먹고 있더군요. 모든 게 너무 1930년대 풍이었어요."

"채드윅 부인, 불필요한 이야기는 생략하십시오."

"네, 그럴게요. 죄송해요. 어쨌든 그래서 보통 하던 대로……."

"보통이라고요?"

"네. '너 여기서 뭐하는 거야.' 등등 말이에요. 남편을 빼앗긴 아내랑 새로운 사랑이 맞붙는 거죠. 그런데 왜 그런지 너무 화가 나는 거예요. 이유를 모르겠어요. 다른 때는 별로 신경 안 쓰거든요. 양쪽 다 별로 나쁜 감정 없이 한바탕 싸우면 그걸로 끝인데, 이번엔 이 쪼그만 창녀 같은 계집애……."

"채드윅 부인!"

"알았어요. 죄송해요. 하지만 제가 생각하는 대로 말하라고 하셨잖아요. 아무튼 그 애한테는 왠지 속이 확 뒤집히더라고요. 그러다 이 매춘…… 아니, 이 애를 도저히 참고 못 봐줄 지경이 돼서, 그 애를 침대에서 끌어내려 옆통수를 한 대 때려줬어요. 애가 얼마나 놀라는지 웃기던데요. 꼭 평생 한 번도 안 맞아본 애 같더라고요. 그 애가 '너 지금 날 때렸어?' 하데요. 그래서 전 '꼬마야, 앞으로 여러 사람이 널 때려줄 거야.' 하고 한 대 더 때려줬죠. 뭐, 그러고 나선 난투가 벌어졌어요. 솔직히 말씀드려서 전적으로 제가 유리하긴 했어요. 제가 몸집도 더 큰 데다 열이 뻗친 상태였으니까요. 전 그 꼴사나운 네글리제를 막 잡아 뜯어 벗겼어요. 그렇게 막상막하로 치고받고 싸우는데, 애가 바닥에 널려 있던 자기 뮬에 걸려 넘어져 큰대 자로 뻗지 뭐예요. 일어나길 기다려도 일어날 생각을 안 하기에 기절한 줄 알고, 욕실로 가서 찬물에 수건을 적셔다 얼굴을 닦아줬어요. 그러고 커피를 끓이러 부엌으로 갔어요. 그땐 열 받았던 게 다 식은 뒤였고, 그 애도 진정되면 뭐가 마시고 싶어 할 것 같아서요. 그런데 커피를 끓여서 침실로 돌아와보니까, 기절한 게 글쎄 연극이었던 거예요. 그 망할…… 그 애는 내빼고 없었어요. 옷을 입을 시간은 있었으니까, 당연히 서둘러 옷을 입고 떠난 거라고 생각했어요."

"그러고 부인도 가셨습니까?"

"전 바니가, 그러니까 남편이 올지도 모른다 싶어서 한 시간쯤 더 기다렸어요. 그 애 물건이 사방에 흩어져 있기에 죄 쓸어다 그 애 슈트케이스에 던져넣고 다락방 계단 밑 벽장에 넣어놨죠. 그리고 창문도 몽땅 열고요. 그 애가 향수를 무슨 국자로 퍼부은 모양이더라고요. 그런데 아무리 기다려도 바니가 오질 않기에 저도 갔죠. 그이도 그날 밤 갔었다니까 아마 엇갈렸나 봐요. 하지만 한 이틀 지나서 전 그런 일이 있었다고 남편한테 말했어요."

"반응이 어떻던가요?"

"그 애 엄마가 십 년 전에 그랬어야 하는데 안 그런 게 유감이라고 했어요."

"그 애가 어떻게 됐을지 걱정하지는 않던가요?"

"아뇨. 전 그래도 좀 걱정됐는데, 그이 말이 그 애 집이 에일즈베리라고 해서 마음 놨어요. 그 정도 거리면 쉽게 차를 얻어 탈 수 있을 테니까요."

"그럼 남편께서는 그 애가 당연히 집으로 돌아갔을 거라고 생각하셨군요?"

"네. 전 그래도 확인해보는 게 좋지 않겠느냐고 했거든요. 어쨌든 아직 어린애니까요."

"그랬더니 남편께서 뭐라고 대답하시던가요?"

"남편은 '프랭키, 당신이 말하는 그 어린애는 카멜레온보다도 자기 보존 능력이 뛰어난 애야.'라고 했어요."

"그래서 그 이상 생각을 안 하셨군요?"

"네."

"하지만 신문에서 프랜차이즈 사건에 관한 기사를 읽고 다시 생각 나셨을 텐데요?"

"아뇨, 안 그랬어요."

"어째서죠?"

"우선 전 그 애 이름을 몰랐거든요. 바니는 그 애를 리즈라고 불렀어요. 게다가 중부 지방 어디서 납치되고 구타당했다는 열다섯 살짜리 여학생이랑 그 발랑 까진 계집애, 아니, 제 침대에서 초콜릿을 먹고 있던 여자애랑 전혀 연결이 안 됐거든요."

"두 소녀가 동일 인물이라는 걸 알았다면, 그 애에 관해 부인이 아시는 걸 경찰에 이야기하셨겠습니까?"

"그야 물론이죠."

"그 애를 때린 사람이 부인이라는 걸 인정하는 데 망설임은 없으셨을까요?"

"아뇨. 기회만 있다면 내일 한 번 더 때려주겠어요."

"검사를 대신해 제가 여쭤보죠. 남편과 이혼하실 생각입니까?"

"아뇨. 그런 생각 전혀 없어요."

"부인과 남편께서 설마 공모하고 이런 증언을 하신 건 아니겠죠?"

"아뇨. 공모 같은 게 왜 필요하겠어요? 하지만 전 바니랑 이혼할 생각은 없어요. 그이는 재미있는 사람인 데다 돈도 잘 벌어오는걸요. 남편한테 그 이상 바랄 게 뭐 있겠어요?"

"알 게 뭐요."

로버트의 귀에 케빈이 중얼거리는 것이 들렸다.

케빈은 곧 원래 목소리로 돌아가, 방금 이야기한 소녀가 아까 증언을 했고 지금은 법정에 앉아 있는 소녀와 동일 인물이라고 확인을 받았다. 그리고 감사를 표한 다음, 자리에 앉았다.

마일스 앨리슨은 구태여 반대 신문을 하려 하지 않았다. 케빈이 다음 증인을 부르려 했으나 배심원장이 그를 앞질렀다.

그는 배심원단이 필요한 증거를 이미 모두 들었다고 했다.

"맥더모트 씨, 어떤 증인을 부르려던 겁니까?"

판사가 물었다.

"코펜하겐 호텔 주인입니다. 문제의 기간 중에 두 사람이 그곳에 묵었다는 증언을 할 예정이었습니다."

판사가 어떻게 하겠냐는 듯 배심원장을 돌아보았다.

배심원장이 배심원단과 상의했다.

"아닙니다, 재판관님. 재판관님만 이의 없으시다면, 저희는 증인의 증언을 듣지 않아도 될 것 같습니다."

"평결에 도달하기에 충분한 증언을 들었다고 생각한다면 그럽시다. 내 생각에도 문제가 이보다 더 명확해지기는 어려울 것 같군요. 피고 측 변호인의 변론을 듣겠습니까?"

"아닙니다, 재판관님. 저희는 이미 평결에 도달했습니다."

"그렇다면 내가 사건을 정리하는 것도 불필요한 일이겠군요. 일단 퇴장하겠습니까?"

"아닙니다, 재판관님. 모든 배심원의 의견이 이미 일치합니다."

제23장

"사람들이 흩어질 때까지 기다리는 게 좋겠군요. 그럼 뒷문으로 나갈 수 있을 겁니다."

로버트가 말했다.

그는 매리언이 왜 그렇게 심각한 표정인지, 기뻐하는 표정이 아닌지 알 수 없었다. 그녀는 흡사 충격을 받은 듯 보였다. 그렇게 스트레스가 심했던가?

"그 여자요. 전 그저 그 불쌍한 여자 생각밖에 못하겠어요."

그가 어리둥절해하는 것을 눈치챈 것처럼 그녀가 말했다.

"누구 말입니까?"

로버트는 바보같이 물었다.

"그 애 어머니 말이에요. 그보다 더 가혹한 일이 있을까요? 집이 없어진 것도 심하지만…… 네, 그래요, 로버트. 말 안 해도 돼요."

그녀는 긴급 기사가 실린 《라버러 타임스》를 내밀었다. '밀퍼드 납치 사건의 무대로 유명해진 프랜차이즈, 지난밤 전소(全燒)'라고 쓰여 있었다.

　"어제만 해도 이건 엄청난 비극처럼 여겨졌을 거예요. 하지만 그 여자의 수난에 비하면 그냥 작은 사건처럼 느껴지는걸요. 그 오랜 세월 같이 살고 사랑했던 사람이 그냥 존재하지 않기만 하는 게 아니라 한 번도 존재한 적이 없었다는 사실을 알게 되는 것만큼 더 충격적인 일이 뭐가 있겠어요? 그렇게 사랑했던 상대방이 자기를 사랑하지 않을 뿐 아니라, 자기한테 관심이 눈곱만큼도 없고 전에도 없었다는 걸 알게 되는 거예요. 그런 사람한테 대체 뭐가 남아 있죠? 그 여자는 이제 풀밭에 발을 딛을 때마다 혹시 수렁이 아닐지 생각하게 될 테죠."

　"그래요, 나도 그 부인을 차마 못 보겠더군요. 그런 고통을 겪어야 하다니, 정말 몹쓸 일입니다."

　케빈이 말했다.

　"매력적인 아들이 있잖니. 그 청년이 제 어머니한테 위안이 돼주면 좋겠구나."

　샤프 부인이 말했다.

　"그게 아니에요. 모르시겠어요? 아들도 없는 거예요. 그 여자한텐 이제 아무것도 없다고요. 그 여자는 자기한테 베티가 있다고 생각했어요. 자기 아들을 사랑하고 믿는 만큼 그 애를 사랑하고 믿었어요. 그런데 이제 삶의 토대 자체가 사라진 거예요. 겉으로 보이는 게 그렇게 기만적이라면 이제 무슨 수로 판단하며 살 수 있겠어요? 아뇨, 그 여자한텐 이제 아무것도 없어요. 그저 고독뿐이죠. 그 여자를 생각하면 난 가슴이 찢어질 것 같아요."

케빈이 그녀와 팔짱을 끼며 말했다.

"다른 사람의 고난까지 생각하지 않아도 당신은 이미 최근에 충분히 고난을 겪었잖습니까. 이제 갑시다. 이젠 나갈 수 있을 겁니다. 경찰이 그 예의 바르고 무심한 태도로 위증자들한테 다가가는 걸 보니 기쁘지 않던가요?"

"아뇨, 전 그 여자의 십자가형 말고는 아무것도 생각할 수 없었어요."

그녀도 로버트와 똑같은 생각을 한 것이었다.

케빈은 그녀의 말을 무시했다.

"판사의 붉은 법복이 문 뒤로 사라지자마자, 꼴불견으로 전화통을 향해 앞 다퉈 달려간 기자들은 또 어떻고 말이죠. 제가 장담하는데, 영국의 모든 신문이 두 분의 무죄를 아주 상세히 보도할 겁니다. 드레퓌스 이래로 가장 큰 공적 변호가 될 테죠. 이걸 벗고 올 테니 여기서 잠깐만 기다려주시겠습니까. 얼마 안 걸릴 겁니다."

"하루 이틀 호텔에서 지내는 게 좋겠죠? 우리 물건이 뭐가 있긴 한가요?"

샤프 부인이 물었다.

"네, 다행히 꽤 됩니다."

로버트는 그녀에게 불 속에서 건져낸 물건들을 말했다.

"하지만 호텔 외에 다른 대안이 있습니다만."

그러고는 스탠리의 제안을 설명했다.

그렇게 해서 매리언과 그녀의 어머니는 신개발 구역 외곽에 있는 작은 집으로 갔다. 매리언과 샤프 부인, 로버트, 스탠리는 심 양의 응접실에서 차분하게 승리를 축하했다. 케빈은 런던으로 돌아가야 했으므로 그 자리에 참석하지 못했다. 테이블에는 린 아주머니의 친절한 카드가 곁들여진 커다란 꽃다발이 놓여 있었다. 린 아주머니의 다정하고 품위 있는 카드는 '오늘도 바빴니, 애야?'만큼이나 실질적인 의미는 없었지만, 그와 똑같이 삶의 충격을 완화시켜주는 효과가 있었다. 스탠리는 1면에 재판에 관한 첫 기사가 실린 《라버러 이브닝 뉴스》를 들고 왔다. 기사 제목은 '아나니아(성경에 등장하는 인물로 '거짓말쟁이'를 뜻함 - 옮긴이) 패배하다.'였다.

"내일 오후에 나와 골프 치러 나가지 않겠습니까? 너무 오랫동안 갇혀 지냈어요. 두 라운드 도는 사람들이 점심 식사를 마치기 전에 가면, 코스를 독차지할 수 있을 겁니다."

로버트는 매리언에게 말했다.

"그래요, 그게 좋겠네요."

그녀가 말했다.

"아마 내일부터 여느 때처럼 좋은 일도 나쁜 일도 있는 삶이 다시 시작되겠죠. 하지만 오늘밤, 삶은 그저 끔찍한 일이 얼마든지 생길 수 있는 곳일 뿐이에요."

그러나 다음 날 그가 그녀를 데리러 갔을 때, 삶은 아무런 탈도 없는 듯 보였다.

"낙원이 따로 없어요. 이 집 말이에요. 수도꼭지만 틀면 뜨거운 물이 나온다고요."

그녀가 말했다.

"아주 교육적이기도 하고 말이지."

샤프 부인이 말했다.

"교육적이라뇨?"

"옆방에서 하는 말이 모조리 들리거든."

"오, 어머니! '모조리'는 아니죠."

"두 단어 걸러 하나."

샤프 부인이 수정했다.

그들은 매우 들뜬 기분으로 골프장으로 갔다. 로버트는 나중에 클럽 하우스에서 차를 마실 때 청혼하기로 마음먹었다. 아니면 재판 결과에 대해 축하 인사를 하려는 사람이 너무 많아 방해를 받으려나? 집에 가는 길에 할까?

그는 지금 사는 집은 린 아주머니에게 맡기고 매리언과 자기는 밀퍼드에서 조그만 살 집을 따로 찾는 게 최선이겠다고 결론을 내렸다. 지금 집은 구석구석 린 아주머니 것이라, 그녀가 죽기 전에 그곳을 떠난다는 것은 생각도 할 수 없었다. 요즘 같은 때 집을 찾기는 쉽지 않겠지만, 정 뭐하면 블레어·헤이워드·베넷 법률사무소 꼭대기 층에 조그맣게 살림을 차려도 된다. 그러려면 대략 이백 년분의 기록 문서를 어디론가 치워야겠지만, 그 문서들은 빠른 속도로 박물관 전시물 수준에 접근하고 있으니 어차피 치워야 한다.

그래, 집에 가는 길에 청혼하자.

이 결심은 오래 가지 못했다. 이제 곧 있을 일을 생각하느라 골프에 집중하지 못하는 자신을 깨달았기 때문이었다. 그래서 9번 그린에서 그는 공을 향해 퍼터를 가볍게 흔들다 말고 느닷없이 말했다.

"나와 결혼해줘요, 매리언."

"결혼요?"

그녀는 가방에서 자기 퍼터를 꺼내고는 그린 가장자리에 가방을 털썩 내려놓았다.

"내 청혼을 받아줄 거죠?"

"아뇨, 로버트. 거절하겠어요."

"매리언! 왜요! 왜 안 된다는 겁니까!"

"애들 말처럼…… 그렇잖아요."

"뭐가 말입니까?"

"이유야 대여섯 가지는 되죠. 그 하나하나가 다 이유로서 충분하고요. 우선 마흔 살 될 때까지 결혼을 안 한 남자한테 결혼은 그가 삶으로부터 원하는 게 아니에요. 그냥 갑자기 닥쳐드는 거죠. 유행성 독감이나 류머티즘, 소득세 고지서처럼요. 난 그냥 당신한테 닥쳐든 게되기 싫어요."

"하지만 그건……."

"그리고 난 블레어·헤이워드·베넷 법률사무소에 전혀 보탬이 안될걸요. 내가……."

"블레어·헤이워드·베넷 법률사무소와 결혼해달라는 게 아니잖습니까."

"내가 베티 케인을 때리지 않았다는 게 입증됐어도, '케인 사건의 그 여자'라는 딱지는 나한테 영원히 붙어 다닐 거예요. 대표 변호사 아내로는 껄끄러운 존재죠. 당신한테 좋을 게 없어요, 로버트. 내 말 믿어요."

394

"맙소사, 매리언, 제발……."

"그리고 당신한테는 린 아주머니가 있고 나한테는 우리 어머니가 있어요. 그 두 분을 무슨 껌 조각처럼 어디 다른 데다 갖다놓을 순 없 잖아요. 난 어머니를 사랑하기만 하는 게 아니라고요. 난 어머니를 좋아해요. 어머니를 존경하고 어머니랑 같이 사는 게 즐거워요. 그런 가 하면 당신은 린 아주머니가 하나부터 열까지 뒤치다꺼리를 해주 는 생활에 익숙하죠. 오, 아뇨, 당신 진짜 그래요! 그러니 당신은 자 기가 생각하는 것보다 훨씬 더 그 모든 안락함과 과보호를 그리워할 거예요. 난 그런 건 어떻게 해줘야 하는지도 모르고, 또 설령 알아도 당신한테 그렇게 해줄 생각 없다고요."

그녀가 미소를 지으며 덧붙였다.

"매리언, 난 당신이 날 과보호하지 않아서 당신하고 결혼하고 싶은 겁니다. 당신이 성숙한 사고와……."

"성숙한 사고는 일주일에 한 번 같이 저녁 식사를 하러 외출하기엔 아주 좋지만, 린 아주머니랑 평생 같이 산 당신한테는 당신 말에 아 무도 토 달지 않는 분위기에서 맛있는 페이스트리를 먹는 것만 못할 걸요."

"당신이 말 안 한 게 하나 있군요."

로버트는 말했다.

"그게 뭔데요?"

"날 좋아하긴 합니까?"

"그래요. 아주 좋아해요. 아마 지금까지 만난 사람 중에 가장 좋아 할걸요. 그것도 내가 당신하고 결혼하지 않겠다는 이유예요. 나머지 하나는 나 자신이랑 상관있고요."

"당신하고 말입니까?"

"있죠, 난 결혼하는 여자가 못 돼요. 난 다른 사람이 뜬 레이스를, 다른 사람의 요구 사항을, 다른 사람의 코감기를 참고 견디기 싫어요. 어머니랑 난 서로 요구를 안 하기 때문에 아주 완벽하게 잘 맞는 거예요. 우리는 둘 중 누가 감기에 걸리면 수선 피우지 않고 조용히 방으로 물러나서, 도로 다른 인간이랑 어울려도 될 상태가 될 때까지 약 먹고 자요. 하지만 그럴 남편은 아무도 없죠. 남편은 동정을 기대할 거예요. 더우면 땀이 식을 때까지 기다리면 되는 걸 괜히 자기가 옷을 벗어서 감기에 걸린 건데도 말이죠. 그래 놓고도 동정이랑 관심과 식사를 기대할 거예요. 아뇨, 로버트. 감기 걸린 남자를 돌봐주고 싶어 안달인 여자가 10만 명은 되는데, 왜 하필 나예요?"

"당신이 10만 명 중 하나뿐인 여자고, 나 당신을 사랑하니까요."

그녀의 얼굴에 약간 뉘우치는 빛이 떠올랐다.

"내가 너무 까부는 것처럼 들리죠? 하지만 내가 지금 하는 말이 분별이고 양식이에요."

"하지만 매리언, 고독한 인생인데……."

"내 경험으로 '충만한' 인생이란 대개 타인의 요구 사항만 가득한 인생이더군요."

"……게다가 당신 어머니가 언제까지고 살아 계시진 않을 것 아닙니까."

"내가 우리 어머니를 아는데, 어머니는 분명히 나보다 훨씬 오래 사실 거예요. 홀 아웃을 하는 게 좋겠어요. 휘터커 대령님 일행이 저기 지평선에 나타났네요."

그는 기계적으로 공을 홀에 밀어 넣었다.

"그럼 어쩔 겁니까?"

"내가 당신이랑 결혼 안 하면요?"

그는 이를 갈았다. 그녀의 말이 옳았다. 그녀의 비꼬는 습관은 함께 살기 편하지는 않을 것이다.

"프랜차이즈도 없는데 이제 어머님과 어쩔 생각이죠?"

그녀는 대답을 망설였다. 마치 하기 어려운 말을 해야 하는 사람처럼 그에게 등을 돌린 채 가방을 공연히 만지작거렸다.

"캐나다로 가려고요."

그녀가 말했다.

"여기를 떠난다고요!"

"그래요."

그녀는 여전히 등을 돌리고 있었다.

그는 아연했다.

"매리언, 그럴 순 없어요. 게다가 왜 하필 캐나다입니까?"

"사촌이 맥길에 교수로 있어요. 어머니의 하나뿐인 여동생의 아들이죠. 전에 어머니한테 편지로 자기한테 와서 살림을 맡아주면 안 되겠느냐고 했는데, 그때는 프랜차이즈를 물려받았기도 하고 영국에서 행복하게 잘 살고 있었기 때문에 거절했거든요. 하지만 아직도 제안은 유효해요. 그리고 지금은…… 지금은 우리 둘 다 떠나고 싶어요."

"그렇군요."

"그렇게 풀죽은 얼굴 하지 말아요. 자기가 얼마나 운이 좋은 건지 당신이 몰라서 그래요."

그들은 말없이 사무적으로 라운드를 마쳤다.

그러나 매리언을 심 양의 집에 내려놓고 신 거리로 돌아오면서, 로버트는 샤프 모녀를 만남으로써 얻은 여러 새로운 경험에 이제 구혼을 거절당한 것까지 추가되었구나 싶어 비뚜름하게 미소를 지었다. 최후의 경험이자, 아마도 가장 뜻밖의 경험일 것이다.

사흘 뒤, 업자에게는 불 속에서 건진 가구를, 스탠리에게는 그가 그렇게 하찮게 여기던 차를 팔아넘기고 그들은 열차 편으로 밀퍼드를 떠났다. 밀퍼드에서 노턴 환승역까지 다니는 장난감 같은 기차였다. 로버트는 노턴까지 같이 가 그곳에서 급행으로 갈아타는 그들을 배웅했다.

"전부터 여행은 모름지기 간편하게 다녀야 한다고 생각하긴 했지만, 설마 1박용 가방만 들고 캐나다로 가게 될 줄은 몰랐는걸요."

매리언이 그들의 초라한 짐을 일컬어 말했다.

그러나 로버트는 잡담을 할 계제가 아니었다. 그는 방학이 끝나고 학교로 돌아갈 생각에 슬픔이 가슴을 가득 메웠던 어린 시절 이래로 이렇게 비참하고 우울한 적이 없었다. 철로 변을 따라 꽃들이 하얀 거품처럼 피고 들판은 미나리아재비 꽃으로 반짝였지만, 로버트의 세상은 회색 재로 뒤덮이고 가랑비에 젖어 있었다.

그는 두 사람을 태운 런던행 기차를 배웅한 뒤 집으로 갔다. 앞으로 적어도 하루에 한 번은 매리언의 야위고 볕에 그을린 얼굴을 볼 수 있다는 희망이 없이 어떻게 밀퍼드를 참을 수 있을지 알 수 없었다.

그러나 전반적으로 그는 잘 참았다. 그는 다시 오후에 골프를 치기 시작했다. 이제 골프공은 그에게 영원히 '구타페르카 쪼가리'일 테지만, 실력은 그새 그리 심각하게 저하되지 않았다. 그는 업무에 관심을 보여 헤슬타인 씨에게 기쁨을 주었다. 네빌에게 함께 다락방의 기록 문서를 정리하고 목록을 만들어 책으로 펴내자고 제안했다. 3주 뒤 런던에서 매리언의 작별 편지가 왔을 때, 그는 이미 밀퍼드의 아늑한 생활에 겹겹이 싸여가는 중이었다.

친애하는 로버트에게

작별 인사를 하고 싶어서 서둘러 이 편지를 써요. 우리 둘 다 당신 생각을 한다는 걸 알려주고 싶어서요. 우리는 내일모레 아침 비행기로 몬트리올로 가요. 떠날 때가 이제 얼마 안 남으니, 어머니나 나나 좋았던 일, 행복했던 일만 기억나네요. 나머지는 그에 비하면 이제 아련하게만 느껴져요. 어쩌면 미리 향수를 느끼는 걸지도 모르죠. 나도 모르겠어요. 하지만 이것만은 알아요. 당신을 기억할 때는 늘 행복한 기분이 들 거예요. 스탠리랑 빌, 그리고 영국도요.

우리 둘의 사랑과 감사를 담아
매리언 샤프

그는 황동 마호가니 책상에 편지를 내려놓았다. 오후 햇빛 조각 안에 내려놓았다.

내일 이맘때면 매리언은 영국에 없을 것이다.

그렇게 생각하니 쓸쓸했지만, 분별 있게 받아들이는 것 외에 달리

할 수 있는 일이 없었다. 실제로 무엇을 할 수 있다는 말인가?

그때, 세 가지 일이 동시에 일어났다.

헤슬타인 씨가 들어와, 로맥스 부인이 또 유언장을 고치고 싶어 한다며 즉시 농장으로 가달라 했다.

린 아주머니가 전화를 해서, 오는 길에 생선을 찾아오라고 했다.

그리고 터프 양이 차를 갖고 들어왔다.

그는 접시 위의 다이제스티브 비스킷 두 조각을 한참 바라보았다. 그러고는 조용하고 단호한 태도로 접시를 밀어내고 전화기로 손을 뻗었다.

제24장

여름 빗줄기가 울적하고 집요하게 비행장을 때리고 있었다. 이따
금 바람이 빗줄기를 실어와 붓을 길게 놀리듯 공항 건물을 쓸고 가곤
했다. 몬트리올행 비행기로 연결되는 통로는 지붕만 있고 양옆이 뚫
려 있는 탓에, 승객들은 비바람을 피해 머리를 낮추고 천천히 줄지어
올라탔다. 줄 끝 쪽에서 이동하던 로버트의 눈에 샤프 부인의 납작한
검정 새틴 모자와 바람에 날리는 짤막한 흰머리가 보였다.

그가 비행기에 탔을 때, 두 사람은 자리에 앉아 있고 샤프 부인은
이미 가방을 뒤지는 중이었다. 그가 통로를 걸어가는데 매리언이 고
개를 들더니 그를 보았다. 그녀의 표정이 놀라움에 환하게 밝아졌다.

"로버트! 우리를 배웅하러 온 거예요?"

"아뇨. 난 이 비행기 승객입니다."

"승객이라고요? 당신이요?"

"이건 공공 수송기관이잖습니까."

"알아요. 하지만…… 캐나다로 간단 말이에요?"

"네."

"왜요?"

"서스캐처원에 사는 여동생을 만나러 갑니다. 맥길에서 가르치는 사촌보다 훨씬 그럴듯한 구실이죠."

로버트는 점잔 빼는 얼굴로 말했다.

그녀가 나직이, 숨도 못 쉬고 웃었다.

"오, 로버트, 정말이지, 당신이 의기양양한 표정을 지을 때 얼마나 재수 없는지 모른다니까요."

베티 케인과 엘리자베스 캐닝

decca(howmystery.com 운영자)

조세핀 테이는 도로시 세이어즈, 애거서 크리스티, 마저리 앨링엄 루이스, 나이오 마시 등과 어깨를 나란히 하는, 미스터리의 황금기 (The Golden Age)를 대표하는 여류 작가이다. 그녀의 장편 미스터리는 여덟 권에 불과하지만, 대부분이 고전의 지위를 얻었다. 그중에서도 1951년에 발표된 《시간의 딸 The Daughter of Time》은 역사를 다룬 영어권 미스터리 중 최고 걸작으로 평가받고 있다. 이 작품은 영국추리작가협회 회원들이 추린 100권의 리스트 중 1위에 올랐고, 미국추리작가협회 회원들이 선정한 100권의 리스트에서도 4위를 기록했다.

1948년 작품 《프랜차이즈 저택 사건》 역시, 미스터리 강국이라 할 수 있는 양국 작가들의 추천 리스트에 포함된, 그 못지않은 걸작이다. 역사를 능수능란하게 다루는 조세핀 테이의 작품답게, 《프랜차이즈 저택 사건》도 실제 사건을 소재로 하고 있다. 18세기 영국에서 가장 선정적인 사건 중 하나였던 '엘리자베스 캐닝 유괴 사건'이다.

실종 당시 엘리자베스 캐닝은 18세였다. 런던의 어느 목수 집에서
가정부로 일하던 그녀는 1753년 1월 1일, 삼촌 집에서 저녁을 먹고
집으로 돌아오는 길에 사라졌다. 그리고 정확히 4주 후에 어머니 집
으로 걸어서 돌아왔다. 온몸은 상처투성이였고 속치마 하나만 달랑
걸쳤으며 머리에는 피 묻은 헝겊을 두르고 있었다. 그리고 다리는 절
고 있었다. 엘리자베스는 두 남자가 그녀를 습격했다고 증언했다. 그
리고 질질 끌려가 어떤 집에 도착했는데 늙은 여자 한 명과 젊은 여
자 한 명이 거기에 있었다고 했다. 그들은 엘리자베스에게 창녀가 될
것을 강요했고 그녀가 거절하자 4주일 동안 엘리자베스를 감금했다.
엘리자베스는 물과 빵으로 연명하다가 창문을 가리고 있던 판자를
뜯어내고 탈출한 것이다.
후에 엘리자베스는 허트포드에 있는 '마더' 웰스라는, 소문이 흉흉
한 집시 여자의 집을 자신이 납치됐던 장소라고 주장했다. '마더' 웰
스의 집에 당시 머물렀던 사람들은 엘리자베스가 누구인지도 모르
고, 그 시간대에 전혀 다른 장소에 있었다고 알리바이를 주장했지만,
모조리 기소당했다. '마더' 웰스는 6개월 징역형을, 사건에 직접 관
련돼 보였던 메리 스콰이어란 여자는 사형을 선고받았다(형을 이끌어
낸 치안 판사는 소설가 헨리 필딩이었다). 하지만, 사건에 의문을 품은 당
시 런던 시장은 영국 달력이 갓 바뀐 것을 착안하고 알리바이의 허점
을 지적했다. '마더' 웰스와 메리 스콰이어는 마침내 풀려나게 됐지
만, 이후 런던은 엘리자베스 캐닝을 지지하는 '캐닝파'와 '마더' 웰스

를 지지하는 '이집트파'(집시의 연원이 이집트라고 믿은 것에서 따온 이름)가 서로를 고발하는 혼돈 사태로 빨려들었다. 이후 엘리자베스 캐닝에게 다시 유죄가 선고됐고 그녀가 추방형을 받는 것으로 마무리됐지만, '엘리자베스 캐닝 유괴 사건'은 많은 이들을 자극했던 그야말로 미스터리였다.

떠들썩했던 역사와 달리, 《프랜차이즈 저택 사건》은 매우 단아하다. 조세핀 테이는 이백 년 전 사건을 가져와서, 특유의 섬세함과 유머로 당대 영국의 문화를 우아하게 조명한다. 선정적인 저널리즘, 관습에 얽매인 영국인 등등.

재미있는 것은 이 작품에서 선정적인 요소는 단 하나도 찾아볼 수 없다는 점이다. 시체 한 구 없는 탁월한 미스터리라⋯⋯, 선정성이 만연한 요즘 작품들과 좋은 비교가 될 듯하다. 마지막으로 《프랜차이즈 저택 사건》은 조세핀 테이의 작품 속에 여섯 번이나 출연한, 앨런 그랜트의 비중이 거의 없는 이채로운 작품이기도 하다. 이 현명하고 자상한 경찰은 변호사의 입장을 잘 이해하지만, 그저 사건을 설명해주는 '지나가는 사람' 정도로 출연한다. 개인적으로 조금은 아쉬운 부분이다.

프랜차이즈
저택 사건

2011년 8월 18일 초판 1쇄 인쇄
2011년 8월 25일 초판 1쇄 발행

지은이 | 조세핀 테이
옮긴이 | 권영주
발행인 | 전재국

본부장 | 이광자
단행본개발실장 | 박지원
책임편집 | 윤영천
마케팅실장 | 정유한
책임마케팅 | 정남익 노경석 조용호
제작 | 정웅래 박순이

발행처 | (주)시공사
출판등록 | 1989년 5월 10일(제3-248호)
브랜드 | 검은숲

주소 | 서울특별시 서초구 서초동 1628-1 (우편번호 137-879)
전화 | 편집 (02)2046-2814 · 영업 (02)2046-2800
팩스 | 편집 (02)585-1755 · 영업 (02)585-0835
홈페이지 | www.sigongsa.com

ISBN 978-89-527-6255-9 03840